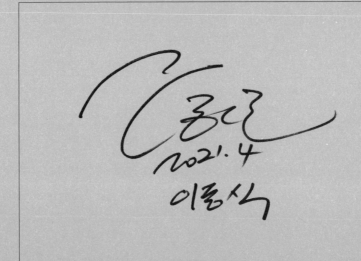

2021. 4
이롱식

친구들으로 사는 동안
아프면서도 행복했습니다
그를 사랑해주셔서 감사합니다.

어진수 2021.04

괴물
2

김수진 대본집

괴물 2

초판 1쇄 인쇄 2021년 5월 3일
초판 1쇄 발행 2021년 5월 10일

지은이 | 김수진
펴낸이 | 金滇珉
펴낸곳 | 북로그컴퍼니
주소 | 서울시 마포구 월드컵북로1길 60(서교동), 5층
전화 | 02-738-0214
팩스 | 02-738-1030
등록 | 제2010-000174호

ISBN 979-11-90224-72-7 03810

· 블로그: blog.naver.com/blc2009
· 인스타그램: @booklogcompany
· 페이스북: facebook.com/blc2009
· 유튜브: 북로그컴퍼니

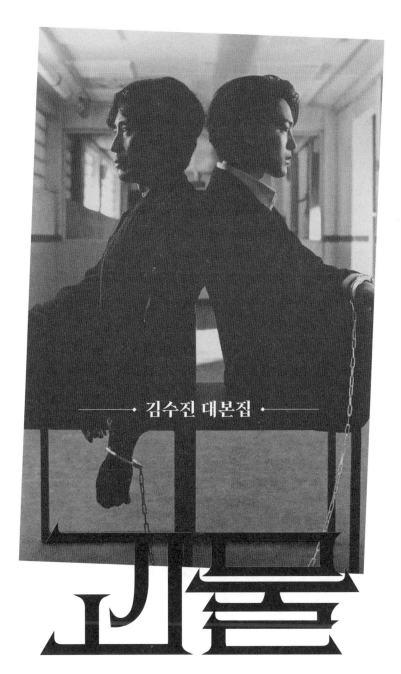

· 김수진 대본집 ·

괴물

2

북로그컴퍼니

2019년 8월 늦은 밤. 저는 베트남 하노이의 리조트에 있었습니다.
호수 위에 떠 있는 바에 앉아 모히토를 한 잔 시켰는데 너무 맛있는 거예요.
행복이랄 게 뭐 있나, 바로 이런 거지.. 그러다 엉엉 울어버렸습니다.
동식의 인생에 지금 이 순간이 존재했을까. 동식의 미래에 이 순간이 존재할 수 있을까.
동식이가 곁에 앉아 있었다면 이렇게 말했겠죠.
'혹시 지금.. 내 걱정 하는 겁니까?'

2020년 7월, 바람이 살랑이는 밤. 저는 두 주연 배우님께 16회 엔딩에 대해서 결정하지 못한 사안이 있다고 고민을 털어놓았습니다. 2차로 자리를 옮기는 길, 여진구 배우님이 다가오셔서 함께 걸으며 말씀하시는 겁니다. '아까 말씀하신 그 부분 말인데요. 주원이가요..'
제 고민을 그 짧은 사이 체화해 조곤조곤 나눠주는 그는 이미 한주원이었습니다.
15, 16회를 쓰면서 계속 울었습니다. 배우님과 이야기한, 동식을 구원하는 주원의 외로운 선택이 가여웠습니다. 만약 주원이가 곁에 서 있었다면 이렇게 말했을 겁니다.
'그만 가보겠습니다. 동정 그딴 거 별로 좋아하지 않아서요.'

2018년 3월, 당시 JTBC 방송사 오환민 CP가 정통 장르물을 해보는 게 어떠냐는 겁니다.

저는 신이 나서 입을 열었습니다.

'아버지가 고위 경찰인 어린 엘리트 경찰이 지방 파출소에 전임 오는데 결벽증이 있어. 토박이인 경험 많은 나이 든 경사가 어린 경찰을 상사로 모시게 된 건데, 연쇄 살인이 발생하고.'

제 얘기를 들은 이 친구가 자기도 바로 그런 걸 하고 싶다는 순간, 〈괴물〉이 시작되었습니다.

대한민국의 살인 사건 검거율은 97%입니다.

시체가 발견되면 범인은 거의 무조건 잡힌다는 얘기죠. 연쇄 살인, 그것도 20년 동안 아무도 모르던 사건이 가능하려면 시체가 없어야 했으므로 실종을 조사하기 시작했습니다. 대한민국에서 실종된 성인은 '가출인'으로 분류되고, 성인 실종 관련법은 전무했습니다. 2015년부터 성인 실종법이 발의되고 있으나 입법화되지는 못했고요. 법안을 발의한 곳의 당적이 매번 바뀌는 것도 신기했습니다. 2018년 법안을 발의한 의원실의 보좌관님 연락처를 알아내어 찾아갔습니다. 법안을 발의한 모든 의원실에 이 보좌관님이 계셨다는 걸 알게 되었고, 실종 관련 드라마를 하고 싶다고 했더니 몇 년간 수집한 자료를 흔쾌히 내주셨습니다.

SBS 〈그것이 알고 싶다〉에 방송된 미제 사건 자료를 얻기 위해서 없는 인맥을 털었고, 당시 사건 담당 형사님을 만나게 해주셨습니다. 실종 관련 드라마를 만들고 싶다는 말에 그분은 벌떡 일어나시더니 막걸리와 골뱅이를 사주셨습니다. 두세 달에 한 번씩 막걸리와 골뱅이를 사주시면서 경찰은 뭐 받아먹으면 안 된다고 커피 한 잔을 못 사게 하셨습니다.

이분이 남상배 소장의 모델이 된 강력계장님이십니다.

지방 파출소 경위님부터 서울의 경찰서, 경찰청 여러분, 연수원 교수님들, 관광경찰
대, 한강경찰대 여러분, 제주에 계신 경찰서 과장님까지 많은 경찰분께서 인터뷰해
주셨습니다.
이분들께 말씀드렸습니다.
'이 드라마에는 비리 경찰도 나쁜 경찰도 등장합니다. 하지만 경찰이 범인을 잡는 이
야기이고, 법을 어긴 사람은 반드시 처벌받는 이야깁니다.'
그저 말뿐인 약속을 믿고 방영 여부조차 확실치 않은 드라마를 위해, 3년을 도와
주셨습니다.
출산 휴가 전에 찾아뵌 경장님은 아기를 낳고 아기가 잠든 사이마다 답을 주셨고요.
과수계 경위님은 현장에 계신 와중에도 질문지 확인하고 복귀하면 바로 연락을 주
셨습니다.
연수원 교수님은 다른 교수님들의 의견까지 첨부해 상세하게 답을 보내주셨죠.

사회적 책임감에 대해서 한때 생각해본 적도 있습니다만, 사실 저는 제 글이, 드라
마가 살아 있는 누군가들에게 상처가 되는 걸 원치 않습니다. 수년, 수십 년간 사라
진 가족을 기다리는 분들과 살인 사건을 실제 겪으신 많은 피해자 유족을 위해서
라도 살인을 전시하거나 가해자에게 이해를 위한 서사를 부여하지 않는 것, 스스로
말할 수 없는 피해자의 목소리를 담아 아무도 듣지 않는 유족의 이야기를 하는 것
이 〈괴물〉의 가장 중요한 목표였습니다. 그 이야기가 가짜 같아서 1년을 작업한 대
본을 엎었고, 다시 귀를 기울이고 그저 또 썼습니다.

5회 대본이 나온 직후인 2019년 11월, 감독님과 첫 회의를 했습니다.
1막, 2막으로 나뉘는 구조와 16회 엔딩에 대해 설명해드렸고 캐스팅 작업에 들어갔습니다.

저는 드라마의 설계도를 그리는 사람이라고 생각합니다.
시청자 여러분이 보시는 '영상화'된 드라마로서만 평가받아야 한다고 생각했습니다.
대본집, 또는 인터뷰를 통해 드라마를 설명하는 건 하지 않겠다고 결심했습니다.
그런데 성심성의껏 도와주신 분들께 감사하다는 기록을 남길 수가 없고,
코로나로 인해 종방연을 하지 못해서 이 대본집을 내고 작가의 말을 쓰게 되었습니다.
이제 긴 수상 소감 같은 멘트가 나옵니다만, 너그러이 양해 부탁드립니다.

제 상상보다 더, 땅에 발붙인 진짜 인물이 되어주신 소중한 우리 배우님들,
강진묵 역의 이규회님 및 아껴뒀던 연극배우님들 추천해주시고 캐스팅해주신 정치인 대표님,
'부산에 가면'과 최백호 선생님의 목소리가 얼마나 귀한지 알려주신 오충환 감독님,
대본에 적혔으니 선생님께 OST 부탁해야겠다며 그 모든 걸 다 만드신 하근영 음악 감독님,
대본의 구멍을 채워가며 해 질 녘의 만양(晩陽)과 우아한 그림자를 만들어주신 장종경·권병수 촬영 감독님, 유재규·이승윱 조명 감독님 및 촬영 조명팀 여러분,
편집, 동시녹음, 무술 감독님, 특효, 미술, 소품, 의상, 분장, 마케팅, 제작팀.. 모든 스텝분들,
크레딧에 이름을 올리지 못한 스텝과 방송사·제작사 여러분, 그리고 심나연 감독님,
외로운 밤 함께해준, 항상 내 걱정이 먼저였던 우리 보조작가들 - 김인정·손은비님,

괴로운 시간을 견딜 수 있도록 손 내밀어준 황라경·백동현 PD님,
안 팔리는 작가를 12년간 붙잡아주고 〈괴물〉을 함께 시작해준 더 그레이트쇼 오환민 대표,
매회 깜짝깜짝 놀라주신 '괴복치' 여러분, 시청해주신 분들, 대본집 사주신 분들,
그리고 대한민국 경찰께 진심으로 감사드립니다.

개인의 영달을 위해 타인에게 상처 주지 않는 글,
귀한 시간을 내어 도와주시고 참여해주신 분들이 부끄럽지 않은 글,
참여한 모두의 다음 밥벌이에 도움이 되는 글, 쓰도록 노력하겠습니다.

- 〈괴물〉에서 글 쓴 김수진 올림 -

일러두기

1. 이 책의 편집은 김수진 작가의 집필 방식을 따랐습니다.

2. 드라마 대사는 글말이 아닌 입말임을 감안하여, 한글맞춤법과 다른 부분이라 해
   도 그 표현을 살렸습니다. 지문의 경우 한글맞춤법을 최대한 따르되, 어감을 살리
   기 위해 고치지 않고 그대로 둔 경우도 있습니다.

3. 대사와 지문에 등장하는 말줄임표나 쉼표, 느낌표와 마침표 등의 문장부호 역시
   작가의 집필 의도를 살리기 위해 그대로 실었습니다.

4. 이 책은 작가의 최종 대본으로, 방송된 부분과 다를 수 있습니다.

차례

기획의도

〈공공의 적〉 강철중은 강력계 형사다.
직감, 미신, 고문 등 구시대적 수사를 대표하는 〈살인의 추억〉 박두만도 형사다.
〈범죄도시〉 마석도는 금천서 형사, 〈극한직업〉의 독수리 5형제는 마약반 형사,
〈시그널〉 차수현, 이재한도 강력계 형사고 〈비밀의 숲〉 한여진은 용산서 형사다.
대한민국을 들었다 놨다 한 경찰 소재 영화, 드라마의 주인공들 대부분이 형사이듯
경찰의 꽃은 형사고, 형사의 꽃은 강력계라 한다.

그러나 경찰 인력의 70%는 지파(지구대 파출소)에 근무하고
오늘도 묵묵히 각종 잡무에 열일한다.
강력계는 강력 사건만 하고 교통계는 교통사고만 하고 경제팀은 경제사범만 잡지만
파출소에 근무하는 경찰은 그 모든 걸 다 해낸다.

살인 현장을 보존하고 교통사고 수습하는 최일선에서도 움직이며
빈집을 순찰하다 가끔은 숨은 경제범도 잡고
잃어버린 개 찾아줘, 노상 방뇨하는 사람에, 바바리 휘날리는 거리의 변태도 잡는다.
그들이 해결하는 각종 민원은 전공 불문 장르 불문이다.
그래서 파출소에 근무하는 경찰을 경찰계의 종합예술인이라 부른다.

한때 경찰의 꽃, 강력계 형사였던 한 남자가 있다.
몸과 마음에 치명적인 부상을 입고 경찰계의 종합예술인이 되어버린 그의 앞에

연쇄 살인마가 나타난다.

20년간 아무도 몰랐던,
난다 긴다 하는 강력계 형사 시절에도 잡을 수 없었던 괴물을
일개 지방 파출소 경사인 그가 잡을 수 있을 것인가.

이 드라마는,
변두리에 떨어진 남자가
변두리에 남겨진 사람들과 괴물을 잡기 위해 고군분투하는 이야기이고
기다리는 사람들에게 가족을 찾아주기 위해 스스로 괴물이 되는 이야기이다.

등장인물

→ 이동식 (40세, 남) - 문주시 만양 파출소 1팀 1조 조원. 경사

'만양 파출소 또라이 경사 이동식'

이동식은 좋은 사람이다.

문주시 만양읍 사람들은 그렇게 믿었다.

간혹 그의 또라이 게이지가 치솟아 동네 화투판 아줌마들을 싸그리 잡아들여도,

고추 도둑 잡겠다며 읍내 몇 안 남은 맥주 양주집을 샅샅이 단속해 영업정지 때려도,

절대 이동식이가 독하고 나쁜 놈이어서가 아니라고 믿었다.

직업 정신이 과하게 투철해서 그런 거지, 서너 해 전만 해도 서울서 잘나가는

형사였으니, 형사의 날카로운 직감으로다가 칼같이 법 집행하는 거다 그랬다.

당연하지. 이동식은 경찰이니까.

독하지만 독하지 않고, 칼 같지만 칼 같지 않다.

한없이 뜨겁진 않아도 나름의 따수운 냄새를 간직한 동네 파출소 경사.

그것이 그의 진짜 모습일까.

→ 한주원 (27세, 남) - 문주시 만양 파출소 1팀 1조 조장. 경위

'경대의 도련님, 외사과의 도련님, 그냥 혼자 도련님'

경기서부경찰청 소속 경위. 미혼. 서울에서 태어나서 자랐다.

아버지는 경찰청 차장 한기환이고 대대로 경찰에 몸담은 성골 출신.

아버지를 이어 경찰이 되겠다는 생각으로 경찰대에 입학했고,

서울청 외사과를 거쳐, 갑자기 만양 파출소로 내려왔다.

수사과 형사라는 편견과 다르게 깔끔하게 잘 관리한 외모와 몸치장.

깨끗하지 않은 걸 못 견디는 일종의 결벽증 환자다.
형사로선 치명적인 결함인데 남들 시선 의식하지 않고 물티슈를 지참하며
언제나 제 주위를 깨끗이 정돈한다. 여유 있는 집안에서 잘 교육 받은 사람의
태도가 자연스럽게 배어나고, 잘생긴 외모에 집안까지 대단하니 부러움과 질시를
한 몸에 받는 것은 당연지사.
모든 걸 갖추었으니 쉽게 미움받으나, 어차피 다들 내 발밑일 건데 미워하라 그래.
미움에 지지 않고 망가지지도 않는다.

⟶ 유재이 (28세, 여) - 만양 정육점 사장

'촉촉한 눈망울로 소, 돼지를 단번에 해체하는 칼의 여신'

청초한 외모로 소, 돼지를 단번에 해체하는 칼의 고수다.
스쳐간 자국만 봐도 칼 종류부터 칼잡이가 왼손잡이인지 오른손잡이인지 알아본다.
그녀가 처음 정육도(精肉刀)를 잡은 건 열다섯 무렵이었다.
교통 사망 사고를 저지르고 식물인간이 돼버린 아버지의 뒷수습을 하느라
정신없던 어머니를 대신해 국거리 한 근을 잘라 판 것이 시작이었다.
열여덟이 되었을 때 아버지가 죽었다. 눈물도 안 나왔다.
정육점을, 이 지긋지긋한 선홍색 불빛을 벗어날 수 있겠구나, 생각했다.
그런데 아버지의 49재 날, 절에 갔던 어머니가 사라졌다.
재이는 정육점에 남았다. 어머니를 기다려야 했으니까.

어디론가 떠나고 싶은 날엔 최백호의 '부산에 가면'을 들으며 정육도를 내리친다.

⟶ 박정제 (40세, 남) - 경기서부청 소속 문주 경찰서 수사지원팀 경위

'한때 문주의 유명한 꽃뱀. 게으른 베짱이 경찰'

동식의 초중고 동창. 문주에서 나고 자라다 미국에 4년간 미술 유학을 다녀왔다.

미국으로 유학까지 다녀와서 그리는 그림은 오로지 사슴. 온통 사슴뿐이다.

어릴 적 트라우마라나 뭐라나. 이따금 사슴 얼굴의 사람을 그려 상대에게 내미는데,

대상과 묘하게 닮았으니 재주는 재주다.

대대로 사슴농장을 하던 부유한 집안의 외아들.

문주시 권역의 산과 들판의 절반 정도가 박정제 집안의 소유다.

어머니 도해원 여사는 정계에 진출했고 현재 문주시 시의원이다.

스물여섯에 문주로 돌아와 보니 친구들 모두 경찰을 한다나?

아, 그럼 나도 콜. 하늘이 도와서 시험에 합격하고

경찰학교 시절 열다섯 번은 관둘 뻔 잘릴 뻔했지만 결국 경찰이 되었다.

처음부터 제 적성을 제대로 파악해서 경무과나 수사지원팀에 자원했고

계속 그쪽 업무만 담당하고 있다.

── 오지화 (40세, 여) - 경기서부청 소속 문주 경찰서 강력계 1팀 팀장. 경위

'前 문주 여신. 사람 때리고 싶어 경찰 됐습니다'

동식의 초중고 동창. 前 문주 여신. 문주에서 나고 자랐다.

중고등 시절 내내 태권도 국가대표였고 특채로 경찰이 되었다.

국가대표였던 시절에 가장 억울하고 분통 터지는 일이 시비 거는 건달을

참고 넘겨야 했던 거였다. 합법적으로 나쁜 놈을 때려잡을 수 있는 좋은 직업이 바로

경찰이었고, 합법적으로 나쁜 놈들 열심히 때려잡아

현재 여성으로 몇 안 되는 강력계 팀장이다.

체력이 부족하면 깡으로 버텼다. 여자라고 무시하면 남자라고 개무시했다.

일부러 이기려 들지 않았지만 절대로 지지 않았다. 어느 순간부터 남자 형사들이

지화에게 다가와 소주잔을 채워주었다. 그녀는 여경이 아니라 그저 경찰인 것이니까.

20년 전 1차 문주 개발 계획 때 만난 개발업자 이창진과 결혼, 아이 없이

1년 만에 이혼했다. 이창진과의 인연이 인생의 유일한 실수라 생각한다.

만양 파출소

→ **남상배** (59세, 남) - 경기서부청 소속 문주시 만양 파출소장. 경감

노총각. 재이의 모친 한정임이 첫사랑.
순경 된 후 당당하게 고백하려 했고 삼수 끝에 합격하여 고백하려고 했는데,
돈 있는 정육점집 아들과 결혼을 한다나. 이후 여자 보기를 돌같이 하며
경찰 업무에 투신했다. 범인 잡느라 바빠서 여자 만날 시간도 없었고
결혼할 뻔한 적이 한 번 있긴 한데 자신이 체포한 범죄자들을 교화될 때까지
끊임없이 챙기는 상배의 오지랖에 지쳐 떨어져 나갔다.
그렇게 오십 넘어서 자연스레 노총각이 되어버렸다.

강력 사건에서 여러 공을 세워 서울청 광수대로 차출되고
광수대 대장을 목전에 두었을 때 관리 소홀로 대원을 잃었다.
스스로 그 책임을 떠안고 강력계 일선에서 물러났다.
이동식에게 평생 빚이 있다고 생각하고, 든든한 후견인이 되어준다.

고향인 만양 파출소장으로 배명받은 지 만 2년 차. 정년이 얼마 남지 않았다.

→ **조길구** (52세, 남) - 경기서부청 소속 문주시 만양 파출소 1팀. 경사

근속년수 5개월 더 채우면 경위가 되는 만년 경사.
경감까지 올라가는 건 언감생심, 무탈하게 경위로 정년 퇴임하는 게 인생 목표다.

딸 하나 있는 거 최선을 다해 사교육도 좀 시키고 해서 대학 보냈고 곧 졸업반이다.
지 밥벌이 좀 했음 싶은데 유학 가고 싶다니 어째. 딸 위해 허리띠를 졸라맨다.
인생 뭐, 1400원짜리 막걸리 한 병이면 충분하지.

동식을 좋아하고 안쓰럽게도 생각한다.
스무 살 가까이 어린 광영이 자기 무시하는 거 알지만 이리 흥 저리 흥 관심 없고,

후딱 일 끝나고 막걸리나 한잔 찌끄릴까, 그런 생각만 하는 사람.

──▶ 황광영 (34세, 남) - 경기서부청 소속 문주시 만양 파출소 1팀장. 경위

4년제 대학 경찰행정학과 졸업 후 간부 시험에 합격하여 경위가 되었다.
경찰대 입시에 몇 번이고 실패했기 때문에 콤플렉스가 심하다.
결혼할 여자친구가 초등학교 교사, 즉 철밥통 공무원이라는 데 은근히 자부심 있다.
승진 욕구가 강해서 정보에 집중하는 스타일. 잡다하고 짜잘한 정보 습득에 능하다.
문주 경찰서에서 근무하는 내내 현장 체질이 아니어서인지 특진을 계속 못 했다.
줄 잘 탔으면 만양 파출소까지 내려오지 않았을 건데, 이 나이에 지구대가 뭐람.
연줄, 빽, 집안 그런 거 되게 좋아하고 그런 거 있는 사람하고 막 친해지고 싶다.

──▶ 오지훈 (26세, 남) - 경기서부청 소속 문주시 만양 파출소 1팀. 순경

오지화의 늦둥이 동생. 12살 때 아버지가 죽고 어머니는 다른 남자에게 시집갔다.
그 후로 누나 지화와 함께 살았다.
겁 많고 순하고 잘 웃는다. 그렇지만 은근 반전남. 건들면 물어요.
귀엽게 생긴 거 믿고 연예인 하겠다고 이리 기웃 저리 기웃,
신생 기획사에 3인조 그룹으로 나왔다가 말아먹고 의경 제대 후 순경이 되었다.
만양 파출소로 발령받아 고향에 돌아온 지 약 1년.
잡일은 도맡아 하는 만양 파출소 막내다.

▰▰▰ 만양 사람들 ▰▰▰

──▶ 도해원 (65세, 여) - 경기도 시의원. 문주 시장 예비 후보

박정제의 어머니. 학교법인 광효학원 이사장.
미모의 소유자. 소녀 시절부터 야망 빼면 시체. Girls be ambitious!!

초임 교사 시절 미모와 지성으로 이사장 아들을 꾀어서 결혼, 정제를 낳았다.
남편 사망 후 미성년자인 정제가 물려받은 재산을 후견인 자격으로 잘 활용해
열심히 불렸고 광효학원 이사장 자리를 차고앉아 인맥 다져서 정계 진출을 꿈꿨다.
8년 전 문주 시장 선거에 참패한 후 시의원 당선, 텃밭을 일궈 재수에 도전한다.
문주를 확실히 내 것으로 하고 싶어서 문주 드림타운을 공약으로 내걸었다.

개발 추진을 위해 이쪽저쪽에 먹인 돈도 수십억, 선거자금은 수백억이다.
문주가 개발되어야 해원의 땅값도 오르니 무조건 성공시켜야 한다.
범죄 없는 도시 문주, 이 캐치프레이즈를 반드시 지켜내야 하는 이유다.

—→ **강진묵** (45세, 남) - 만양 슈퍼 주인

말이 슈퍼지 만양읍 구석 골목의 오래된 구멍가게 주인이다.
20년 전 그때도 동식의 결백을 믿어줬던 동네 형. 사람 좋고 순박하다.
자신감 없고 말더듬이 심해서 사람 눈을 제대로 쳐다보지도 못한다.
헤어진 아내와의 사이에 낳은 딸 강민정을 애지중지 아낀다.

—→ **강민정** (21세, 여) - 서울 E여대 1학년

만양 슈퍼 주인 강진묵의 딸. 어머니에 대한 기억 없이 아버지와 둘이 살아왔다.
만양읍의 사람들이 키웠다고 해도 다름없는 아이다. 동식에게는 조카 같은 존재.
어릴 적엔 삼촌이라 부르더니 열심히 재수해서 대학생이 되었다고 동식씨란다.
삼촌은 나랑 결혼하기로 했잖아. 우리 언제 결혼해? 툭- 던지고는 깔깔거리는 청춘.

—→ **김영희** (63세, 여) - 만양가든 안주인

동식의 어머니.
치매가 급격히 진행 중.

반신불수 눈뜬 시체로 문주요양원에서 살고 있다.

⟶ 이한오 (2003년 당시 48세, 남) - 만양가든 사장

동식의 아버지. 도해원의 국민학교 동창.
부친 때부터 운영하던 갈비집 만양가든을 물려받아 인생의 큰 굴곡 없이 살아왔다.
다 제 몫이 있으니, 제 몫의 삶을 살면 된다는 것이 인생의 신조.
서울 법대생 딸 유연도, 노래 부르고 흥이 많던 아들 동식도 똑같이 사랑했다.

⟶ 이유연 (2000년 당시 20세, 여) - 서울 법대 1학년

동식의 이란성 쌍둥이 여동생. 어릴 적부터 영특했다.
전교 1등을 놓치지 않는 수재. 서울대 법대에 입학했고 집안의 자랑이었다.

⟶ 한정임 (2010년 당시 42세, 여) - 만양 정육점 안주인

유재이의 어머니. 남편과 정육점을 운영하며 재이를 키웠다.
교통사고를 내고 식물인간이 된 남편의 병수발을 하다
남편이 사망한 지 49일이 되는 날 사라져 아직도 돌아오지 않았다.

⟶ 방주선 (2000년 당시 22세, 여) - 만양 카페 종업원

중학교 중퇴. 소문난 문제아.
고향으로 돌아와 카페에서 서빙 일하며 돈을 벌었다.
개발 붐에 돈벼락 맞은 늙은 아재나 꼬시려 그러는 거라 했지만
실은 평생 속 썩인 아버지에게 용돈이라도 좀 쥐여주려고 했던 거였다.

⟶ 이창진 (49세, 남) - 'JL건설' 대표

문주 드림타운 개발 대책위원회 위원장.
신도시 개발의 입지전적인 인물. 로비의 일인자.
고급 지팡이를 짚고 다닌다. 20대 시절 사고로 다쳤다는데 매번 사연이 다르다.
전국의 신도시 개발에 뛰어들어 작은 개발 회사 진리건업을 JL건설로 성장시켰다.

오지화의 전 남편. 20년 전 문주시를 검토하러 왔을 때 지화에게 첫눈에 반했다.
스물하나 어린 지화를 감언이설로 꼬드겨 결혼했고 다 들통 나 1년 후 갈라섰다.

2020년. 초고층 아파트 개발에 문제가 생기면서 새로운 돈줄이 필요했다.
20년 전 유일무이하게 개발에 실패한 문주를 다시 떠올린다.
그래, 거기 사람들도 좋은 아파트, 훌륭한 환경에서 살아봐야지.
구세주인 양 다시 나타나 2020년 문주 드림타운 개발 계획을 추진한다.

⟶ 한기환 (58세, 남) - 현 경찰청 차장. 치안정감

한주원의 아버지. 대대로 경찰 집안. 차기 경찰청장 유력 후보.
대통령실 101경비단장, 경찰청 정보국장 등 요직을 두루 거쳤다.
인생의 목표는 치안총감. 바로 경찰청 청장. 대한민국 경찰의 1인자다.

빈틈없고 정확하게 일처리 하는 것으로 유명하다.
뒷돈 건네는 사람 손에 바로 수갑 채우기로도 이름났다.
할아버지는 순사였고 아버지 또한 경찰이었는데 저까지 돈을 탐할 필요 있었겠는가.
건설사 막내딸과 정략결혼 했고 사랑은 없었지만 후사는 필요했기에 주원을 낳았다.
여자관계도 매우 깨끗. 문제가 될 것이 하나도 없는 사람인데 그게 참 문제다.
정 없고 차갑고 서늘하다. 경찰들 간에 의리가 필요하니 그때만 반짝 따뜻해진다.

──→ **권혁** (34세, 남) - 경기서부지검 문주지청 형사 3부 → 2부 검사

주원의 고등학교 시절 과외 선생님. 과일 도매업 하는 집의 장남.
주원과 형 동생 하는 사이로 발전했다.
주원의 아버지 한기환이 제 아버지였으면 싶다.

══════════════ **문주 경찰서** ══════════════

──→ **곽오섭** (52세, 남) - 경기서부청 소속 문주 경찰서 강력계장. 경감

상배의 강력계 부사수. 강력계의 모든 걸 상배에게 배웠다.
워낙 돈독한 사이고 우러러보는 사수라 상배의 부탁을 거절하지 못한다.
권력, 힘 이런 거에 약한 타입. 도해원 의원의 아들인 박정제 경위에게
함부로 못 하면서도 자신은 절대 그런 사람 아니라고 큰소리 빵빵.
여성이지만 강력계 형사로서 지화를 많이 아낀다.

──→ **정철문** (54세, 남) - 경기서부청 소속 문주 경찰서 서장. 총경

기환의 측근. 경찰대 출신. 상배와는 이십몇 년 전 강력반에서 함께 근무했던 사이.
나이 많은 현장 출신 형사, 경찰들에게는 평소 존댓말 쓰며 대하다가,
뭔가 어긋난다 싶으면 반말, 막말 막 섞는다. 네깟 것들 때문에 내가 미치겠어요.
20년 전 한기환의 눈에 들어 그 후로 쭉 한기환을 따라 다녔다.
본청(경찰청)에서 한기환 밑에 있을 때 청탁 들어주다 감사관실에 딱 걸렸다.
문주 경찰서 서장으로 좌천성 발령, 이제나저제나 불러주길 기다리며 자숙 중.

──→ **강도수** (34세, 남) - 경기서부청 소속 문주 경찰서 강력 1팀 팀원. 경사

지화의 파트너. 경찰공무원 7년 차. 강력계 2년 차 형사.

경기서부청 과학수사계 1팀 임선녀 경장의 남편. 첫눈에 반해 쟁취했다.
만양에서 나고 자란 만양의 아들이라 자칭한다.
만양에서 서울청 광수대까지 올라간 이동식 형사에 대한 존경심이 있었다.
의리에 죽고 의리에 살고. 오지화를 존경하고 누님으로 모신다.

─→ **임선녀** (33세, 여) - 경기서부청 소속 과학수사계 1팀 팀원. 경장

경찰공무원 5년 차. 과학수사요원 3년 차. 문주 경찰서 강력1팀 강도수 경사의 아내.
과학수사요원이 되기 위해 경찰이 된 CSI 드라마 세대.
호기심 많고 넓고 얕은 지식에 목말라하고 답을 찾아야 하는 타입.
딱 그 나이 30대 언니들처럼 명품 잘 알고 특히 구두 좋아한다.
신고 다닐 수 없어 구매하지는 않지만 매 시즌 매장에 들러 구두 구경하는 게 취미.

문주서로 내려와서 만난 강력계 형사 강도수의 애정 공세에 결혼, 신혼 1년 차.
결혼하자마자 애를 덜컥 가져버렸는데 임신했다고 현장에 나가지 않을 수 없는 일.
평생 과수계 일할 엄마에게 태어나는 거니까 태교부터 익숙해지라고 막달까지
열심히 현장에 나갈 계획이다. 같은 여성 경찰로서 지화를 좋아하고 존경한다.

─→ **하홍철** (43세, 남) - 경기서부청 소속 과학수사계 1팀 팀장. 경위

경찰공무원 12년 차. 과학수사요원 8년 차. 꼼꼼하고 세심한 성격.
경기서부청 소속이지만 문주 경찰서 과학수사계에서 근무하는 중.

일찍이 과학수사에 관심이 많아 과수계 요원이 된 건 아니었다.
어쩌다 보니 입문해서 굵은 사건 몇 건 해결해서 특진도 하다 보니 여기까지 왔다.
속도가 느려서 현장 감식 때 애먹는 타입.

용어정리

씬 장면(Scene)을 의미하며 같은 장소, 같은 시간 내에서 이루어지는 일련의 행동이나 대사가 한 씬을 구성한다.

D 그 장면이 이루어지는 시간대를 표시. 낮.

N 그 장면이 이루어지는 시간대를 표시. 밤.

/INS. 인서트(Insert)를 말함. 장면 사이에 삽입한 화면.

플래시컷 화면과 화면 사이에 들어가는 순간적인 장면. 극적인 인상이나 충격 효과를 주기 위해 삽입되는 짧은 화면.

플래시백 회상을 나타내는 장면. 지금 일어나고 있는 사건의 인과를 설명할 때 쓰이기도 하고, 인물의 성격을 설명하기 위해 쓰이기도 한다.

CUT TO 가까운 각도 안에서의 각도 전환을 의미.

디졸브 한 화면이 사라지면서 동시에 다른 화면이 점차 나타나는 기법. 짧은 시간의 경과나 가까운 장소의 이동, 씬을 마무리할 때 등에 쓰인다.

몽타주 따로따로 편집된 장면들을 짧게 끊어 붙여서 하나의 긴밀하고 새로운 장면을 만드는 기법.

(E) 효과음(Effect)을 뜻하며, 보통 등장인물은 보이지 않고 소리만 나는 경우에 사용한다.

(F) 필터(Filter)의 약자로, 전화기 너머의(필터를 거쳐 들려오는) 목소리 등을 표현할 때 쓴다.

9회

떠오르다

괴물

씬1   서울청 - 감찰조사실 (D, 오후)

창문 하나 없는 조사실 안. 낮게 깔리는 전등 불빛.
노트북을 앞에 두고 앉은 서울청 감찰조사관 한경감의 맞은편에 주원이 앉아 있다.
단정한 양복 차림의 주원, 무감각한 얼굴. 그 위로 한경감은 목소리만 잡힌다.

한경감(E) (자판 치던 손, 마무리하며) 아버님 아니, 한기환 차장님께서 기자회견까지
　　　　　한 사안이라서 2차 조사 출석 통보한 겁니다. 이대로 감찰은 마무리될 겁니
　　　　　다. 축하해요. 좋은 소식 있던데. 일 계급 특진.. (하는데)

주원　　　(툭-) 함정 수사였습니다.

한경감(E) ... 예?

주원　　　상부에 보고한 바 없고, 독단으로 강행했습니다. 피해자는 38세 여성, 이금
　　　　　화. 중국 국적의 재중 교포로, 지난 10월 19일 19시 28분경 경기도 문주시
　　　　　만양읍 소재 문주천 갈대밭에서 백골화된 사체로 발견되었습니다. 최초 발
　　　　　견자는 만양 파출소 소속 이동식 경사, 오지훈 순경, 그리고 저, 한주원입니
　　　　　다. 유기 장소를 파악하고 사체를 발견한 것은 아니며, (하는데)

한경감(E) (난감) 저기, 잠깐만. 지금 뭐 하는 겁니까. 감찰 끝났다니까?

주원　　　(차분히) 형법 제123조. 공무원이 직권을 남용하여 사람으로 하여금 의무
　　　　　없는 일을 하게 한 때에는 5년 이하의 징역, 10년 이하의 자격 정지 또는 1천

만 원 이하의 벌금에 처한다.

한경감(E) 그 조항은 내가 더 잘 알고요. (속삭) 그니까 그걸 왜 자백하냐고.

주원 독단으로 함정 수사 강행해서 피해자가 발생했습니다.

한경감(E) 그래서 그.. 지난주에 자살한 피의자를 직접 검거할 수 있었잖아요.

주원 (눈꼬리에 설핏 날 서며) 직권을 남용하여 사람이, 이금화씨가 사망했습니다.

한경감(E) 그러니까, 20년 동안 범행을 저지르던 연쇄 살인범을 한경위가 체포했잖아요, 그 덕분에.

주원 (그 덕분에? 경멸로 표정이 일그러진다)

한경감(E) 차후 보고 형식으로 처리하면 뭐.. 방법이 있으니까..

주원 (분노 누르며 단호하게 찍어 누르듯) 처벌,

한경감(E) ... 네?

주원 부탁드립니다.

씬2   만양 슈퍼 앞 전경 (N)

이파리 하나 남지 않은 앙상한 겨울의 깊은 밤.
골목 안 주택가 사람들은 모두 깊은 잠에 빠진 듯, 어둠 속에 가라앉은 골목길.
개미 지나가는 소리조차 들리지 않는 고요. 불 꺼진 만양 슈퍼 간판.
살인자.. 악마.. 지저분한 낙서로 덮여 폐허가 된 듯한 슈퍼의 모습 위로,

동식모(E) 쿠.. 쿨럭... 쿨럭 크억.. 컥컥..

씬3   만양 슈퍼 안채 – 거실 (N)

어둠 속 거실. 마치 폭탄을 맞은 듯 불규칙적으로 깨부숴져 있는 바닥.
안방 문 안쪽에서 여성의 기침 소리가 흘러나온다.

동식모(E) (밭은기침) 쿡.. 쿡... 도..... 동.. 식이니... (쿨럭.. 쿡.. 쿨럭)

씬4   만양 슈퍼 안채 - 안방 (N)

어두운 안방. 낡은 TV의 브라운관에서 유일하게 빛이 쏟아져 나오고 있다.
노이즈가 깔린 오래된 화면이 재생 중이고. TV 위의 VHS 플레이어가 돌아가는 중.
장롱 문이 열려 있고. 헤집어진 옷가지 아래로 장롱 속에 깊게 감춰뒀던 듯, 낡은 VHS
테이프들이 주위에 즐비한 TV 앞에 서 있는 동식. 작업복을 입고 먼지를 뒤집어쓴 채
담배를 들고 서 있다. TV 영상에 시선 꽂은 채 천천히 연기를 뿜고는 주머니의 약병을
꺼내 진통제 한 알을 덜어 씹는 동식. 그의 얼굴에 브라운관에서 쏟아진 빛이 얼룩졌
다가 사라지길 반복하는데.

진묵(E)   사모님. 저예요.. 지.. 진묵이.

/INS. TV 화면
화면 하단부의 타임라인. 2000.11.09. 22:23:34.. 35.. 36...
동식 집 안방. 머리가 허옇게 센 동식모가 누워 웅크린 채 받은기침을 쏟아낸다.
화면 끝에서 들어온 작업복 차림의 남자, 동식모의 등을 조심스레 쓸어주는데..
머리며 어깨에 먼지를 얹은, 20대의 강진묵이다.

동식모   (겨우 상체를 돌려 진묵을 본다) 도.. 동식이는?
진묵   도.. 동식인 군대 가.. 갔잖아요. (고개 돌려 카메라를 가리키며) 도.. 동식한
        테 보내주려고 이.. 것도 찍는 거잖아요. 기.. 기억 안 나세요?
동식모   (상체를 겨우 들어 카메라를 본다, 초췌한 얼굴) 그래. 그렇지.
진묵   (카메라 보며) 도.. 동식아. 자.. 잘 지내고 있지? 사장님은.. 유.. 연이 찾으러 나
        가셨어.
동식모   (울컥- 올라오는 듯 고개를 숙인다)
진묵   그.. 금방 찾을 거야. 걱정 마... 동식아.

/현재. 만양 슈퍼 안채 - 안방
화면을 바라보고 선 동식의 뒷모습. 담배 한 모금 빨았는지 연기가 흩어지는데.

/INS. TV 화면
진묵, 말짱한 얼굴로 낡은 더플백을 열더니 우유 한 팩을 꺼내 빨대를 꽂는다.

진묵 (동식모에게) 드.. 드세요, 사모님. 뭐.. 라도 머.. 먹어야 기운이 나죠.
동식모 (받지 않고) 저거 꺼. 동식이가 보면 속만 더 상하지. (진묵을 올려다보며) 너
   도 집 공사하느라 힘들 건데 민정이 데리고 어여 들어가.
진묵 (더플백에서 수건을 꺼내 먼지를 쓱 닦아 내리며) 주.. 죽만 끓여놓고 가.. 갈
   게요. 사모님.
동식모 (웅크리며 돌아눕는다)

카메라를 흘끔 보는 진묵. 카메라 쪽으로 다가오지만 끄지 않고, 이내 사라진다.
진묵이 문 열고 나가는 소리 들린다. 웅크린 동식모의 몸이 흔들린다.
소리 죽여 오열하고 있는 것이다. 으으.. 으으으...

동식모(E) 불쌍한.. 내 딸.. 불쌍한 내 새끼.. 으으.. 으으으..

/현재. 만양 슈퍼 안채 – 안방
어머니의 흐느낌을 듣는 동식, 슬픔이 이제 인이 박힌 듯하다.
동식, VHS 플레이어의 되감기 버튼을 눌러 뒤로 감았다가 이내 플레이 버튼을 누르
면.

동식모(E) .. 속만 더 상하지. 너도 집 공사하느라 힘들 건데 어여 들어가.

동식, 한 번 더 되감기 눌러 다시 플레이하면.

동식모(E) 너도 집 공사하느라 힘들 건데 어여 들어가.

동식, 화면 속의 열린 더플백 안을 뚫어지게 바라보면.
전동 그라인더, 흙손 등 시멘트 미장용 공구가 어렴풋이 보인다.
다시 어머니의 흐느낌. 으으.. 으으으.. 불쌍한 내 딸.. 불쌍한 내 새끼..
담배를 바닥에 비벼 끄는 동식. 그때 깨부숴진 콘크리트 사이로 무언가 반짝! 그 순간,

유연(E)   .. 오빠..

동식, 목장갑 낀 손으로 그곳을 미친 듯 쓸어 헤치는데.
바닥 깊은 곳에서 나지막이 목소리가 속삭이는 것 같다.

유연(E)   .. 오빠..
동식   (미친 듯이 바닥을 헤치는데)
유연(E)   .. 오빠..

/INS. 과거. 동식의 집 - 동식의 방 (2000년 1월)
침대에 누운 동식을 툭툭 쳐서 깨우는 손길. 스무 살의 동식, 눈을 뜨면.
한쪽 볼에 포스트잇을 붙인 유연이 서 있다.
'옛다, 받아라. 서울대 법대 축 합격이로다. - 너의 1분 오빠님이.'
다른 쪽 볼에 손을 대서 반꽃받침 하는 유연. 손가락에 끼워진 귀여운 루비 반지.
손끝을 촤라라- 흔들어보는 유연. 반짝이는 빨간 루비 반지. 그리고 유연의 미소.

/현재. 만양 슈퍼 안채 - 안방

유연(E)   .. 오빠...

어디선가 동식을 깨우던 그때의 유연이 목소리가 계속 들리는 것 같다.
미친 듯이 땅을 파헤치던 동식의 손끝에 걸리는 빨간 물체.
동식, 황급히 들어 보면. 검붉고 낡은 유리 조각일 뿐이다.
하아- 고개를 숙이는 그때, 동식의 귀에 다시 들리는 어머니의 목소리.
으으.. 으으으.. 불쌍한 내 새끼.. 불쌍한 내 딸.. 으으으..
몸을 일으켜 선 동식, 벽에 세워둔 해머를 다시 잡는다.

유연(E)   .. 오빠....
동식   (하아.. 숨을 내뱉는. 허연 김이 차갑게 얼어 사라진다)
유연(E)   .. 오빠....

동식   (해머를 내리친다)

으으.. 으으으.. 불쌍한 내 새끼.. 불쌍한 내 딸..
모친의 흐느낌 속에서 하염없이 해머를 내리꽂는 동식. 그 위로,
자막. '강진묵 사망 3개월 후'.

씬5   문주천 갈대밭 전경 (D, 오후)

낮게 내리쬐는 햇빛. 불어오는 겨울바람.
절정을 지나 말라버리기 시작한 갈대가 이리저리 몸을 넌다.
바람결에 따라 흔들리는 마른 갈대의 쉬이- 쉬이이- 소리.

씬6   만양 파출소 전경 (D, 오후)

칼 같은 겨울바람이 곳곳에 파고든다. 겨울 외투를 입고 종종거리며 지나가는 사람들.
깊어질 대로 깊어진 겨울의 한 자락에 자리 잡은 만양 파출소 전경.
그 위로 자막. '2021년 2월'.

씬7   만양 파출소 안 (D, 오후, 동 시각)

정수기 옆 탁상 위로 가습기가 따수운 김을 퐁퐁 뿜는다.
벽에 붙은 각종 포스터와 지도. 가습기 위로 새로 붙은 액자 하나.
'경축 일 계급 특진! 2020년 11월 21일 문주 경찰서' 현수막 붙은 문주 경찰서 앞에서
찍은 사진이다. 무궁화 하나 붙은 경위 제복의 동식과 무궁화 2개 붙은 경감 제복의
정제가 꽃다발을 들고 가운데 서 있는데, 무표정한 동식과 어색한 미소의 정제가 묘하
게 대비되는 주변으로 정서장, 곽계장, 상배, 길구, 광영, 지훈, 지화, 도수의 모습 보이고.
넥워머에 겨울 점퍼 단단히 입은 길구, 사진 아래 정수기로 다가온다. 커피믹스 알이
든 컵 들고 다가와 정수기 온수를 받는. 커피 봉지로 커피 휘- 젓고는 홀짝 한 모금 하

다 아뜨드- 하는 길구.

광영   (책상 아래 전열기에 발을 녹이며) 조심 좀 하시지.
길구   속 시려서 후딱 뎁힐라 그랬지. (덴 것 같다. 두 입술을 찹찹찹 부딪히며) 어
       으 추워. 언제까지 모지리로 살아야 한댜?
광영   (책상 위 드립 포트 속 물 온도 체크) 뭔 모지리요.
길구   우리 팀 말야. (커피믹스 봉지로 가리키며) 한주원 경위가 휴직계 낸 게 언젠
       데. 해 넘겨서 벌써 2월이구먼, 언제까지 모지리로 살아야 한댜?

길구가 가리키던 곳은, 깔끔하게 정리된 주원의 자리다.

길구   경찰서로 빽 할라고 줄 대놓은 거 있잖아요. 거기서 뭐 들은 거 읎나?
광영   (기분 나쁘다) 저, 윗선에 줄 대고 아부하는 놈 아니거든요?
길구   (동의할 수 없고) 뭐... (혼잣말) 그렇다 치자. (하는데)
광영   (원두 담긴 드리퍼에 드립 포트로 물줄기 얇게 쫄쫄-) .. 위에서도 난감한 모
       양이긴 하던데.
길구   위에서? 왜에..?
광영   결원이 발생해야 충원해줄 수 있으니까요.
길구   한경위 휴직계 냈잖아.
광영   (속삭) 휴직계 처리를 하려니까 연락이 안 된답니다. 석 달 가까이 감감무소
       식. 어디서 뭘 하는지 아는 사람이 1도 없다는 스토리.
길구   차장님은? 아부진 알 거 아녀.
광영   (물줄기 신경 쓰며) 차장님이 주원의 주 짜도 꺼내지 못하게 한대요.
길구   (에혀) 내가 부모라도 열받지. (벽에 붙은 사진 턱으로 가리키며) 저기 체포
       할 때 갈대밭에서 재이랑 쇼한 정제까지 특진해서 경감 달았는데, 한경위는
       다 차린 잔칫상을 제 손으로 엎어버렸잖아. 사람이 참 올곧아, 웅?
광영   올곧긴. 내가 한주원이면 그렇게 하지 뭐.
길구   그렇게 바라시는 경감 특진을 엎는다고?
광영   한주원이면 그렇다고요. 부익부 빈익빈. 세상 온통 불평등인데 기회라고 평
       등합니까? 한주원이면 승진 기회 차고 넘칠 건데 한번 차낸다고 뭐. (드리퍼
       들어서 컵에 똑똑 떨어지는 커피 방울을 가만히 바라보며 자조적) 평생에

　　　　　　한 번 올까 말까 한 사람들이 목숨 걸고 썩은 동아줄 잡는 거예요.

길구　　(흐음.. 중얼) .. 썩은 동아줄이라... (말 돌리듯) 난 아직도 이해가 안 되는 게 한경위가 왜 휴직계를 냈을까? 난 동식이가 휴직할 줄 알았어.

광영　　저도 그건 좀.

길구　　강씨 갸가 그렇게 자살해버려서 사건은 공소권 없음, 불기소 처분으로 끝나 버렸지.. 동생은 영영 찾을 길이 없지.. 속이 속이 아닐 건데.

광영　　그러니까 새벽마다 그 난장을 치잖아요. 어젯밤에도 2팀 근무하는데 민원인 항의가 말도 아니었다는데. 낮엔 멀쩡하면서 참나 이해가 안 돼.

길구　　(쯧..) 겉으론 멀쩡해 보여도 나사가 빠져서 그래. (쯧) 빠질 만허지.

광영　　(드리퍼를 옆에 내려놓고 잔을 들어 향을 음미하는데)

길구　　그 뭐- 헤즐럿인가? 향이 고급지네. 한 잔 줘봐요.

광영　　(헤즐럿?) 아우- 수준 차이. 100그램에 팔천 원! 케냐 뚱구리라고, (설명 포기) 믹스 드셔요. 두 봉 드셔~

길구　　뚱뚱이 한 모금만 해봅시다~ (훅 다가가 손 뻗는)

광영　　(돌려 막으며) 뚱뚱이 아니라고! 드시던 거 드셔요!

소장실 문 열리고, 신문을 옆구리에 끼고 컵과 티 포트를 들고 나오는 상배.

상배　　(광영과 길구가 엉켜 있는 것 보며) 댄스 혀?

광영　　(길구 확 밀치고) 열과 성을 다해 근무 중입니다, 소장님.

길구　　(허리 잡으며 구시렁) 가뜩이나 모지란데 나까지 병가 내면 어쩔라고.

상배　　(회의 테이블에 신문과 컵 내려놓고, 정수기로 가며) 뭐가 모지린데?

광영　　(바로) 저는 하나도 모지라지 않습니다, 소장님. 현재에 매우 만족하고 있습니다.

길구　　(아으- 저 뺀질 모지리) 한주원 경위님 휴직한 지 벌써 석 달인가? 2월도 됐는데 말입니다. 머릿수 하나 빠진 채로 언제까지 근무해야 할지.

상배　　(티 포트에 뜨거운 물 졸졸 받는다)

길구　　날이 추워서 출동 나가는 게 진짜 힘든데, 그.. 우리 이경위도 말이죠. 암래도 나사가 흔들흔들할 수밖에 없고..

상배　　(쓱- 보고) 갸 나사가?

길구　　어젯밤에도 말이죠. (멈추고 광영에게) 황경위님, 2팀 애들이 하는 얘기 같이 들었다면서요.

광영 (금시초문) 제가요?

길구 (야-)

상배 얼른 털어. 시작을 했으문 끝을 봐. 2팀 애들이 뭐라 씨부렸길래, 날도 추운데 순찰 나가 자리 없는 지네 팀장을 들입다 씹는지 보게. 걔 나사가 어디가 어쨌다고?

광영 (바로 절레절레) 사람이 자리에 없는데 뒷담화라니.. 저는 그런 거 진심으로 경멸합니다, 소장님. (한심한 눈초리로 길구 본다)

길구 (와나-) 그죠.. 암것도 아녀요. 내가 팀장을 왜 씹어요. (구시렁) 순찰 잘 나간 사람 뭐, 멀쩡하지. 멀쩡해.

씬8 만양 정육점 앞 도로 일각 – 순찰차 안 (D, 동 시각)

경위 표식인 무궁화 하나 단 근무복 입고 운전석에 앉은 동식, 귀가 간지러운지 손가락으로 귓속을 후비적후비적. 조수석의 지훈, 창 너머 멀리 만양 정육점 간판을 본다.

지훈 (한숨) 재이 누나 휴대폰, 오늘도 꺼져 있어요.

동식 (묵묵히 앞을 보며 운전)

지훈 형. 진짜 걱정 안 돼요?

동식 (나직이 노래 부른다) 부산에 가면 다시 너를 볼 수 있을까~ 고운 머릿결을 흩날리며 나를 반겼던~

지훈 아으- 그놈의 부산에 가면. (간절히) 노래만 부르지 말고 우리 부산에 한번 가봐요. 누나 진짜 거기 있는지 확인만 하고 오자니까?

동식 (못 들은 척 계속 노래) 어디로 가야 하나~ 너도 이제는 없는데~ (정육점을 지나치며 무심히 흘끔 보는데, 순간 눈빛 날카로워지며, 끼익- 급브레이크!)

지훈 (몸 앞으로 훅- 쏠리며) 아이쿠!

동식 (후진 기어 넣고 엑셀!)

지훈 어어어!

동식 (브레이크 스윽- 밟아 정육점 바로 앞길에 차를 세운다)

지훈 왜요. 뭔데요?!

동식, 지잉- 조수석 창문 내리고는 정육점을 가만히 바라본다.
지훈, 동식의 시선 좇아 정육점을 바라보면. 잠시 후 눈 번쩍!
내려진 셔터 사이로 갑자기 무언가 번쩍- 했다 사라진다!

씬9   만양 정육점 앞 (D, 오후)

지훈, 셔터 상태 확인하면. 자물쇠가 없고 그저 내려지기만 한 상태.
동식, 고개를 끄덕하면. 지훈, 셔터 하단부를 잡고 위로 촤라락- 올려버린다!
셔터 올라간 동시에 동식이 안으로 뛰어 들어가고!

씬10   만양 정육점 안 (D, 오후)

우르르 쿵쿵 탕! 끼엑- 뭐여! 꺅꺅! 부산스러운 소리.
이미 동식은 멈춰 서 있고. 따라 뛰어 들어간 지훈, 우뚝 멈춰 서며.

지훈   헐.........

씬11   만양 파출소 안 (D, 오후)

상배, 회의 테이블에 앉아 홀짝홀짝 차 마시며 신문을 보고 있고.
민원 데스크에 나란히 앉은 길구와 광영. 광영은 상황 근무석에 자리 잡고 있는데.

길구   (중얼중얼) 미꾸라지냐. 뒷담화 다 해놓고 발뺌은. 치사하다, 치사해.
광영   (속삭) 내가 언제 이경위 뒷담화했다고. 물귀신인가? 왜 자꾸 끌어들여요.
길구   나만 좋자 그래? 한 가족끼리 다 같이 편하자구, (하는데)
광영   (단칼) 놉. 우린 남입니다. 조경사님 가족은 따님, 사모님.

그때 무전기에서 소음. 치직-! 치직-!

지훈(F) (무전기 소리, 다급하다) 순 하나. 순 하나! 큰일 났습니다!

상배/광영/길구 (상황 근무석의 무전기로 동시에 시선!)

지훈(F) (무전기 소리, 다급히) 조경사님 사모님이요!

길구 우리 집사람?

광영 (무전기 들어 답하려는 그때)

길구 (획- 낚아채서 무전기에) 우리 집사람이 왜!

지훈(F) (무전기 소리) 아니 지금 것보다, 동식이 형, 아니 이경위님이요..

길구 (무전기에) 우리 집사람이랑 동식이가 왜 같이 붙어? 둘이 남남인데!

광영 (기시감이 느껴진다) 어.. 이거.. 혹시..

상배 (신문 탁탁 접으며 중얼) .. 이동식. 이 또라이..

지훈(F) (무전기 소리) 게이지 차오르고 있습니다아아......!

씬12 만양 정육점 안 (D, 오후)

머리에 검은 봉다리 쓰고 무릎 담요를 어깨에 쓴 길구 처가 애써 미소를 지은 채 구석에 어색하게 서 있는. 뒤편으로 쪼그리고 앉은 싸롱 드 만양 주인, 훼리가나 치킨집 기타 등등의 아주머니들. 모두 어깨에 담요를 쓴 채 입 꼭 다물고 눈을 도록도록 굴리고 있다. 먼지가 뽀얗게 쌓인 드럼통이 한구석에 밀려나 있고, 바닥 옆 구석엔 라면 끓여 먹었는지 전기 라면 포트와 코펠 그릇 같은 게 보이고. 바닥 한가운데 깔린 돗자리. 그 가운데 군용 담요로 무언가 봉긋하게 덮여 있는데.
동식, 쪼그리고 앉았더니 근무복 주머니에 꽂은 펜을 꺼내 담요 끄트머리를 훅 올려본다.

길구 처 도.. 동식아.. 아니, 이경사. 아 참, 특진했지. 존경하는 우리 이경위님. 있잖아요, 이건 그러니까 뭐랄까.

싸롱 주인 (속삭) 놀이.

길구 처 그려, 놀이!

치킨집 (구석에 쪼그리고 앉아서 고개 끄덕이며) 그치, 놀이.

아줌마들 맞어. 놀이./걍 논 거지./심심해서 논 거지./적적해서 논 거지.

길구 처	우리 다 그냥 놀고 있는 중이야. 그러니까, (일부러 한 발 나오며) 바쁠 건데 어서 가봐.
아줌마들	(휘적휘적 하나둘 일어나며) 그래그래./바쁜데 뭘./오바다 오바여./쟈가 원래 오버하잖여./사람이 예민햐.
동식	(쭈그리고 앉은 채) 스토옵-! 모두 멈추십쇼.
아줌마들	(굳는) !
지훈	(속삭) 혀엉...
길구 처	(애써 미소) 동식아, 왜 구래. 우리가 남이가.
동식	(듣는 척도 않고 일어나며) 이제부터! 여기 계신 분들 모두 무단침입, 사기, 도박, 도박 방조죄로 즉시 연행하겠습니다.
아줌마들	(웅성웅성) 엄머머- 뭐래는 거야./쟤 진짜 미쳤나 봐./논 게 죄냐!/또 뭘 연행햐!/또 저 지랄야!
동식	(아랑곳하지 않고) 묵비권 행사할 수 있고 변호사 선임할 권리, 변명할 기회가 있고 체포 구속 적부심을 법원에 청구할 권리가 있습니다.
아줌마들	(와글와글) 얘가 미쳤나!/이번엔 머리채도 안 잡았어!/협박이여 뭐여!/레퍼토리가 맨 같어!/승진했으면 사람이 성숙해져야지!
길구 처	(와글거리는 아줌마들 뒤로 슬금 빠져 뒤로 나가려는데)
동식	710915 다시 2135삐삐삐삐삐(삐- 처리), 이강자씨!
길구 처	(우뚝) 아으씨..
동식	도주 중인 것 맞습니까.
길구 처	도주는 무슨! 그러는 넌 왜 남의 주민번호를 외우고 다니는데? 그거 공권력 남용에 개인 정보법 위반이야!
아줌마들	옳소!/그라줴!/서당 개 삼 년이면 풍월을 읊는다더니./경찰 마누라가 다르긴 달라./콩밥 먹여, 쟈도 먹여!
동식	오순경.
지훈	(바짝 다가붙어 속삭) 혀웅..
동식	셔터 내려.
길구 처	(그 순간 뒤로 더 주춤 빠지는데)
지훈	(동식 뒤에서 고개 황급히 내저으며, 속삭) 흐지므요. 그르지 므요.
동식	이강자씨! 공무집행방해죄도 없을까요?
길구 처	(울컥) 엎어라, 엎어! 이씨-! (와다다- 뒷문으로 뛴다)

아줌마들   (순식간에 우르르 뒷문으로!) 웜머!/옴메!/뛰어!/비켜어!

지훈   (개좌절) 으이씨... 흐지.. 마시라니까..

동식   (하품 하아암-)

길구 처(E) 뭐여 이거! 왜 안 열려! 안 열어놨어?

싸롱 주인(E) 뭔 소리야. 아까 열어놨어.

아줌마들(E) 씨게 쳐봐!/밀어!/하나 둘 셋!/밀어!/힘줘!/힘 좀 써, 이 여편네들아!

씬13   만양 파출소 안 (D, 오후)

앉고 선 아줌마들, 상배와 지훈에게 항의 중. 동식이 저 미친놈이 뒷문을 잠갔다고! 우
리가 무슨 흉악범이냐 이거여! 광영, 멀찍이 떨어져 서서 이번에도 커피나 홀짝이고.
길구 처, 머리에 검은 봉다리 쓴 채로 동식 앞에 앉아 묵비권 행사 중. 길구는 가슴을
통통 치고 있고.

치킨집   아니, 소장님. 지난번에도 이렇게 잡아다 개고생을 시키더만. 그때도 워쨌어.
        암것도 아니었잖어.

아줌마들   (메들리) 맞어./맞어./맞어./맞어.

상배   문 닫은 남의 영업장에서 왜 그러고들 있었냐고.

싸롱 주인 지난번에 도박장 개설이니 뭐니.. 내가 몇 날 며칠 잠을 못 잤다니까? 아우-
        또 오해 사긴 싫지.

아줌마들   맞어./고생했쟈./나라도 싫어./동식이 저놈의 시키./사람을 죄인 만들어.

치킨집   재이가 열쇠 감춰두는 곳이야 개네 엄마 때부터 이 동네에 알 만한 사람은
        다 알잖어.

지훈   그건.. 재이 누나가 엄마 돌아올까 봐 거기에 계속 둔 거고요.

치킨집   (쩝) 글타고 뭐, 우리가 거기 좀 쓴다고 재이가 쌩낼 애야?

아줌마들   그럼./아니지./재이가 혼자 컸나?/우리가 갸를 업어 키웠어.

상배   (하아) 문 닫은 내내 거기서 논 겨? 이 추운데 석 달이나?

싸롱 주인 깨끗하게 놀고 싹 치우고 나왔어요.

아줌마들   그럼./우리도 양심이 있어./청소해준 거라고./완전 공짜로.

치킨집   (동식을 노려보며) 그걸 가지고 한동네 사람끼리, 가족 같은 사람끼리 뭐? 무

단침입? 어이고, 그럼 여기 파출소 경찰님들부터 잡아가야겠네. (벌떡 일어나 삿대질) 회식 때 나 없는데 우리 치킨집 들어와 앉아서 맥주 마셨어, 안 마셨어??

아줌마들 (같이 삿대질) 남의 영업장엔 왜 맘대로 들어간다?/맥주도 따라 마셨어?/똥 싼 놈이 썽낸다고!/적반하장!/내로남불!

상배 (하.. 동식 쪽을 돌아보면)

동식 (묵묵히 길구 처만 바라보고 있다)

길구 처 (입 꼭 다물고 앉았는데)

길구 말을 허라고 말을! 그놈의 까망 봉다리를 왜 자네가 쓰고 앉았냐고!

길구 처 말 시키지 말어! 묵비권 행사 중인 거 몰라?

길구 어우씨.. 이눔의 여편네가!! (혹- 다가서는데)

동식 (길구를 탁- 막으며) 형법 제260조. 사람의 신체에 대하여 폭행을 가한 자는 2년 이하의 징역, 500만 원 이하의 벌금, 구류 또는 과료에 처한다.

길구 뭔 소리야. 내가 우리 집사람을 패기라도 한다는 거야 뭐야?

광영 (뒤에서 고개를 끄덕이며) 내가 봐도 그럴 기세.

길구 (괜히 광영에게 버럭) 왜 이래! 나 경찰이야!

광영 (워매- 무서워)

길구 동식아. 나도 안다, 알어. 십 원 이십 원이 백 원 이백 원 되고, 백 원 이백 원이 천 원 이천 원 되는 거. 티끌 모아 태산, 천 리 길도 한 걸음부터, 응?

동식 아닙니다.

길구 응?

동식 이번엔 십 원 백 원 천 원 아니라고요.

상배 그럼.. 이번엔 뭔데?

지훈 그게.. (회의 테이블 위에 놓인 압수해 온 담요를 쿡쿡- 가리킨다)

회의 테이블로 다급히 다가간 길구, 담요를 휙 열어젖힌다.
그 속에 든 것은 중국 위안화 동전, 지폐와 마작패!

동식 은행 환전이면 1위안에 170원에서 180원. 하지만 더 저렴하게, 160원 수준으로 쳐준다 했을 겁니다.

길구 처 (흠칫- 보면)

동식	1위안 한 장 두 장 석 장 늘어가면 환율 계산 바로 안 되고, 일단 액면가 숫자가 백 원 이백 원보다 적으니 감이 안 오죠. 판돈은 계속 올라갔을 겁니다.
길구	(후우...)
동식	형수님. 저, 딱 한 번만 묻습니다. 판돈으로 사용한 중국 위안화, 누구한테 빌린 겁니까.
아줌마들	(꿈찔- 서로 눈치만 보는. 특히 싸롱 주인에게 시선)
상배	(표정이 심각, 싸롱 주인을 내려다보는데)
길구 처	(잠시, 고개를 절레절레! 조개처럼 입술을 꼬옥- 깨문다)
길구	(버럭) 이눔의 여편네가! (처에게 달려든다!)
길구 처	옴마마-! (벌떡 일어나 도망친다!)
광영	(길구 처 잡지 않고 피했는데! 길구와 부닥쳐 우왕좌왕)
싸롱 주인	(이때가 기회다!) 튀어!
아줌마들	(우르르 파출소 밖으로 튀어 나가려 하고!)
지훈	(아줌마들 사이에 껴서 잡지도 못하고) 어딜 가세요! 이러심 안 돼요!

우당탕! 저 여편네 잡어! 길구의 고함. 길구 처, 문고리 잡고 튀어 나가려는 찰나!

상배	(우뚝 선 채, 버럭) 스토오오옵-!
모두	(움찔!)
상배	오순경. 문 잠가라.
지훈	소.. 장님..?
상배	누구든 저 문 한 번만 열어봐! 내 경찰 인생을 걸고, 콩밥 제대로 자시게 할라니까!

그때 파출소 문이 열린다.
들어오는 사람은, 슬림한 초고급 캐시미어 코트를 걸친 한주원!
모두 눈이 휘둥그레지는데.

주원	(안 봐도 비디오다, 피식) 변함없네, 만양.
동식	(주원과 눈 마주치는)
주원	(여유 만만한 미소 빙긋이 짓고는, 상배에게) 경위 한주원, 만양 파출소로 복

직 신고합니다. (목례)

지훈/광영/길구!!!!

상배　어.. 한주원 경위. 돌아왔어? 그 문 좀 잠가봐.

주원　(빙긋, 돌아서 천천히 파출소 문을 탁- 잠그는 그때)

삐록! 따리링! 땡! 지잉! 띵동!

동식, 상배, 지훈, 광영, 길구의 휴대폰에 문자 들어온다.

동식, 테이블 위에 놓여 있던 휴대폰 흘끔, 그 순간 굳는다!

'박정제: 유재이, 문주서 강력팀 자진 출두.'

씬14　문주 경찰서 – 강력계 진술 녹화실 (D, 오후)

참고인 조사받는 의자에 홀로 앉아 있는 재이.

화장을 옅게 했을 뿐인데 어딘가 느낌이 달라진 그녀.

씬15　문주 경찰서 – 생활안전계 사무실 (D, 오후)

'생활안전계장' 명표가 붙은 자리에 앉아 있는 정제.

슬림한 고급 양복을 입은 모습이 전과 달리 상급자의 분위기가 풍긴다.

정제, 심각한 표정으로 화면을 보고 있는데.

화면 속 영상은 문주 경찰서 후문 쪽을 향해 주차된 차량의 블랙박스에 찍힌 것이다.

2020.11.10. 05:46:11.. 12.. 13.. 14.. 영상 속 타임라인 흐르고.

영상 속으로 성큼 들어오는 야구 모자를 눌러쓴 여자 하나.

주차된 차 앞쪽에 서서 경찰서를 가만히 바라보더니, 망설이듯 고개를 돌린다.

정제의 눈이 커진다. 블랙박스에 여자의 얼굴이 고스란히 잡히는데.

바로 3개월 전의 유재이다.

씬16　문주 경찰서 – 강력계 진술 녹화실 (D, 오후)

재이, 표정 변화 없이 앞을 보면.
참여인으로 앉은 도수, 그리고 변함없는 모습의 지화가 맞은편에 앉아 있다.

지화　유재이씨, 오늘 문주 경찰서에 자진 출석한 것 맞습니까.

재이　네. 맞습니다.

지화　그럼 질문하겠습니다. 2020년 11월 10일 05시 46분경, 유재이씨는 문주 경
　　　찰서 근처에 있었습니까.

재이　네.

지화　(동공 흔들린다) 거기 왜 있었습니까.

재이　(차분히) 강진묵, 살해하려고요.

씬17　문주 경찰서 후문 앞 도로 (D, 새벽, 과거 – 3개월 전)

블랙박스 설치된 차량 앞에 선 재이.
망설임이 느껴지는 얼굴로 주머니에 든 것을 잠시 꺼낸다.
4회 24씬 압수수색 당시 증거 수집용 봉투에 넣었던 한정임의 혈흔이 묻었던 바로 그
칼이다. 닳아 반쯤 없어진 칼날이 날카롭게 번쩍인다.
칼을 주머니에 집어넣는 재이, 결심한 듯 문주 경찰서 후문으로 향하는데.

씬18　만양 파출소 – 소장실 (D, 오후, 현재)

탁자에 놓인 태블릿 PC의 블랙박스 영상. 재이가 경찰서 후문으로 사라지는 것을 내
려다보고 있는 상배, 광영, 지훈, 동식.

지훈　이게.. 갑자기 제보로 들어왔다고요?

상배　(표정이 굳어서 태블릿 속 멈춘 화면만 내려다보고 있는데)

광영　잠깐만. (PC 화면 멈춘다) 여기 타임라인. 11월 10일이면 (동식을 찔끔 보며)
　　　그 사람이 죽은 날 아닙니까?

지훈	그래서요. 그게 뭐요.
광영	아니, 그러니까.. 이게 시간도 아마.. 그 사람 사망 추정 시간이 언제지? 이때쯤 아닌가?
지훈	그.. 그 사람은 칼에 찔려 죽은 것도 아니잖아요. 분명히 낚싯줄로 목매서 자살한 거라고 국과수에서 그랬고! (하는데)
광영	재이씨한텐 명확한 살해 동기가 있잖아. 게다가 딱 그 타이밍에 칼을 들고 경찰서로 들어간 영상이 있다는 건 백퍼 의심스러운 정황이지. 충분히 그 사람을 살해, (하는데)
상배	그 사람 그 사람 참! 이름은 왜 못 불러?
동식	(자리에서 일어나며) 그러게요. 강진묵. 부르면 되는걸.
지훈	형, 아니.. 이경위님, 어디 가세요? 문주 경찰서요? 그럼 저도, (하는데)
동식	(고개로 까딱- 소장실 밖을 가리키며) 조경사님 속 탈 텐데, 현행범 체포 마무리해야지. 나가보겠습니다. (상배에게 꾸벅)
상배	(심각한 표정, 나가봐 손짓)
지훈	그럼 재이 누나는요?!
동식	(중얼) 알아서 하겠지. (문 열고 나가버리는데)

씬19 문주 경찰서 – 강력계 진술 녹화실 (D, 오후, 동 시각)

지화	(자판을 천천히 치며) 그래서.. 살해했습니까.
재이	(담담히) .. 아니요.
지화	(낮게 안도의 숨) 왜, 하지 않았습니까.
재이	(천천히 눈을 내리간다)

씬20 문주 경찰서 후문 주차장 앞 도로 (D, 새벽, 과거 – 3개월 전)

모자를 눌러쓴 재이, 막아둔 주차장 쪽 구조물 앞으로 다가간다.
텅 빈 주차장 너머 어둠 속의 경찰서를 바라본다.
떨리는 동공. 낮게 한숨을 내쉬는데.

씬21   문주 경찰서 – 강력계 진술 녹화실 (D, 오후, 현재)

재이   들어가질 못했어요.

지화   왜?

재이   (눈을 들어 지화를 본다, 잠시 빙긋이 미소) 강력계 유치장이 아무나 들어갈
       수 있는 곳 아니잖아. 내가 그렇게 부탁했는데, 언니도 절대로 안 된다 그랬
       잖아.

도수   (응? 그게 무슨 소리?)

지화   (나직이 다시 분노 누르며) 그래서 들어가지 않았다?

재이   왜 자꾸 물어? 경찰서 복도 CCTV 확인하면 되잖아.

지화   (후.. 한숨 내쉬는데)

재이   없어요? CCTV 없는 거예요?

도수   그게, (말하려는데)

지화   강도수! 입 닫아.

도수   (흠칫–)

지화   (차분히 보며) 여긴 왜 자진 출석한 겁니까. 우리가 부르지도 않았는데.

재이   협박, 받았으니까. (휴대폰 꺼내서 메일 열어 보여주며) 블랙박스 영상, 문주
       서 강력계에 제보할 거라고.

씬22   한식당 – 룸 (N)

주원, 말끔한 정장의 기환과 마주 보고 앉아 있다.
육회를 듬뿍 떠서 입에 넣는 주원. 그 모습을 보고 있는 기환, 기가 차다.

기환   날고기는 입에 대지도 않더니.

주원   (빙긋이 육회를 맛있게 씹어 삼키는데)

기환   날고기라도 먹고 거칠게 살아보겠다는 건가.

주원   (피식) 아뇨. 맛있어서요. (육회 다시 집으며) 지금까지 그딴 얕은 경험으로

판단하고 살았나 싶고. 앞으론 뭐든 가리지 않고 해보려고요.

기환   가리지 않고 뭐든 하겠단 녀석이, 석 달 만에 돌아와선 한다는 짓이 만양 파
       출소로 복직을 해?

주원   네. (풋- 웃으며) 자꾸 생각나서. 거기 꽤 재밌거든요.

기환   (황당) 쓸데없는 짓 그만하고 서울청으로 복귀해.

주원   싫습니다.

기환   한주원. (하는데)

그때 똑똑 노크 소리. 기환, 보면. 혁이 문 열고 들어온다.

기환   (인상 살짝) 권검사?

혁   아버님, 늦어서 죄송합니다.

기환   권검사가 여긴 왜?

혁   네? (눈치, 주원 보면)

주원   (다시 육회 집어서 앞접시에 놓으며) 제가 불렀어요. 아버지가 저만큼, 아니
       저보다 형을 더 아들처럼 생각하시는 것 같아서.

기환   (크음, 이 자식 진짜)

혁   (눈치 보며 냉큼 주원 옆에 앉으며) 어차피 오늘 꼭 뵈어야 했습니다. 보고받
       으셨습니까? 문주 관련해서요.

기환   문주? (고개를 살짝 내저으면)

혁   하.. 그게.. 일단 보시죠. (휴대폰 꺼내서 블랙박스 영상 플레이한다)

기환   (보는, 순간 멈칫- 굳었다가) 이게.. 무슨 영상인지.

혁   그.. 강진묵 자살 당일 블랙박스 영상입니다. 여기 날짜 보시면 2020년 11월
       10일.

기환   이게 왜.

혁   강진묵 자살 껀은 낚싯줄 문제가 해결되지 않았잖습니까. (아쉽다는 듯) 사
       실 이대로 가면 미제로 끝날 일인데, (아차.. 주원의 눈치 보고 말 돌리듯) 여
       기 영상에 찍힌 여성 말입니다, 칼 숨겨 넣고 경찰서 쪽으로 가는. (주원을
       본다) 한주원, 왜 놀라질 않나?

주원   (덤덤하게 물잔 내려놓으며) 아까 만양 파출소에서 들었어.

혁   그 여자 맞지? 니가 나한테 뒷조사 부탁했던 정육점 썸녀.

기환	썸녀?
주원	(피식) .. 썸녀.. (기환을 쓱 보며) 아직까진 아니었는데 그것도 이제 해볼까 봐요. 안 해본 일이니까.
기환	한주원!!!
혁	(오마나-!)
주원	(빙긋이) 왜 고함을 치세요. 아버지 눈에 안 차서? 아님.. 강진묵 사건과 관련 된 사람이라서?
기환	(나직이) 서울청으로 당장 복귀해. (물잔을 드는데)
주원	(여유롭게) 저 벌써 출근했고요. 가라면 가고 오라면 오는 삶, 이젠 안 살아 요. (나가려고 일어서다가 다시 기환을 보며) 혹시 제가 지금 아버질 꼭 도와 드려야 하는 상황이에요?
기환	(하..) 뭐?
주원	에이- 경찰청장 그게 뭐 별거라고. 알아서 좀 하세요. (자리에서 일어난다) 형, 아버지 잘 모셔다드리고 들어가요. (나간다)
혁	(눈 굴리며) 어.. 어.
주원	(문 탕- 닫고 나가면)
기환	(테이블을 물잔을 탁- 내려놓는데)

씬23　도해원 의원 선거 사무소 (N)

"'같이'의 '가치'가 이뤄내는 기적! 새로운 문주 2021!'
'고속철도 노선 확장 추진, 문주에서 서울까지 20분! 도해원과 함께 GO!'
'21년 만의 숙원! 드디어 시작합니다! 도해원과 함께 2021 문주!'
각종 캐치프레이즈가 적힌 작은 현수막이 벽면에 걸려 있고.
본격적으로 개발이 진행되고 있는 듯 예비 계획 도면도 붙어 있다.
책장에 놓인 자원봉사자와의 사진들은 모두 새로운 사람들과 찍은 것으로 교체된.
소파 상석에 앉은 해원, 날카로운 표정이며 화려한 의상 또한 조금도 변함없고.
그 옆의 창진, 여전한 모습으로 태블릿 화면으로 블랙박스 영상 보는 중이다.

창진	(영상 속 재이를 내려다보며 중얼) 아 진짜.. 이 문주 것들 오지랖은.

해원   오지랖? 그게 그렇게 단순하게 생각할 일이야?

창진   (태블릿 내려놓으며) 그럼 복잡하게 꼬고 꽈요?

해원   이 영상 날짜 좀 봐. 슈퍼 살인마 걔가 죽은 날 찍힌 거라고.

창진   (소파에 상체를 기대며 부드럽게) 그래서요.

해원   그 자식이 자살하구 겨우 잠잠해져서 (현수막 가리킨다) 이만큼 만들어놨는
        데, 또 살인이니 뭐니 시끄러워지면 (울상) 우리 사업 어떡해~

창진   살인이라. 왜 그런 생각을 하시지? 혹시~ (해원을 들여다보며 속삭) 의원님
        이 걔 죽인 거임?

해원   엄머머! 20년 넘게 보고도 몰라? 내가 손에 피 묻힐 사람이야?

창진   (러시아어, 중얼) 피만 안 묻히지 뭐.

해원   아 쫌! 러시아어로 씨부리지 말라니까?!

창진   (러시아어, 중얼) 이 아줌마 (갱년기만 한국어) 갱년기 오래도 간다.

해원   뭐?

창진   아름다우시다고~ (턱 괴며) 어떻게 20년 넘게 변함없이 아름답지~?

해원   미쳤어..?

창진   (피식, 다시 태블릿 든다. 영상을 본인 메일에 전송하며) 아무튼 빨라. 경찰
        제보 영상이면 내부에서 흘린 걸 텐데.. 우리 박정제 경감님이 보내주셨나?

해원   걔가 참으로 그러겠습니다? 도움 좀 받으려고 생활안전계 보내놨더니 서늘
        하기가 시베리아 벌판이야. 쯧.

창진   (테이블 위에 태블릿 내려놓으며, 떠보듯) 그럼~ 누구한테 받으셨대?

해원   (훗) 나도 정보원 정돈 있어~

씬24   만양 정육점 안 (N)

상배, 길구, 광영, 지훈, 지화, 정제, 그리고 동식. 드럼통 앞에 두고 앉아 있는 사람들.
모두의 시선은 뜨거운 보리차를 따르는 재이에게 꽂혀 있는데, 차마 말 걸지는 못 하고.
지화는 화가 난 얼굴로 차분히 드럼통 위만 노려보고 있고.
정제는 동식에게 말 좀 걸어보라고 눈짓. 고개 들다가 그 모습 보는 지화.

지화   박정제. 이동식. 니들 뭐 하냐.

48 괴물

정제	응? 우리가 뭘.
지화	왜 눈짓들이야?
정제	(멋쩍게 웃으며) 아니 그냥, 뭐.. (동식을 보면)
동식	(지화를 그저 보는데)
지화	니들 요즘 나 모르게 둘이 뭘 좀 하는 것 같던데? 이번 일도 니들은 다 알고 있었지?
정제	그게 무슨 소리야. (하는데)
지화	재이 저 기집애, 석 달이나 잠수 탔어. 그동안 니들 재이 안 찾았잖아.
정제	그건 그냥.. 나라도 그러고 싶을 것 같아서. (난처해서 재이 보면)
재이	언니, 두 사람 아무것도 몰랐어요.
지화	그걸 나보고 믿으라고? 니들 초범 아냐. 그때도 그랬잖아. 강진묵 체포했을 때. (동식을 보며) 너, 한주원, 박정제, 유재이 넷이 뭐 알고 있었지? 그러니까 둘은 갈대밭으로 뛰고, 둘은 만양 슈퍼로 뛴 거잖아!
광영/길구	(응? 서로 눈치만)
상배	지화야..
지화	아저씨도 쫌! 동식이 편 그만 들어요. 아저씨도 한 패인 거 다 알아.
상배	(하아..)
지훈	누나, 그건.. 동식 형이 워낙 감이 좋으니까.. (하는데)
지화	얼어 죽을 감. 야, 애 혼자만 형사냐? (동식에게) 나도 강력계 11년이다, 임마. (서운하고 속상해서 설핏 눈물이 고인다) 이동식. 박정제. 유재이. 사람 바보 만드니까 좋냐. 주무팀 팀장이라서 내가 니들 편 안 들어줄 것 같아?
재이	(낮게 한숨만)
정제	(애써 밝게) 지화야. 그게 아니라, (하는데)
지화	(자르며) 맞아. 나 니들 편 안 들어. 난 경찰이고, 이건 내 담당 사건이야.
정제	(하아..)
지화	그래서 묻는데! 이동식 너! 네가 직접 대답해. 강진묵 자살한 날 재이가 경찰 서 왔던 거, 알고 있었어?
동식	(그저 본다)
재이	언니, 아저씬 진짜 몰랐어. 아무도 몰랐어.
지화	(지지 않고 바로) 너희 둘.. 강진묵 죽였어?
모두	!!

재이	(하아- 한숨을 내쉰다)
상배	(끄응.. 재이를 바라보는 그때)
동식	(나직이) ... 죽였음 좋았을 텐데.
모두	(보면)
동식	이럴 줄 알았으면, 이렇게.. (괴롭다) 이럴 줄 알았으면, (슬픈 미소) 죽여버릴 걸 그랬어.. 지화야.

씬25   만양 슈퍼 안채 – 안방 (N)

진묵(E)	사모님. 저예요.. 지.. 진묵이.

바닥이 엉망으로 깨진 어두운 방 안. TV 화면을 내려다보고 있는 건 지화다.
정제와 동식, 뒤편에 서서 화면과 지화를 바라보고 있고.
TV 화면 속 영상에 작업복 차림의 진묵이 들어오고 동식모의 등을 쓸어주는.

동식모(E)	(겨우 상체를 돌려 진묵을 본다) 도.. 동식이는?
진묵(E)	도.. 동식인 군대 가.. 갔잖아요. (고개 돌려 카메라를 가리키며) 도.. 동식한테 보내주려고 이.. 것도 찍는 거잖아요. 기.. 기억 안 나세요?
지화	(나직이) .. 미친 새끼..

동식, 다가와 비디오를 빨리 감는다. 후르륵- 감았다가 다시 플레이하면.

동식모(E)	저거 꺼. 동식이가 보면 속만 더 상하지. 너도 집 공사하느라 힘들 건데 민정이 데리고 어여 들어가.

그 순간 화면을 멈추는 동식.

지화	집 공사? (깨부숴진 벽을 보며) 너 혹시 그래서 여기에 유연이가..
동식	없어. 없는 것 같아.
지화	(화면 속 진묵을 서늘하게 내려다보며) 저 인간이 유언장에 너하고 민정이한

테 전부 남긴 거 알았을 때.. 저 인간이 남긴 흔적을 동식이 니 손으로 정리하고 처분해야 한다는 걸 알았을 땐, 이 새끼 정말 싸이코패스구나 했었는데.. 그 덕에 이걸 찾은 거네.

정제   (화면 속 진묵을 내려다보며) 난 아직도 이해가 안 돼.

지화   살인자한테 이해? 하지 마. 사람 생명 빼앗는 놈들한텐 이해, 동기, 서사 같은 걸 붙여주면 안 돼.

동식   (나직이) 유연인.. 내가 안 그랬어.

정제/지화   (동시에 동식 본다)

동식   (다시) 유연인 너한테 돌려줬어.

/INS. 플래시컷. 문주 경찰서 – 강력계 진술 녹화실 (8회 58씬)

진묵   도.. 동식아. 유.. 유연이 말야.

진묵   유연인 내.. 내가 안 그랬어. 진짜 내가 아.. 안 그랬다니까?

진묵   진짜야! 거.. 거짓말 아니야. 내.. 내가 유연인 너한테 도.. 돌려줬거든.

/현재. 만양 슈퍼 안채 – 안방

정제   그래서 너한테 전부 남겼다고? 유연인 아니라는 말을 믿는 거야?

동식   아니. 믿지 않아. 그런데.. 지금은 믿을 수밖에 없지.

지화   (바로, 죄책감에 중얼) 다른 단서가 없으니까. (후.. 화면을 보며) 집 공사.. 이 집이 아니면 어디지.

정제   강진묵이 일용직으로 일했을 만한 공사 현장 찾으려고 기록을 다 뒤져봤는데, (고개를 저으며) 시간이 많이 지났잖아. 타 지역까지 나간 건 아니고 만양에 계속 있었던 것 같아. (동식의 눈치 살피며 화면을 슬쩍 가리키는) 비디오 보면.

동식   (멈춘 화면 속의 어머니와 진묵을 보는데, 막막한 심경이고)

지화   (더 화가 난다) 그래서 한 놈은 밤마다 온 집 안을 깨부수고, 한 놈은 기록을 찾아 여기저기 뒤지고 다녔다? 지금까지 니들 둘이서만?

동식   지화야. 내가 너 되게 존경하거든?

지화   (뭔 소리야)

동식   여자가 강력계에서 11년.. 그게 쉽냐. 지금처럼 법 잘 지키면서 좋은 경찰로 살았으면 좋겠어.

지화   (하...) 이 자식이.

정제   잠깐만. 동식아, 나는?

동식/지화 (보면)

정제   난 뭐 경찰로 법 잘 안 지켜도 돼?

동식/지화 (동시에) 어.

정제   와씨- 야- 니들 뭐냐!

지화   경감님 화나셨네~

동식   일개 경위 둘이서 경감을 무시했잖아.

지화   우리 둘 다 경감님 앞에 사죄의 무릎 꿇어야 하는 거 아니냐.

동식   그런가. 꿇어봐?

정제   너희 둘.. 지금 나 놀리는 거지.

동식/지화 (동시에) 어.

정제   와- 맨날 나만 갖구! 좋냐? 좋아?

동식   (피식 웃고, 툭-) 미안하다, 지화야.

지화   시끄러. 임마.

정제   니들 화해하지 마라. 사과는 나한테 해.

지화   (피식) 이보세요, 박정제 경감님.

정제   왜 그러시오.

지화   너희 어머니가 학교 재단 이사장 되시고 말야. 그때 강진묵이 우리 학교 시
        설실에서 일하지 않았어?

정제   (아.. 그거) 2000년이 아니더라고.

동식   98년. 우리 고2 때야. 나도 기억해.

지화   그 후론?

정제   학교 시설 관리는 관리인 고용해서 맡겼어. (한숨) 울 어머니야 뭐, 사적으로
        는 강진묵을 계속 하인 부리듯 하긴 했지. 그런데 2000년 그때 우리 집은 벽
        이나 바닥까지 새로 공사할 정도의 일은 없었던 것 같아.

동식   (잠시) 집이, 아니라면?

정제   (멈칫- 동식 보면)

동식   거기도 어머니가 강진묵한테 맡겼잖아.

정제   (당황, 난처해서 눈을 내리깔며) 글쎄.. 거긴.. (하는데)

지화   거기가 어딘데?

동식   유연이 사라진 날, 정제랑 나랑 둘이 있었던 곳.

정제   (겨우) .. 아지트.

씬26   심주산 사슴농장 - 오두막 안 (N, 과거 - 2000년 10월 14일)

낡은 오두막. 가운데 난로 놓여 있고. 오래된 야전침대 같은 것과 각종 술병.
야전침대 위에 놓인 동식의 기타 가방이 열려 있고. 양주 병째 들이켜며 키득거리는
스무 살 정제와 기타를 뚱기며 음정 나간 노래를 부르는 스무 살의 동식.
바로 그날의 두 사람 모습이 컷컷컷 보여지는데.

씬27   만양 슈퍼 안채 - 안방 (N, 현재)

이제는 곱게 나이 든 현재의 정제 얼굴과 디졸브 되며.

정제   거긴 아닐 거야. 아니야.

동식   왜.

정제   어머니가 그 땅, 바로 팔았거든.

지화   바로?

정제   그게.. 그날 내가 거기 있었던 게.. (겨우) 재수 없다고.. 바로 팔아버렸어.

동식   땅이라는 게 팔고 싶다고 쉽게 팔리나.

정제   그때야 개발 붐이었으니까.

지화   사유지에 함부로 들어갈 수도 없고. (고민하는데)

동식   누구한테 팔았는데.

정제   (망설인다)

동식   누군데.

정제   (난처한 듯 지화를 본다)

지화   (왜?)

정제   .. 이창진.

씬28   심주산 사슴농장 일각 (D, 이틀 후 아침)

십여 년 가까이 방치된 낡은 철조망. 반쯤 잘라낸 철조망 앞의 붉은색 경고문.
'이곳은 진리건업(주)의 사유지이므로 민간인 출입을 금합니다.
위반시 형사고발 조치함. 진리건업 대표 이창진.'
경고문을 보고 선 남자, 바로 주원이다.
잘린 철조망 너머로 멀리 반쯤 허물어진 오두막이 보이는데.

씬29   심주산 사슴농장 - 오두막 앞 (D, 아침)

작업복 차림의 동식, 구덩이 속에서 땅을 파고 있는데, 구덩이로 다가와 서는 발.

주원(E)   ... 삽질인가.

동식, 누군지 알겠다. 멈추고- 하.. 고개를 들면.
주원, 구덩이에 서서 고개를 삐딱하게 내려다보고 있다. 눈 맞추는 두 사람.
상배, 저쪽에서 삽과 생수병 들고 다가오다 구덩이 앞에 서 있는 주원을 발견하고.

상배   어이고~ 한경위 왔어? 비번인데 불러서 미안해.
동식   (하.. 상배가 불렀구나)
주원   아닙니다. 저도 (고개 까딱) 만양 파출소 1팀이니까요.

주원, 고개 까딱한 쪽을 카메라 비추면 만양 파출소 1팀이 모두 땅 파고 있다.
비번에 왜 여기서 이러고 있어야 돼, 나 곱게 컸다고, 중얼거리며 제대로 삽질 못 하고
투덜거리기만 하는 광영. 군대서 삽질로다가 특박 나갔던 사람여~ 하는데 그닥 도움
은 안 되는 길구. 혼자 불도저처럼 땅을 미친 듯 파고 있는 지훈.

상배   우리 한경위가 애인 줄 알았더니, 다 컸네. 어른이여.
주원   주세요. (상배가 켠 삽을 가져오려는데)

상배	아이구 이건 내 꺼여. 저쪽에 가봐.
동식	그냥 계시라니까요. 나이 육십에 허리 나가면 어쩌려고.
상배	너보단 건강햐. 백 살 이백 살까지 살 거다.
주원	주세요. (상배에게 빼앗듯 삽을 가져온다)
상배	(에혀, 주원의 손에 생수 곱게 쥐여주며) 쉬엄쉬엄해. 응? (길구 쪽으로 가며) 길구 저놈의 자식. 그딴 실력으로 특박은! 그럼 난 대대장 표창 받았어!

주원, 상배 가는 것 보고 동식이 파고 있던 구덩이로 훅- 뛰어내린다.

주원	넓혀서 가죠. 어차피 다 팔 거 넓혀가는 게 낫지. 이런다고 뭐가 나올진 모르겠지만.
동식	왜 온 겁니까.
주원	삽질하러 왔죠.
동식	만양에 왜 돌아왔냐고.
주원	돌아오면 안 되나?
동식	안 될 거야 없지. 없는데, (하는데)
주원	이번엔, 자수할 겁니까?
동식	(보면)
주원	여기서 이유연씨 나오면 말입니다. 이번엔 자수 거냐고.

씬30 동식의 집 – 마당 (D, 새벽, 과거 – 3개월 전, 8회 64씬 이어)

1층 현관으로 올라가는 계단에 동식이 앉아 있다. 온 마당이 다 파헤쳐진 상태다.
다가가는 주원, 발에 무언가 채인다. 깨진 낡은 동물 가족 장식품이 흩어져 있다.
동식, 그 소리에 고개를 든다. 아무런 감정도 느껴지지 않는 얼굴로 주원을 바라본다.

주원	강진묵한테 가죠.
동식	(그저 본다)
주원	가서, 반쯤 죽여서라도 들읍시다. 이유연씨 찾아야죠. 어떻게든 찾죠. 내가 도울게요. (하는데)

동식	그렇게 날, 잡고 싶은가.
주원	(쿵... 잠시, 하..) 그럼요. 당신 잡으러 여기까지 왔는데. 지금 당장 강진묵한테 가자고!

그때, 동식과 주원의 휴대폰이 동시에 울리기 시작한다. '오지화', 그리고 '권혁'.

동식	(받는다, 휴대폰에) 어, 지화야.
지화(F)	동식아. 있잖아. 아.. 이걸..
동식	(안 좋은 기운이 느껴진다, 주원을 보면)
주원	(통화 중, 하얗게 질려 있다)
권혁(F)	아, 씨-!! 내가 바로 구치소로 넘기자 그랬는데! 유치장 관리를 어떻게 한 거야!!

주원, 동식에게 시선. 동식, 전화를 툭- 끊는다. 주원, 전화를 끊는 그 순간.

동식	(몸을 일으키며) 우리 이제 작별이네. 한경위님은 원래 있던 곳으로 돌아가셔야죠.
주원	그 말은, 지금 자수하겠다는 겁니까. 이유연씨 못 찾았는데?
동식	자수? 내가 왜. 뭘 잘못했는데.
주원	당신, 나한테 고백했잖아. 강민정 손가락, 당신이 갖다 놨다고.
동식	(서늘하게 보면)
주원	강민정 유기됐을 때 살아 있었던 거 당신도 알잖아. 당신이 그때 신고했으면 어쩌면 강민정씨는,
동식	어쩌면, 어쩌면, 어쩌면! (버럭했던 걸 누르며) 그딴 건 없어.
주원	나하고 약속했잖아.
동식	(금시초문이라는 듯 차갑게 본다)
주원	약속, 했잖아, 당신!
동식	잘 가요. 한주원 경위님. (돌아서 계단을 올라간다)
주원	이동식!
동식	(현관문을 열고는 돌아본다. 씨익- 웃는데, 그로테스크한 미소다)

스르르 닫히는 문. 동식은 사라지고 없다.
주원, 온통 파헤쳐진 마당 한가운데 홀로 서 있다.

씬31   심주산 사슴농장 - 오두막 앞 (D, 아침, 현재)

주원   (구덩이에 선 채로) 아니. 당신은 안 해. 자수 같은 거 절대로 안 해.
동식   그래서 돌아온 건가? 날 잡으려고?
주원   (잠시, 마치 동식이 그랬던 것처럼 그로테스크하게 미소 짓는데)

그때, 지훈의 비명! 어어... 어어어! 어어어어악!

동식/주원 !!!
지훈   여.. 여기... 여기 뭐.. 이거.. 사.. 사람..
동식   (땅을 짚고 단숨에 뛰어올라 지훈에게로 달려간다)
주원   (설마.. 땅을 짚고 올라가는데)

지훈이 파고 있던 구덩이에 모여 내려다보는 길구, 광영, 상배.

길구   어.. 아니.. (달려오는 동식을 바라본다)
광영   저기 일단 112로 신고부터.. (상배와 동식 번갈아 보는데)
상배   동식아.

동식, 구덩이로 달려가 내려다본다.
벽에 붙은 지훈 옆으로 흙 속에 묻힌 뼈가 보인다.
동식, 구덩이로 뛰어 들어가서는 목장갑 낀 손으로 뼈 주위를 황급히 쓸어내리기 시
작한다. 정신없이 미친 듯 흙을 쓸어내리는 동식.

동식   ... 왔어. 오빠... 왔어..

구덩이에 다가선 주원, 그 모습을 차분히 내려다보는데.

동식의 손길에 드러나는 백골 사체. 두 손의 뼈가 가지런히 모아져 있다.
그리고... 점차 드러나는 손끝.

상배   (중얼) 한 마디가.. 없어?
주원   (쿵) ... 이유연씨..?

동식, 무릎 꿇은 채로 사체의 손을 그저 하염없이 내려다본다.

씬32   문주 경찰서 – 강력계 진술 녹화실 (D, 오후)

창진, 참고인 석에 앉아서 지팡이로 바닥을 툭, 툭, 치고 있고.

지화   (노트북 화면의 사진 보여준다) 여기 경고문에 이름까지 박으셨더라고요. 진
            리건업 이창진 대표. 2006년에 JL건설로 사명 바꾸기 전까진 진리건업으로
            운영한 거 맞습니까?
창진   (러시아어) 여전히 귀엽네, 우리 지화.
지화   (짜증을 누르며) 한국어로 대답하죠?
창진   (러시아어) 싫은데?
지화   (이 새끼가) 누가 보면 러시아 교폰 줄 알겠네. 부산 러시아거리 나이트에서
            야매로 배운 러시아어로 수작 부리지 말고, 모국어 쓰세요.
창진   (헷) 아 정말~ 우리 지화만큼 날 잘 아는 사람이 없다니까?
지화   여기 이 농장, 이창진씨 소유 맞습니까?
창진   (흐음.. 미소)
지화   오늘 이 농장에서 백골 사체가 발견됐어요.
창진   (멈칫)
지화   이창진씨 소유지 맞습니까?
창진   (잠시) 음.. (노트북 속 사진을 진지하게 들여다보더니) 그런데 여기에 이렇게
            써 있네. 이곳은 진리건업의 사유지이므로 민간인 출입을 금합니다. 위반시
            형사고발 조치함. 그렇다면 내가 먼저 뭘 좀 받았어야 하지 않나? 압수수색
            영장이라던가~ 출입 허가 요청이라던가~?

지화	(하아..)
창진	영장도 허락도 없이 사유지에 함부로 들어가서는, 사람 뼈다구를 발견했다.. 그러니까 당장 경찰서로 나오시오! (빙긋) 지화야~ 니가 아직도 세상을 잘 모르나 본데 그거 갑질이야. (비밀을 말해주듯) 전부 불법이라고요, 형사님.
지화	(하.. 지지 않고 보며) 영장도 없이 불법 침입해서 사유지 훼손했고 합당한 이유 없이 출석 요구했는데, 나오란다고 나오신 이유는?
창진	오랜만이니까.. 너랑 나, 한 방에 있는 거. 단둘이면 더 좋았겠지만. (지화의 옆을 보면)
도수	(눈에 불을 켜고 노려보고 있다)
지화	(짜증) 잡소리 집어치우고. 다시 시작하겠습니다. (노트북 돌려 자판 친다) 이창진씨, 강진묵과 어떤 관계였습니까.
창진	관계라. (곰곰) 기억이.. 하나도 안 나네?
지화	(서늘하게 보면)
창진	모르는 사이라서 기억이 안 난다고. 도해원 의원님이 개발이나 선거 관련해서 자원봉사로 부르면 마주친 정돈데. (했다가 별것 아니라는 듯) 근데요, 오지화 형사님. 그거 누구야?
지화	(보면)
창진	그 시체 말야. 혹시 2000년에 실종된 그 여대생?
지화	그게 왜, 궁금할까요.
창진	내가 땅 주인인데 내 땅에 누가 묻혀 있었는진 알아야지.
도수	(무릎 위의 휴대폰을 슬쩍 내려다보더니) 저.. 저기, 팀장님.
지화	(도수를 보면)
도수	(창진에게 보이지 않게 휴대폰 화면 가려서 지화에게 보여준다)
지화	!!!
창진	(눈 굴리며 눈치 보는데)
지화	(하아..) 이창진씨. 강진묵 정말 몰라요?
창진	.. 모릅니다.
지화	그럼 농장 수색하는 거 사후 허가한 서류 작성해주시죠.
창진	뭐... (빙긋이) 글쎄요...? (하는데)
지화	이창진! 하라고! 당신 정말 엿 되고 싶지 않으면.
창진	(애 좀 봐. 알았어. 천천히 고개 끄덕) 넵. 허가합니다.

| 지화 | (황급히 노트북 챙겨 들고 나간다) |
| 도수 | (일어나며) 서류 작성하게 나 따라오세요. |

창진, 뭐지.. 눈 굴리며 테이블 위에 올려둔 휴대폰 챙기려는데. 그때 문자 들어온다.
'도해원: 사슴농장에서 시체가 나왔어. 아주 많이.'

| 창진 | 뭐??? |

씬33 심주산 사슴농장 - 오두막 앞 (D, 오후)

오두막 주변으로 여러 개의 구덩이가 파헤쳐져 있고, 폴리스라인이 각각 쳐져 있다.
과수계가 분주히 움직이고. 구덩이 주위로 경찰들이 조명을 설치하고 있는데.
눈이 충혈된 채 멀리서 그 모습 보고 있는 동식. 그리고 그 짧은 사이 늙은 듯한 상배.
구덩이 안에서 올라오는 홍철. 거의 만삭이 된 선녀, 구덩이 앞에서 서 있고.
선녀와 홍철 대화를 나누고는 동식 쪽을 흘끔 보는데 심상치 않은 표정이다.

동식	(그쪽으로 향하려는데)
상배	(팔 잡으며) 동식아 잠깐만. 현장 훼손이잖어. (홍철과 선녀에게 손짓)
동식	(하아.. 고개를 숙이는데)
선녀	(조심스럽게 다가온다)
상배	왜. 뭔데 그랴.
선녀	확실한 건 아니라서 지금 말씀드리기가 좀.
상배	임경장, 부탁할게.
선녀	(두 팔로 배를 감싸며) 사체 전부 다 치아 확인했는데요. (동식에게) 이건 그냥 육안으로 확인한 거예요, 선배님. 국과수 들어가봐야 확실해요.
동식	.. 괜찮아. 말해.
선녀	(조심스럽게) 스무 살은.. 없는 거 같아요.
상배	뭐?!
동식	(머리가 팽 도는 것 같다)
선녀	선배님, 이거 진짜 국과수 들어가봐야 확실, (하는데)

동식   그래. 알아. 한참 걸리겠네. (상배에게) 집에 가서 기다릴게요.

상배   내 차 타고 같이 가자. 응?

동식   걷고 싶어요. 고생하셨어요. 들어가세요. (꾸벅 목례하고 돌아서는)

뚜벅뚜벅 걸어가는 동식. 한참을 그렇게 가다가 다시 돌아보면 많은 구덩이들.
저 안에도.. 유연이가.. 없다고...?

씬34   만양 슈퍼 안채 - 거실 (N)

작업복 입은 그대로의 동식이 현관문을 열고 들어온다.
조금 열린 안방 문 사이로 빛과 소리가 들린다.

진묵(E)   도.. 동식아. 자.. 잘 지내고 있지? 사장님은.. 유.. 연이 찾으러 나가셨어. 그.. 금
         방 찾을 거야. 걱정 마... 동식아.

동식, 황급히 걸어가 안방 문을 열어젖히면!

씬35   만양 슈퍼 안채 - 안방 (N)

TV 화면에 비디오가 플레이되고 있고.
그 앞에 서서 화면을 내려다보고 있는 사람은, 주원이다.

동식   !!

주원   (쓱- 돌아보고) 왔어요?

동식   여긴.. (잠시) 한경위가 왜 여기 있지?

주원   아- 미안. 내가 아직 버릇을 못 고쳐서. (비디오 일시 정지 버튼을 누르고)
      기억나죠? 이동식씨네 지하실 하도 들락거려서 월세라도 받아야 하나~ 그
      랬잖아.

동식   여긴, 지하실이 아닌데.

주원	이동식씨 소유는 맞잖아요. 강진묵이 유언장 남겼다면서요. 내 재산은 강민 정과 이동식에게 절반씩 나눠주세요. 강민정이 죽었으니, 전부 이동식씨 거 네. (빙긋이) 그래서 이렇게 다~ 깨부수고 계시나?
동식	내가 오늘은 한경위랑 노닥거리고 싶은 마음이 별로 없는데, 어떡하지?
주원	왜요. 이번에 또 이유연씨가 안 나와서?
동식	(인상, 잠시) 소식 참 빠르네?
주원	그래서 그때 이동식씨가 나 낚은 거잖아요.

/INS. 플래시백. 동식의 집 앞 골목 (2회 52씬)

동식	(대뜸) 운이 참 좋으시네, 한경위님.
주원	네?
동식	원래 있던 곳으로 곧 다시 돌아가실 거 같아서요.
주원	그게 무슨 소립니까.
동식	(빙긋) 이렇게 새벽부터 나와서 예습까지 하시니 말입니다.

/현재. 만양 슈퍼 안채 - 안방

주원	내가 예습을 잘하는 사람이라, 아주 잘 물어올 거 같았으니까.
동식	버릇, 정말 못 고쳤네.
주원	(보면)
동식	직접 하는 건 아무것도 없이, 나 붙잡고 말로만 주절대는 것도 여전해.
주원	(빙그레) 맞아요. 내가 좀 그래. (어쩔 건데? 같은 시선으로 바라보면)
동식	(하…) 귀여워졌네, 한주원 경위.
주원	나도 이동식씨가 엄청 귀엽네~? (바닥을 내려다보며) 동생은 진짜 찾고 싶은 건지.. 다 쇼 같아서 말이죠.
동식	(눈빛 서늘해지며) 쇼?
주원	강진묵한테 낚싯줄 가져다준 사람이 누군지 아직도 오리무중이던데. 강진묵 이 자살한 그 시각에 문주 경찰서 강력계 CCTV가 하필이면 나가버렸으니 까.

씬36 문주 경찰서 - 강력계 복도 (D, 새벽, 과거 - 3개월 전)

기지개를 켜고 하품하며 화장실로 들어가는 형사 하나.
천장 한쪽에서 반짝거리던 CCTV의 빨간 불이 탁- 나간다.

씬37   문주 경찰서 – 강력계 사무실 (D, 새벽, 과거 – 3개월 전)

반짝이던 CCTV의 빨간 불이, 탁탁탁 나가고.

씬38   문주 경찰서 – 유치장 (D, 새벽, 과거 – 3개월 전)

유치장 구석에 누워 있는 진묵이 보인다.
진묵을 비추던 CCTV의 빨간 불이 탁- 나가고.
잠시 후 진묵, 인기척을 느낀 듯 돌아보는데.
어느새 유치장 바닥에 놓여 있는 낚싯줄. 그리고 접힌 종이가 보이고.
진묵, 다가가 종이를 펼쳐보면. 그것은 윤미혜의 시체 검안서다.
'성명: 윤미혜. 사망 일시: 2019년 8월 29일 22시 29분. 사고 종류: 운수(교통).'
넋이 나간 진묵, 마치 삶의 목적을 잃은 듯한 표정.
천천히 시체 검안서를 찢어서 입에 넣고 또 넣는다.

씬39   만양 슈퍼 안채 – 안방 (N, 현재)

주원   (미소 지으며) 강진묵의 위에서 나온 시체 검안서, 아무나 뗄 수 있나. 가족
        아니면 경찰인데, 아시다시피 윤미혜는 고아였으니까.

동식   이번엔 내가 강진묵을 죽였어? (중얼) 아.. 지겨워.

주원   왜 이래요. 강진묵만 죽였어? 강민정도 죽였잖아. 당신이 손가락 발견하고 신
        고 안 했잖아. 두 사람 모두 죽어서!

동식   (굳어 보면)

주원   그래서 이 집이며 전부 다~ 당신 소유가 됐잖아.

동식   (빤히 보다가) 할 말이 그것뿐이야? 그래. 여기 내 사유지 맞으니까.. 그만 가
       라. 한주원.

주원   (허- 피식 웃으며 동식을 지나쳐 나가는데)

동식   (주원을 향해 돌아보며) 한주원.

주원   (돌아서 보면)

동식   ... 유연이 찾으면 그때, (하는데)

주원   (자르며) 자수라도 하겠다고? 하지 마요. 안 해도 돼. 이유연씨가 나한테 이
       젠 하나도 중요하지 않거든.

동식   (다시 굳는데)

주원   이동식씨. 법이란 한자가 중국의 해치에서 나온 건 알아요? 머리에 뿔 달린
       소같이 생긴 놈이에요, 해치가. 그놈 성품이 워낙 충직했다나? 바르지 못한
       사람을 들이받고 옳지 못한 사람은 물어뜯어버렸대요. 법이란 건, 원래 그런
       거였던 거지. 들이받고, 물어뜯어버리고.

동식   그래서 들이받고 물어뜯어보시겠다?

주원   (빙그레) 네.

동식   (기가 차다는 듯 허탈하게 웃는데)

주원   당신이 지금 쇼하는 거면 말이에요, (비디오 가리킨다, 화면에 정지된 동식모
       의 모습) 어머니까진 좀 그렇잖아? 내가 아무리 모자의 정 같은 걸 잘 모른
       대도, 인간이 그러면 안 되는 거 정돈 알거든. 그딴 새낀 물어뜯어서 갈기갈
       기 찢어버려야지.

동식   (분노를 누른다.. 미소) 각오 잘 들었습니다. 파이팅 하세요.

주원   (훗- 웃으며) 네. (가볍게 목례, 밖으로 나가는데)

동식 얼굴에서 미소가 사라지고 분노와 슬픔이 치받는다.
주원이 쾅- 문 닫고 나가는 소리 들린다.
동식, TV로 다가가 전원 버튼 누르려는데, 화면 속에 정지된 어머니의 모습.

씬40   요양원 - 1인실 (N)

어두운 요양원 병실 안. VCR 화면과 같이 웅크려 누운 동식모의 모습.

동식, 가만히 어머니를 내려다본다. 숨은 쉬고 있는 건가.

버릇처럼 어머니의 코 밑에 손가락을 대본다. 푸우우- 내쉬는 숨소리.

동식, 침상 옆 의자에 앉고는 두 손에 얼굴을 묻는다. 이제 어디서 무엇을 해야 하나.

동식모(E) (아주 작은 소리로) ... 이니?

동식   (다급히 어머니를 바라본다) 엄마..?

동식모   (슬며시 눈을 뜬 채, 좀 더 크게) .. 진묵이니?

동식   (죄책감과 여러 심정이 스친다)

동식모   진묵아. 민정이 분유 먹고 잔다.. 너도 밥 먹고 그만 가.

동식   (하아.. 숨을 내쉬는데)

동식모   유연이.. 밖에서 떨고 있을 건데.. 우리 동식이.. 추운 데서 있을 건데..

동식   (눈물이 고인다)

동식모   나만 따뜻한.. 방에서.. (운다) 그럼 안 되지..

동식   (참았던 눈물이 흐르는데)

동식모   공사.. 하지 마라..

동식   !!!!!

동식모   보일러.. 그냥 둬.. 진묵아. 공사.. 하지 마.

동식   (동식모의 얼굴에 제 얼굴 가까이 대며) 엄마. 뭐라고요?

동식모   (순간 두 눈에 빛이 사그라지며, 동식을 올려다본다) .. 누구. 세요?

동식   엄마! 나.. 동식이잖아. 한 번만 다시 말해봐요.

동식모   (천천히 눈을 깜박이는)

동식   방금 공사라 그랬어? 우리 집 보일러 공사했어?

동식모   죄.. 송해요. 주.. 죽을 죄를 졌어요. 자식 잃은 죄인이.. 나만 따뜻하자고.. 내
         새끼들이 떨고 있는데.. 나는 사람도 아니야. (아이처럼 꺼이꺼이 운다)

동식   아니야. 엄마. 아니라고! (눈물범벅인 얼굴을 닦아주는데)

동식모   (발작하듯 가슴을 치며 흐느끼는데) 으흐흑흑으으.. 내가 죄인.. 으으.. 내가
         죄인이에요.

동식   (엄마를 꼭 끌어안는다) 아니야.. 엄마.. 아니야. (고개를 내저으며 이를 악무
         는데)

씬41   동식의 집 - 지하실 (N)

달칵- 지하실에 불이 켜지고 들어오는 동식.

/INS. 플래시컷. 문주 경찰서 - 강력계 진술 녹화실 (8회 58씬)

진묵   진짜야! 거.. 거짓말 아니야. 내.. 내가 유연이 너한테 도.. 돌려줬거든.

/현재. 동식의 집 - 지하실
초입에 세워둔 해머를 집어 든 동식이 지하실 안쪽으로 뚜벅뚜벅 걸어간다.
동식이 유연의 사건 파일을 잔뜩 붙여뒀던 바로 그 벽면 구석에 보일러가 붙어 있다.
해머를 들고 벽면으로 달려가는 동식. 단숨에 벽에 해머를 박는다. 쾅-!
지하실이 흔들! 하면서 쩍- 갈라지는 벽면. 동식, 내리쳤던 옆면을 다시 쾅-! 박는다.
다시 쩍- 갈라지는 벽. 그리고 순간 무언가 보인 것 같다.
동식, 해머를 던져버리고 정신없이 벽면의 갈라진 시멘트를 손으로 뜯어내기 시작한다.
우수수 떨어지는 시멘트 조각. 동식의 손이 시멘트에 긁혀서 피가 맺히는데도 정신없
이 시멘트를 뜯어내던 그때! 동식, 우뚝 멈춘다. 시멘트 안쪽에 무언가 반짝인다.
곱게 모은 백골의 두 손. 그리고 손가락에 끼워진 루비 반지.

/INS. 플래시컷. 만양 성당 안 (1회 3씬)
오르간 건반을 치는 유연. 귀여운 루비 반지가 손가락에 껴 있다.

/INS. 플래시컷. 문주천 갈대밭 옆길 (1회 7씬)
손으로 이마를 훔치는 유연. 반짝이는 빨간 루비 반지.

/INS. 플래시컷. 동식의 집 - 동식의 방 (동 회 4씬)
볼에는 동식이 적어준 포스트잇을 붙이고 다른 쪽 볼에는 한 손으로 반꽃받침을 하
고 반지를 반짝이던 유연. 그 아름답던 미소.

/현재. 동식의 집 - 지하실
동식, 백골의 두 손을 잡듯 제 양손을 꼭 대고 고개를 묻는다.

동식　　여기 있었는데.. 내 눈앞에..

/INS. 플래시컷. 동식의 집 – 지하실 (2회 49씬)
자바라를 걷는 동식. 벽면에 빼곡히 붙은 자료들이 보이고.

/INS. 플래시컷. 동식의 집 – 지하실 (3회 9씬)
벽면에 가득 붙은 자료에 시선 꽂는 동식.
유연의 손가락 사진을 하염없이 보다가 붙어 있던 자료를 떼어내기 시작한다.

/INS. 플래시컷. 동식의 집 – 지하실 (5회 40씬)
빈 벽을 보고 서 있는 동식. 조금은 초월한 것 같은 눈빛. 지친 것도 같다.
유연의 손가락 사진이 붙어 있는 옆 벽면. 마치 동식을 내려다보고 있는 것 같은데.

/현재. 동식의 집 – 지하실
바로 그 벽에 유연이 묻혀 있었던 것이다.

동식　　(눈물이 뚝뚝 떨어진다) 늦어서 미안해.. 유연아. (하아.. 눈물을 삼키고는 다
　　　　시 맨손으로 시멘트를 뜯어낸다) 오빠가.. (손에 피가 흐르는데도 아랑곳하
　　　　지 않고 뜯는다) 정말 미안해..

동식의 두 눈에 하염없이 흐르는 눈물.
미안하다는 말과 함께 떨어져 나가는 시멘트 조각들.
백골이 된 유연이 두 손을 모은 채 동식의 집 지하실 벽면에 모습을 드러낸다.

씬42　만양 정육점 인근 도로 – 주원 차 안 (N)

길에 붙여 주차된 자동차들 속에, 시동을 꺼진 차 안에 앉아 있는 주원.
저 멀리 정육점 인근 건널목을 건너는 한 남자. 상배다.

주원　　(빙그레) .. 남상배 소장..

씬43   만양 정육점 안 (N)

뜨거운 보리차가 담긴 컵을 쟁반에 들고 오는 재이. 드럼통 앞에 상배가 앉아 있다.

재이	하루 종일 농장에 계셨다면서요. 피곤하실 건데, 왜 오셨어요.
상배	내가 너한테 꼭 좀 물어보고 싶은 게 있어서 말여.
재이	(상배 앞에 컵을 내려놓으며) 저한테요?
상배	(뜨거운 보리차를 후우- 불고는) 내가 널 만날라고 부산엘 몇 번을 갔는데, 니가 경찰 해도 되겠드라. 미꾸라지처럼 어찌나 잘 빠져나가는지.
재이	(멈칫- 돌아서려는데)
상배	(재이의 팔을 탁- 잡는다) 재이야.
재이	(굳어오는 얼굴)
상배	그 블랙박스 찍힌 날.. 재이 니가 경찰서로 들어가던 그날 말여.
재이	(허옇게 질리는 그때)
상배	너 나 봤지?
재이	!! (동공이 마구 흔들리는데!)

씬44   문주 경찰서 후문 주차장 앞 도로 (D, 새벽, 과거 - 3개월 전)

단단히 마음먹은 재이, 막아둔 주차장 구조물을 넘어 텅 빈 주차장으로 들어가려는데.
모자를 눌러쓴 누군가 다급히 후문을 열고 나온다. 황급히 몸을 숨기는 재이.
구조물을 뛰어넘는 남자의 얼굴을 흘끔 보는 그 순간, 재이 굳어버린다!
그 남자는 상배다.

씬45   만양 정육점 안 (N, 현재)

재이, 상배에게 잡힌 손끝이 바들바들 떨린다.

저 멀리 정육점 초입을 보면 도마에 놓인 정육도가 보이고.
재이의 팔을 꽉 잡은 상배는 놓을 생각이 없어 보이는데.

상배 (떨리는 재이의 손을 내려다보며) 웰케 떨어. 내가 무섭니, 재이야?

재이 (숨을 고르고 천천히 상배에게 시선) .. 아저씨..

상배 응.

재이 강진묵 그 인간.. 아저씨가 죽였어요?

상배 (잠시, 입을 열려는 그때)

끼이익! 문이 활짝 열리며 곽오섭 계장과 강력2팀원들이 정육점 안으로 밀고 들어온다.

곽계장 진짜 여기 계시네. 아우.. 형님.

상배 왜. (강력2팀원들 훑으며) 뭔 일인데 떼로들 와?

곽계장 그게.. 긴급 체포 명령이 떨어졌어요.

상배 뭐? (재이를 본다)

재이 (날 긴급 체포하겠다고?) 블박 영상 때문에요?

곽계장 그게 아니고 증거가, (말하면 안 되지) 아우씨- 아무튼 내가 직접 왔어요. 그래야 할 것 같아서.

재이, 이해가 안 되어서 보면.
곽계장 수갑을 들고 다가오더니 재이를 지나쳐 상배 앞에 선다!

곽계장 남상배 당신을, 강진묵 자살 교사 및 자살 방조.. 그리고 살인의 죄로 긴급 체포합니다.

재이 !!!!

상배 (잠시, 빙긋이 웃으며 두 손을 내민다)

곽계장 (동공 지진! 수갑 채우며) 묵비권 행사할 수 있고 변호사 선임할 권리, 변명할 기회 있고 체포 구속 적부심을 법원에 청구할 권리가 있습니다.

씬46 동식의 집 – 지하실 (N)

드러난 유연의 백골 사체 앞에 서 있는 동식, 남은 눈물을 닦아낸다.
휴대폰을 꺼내 112를 누르려는 바로 그때, 지이잉- 전화가 들어온다. '오지화'.

동식   (받는, 휴대폰에 낮게) .. 지화야..
지화(F) 이동식, 너 빨리 문주서로 와! 남소장님, 아저씨가 긴급 체포되셨어!
동식   !!!!!!!

씬47   만양 파출소 - 앞 주차장 (N)

황급히 들어온 순찰차, 끼익- 서고.
근무 중이던 2팀 직원 둘이 다급히 파출소로 뛰어 올라간다.
카메라 그들을 따라가면.

씬48   만양 파출소 안 (N)

여기저기 뒤지고 있는 강력3팀 형사들.
카메라, 당황한 표정으로 그저 지켜볼 뿐인 만양 파출소 2팀 직원들을 지나쳐서, 열린
소장실로 들어간다.

씬49   만양 파출소 - 소장실 (N)

과수계 직원들이 사진을 찍고 물건을 압수하고 있다.
소장실 책장 안쪽에 숨겨져 있던 금고 하나 보이고. 그 속의 물건을 찍고 있는 과수계
직원. 카메라에 찰칵- 찰칵- 담기는 그것은!

/INS. 플래시컷. 문주 경찰서 - 유치장 (8회 65씬)
유치장 철창에 무언가 반짝인다. 투명한 낚싯줄이다. 길게 늘어진 두 줄이 팽팽하다.

강진묵.. 그의 발이 허공에 떠 있다.

/현재. 만양 파출소 – 소장실
바로 그것과 똑같은 낚싯줄과 윤미혜의 시체 검안서다.

씬50   동식의 집 – 지하실 (N)

휴대폰을 손에 쥔 동식, 벽을 보고 선 상태다.
벽에 묻혀 있는 유연을 바라보는 동식.

/INS. 플래시컷. 문주 경찰서 – 유치장 (8회 65씬)
강진묵.. 그의 발이 허공에 떠 있다. 물어뜯은 열 개의 손끝에 피가 말라 있고.
뒷벽에 피로 겨우 문질러 쓴 글씨가 어렴풋이 보인다.
'동 식 아
 유 연 이는 아 니 야'

/현재. 동식의 집 – 지하실
벽에 묻힌 유연의 사체를 바라보고 선 동식.
도대체 뭐가 어떻게 돌아가는 것인가.
무엇을 믿어야 하는가. 누구를 믿지 말아야 하는가.

씬51   문주 교차로 (N)

교차로 사거리에 서 있는 강력계 승합차. 창문 안으로 상배가 보인다.
수갑 찬 두 손이 창문에 매달려 있고.
상배, 창문 너머로 유연의 실종 현수막을 바라본다.
'실종된 우리 유연이 찾아주세요.'
신호가 바뀌고, 승합차는 문주 시내 방향으로 출발하면.
옆 차선의 차량, 일암동 방향으로 출발하는데. 승합차와 스쳐 지나 멀어지는 차량.

운전석에 앉은 사람은 바로 주원이다.

씬52   만양 파출소 - 소장실 (N, 과거, 전날 밤)

깜깜한 소장실 안. 근무복을 입은 누군가가 소리 죽여 책장 안 금고의 문을 열어낸다.
폴리 글러브를 낀 손이 비닐 백 속에 든 물건을 금고 속에 집어넣는데.
낚싯줄과 윤미혜의 시체 검안서다.
상체를 일으켜 그것을 내려다보는 남자.
카메라, 남자의 얼굴을 잡는다.
주원이다.

- 9회 끝 -

10회

가라앉다

괴물

씬1   부산 해안 산책로 일각 (D, 아침, 과거 - 2020년 12월)

너른 부산 바다가 보이는 산책로. 겨울바람을 맞으며 조깅하는 사람들.
가벼운 복장에 선글라스를 낀 남자가 벤치에 기대어 상체를 뒤로 젖힌 채 앉아 있다.
죽은 듯 눈 감고 벤치 등받이 너머로 고개를 젖힌 주원이다.
매서운 겨울바람이 후욱- 불어온다. 설핏- 눈을 뜨는 주원.
기대어 누운 채, 바람이 부는 쪽으로 천천히 고개를 돌리는데.
벤치 등받이 위로 먼지며 지저분한 것들이 쌓여 있는 게 눈에 들어온다.
반사적으로 주머니에서 손수건을 꺼내서 쓱- 닦으려다 멈칫.
몸을 일으켜 어깨 뒤를 돌아보면 이미 먼지가 잔뜩 묻었다.

주원   하.. (허탈하게 피식 웃고)

몸을 일으킨 주원, 산책로를 터벅터벅 빠져나간다.
멀리 보이는 고층 고급 호텔 쪽으로 올라가는 주원의 뒷모습. 그 위로,
자막. '2개월 전 - 2020년 12월'.

씬2   부산 호텔 - 로비 (D, 아침, 과거 - 2020년 12월)

크리스마스 트리와 장식이 화려하게 반짝이는 로비.

호텔 직원들, 아침 교대로 바삐 움직이는데. 떵- 엘리베이터 도착음 울린다.

앞섶을 여미지 않은 캐시미어 벨트 코트를 가볍게 걸치고 선글라스를 쓴, 실내복 차림의 주원이 엘리베이터에서 내린다. 샤워를 마치고 나온 듯 머리가 촉촉하게 젖은 채다.

직원들, 주원에게 가볍게 목례하고. 주원, 레스토랑 쪽으로 향한다.

씬3 부산 호텔 – 레스토랑 발코니 (D, 아침, 과거 – 2020년 12월)

손 잡힐 듯 바다가 내려다보이는 야외석에 앉은 건 주원뿐이다.

조식이 차려진 테이블에 크리스털 같은 황금빛 고급 샴페인 병과 잔이 놓여 있고.

주원, 음식에는 손을 댈 생각도 않고 잔을 들어 샴페인 한 모금 가볍게 삼킨다.

선글라스 너머로 바다를 바라보고 있는데, 주원 위로 사람의 그림자가 진다.

흘끔 보면. 혁이 주원을 내려다보고 있다.

혁	부잣집 아드님은 일탈도 고급지네. (테이블 위 샴페인 병을 들여다보며) 한 병에 몇십만 원짜릴, 아침부터 까잡수고 계시고.
주원	(해 가린다. 비켜)
혁	(일부러 고개 숙여 들여다보며) 주정뱅이 얼굴이 왜 이렇게 맑아. 짜증 나게?
주원	누구세요?
혁	형이야. (멀리 지켜보는 매니저에게 잔 하나 달라고 손짓) 문주 어떻게 됐는지 너도 궁금할 것 같아서 친히 왕림하셨다.
주원	(잔 들며 중얼, 영국 발음) Like I care. (관심 없거든?)
혁	(자리에 앉으며 줄줄 읊는) 강진묵, 피의자 사망으로 사건은 당연히 불기소 처분. 강진묵한테 낚싯줄을 건넨 사람이 누군지는 오리무중.
주원	(멈칫- 했다가 샴페인 마시려는데)
혁	(매니저가 건넨 잔을 받으며) 자살한 그날 문주서 강력계 CCTV가 먹통이 됐다나.
주원	(하...)

혁	다 끝났어. 볼일 보고 뒤 안 닦은 듯 찝찝은 하지만. (몸 일으켜 병 잡으려는데)
주원	가.
혁	그렇게 아깝니.
주원	(병째 밀어서 주며) 가라고.
혁	(샴페인 병 잡으며) 형이 말야. 그래도 검사잖니? 이 찝찝한 상황을 그냥 두고 봐야 하는 건가, 고심하다가 말야.
주원	(관심 없다, 자리에서 일어나는데)
혁	(잔에 술 따르며) 언니랑 싸웠어? 정육점 사장님. 유재이.
주원	(보면)
혁	강진묵 죽자마자 그 언니도 사라졌잖아, 너처럼. (주원의 잔 당겨서 거기에도 술 따른다) 여기 부산에 있다던데.
주원	! (몰랐다, 놀라는데)
혁	난 너랑 사랑의 도피라도 한 줄 알았는데~
주원	(무시하고, 옆을 지나 나가려는데)
혁	안마방 성매매 불체자. 그거 아무것도 아니잖아, 주원아.
주원	.. 뭐?
혁	나 진짜 깜짝 놀랐다? 너처럼 깔끔 떠는 애가 안마방 불체자 언니 때문에 발목을 잡혀? 아버님하고 내 선에서 충분히 컨트롤 해준다고 했는데. 한주원은 아무도 원하지 않는, 쓸데없는 자백은 왜 한 걸까.
주원	사람이 죽었어. 죄를 지었으면 처벌을 받는 게 당연, (하는데)
혁	됐어, 임마. (일어나 마주 본다) 아이그~ 도련님이 함정 수사까지 벌였길래 땅바닥에 발 좀 붙이나 했더니, 아직도 온실에서 뒹구는 소리를 하고 있네.
주원	하! (훅- 밀치고 가려는데)
혁	(확 잡아 속삭인다) 쇼하지 마! 강진묵.. 나 다 알아.
주원	!
혁	니들 그 새끼 정당하게 체포한 거 아니잖아. 강진묵이 강민정 사체 꺼내기 전에, 너랑 이동식.. 이미 그 집에 가 있었잖아.
주원	!!
혁	일 벌린 놈은 둘인데, 한 놈은 당당하게 특진 받아먹고, 한 놈은 특진 까고 잠적을 해?

주원	특진을 받아먹어? 누가? 이동식이?
혁	왜? 이동식은 특진하면 안 돼? 연쇄 살인마 잡았는데? 걔가 뭘 했는데? 형한 텐 말해도 돼.
주원	(이내 차가워지며) 소설 그만 쓰고, 꺼져.
혁	(빙긋) 형이 도와줄게.
주원	꺼지라고.
혁	주원아. 너같이 머리로 공부한 세상 바르고 공정한 도련님은 말야. 이동식 같 은 또라이 새끼한테 걸리면!

/INS. 플래시백. 동식의 집 앞 골목 (2회 52씬)

동식	(대뜸) 운이 참 좋으시네, 한경위님.
주원	네?
동식	원래 있던 곳으로 곧 다시 돌아가실 거 같아서요.

/과거. 부산 호텔 – 레스토랑 발코니

혁	(빙긋이 웃으며) 이런~ 저런~ 각종 방식으로!

/INS. 플래시백. 심주산 등산로 주차장 (3회 68씬)

블랙박스 영상을 확인하는 주원, 제 눈 앞에 펼쳐지는 장면을 믿을 수 없다.
등산 장갑 낀 손에 비닐에 싼 물건을 쥔 동식이 화면에 잡힌다.
환하게 웃는 동식!

주원	!!!!

/INS. 플래시백. 동식의 집 – 지하실 (3회 73씬)

문주시 만양읍에서 실종된 여성들의 전단지가 빼곡하게 붙어 있는 것이다!
목덜미에 서늘한 한기를 느끼는 주원. 이걸 왜! 왜 모아둔 거지!
다시 돌아보는 주원. 나무 테이블 위에 뭔가 보인다. 다가가 숙여 보는데, 쿵-!!
핏자국이다. 이건 분명 검붉게 말라붙은 핏자국이다.

/과거. 부산 호텔 – 레스토랑 발코니

혁　　이용당하고,

/INS. 플래시백. 부산 복집 (8회 51씬)

동식　　나, 한주원은 왜 끊어내지 못하는 걸까. 이 불편한 감정은 뭘까.

주원　　무슨 소릴 하는 겁니까. 내가 뭘 못 끊어요?

동식　　(미소) 왜 여기 혼자 와 있습니까. 나 잡으려고? 그냥 얼른 (두 손목 붙여 보이며) 이 손목에 수갑 채우지. 내가 한경위한테 다 고백했잖아.

/과거. 부산 호텔 - 레스토랑 발코니

혁　　되는 게 하나도 없어서

/INS. 플래시백. 동식의 집 - 지하실 (4회 48씬)

동식　　사람 안 쏴봤지? 심장이나 머리를 잘 겨눠야 돼. 그게 생각보다 어렵더라고. 자칫해서 살아나면 니 인생 플러스 니 아버지, 차기 경찰청장 인생까지 엿되는 거야. (한 발 더 다가가며) 해봐. 실습한다 생각하구.

주원　　(이를 악문다. 방아쇠에 걸어놓은 손가락에 힘이 들어간다)

총을 더 세게 움켜쥐는 주원. 흔들리는 눈동자.

/과거. 부산 호텔 - 레스토랑 발코니

혁　　난장도 치고,

/INS. 플래시백. 만양 파출소 - 앞 주차장 (3회 62회)

주원　　눈앞의 방해물이 사라지는 것 같아서 즐거워 죽겠어? 이제 다 내 세상 같아? 맘대로 할 수 있겠다 싶어?

주원　　나는..! (협박하듯 나직이) 사라지는 사람 아니야. 당신 눈앞에서 사라지지 않는다고! 넌 내가 잡는다. 내가 반드시, (하는데)

/과거. 부산 호텔 - 레스토랑 발코니

혁　　발악 좀 하다가..

/INS. 플래시컷. 동식의 집 – 마당 (9회 30씬)

동식   자수? 내가 왜. 뭘 잘못했는데.

주원   당신, 나한테 고백했잖아. 강민정 손가락, 당신이 갖다 놨다고.

주원   나하고 약속했잖아.

주원   약속, 했잖아, 당신!

/과거. 부산 호텔 – 레스토랑 발코니

혁   꼴깍! 잡아먹혀버리는 거지.

/INS. 플래시백. 동식의 집 – 마당 (9회 30씬)

동식   잘 가요. 한주원 경위님. (돌아서 계단을 올라간다)

주원   이동식!

동식   (현관문을 열고는 돌아본다. 씨익- 웃는데, 그로테스크한 미소다)

스르르 닫히는 문. 동식은 사라지고 없다.

주원, 온통 파헤쳐진 마당 한가운데 홀로 서 있다.

/과거. 부산 호텔 – 레스토랑 발코니

혁   그렇게, (두 손으로 주원을 곱게 떠받들듯 가리키며) 끝.

주원   (분노로 가득한 눈빛, 떨린다)

혁   괜찮아, 주원아. 어쩔 수 없는 거야. 그게 원래 만고의 진리니까. 평생 온실에서 산 니가, 노지에서 뒹군 놈을 어떻게 이기니. 새로 태어나지 않는 한 안돼.

주원   (순간 갑자기 싸늘하게 식는 눈)

혁   그러니까 똑같이 평생 노지에서 뒹군 여기 이 형이, 너 대신 수단 방법을 가리지 않고, (하는데)

주원   맞아. 다 맞아.

혁   (빙그레) 그지? 이 자식이 이제야 솔직해지네. 나한테 다 맡겨. (하는데)

주원   다시 태어나면 되는데.

혁   뭐?

주원   고마워, 형.

주원, 당황한 혁을 훅- 밀치고 레스토랑 밖으로 나간다.

주원　누구 마음대로 끝이야.

주원, 비릿하게- 웃는데. 반짝이는 두 눈이 바로 짐승의 그것이다.

씬4　부산 어촌 마을 - 어촌계 앞 (D, 과거 - 2020년 12월)

대구를 손질하는 능숙한 솜씨의 칼날.
대구를 말리기 위해 손질 중인 아주머니들 속에 예쁘게 화장한 재이가 앉아 있다.

아줌마1　(도마와 칼 들고 옆에 앉으며) 예쁘게 화장하고 와 이라고 있는데?
재이　같이 놀 친구가 없어서요.
아줌마2　여기 박혀서 아지메들하고 생선 배따지나 따고 있으니께 친구가 읎지.
아줌마3　시내에 존 데 많다. 멋쩨이들 많다 카든데.
재이　가봤는데, 영 별루. 맘에 드는 사람도 없고, 몸에 안 맞는 옷 같은 게.. 이상하게 난 아줌마들이 훨씬 편하다?
아줌마3　아지메들 편해서 우짜게? 시집은 우찌 갈라꼬.
재이　여기서 아지매들하고 살지 뭐.
아줌마1　만다꼬. 우리가 왜 니랑 사나.
아줌마2　가시나 팔자 꼴라꼬. 저저.. 칼질 바라. 어린 가시나가 어데서 저런 걸 배웠노.
아줌마1　(재이 앞에 놓인 붉은 고무 대야, 제 앞으로 끌며) 그마하고 놀아.
재이　(빙그레 웃고는, 손질한 대구 담은 대야를 번쩍 들며) 이거부터 말려요.
아줌마들　뭐라카노!/놔둬라 마./가스나 말 참 안 들어 묵네.

재이, 대야를 들고 뒷마당 쪽으로 걸어간다.
멀리 방파제 앞 주차장에서 그 모습을 보고 있는 주원.

씬5 부산 어촌 마을 - 어촌계 뒷마당 (D, 과거 - 2020년 12월)

대구 주둥이에 금속 고리를 걸어 쇠 봉에 넣고 있는 재이.
대구 한 마리를 걸고서 팔뚝으로 땀을 닦는다. 하아- 입김이 올랐다가 사라진다.
그게 재미있는 듯 다시 한번 입김을 불어보는 재이. 하아-
어촌계 건물 옆에 숨어 재이를 지켜보던 주원, 재이에게 한발 다가서려는데.
그때 어촌계 앞에 앉은 아줌마들 목소리가 들려온다.

아줌마1(E) 누구 찾는다꼬요?
아줌마2(E) 아가씨요?
재이   (멈칫- 굳는데)

씬6 부산 어촌 마을 - 어촌계 앞 (D, 과거 - 2020년 12월)

아줌마들 앞에 쭈그리고 앉은 건, 상배다.

상배   (사진을 휴대폰 액정에 띄우며) 2주 전쯤 내려왔을 건데, 이거 사진 한 번만
         봐주세요.

휴대폰 속 재이 사진 내밀며, 사람 좋게 웃는 상배.

씬7 부산 어촌 마을 - 어촌계 뒷마당 (D, 과거 - 2020년 12월)

재이, 완전히 굳어서는 고무장갑을 벗어 대야에 던지듯 놓는데.
당황해? 주원, 이해할 수 없고.
빠져나갈 곳을 찾다가 뒤쪽으로 다급히 도망치듯 달아나는데.
주원, 그런 재이의 반응을 서늘한 눈빛으로 보는데.

씬8 부산 어촌 마을 – 어촌계 앞 (D, 과거 – 2020년 12월)

상배   (미소) 본 적 있죠?

아줌마2   (자르며) 아녀. 첨 보는 사람인데요.

아줌마1   잉?

아줌마2   와? 본 적 있나? 내는 없는데. (아줌마3에게) 니는?

아줌마3   (머뭇) 내도.. 본 적 읎다.

상배   그래요? (몸을 일으키며 중얼, 마치 혼잣말처럼) 이상하네. 휴대폰 신호가 이 동네에서 잡혔는데.

아줌마1   (눈치 보며) 휴대폰 신호요?

상배   (주머니에서 공무원증 꺼내 보여주며 미소) 경찰인데요. (우뚝 선 채로 아줌마들 내려다보며 조금 위압적으로) 정말 본 적 없어요?

아줌마1/3   (동공 마구 흔들리는데)

아줌마2   (벌떡 일어나 꼿꼿하게 마주 서서) 없다꼬요.

상배   그럼, (어촌계 안쪽으로 흘끔 가리킨다) 저기 좀 보고 갈게요.

아줌마2   아– 없다니까! 만다꼬 거길 들어가노!

상배   (무시하고 어촌계 건물로 쑥 들어간다)

씬9 부산 어촌 마을 – 어촌계 뒷마당 (D, 과거 – 2020년 12월)

대야와 걸다 만 대구, 그리고 내팽개쳐진 고무장갑이 덩그러니 놓여 있다.
들어오던 상배, 멈춰 서서 주위를 훑는데, 재이는 사라지고 없다.

상배   (저벅저벅 들어와 고무장갑을 내려다본다, 중얼) 왜 자꾸 도망을 가니, 재이야..

상배, 휴대폰을 꺼내 재이에게 전화를 건다.
'전원이 꺼져 있어 음성사서함으로 연결됩니다.'
통화 종료 버튼을 누르는 상배. 그러나 미간에 살짝 주름이 진다.
그 표정이 평소와는 너무도 다르게 차갑기만 한데.

그 모습을 건물 옆에서 보고 있는 주원. 그의 눈빛이 반짝인다.
남상배와 유재이, 두 사람 사이에 무슨 일이 있는 것이다.

씬10   주원의 오피스텔 - 거실 (N, 과거 - 2021년 1월)

샤워를 마친 주원이 머리를 털고 나오는데.
테이블 위에 놓인 휴대폰 지잉- 울리고.
'홍신 퀵입니다. 폐차장에서 한 대 찾았습니다. 블랙박스 확보.'
주원의 눈빛이 다시 빛나는데!

CUT TO.
노트북 화면 속 블랙박스 영상을 보는 주원.
2020.11.10. 05:46:11.. 12.. 13.. 14.. 화면 속 영상의 타임라인 흐르며.
영상 속으로 성큼 들어오는 야구 모자를 눌러쓴 여자. 재이다.

주원   하....!

영상 속 재이를 바라보던 주원. 눈빛이 바뀐다.
영상 속의 재이, 구조물을 넘어 문주 경찰서 후문 주차장으로 들어가려다 황급히 몸을 숨겨 영상에서 사라진다. 그때 구조물을 뛰어넘어 사라지는 그림자!
잠시 후 영상에 잡힌 재이, 완전히 충격에 빠진 얼굴인데!

/INS. 플래시컷. 부산 어촌 마을 - 어촌계 뒷마당 (동 회 7씬)
재이, 완전히 굳은 표정으로 뒤쪽으로 다급히 도망치듯 달아나는데.

씬11   만양 정육점 인근 도로 - 주원 차 안 (N, 9회 42씬 이어)

길에 붙여 주차된 자동차들 속에, 시동이 꺼진 차 안에 앉아 있는 주원.
저 멀리 정육점 인근 건널목을 건너는 한 남자. 상배다.

주원   (빙그레) .. 남상배 소장..

잠시 후 문주서 강력팀 승합차가 따라와 주원의 차 인근에 서고.
착잡한 표정의 곽계장과 강력2팀원들이 차례로 내린다.
만양 정육점 쪽으로 우르르 몰려가는 곽계장과 강력2팀원들.

씬12   문주 교차로 (N, 9회 51씬 이어)

교차로 사거리에 서 있는 강력계 승합차.
옆 차선으로 들어서는 차량은 주원의 차다.
승합차를 올려다보는 주원.
창문 안으로 수갑 찬 두 손이 창문에 매달린 상배가 보인다.
상배, 멀리 유연의 실종 현수막을 바라보는데.
'실종된 우리 유연이 찾아주세요.'
신호가 바뀌고, 승합차는 문주 시내 방향으로 출발해 사라지고.
주원의 차, 일암동 방향으로 출발하는데.

씬13   문주 교차로 - 주원 차 안 (N)

문주 방향을 흘끔 보고는, 일암동 방향으로 액셀을 밟는 주원.

주원   이제 한번 놀아보시죠. 이동식씨.

씬14   문주 경찰서 - 강력계 진술 녹화실 (N)

차분한 얼굴로 홀로 앉아 있는 상배.
관찰실과 연결된 창을 흘끔 보더니, 씽긋 웃는다.

씬15   문주 경찰서 – 강력계 진술 녹화 관찰실 (N, 동 시각)

관찰실 창 너머로 상배를 바라보고 있는 곽오섭, 정철문과 강력2팀 형사들.

정서장   (복잡한 심경) 웃긴 왜 웃어. 저렇게 계속 앉혀둘 거야? (2팀 형사들에게) 달
         달 볶아보지?
2팀장   (난감).. 남소장님한테 어떻게..
정서장   (버럭) 용의자로 체포된 사람한테 소장님은 무슨! 나가. 다 나가!!
형사들   (꾸벅- 인사하고 나간다)
곽계장   (쯧) 우리 애들도 최선을 다하고 있습니다.
정서장   한 마디도 못 끌어내는 게 최선이야. 만양 파출소 사람이 잡혀 온 게 몇 번
         째야. 기자들이 알아봐! 겨우 잠잠해졌는데, (하는데)
곽계장   (단박에) 그러니까, 이번엔 긴급 체포하지 말자고 말씀드렸잖아요. 다른 사람
         도 아니고 상배 형인데.
정서장   혀엉? 저 형 좀 제발 구슬려서 자백을 받아봐!
곽계장   오지화나 이동식, 이 두 사람 아니면 묵비권 행사하겠다잖아요. 고집 잘 아
         시면서.
정서장   걔가 여길 어떻게 오냐고. 그쪽도 지금 난리 아니잖아!

씬16   동식의 집 – 지하실 (N, 동 시각)

벽에 파묻힌 유연의 백골 사체 앞에서 조심스레 발굴 중인 홍철과 선녀.
그 뒤로 과수계 직원들이 조각난 벽 파편들을 조심스럽게 채취용 봉투에 담고 있다.
그들 뒤에 서서 그 모습 보고 있는 지화.
벽에 묻힌 유연을 바라보는데, 참으려 노력하지만, 분노와 슬픔이 뒤섞인다.
그때 뒤에서 중얼거리는 소리가 들리고.
지화, 돌아보면, 넋이 나간 표정의 정제가 서 있다.

정제(E)	(한 발 한 발 천천히 다가오는데) 여기.. 있었어.. 여기에. (시선은 계속 유연 사체에 꽂은 채) 여기에.. 있었어...
지화	(앞을 막으며) 박정제. 너 왜 그래.
정제	(그제야 퍼득 정신이 든다) 어.. 지화야.
지화	.. 괜찮아?
정제	그냥.. 너무 놀라서.
지화	동식이 챙기라고 불렀는데 니가 더 놀라면 어떡해.
정제	그러게. (겨우 미소) 미안하다. 동식이는 위에 있어?
도수(E)	팀장님! 이선배요!
지화/정제	(돌아보면)
도수	(다급히 다가오며) 어디 갔다는 말 있었어요?
지화	아니. 왜?
도수	없어요. 위에도, 여기 아래도.

씬17 문주 경찰서 - 강력계 진술 녹화 관찰실 (N)

문이 덜컥- 열리고 동식이 들어온다.

곽계장	(돌아보고 놀라) .. 동식아.
정서장	뭔 소리야. (돌아보고 꿈쩍 놀라 휘둥그레) 왔어??
동식	(대충 목례, 녹화실로 훅- 가버린다)
정서장	저 친구 제정신 맞아?
곽계장	(창 너머로 진술 녹화실로 들어가는 동식을 보며, 안쓰럽기도 하고 복잡한 심경) 아으.. 저 또라이..

씬18 문주 경찰서 - 강력계 진술 녹화실 (N)

상배의 맞은편에 앉는 동식.

상배	(부러 밝게) 아이고~ 기다리다 목 빠지는 줄 알았다?
동식	유연이 찾았어요.
상배	!! (진심으로 안도한다) 잘됐네. 잘됐어.
동식	(그런 상배를 가만히 보는데)
상배	어여 가. 같이 있어줘야지.
동식	살아 돌아오는 것도 아닌데 같이 있어서 뭘 해요.
상배	무슨 소리여. 21년 동안 오늘을 얼마나 바랬는데.
동식	그렇죠. 21년 동안 상상했죠. 살아 있는 우리 유연이랑 지방 어느 곳에서 우연히 맞닥뜨리는 상상을 한참 했고, 그러다 물가에 떠내려와 퉁퉁 분 녀석을 확인하는 걸 상상도 해봤다가, 산 깊은 데서 묻혀 있는 녀석을.. 반쯤 상한 녀석을 알아보지도 못하고 진짜 내 동생이 맞나? 그런 상상도 했지.
상배	(내가 그때 잡았더라면, 죄책감이 밀려오는.)
동식	몇 년 전부터는, 무연고 납골함에서 요만한 도자기 속에 든 녀석을 찾는 상상을 했지. 죽었겠지. 죽었을 거다.. 알면서도 포기가 안 돼. 멀쩡하게 살아 있는 녀석을 마주치는 데서 다시 시작해요. 뺑뺑 무한 반복하는 거지. (상배를 바라본다) 그런데, 아저씨. 이건 한 번도 상상해본 적이 없어요. 우리 집 지하실에..
상배	(쿵-!)
동식	매일 매일 그 집에서 자고 먹고.. 내가 그 벽을 얼마나 들여다봤는데.
상배	(손을 뻗어, 탁자 위에 올려진 동식의 손을 잡아준다)
동식	찾으면 끝날 줄 알았는데, 끝이 아니야. (잡힌 손을 쓱- 뺀다)
상배	(보면)
동식	남상배씨. 강진묵 죽였습니까.
상배	... 아니오.
동식	강진묵이 목맬 때 사용한 낚싯줄과 같은 제품이, 강진묵이 씹어 삼킨 윤미혜 시체 검안서와 같은 서류가 소장실 금고에서 나왔습니다. 남상배씨가 낚싯줄과 검안서를 강진묵에게 건넸습니까.
상배	아니오.
동식	2020년 11월 10일 새벽, 문주 경찰서 강력계 유치장을 방문한 사실이 있습니까.
상배	.. 없습니다.

동식   조사 마치겠습니다. (일어난다)

<u>씬19</u>   문주 경찰서 – 강력계 진술 녹화 관찰실 (N, 동 시각)

정서장   뭘 얼마나 물었다고 마쳐!
곽계장   물을 게 뭐가 더 있어요. 증거라곤 그 두 개뿐인데.
정서장   증거가 없으니까 캐고 몰아서 자백을 받아야지! (잠깐) 저 둘, 한패 아냐?
곽계장   서장님!

그때, 창 너머 상배가 다시 입을 연다.

상배(E)   동식아.

<u>씬20</u>   문주 경찰서 – 강력계 진술 녹화실 (N, 동 시각)

상배   ... 미안하다.
동식   (돌아본다)
상배   21년 전에.. 그때 그 새끼 잡았어야 했어. 내가 잡았어야 했는데.. 미안하다 동식아. 내가 진짜 죄인이다.
동식   (훅 다가가더니 테이블을 쾅–! 친다, 낮게) 미안하면, 여기서 왜 이러고 있어.
상배   (올려다보면)
동식   (속삭인다) 내가 아무것도 하지 말랬잖아.
상배   (표정 멈췄다가 이내 빙긋) 하긴 뭘. 암것도 안 했어.
동식   아저씨 잘못되는 것까지 내가 봐야 해요?
상배   내가 왜 잘못돼. 그런 걱정은 하덜 말어. 전부 다 끝내고, 여기 문주 떠나서 물 좋고 공기 좋은 곳에서 늙어 죽을 겨.
동식   전부 다 끝내긴 뭘 끝내. 72시간 동안 얌전히 계시다 나오세요.

씬21 문주 경찰서 – 강력계 진술 녹화 관찰실 (N, 동 시각)

정서장 둘이 뭔 얘길 하는 거야? 녹화되고 있지? 돌려볼 수 있지?

곽계장 확인해보겠습니다. (하는데)

녹화실 문 열고 나오는 동식.

정서장 이경위! 맘대로 조사 끝내고 뭘 속삭인 거야?!

동식 속삭여요? 누가요?

정서장 감히 누구 앞에서 거짓말이야?! 너도 잡혀 들어가고 싶어?

곽계장 (정서장 말리며) 저 자식 또라이짓 하는 거 한두 번입니까. (얼른 가– 동식에게 눈짓하는데)

동식 두 사람은 할 말 없습니까.

정서장 무슨 말!

곽계장 (표정이 설핏 굳는데)

동식 (창 너머 눈을 내리깐 상배를 가리키며) 남상배 형사만 담당이었나?

정/곽 (무슨 말인지 알 것 같다)

동식 (정서장 향해) 정철문.

정서장 (반말?) 이 자식이 어디서!

동식 (곽계장 향해) 곽오섭.

곽계장 (시선 피하며 낮게 한숨 쉰다)

동식 21년 전 이유연 실종 사건 담당 형사님들.. (한발 다가선다)

정/곽 (멈칫– 상체 뒤로 물리는데)

동식 수고, 많으셨습니다.

정/곽 !!

동식 (꾸벅– 인사하고 밖으로 나간다)

씬22 만양 정육점 안 (N)

드럼통 앞에 둘러앉은 동식, 정제, 지훈, 재이.

지훈	유치장서 정말 72시간을 계셔야 하는 거래요?
동식	그러셔야지.
정제	(퀭하고 낯빛이 어두운 채로) 넌 괜찮어?
동식	내가 왜.
재이	축하해요, 진심으로.
지훈	(잉? 재이와 동식만 번갈아 보면)
정제	(눈물이 핑 도는데 감추며) .. 유연이 찾은 거 축하, (하려다) 고생했다, 동식아.
동식	(천천히 미소 지어 보이는데)
재이	다들 식사 못 했죠? (일어나며) 배고프다. 우리 밥 먹어요.
지훈	소장님이 유치장에 계신데 어떻게 밥을 먹어요. 누난 소장님 걱정 안 돼요?
재이	(냉장고로 향하며 다짐하듯) 괜찮으실 거야. 곧 나오실 거고.
동식	(단호한 말투에 보면)
재이	소장님이, 사람 해칠 분 아니잖아. (다짐하듯 돌아보며) 안 그래?
지훈	그럼요! 절대 아니지.
정제	그래. 걱정 그만하고 우리도 밥 먹자. (일어나며) 도와줄게, 재이야.

그때 드륵- 문 열리는 소리. 지친 표정의 지화가 들어온다.

씬23 동 장소 (N, 시간 경과)

각자 휴대폰으로 전송받은 만양 파출소 내부 CCTV 영상을 보는 사람들.

지화	소장님 퇴근 후에 파출소 직원들이 소장실을 드나들었다면서.
정제	(응?) 야간엔 잠가두는 게 원칙 아니야?
지훈	그게.. 차도 가져다 마시고, 필요한 거 있으면 편하게 쓰라고 하셔서요.
정제	직원이라면 야간에 금고를 건드릴 수 있었단 거잖아. 그럼 취득한 증거는 증거 능력 없는 거 아냐?
지화	영장 치기는 힘들겠지.

지훈   (환해진다) 소장님 곧 나오시겠네요?

지화   다른 증거나 목격자가 나오지 않는 한.

재이   (표정 설핏 굳는데)

동식   (동영상을 빨리 넘겨 보며) 시간을 특정할 순 없었어?

지화   금고 안을 마지막으로 확인한 게 나흘 전쯤? 그때는 낚싯줄, 검안서 다 없었
         다고 하셨어.

지훈   나흘 전이면 3팀, 우리 팀, 그리고 2팀 순서로 야간 근무했어요.

정제   만양 파출소 직원 모두가 용의자라는 말이네?

재이   어쨌든 전부 다 경찰이네요. 그런데 왜 경찰이 소장실 금고에 가짜 증거를 넣
         은 걸까요?

지훈   그거야 소장님께 뒤집어씌우려고, (하는데)

재이   그러니까 왜 경찰이 그런 일을 꾸민 거냐고.

지화   (바로) 증거 능력이 부족한 걸 충분히 알 만한 경찰이 말이지?

재이   네.

정제   그 대상도, 강력계 형사로 몇십 년을 재직한 소장님이고. 왜지?

재이   (잠시 굳는데, 애써 표정 감춘다)

동식   (나직이) 경찰의 시선을 끌기 위해서,

/INS. 플래시컷. 만양 파출소 – 소장실 (9회 52씬)
근무복을 입은 누군가가 소리 죽여 책장 안 금고의 문을 열어낸다.

동식(E)   소장실 금고에 증거를 조작했다..

폴리 글러브를 낀 손이 비닐 백 속에 든 물건을 금고 속에 집어넣는데.
그 모습과 동시에 오버랩 되며!

/INS. 플래시컷. 만양 슈퍼 앞 (2회 54씬)
평상 위에 진열하듯 민정의 손가락을 내려놓는 동식!

/현재. 만양 정육점 안
동식   (이제 깨달았다)

지화　　누가 그런 짓을 할 수 있지?

동식　　(그 순간 번쩍 떠오른다)

/INS. 플래시컷. 만양 슈퍼 인근 골목 일각 (2회 53씬)
동식, 주원을 빤히 보며 씨익- 미소 지었다가 너머로 무언가를 발견한 듯하다.

주원　　왜요. 뭡니까. (다가가는)

평상 위에 놓인 민정의 손가락을 발견한 주원, 표정이 굳어버리는데!

/현재. 만양 정육점 안
동식, 다급히 휴대폰에서 CCTV 영상을 찾아 빠르게 플레이한다.
'2021.02.02. 19:51:28.. 29.. 30.' 영상 속 타임라인이 흐르고.
지훈이 소장실 쪽으로 걸어가는 영상부터 빠르게 플레이.
'2021.02.03. 02:51:04.. 05.. 06.' 멈추고 다시 정속 재생하는데.

동식　　!!!

소장실 쪽 복도로 향하는 근무자의 뒷모습.
갑자기 몸을 돌려 CCTV를 훅- 올려다보는데 그 사람은..

/INS. 과거. 만양 파출소 안
돌아서 CCTV를 올려다보는 주원.
아주 슬며시 천천히 입꼬리가 올라간다.

/현재. 만양 정육점 안
휴대폰 영상 속 주원, 이내 소장실을 향해 사라진다.
동식의 눈빛이 싸늘하게 굳는데.

씬24　주원의 오피스텔 - 거실 (D, 다음 날 낮)

빠르고 치밀하게 녹음된 바흐의 골드베르크 변주곡이 흘러나오는데.
주방에서 들리는 탁탁탁- 칼로 도마 치는 소리. 연주와 리드미컬하게 섞인다.

씬25 주원의 오피스텔 - 주방 (D)

주원, 채 친 야채를 팬에 넣고 버터로 가볍게 볶아낸다.
레스팅 중인 양갈비 구이를 접시에 세팅하는 주원. 그때 인터폰이 울린다.
주원, 입구로 나가서 확인하는데. 인터폰 화면에 동식의 모습이 떠 있다.

씬26 주원의 오피스텔 - 거실 (D)

동식, 주원의 오피스텔을 눈으로 천천히 훑는다.
곳곳에 정리되어 쌓여 있는 사건 관련 서류들을 내려다보는데.
주원, 양갈비 구이가 담긴 접시 두 개를 들고 테이블로 다가오는.

주원   많다 싶었는데 잘됐네요. 앉으세요. (테이블 위에 접시를 내려놓으며, 차분하게) 이유연씨 찾았다면서요.
동식   (멈칫- 했다 보면)
주원   (진지한 표정으로 보며) 잘됐어요. 진심입니다. 삼가 고인의 명복을 빕니다.
동식   (차분히) 감사.. 합니다.
주원   휴무인데, 와인 한잔 어때요. (와인을 꺼내려는 듯 다시 주방 쪽으로 향하는데)
동식   (시선 놓지 않고 주원을 쫓아 보며 툭) 낚싯줄과 시체 검안서는 왜 가져다 놓은 겁니까.
주원   (응?) 저한테 한 말입니까? (빙긋이) 증거 있습니까.
동식   CCTV에 딱 찍혔어요. 살짝 미소 짓는 한경위 모습이.
주원   CCTV? (영문을 모르겠다는 듯, 다시 와인 쪽으로 가며) 아! 소장실 복도 CCTV 말인가요? 맞다, 거기 찍혔겠네. (와인을 고르며) 그런데 그 CCTV에 나만 찍혔던가요?

동식   (피식) 아니. 만양 파출소 직원 여럿이 찍혔지.

주원   그런데 왜, 군이 절 찍어 지목하는 겁니까.

동식   한경위 말곤 없지.

주원   내가 남상배 소장에게 강진묵 자살 방조 혐의를 뒤집어씌울 수 있을 것 같다고요?

동식   왜 그런 겁니까.

주원   (와인 골라 들고는) 우리 이동식씨, 생각보다 똑똑하지 않으시네.

동식   (이 자식이, 피식하는데)

주원   (덤덤하게) 왜 그랬는지 그게 그렇게 중요한가?

동식   (뭐?)

주원   그게 궁금해서.. 여기까지 오셨다면.. (동식을 향해 천천히 걸어오며) 나, 한주원은 만양 파출소 소장실 금고에 낚싯줄과 윤미혜의 시체 검안서를 가져다 둔 사실이 없습니다.

동식   ... 그래?

주원   왜 나라고만 생각하지. 만양 파출소 직원이면 누구나 드나드는 소장실 복도에 설치된 CCTV에 내가 찍혀서? 아- 기억나는 말이 있네.

동식   (보면)

주원   그게 전붑니까. 고작 그걸로 여기까지 쪼르르 달려온 겁니까?

동식   (이 자식.... 허... 웃으며) 한주원 경위, 첫 느낌이 맞았네.

주원   내 첫 느낌? 어땠는데요?

동식   도련님, 참 상콤하시네.

주원   (잠시, 빙그레) 감사합니다.

동식   한주원 경위. 뭐든 최선을 다해봐요. 기대할게. (주원을 지나쳐 나가려는데)

주원   최선은 이동식씨가 다하세요. 만양 사람들은요. 자기들끼리는 못 잡아먹어 안달인데, 외부에서 적이 들어오면 똘똘 뭉쳐서 적부터 까내거든. 조심하세요. 이동식씨.

동식   (피식- 돌아보며) 만양 사람들을, 내가 조심해야 한다?

주원   설마 스스로를 만양 사람이라고 생각하는 겁니까? 이동식씨가 만양으로 돌아온 건 2018년이잖아. 20년 넘게 만양 사람들은 이동식씨가 용의자였던 거 잊지도 않았고! 난 왜 당신이 그 사람들 속에 속해 있다고 생각하는지를 모르겠어요. (동식에게 다가가며) 유재이.

동식   (보면)

주원   강진묵 사망 당일, 문주 경찰서에 찾아갔으면서도,

/INS. 과거. 문주 경찰서 후문 앞 도로 (9회 17씬 CCTV 동일 장면)
주차된 차 앞쪽에 서서 문주 경찰서를 바라보고 서 있는 재이.

/현재. 주원의 오피스텔 - 거실

주원   당신한테 그 사실을 말하지 않고 3개월간 잠적했다가 블랙박스 영상을 공개
하겠다는 협박 메일을 받고서야 만양에 다시 나타났죠. 대체 뭘 감추고 있길
래.

동식   (하!) 그딴 말로 내가 흔들릴 것 같아?

주원   그럼 오지훈 순경은 어때요. 강민정을 쫓아가고, 마지막으로 목격해놓고선
당신이 긴급 체포된 걸 기자들한테 알린 전적도 있고. 아까 내가 찍었다는
CCTV 말인데요.

씬27   만양 파출소 안 (N, 과거 - 2일 전)

2월 2일 밤 7시 50분.
자리에 앉아 있는 주원, 소장실 복도를 비추는 CCTV 카메라의 위치를 확인하는데.
근무복 차림의 지훈이 자리에서 일어나 소장실 쪽으로 향한다.

/INS. 플래시컷. 만양 정육점 안 (동 회 23씬)
'2021.02.02. 19:51:28.. 29.. 30.'
동식이 다급히 돌려보는 CCTV 영상. 지훈이 소장실 복도로 향하는 장면이 찍혀 있다!

씬28   주원의 오피스텔 - 거실 (D, 현재)

주원   오지훈 순경이 찍혀 있지 않던가요?

동식	증거 조작해서 남소장님께 뒤집어씌운 사람은, 내 눈앞에 있는 것 같은데?
주원	(피식- 차분해지며) 황광영.
동식	뭐?
주원	조길구.
동식	야..
주원	(바로) 오지화,
동식	한주원.
주원	박정제,
동식	(빙긋이) 너 지금 뭐 하니.
주원	그리고 남상배. 그 사람은 당신에게 감추는 게 하나도 없을까?

/INS. 플래시컷. 문주 경찰서 - 강력계 진술 녹화실 (동 회 20씬)

상배	(표정 멈췄다가 이내 빙긋) 하긴 뭘. 암것도 안 했어.
상배	전부 다 끝내고, 여기 문주 떠나서 물 좋고 공기 좋은 곳에서 늙어 죽을 겨.

/현재. 주원의 오피스텔 - 거실

동식	(빙그레 미소) 창의력이 너무 없네. 한 명 한 명 이름 부르면서 씨앗을 뿌리면 내가 한경위처럼 흔들릴 것 같아?
주원	아니요, 난 그저 당신이 석 달 전의 나와 다르길 바랄 뿐인데.
동식	(보면)
주원	내가 믿는 것이 옳다고 맹신하고 무조건 직진만 하는 거. 당신은 그러지 않을 줄 알았는데. (중얼) 내가 기대를 너무 많이 했나.
동식	(멈칫-) 흔들고 싶어서 야단났네? 내가 움직여서 뭐가 나올지 이제 나도 궁금해지네.
주원	믿음의 구석에 금이 가기 시작한 건 아니고?
동식	아니. 내가 한경위한테 빚이 있잖아.
주원	(굳어 노려보면)
동식	그때 너무 간절했지, 한주원 경위.

/INS. 플래시컷. 동식의 집 - 마당 (9회 30씬)

주원	그 말은, 지금 자수하겠다는 겁니까.

주원	약속, 했잖아, 당신!

/현재. 주원의 오피스텔 – 거실

주원	(매섭게) 그건 빛이 아니야! 정의지.
동식	알았어요. 한주원 경위의 그 정의로운 놀음판에서 내가 한번 놀아줄게.

씬29 주원의 오피스텔 앞 도로 (D)

오피스텔 정문에서 나오는 동식.
주원의 오피스텔 창문 즈음을 흘끔 올려다보며 담배를 꺼내 입에 문다.
휴대폰을 꺼내 저장된 번호 검색. '서울 광수대 김찬경'. 발신 버튼 누른다.

동식	(잠시, 휴대폰에) 불철주야 고생이 많으십다~
김형사(F)	이동식이 이 또라이! 너 경위 컴백 턱 내렸더니 문자를 씹어?
동식	친애하는 김형사님. 이메일 하나 보내드릴 테니까, IP 주소 위치랑 첨부 파일 포렌식.. 부탁한다?

씬30 서울청 – 광수대 앞 복도 (D, 동 시각)

김형사	뭔 개소리야. 협조 요청 공문을 보내도 해줄까 말까, (하는데)
동식(F)	항상 감사드림다~ (전화 끊는)
김형사	(끊긴 휴대폰의 화면 보며) 으~ 이 또라이 진짜!

띵동~ 휴대폰 화면에 '새로운 메일이 도착했습니다' 알람이 뜬다.

씬31 문주 경찰서 – 생활안전계 남자 화장실 (D, 다음 날 아침)

찬물에 얼굴을 담그고 눈을 뜨고 있는 정제. 몽롱한 눈빛.

꿈뻑.. 꿈뻑 느리게 깜빡이다가 고개를 훅 드는 정제. 퀭한 얼굴에 살이 좀 내렸다. 물이 뚝뚝 흐르는 정제의 얼굴이 산 사람이 아닌 것 같다.

거울에 비친 제 모습을 보는 정제. 거울에 비친 제 얼굴은 20살 정제의 모습이다.

20살의 자신에게 손을 뻗는 정제. 거울 속 20살 정제도 똑같이 손을 뻗는다.

거울에 두 사람의 손이 맞닿는 바로 그 순간!

씬32   정제의 환각. 문주 심주산 일각 (N, 과거)

깊은 밤. 안개가 자욱한 산길.

술 취한 20살의 정제가 한 여성과 마주 보고 서 있다. 그녀는 바로, 유연이다!

20살 정제, 화가 난 듯 휴대폰을 바닥에 던져버리고!

유연, 실망한 눈으로 정제를 보다 산길을 홀로 내려가기 시작한다.

그 모습 위로, 현재의 정제 목소리가 울린다.

정제(E)   안 돼..

멀어지는 유연을 바라보고 선 20살 정제. 따라가지 않고 술에 취해 휘청거릴 뿐.

정제(E)   잡아..

술에 취한 20살 정제, 가만히 지켜보다 오두막 쪽으로 몸을 돌리는데.

정제(E)   가지 마..

멀어지는 유연과 20살 정제. 그 위로 슬프게 읊조리는 정제의 가녀린 절규.

정제(E)   제발.. 잡아.. 제발.. 박정제..!

씬33   문주 경찰서 – 생활안전계 사무실 복도 (D, 아침)

또각또각 구두 소리를 내며 걷는 해원. 뒤를 따르는 장비서.

장비서 아드님과 통화 한번 하시는 게 어떨지.

해원 3일 동안 오십두 번 했어. 분명히 무슨 일 생긴 거야.

장비서 혹시나 해서 말씀드립니다만, 박정제 경감은 생활안전계장이고요.

해원 (뭔 소릴 할라고)

장비서 (나직이) 마흔하납니다. 사람들한테 마마보이처럼 보이는 건 그다지 좋을 게,

해원 (탁- 멈추더니 돌아서 올려다보며) 장비서, 애 있어?

장비서 저는 비혼주의자, (하는데)

해원 그럼 입 닫아.

정서장(E) 아이고- 복도가 화사하다 했더니,

해원 (표정 확~ 바꾸며 돌아보면)

정서장 도해원 의원님 아니십니까!

해원 (활짝 웃으며) 정철문 서장님! (토도독- 가서 악수를 청하며) 너무너무 오랜 만에 뵙네요. 서장 되시더니 세상에 풍채가~ 아주 훤칠해지셨네!

정서장 (내가? 악수하며) 하하하하.

때마침 화장실에서 나오는 정제, 해원을 발견하고 표정 완전히 굳는데.

해원 (정제 발견, 활짝 웃으며) 우리 박정제 경감... (상한 얼굴 보고 굳는다)

씬34 문주 경찰서 - 생활안전계 사무실 (D, 아침)

탱크처럼 밀고 들어오는 해원, 생활안전계장 자리로 직진한다.

정제 (팔을 잡으며) 제발.

해원 (거세게 뿌리치고, 계장 자리로 돌진!)

사무실 직원들, 모두 이게 뭔 일인가 웅성거리는데.

해원, 정제의 자리를 마구 뒤지기 시작한다.

멀찍이 서서 그 모습 보는 정제. 피곤하고, 정신이 혼미해지는 것 같다.

서랍을 열어젖히던 해원, 마지막 서랍 안을 혹- 열어보는데.

그 안에 가득 든 건, 사슴 또 사슴.. 잔뜩 그려진 사슴이다.

해원, 정제를 바라보는데. 어째 분노가 아니라, 두 눈에 겁이 잔뜩 든 모습이다.

씬35 만양 정육점 안 (D, 오후)

동공이 떨리는 재이, 동식과 마주 보고 앉은.

테이블 위에 놓인 메일 포렌식 보고서를 내려다보고 있는데.

재이　　한주원이.. 날 협박한 거라고?

동식　　한경위 집 1층 카페 IP 주손데 CCTV는 확인 안 해봤어.

재이　　한번 확인해보는 게,

동식　　(자르듯) 한주원 맞아.

재이　　도대체 왜?

동식　　알고 싶었겠지. 강진묵이 죽은 그날, 문주 경찰서 후문에서 재이 니가 뭘 본 건지.

재이　　! (잠시) 보다니 내가 뭘.

동식　　(보고서 들어 읽어준다) 첨부된 차량 블랙박스 영상을 확인한 결과, 영상 후반부를 삭제한 흔적이 발견되나, 삭제된 영상 복구 불가.

재이　　(하아..)

동식　　재이야. (얼굴 들여다보더니 나직이) 누구야.

재이　　(말 못 하고 눈을 내리까는데)

동식　　강진묵 죽인 그 새끼 누구냐고!

재이　　죽인 게 아닐지도 모르잖아! 아니 죽였대도, 우리 엄마 살해한 그 인간을 죽여준 거니까, 나는 고맙고!

동식　　그럼 왜 말 못 해?!

재이　　(눈물 가득 고여) 아니, 아니야. 그럴 분이 아니잖아. 정말 아니잖아. 아니잖아.

동식	(혹시) 남상배.
재이	(흠칫- 보면)
동식	(혼돈) ... 아저씨가.. 강진묵을 죽인 거야?

씬36 문주 경찰서 - 유치장 (N)

유치장 안에서 가부좌 틀듯 앉아 눈 감고 명상 중인 상배.

주원(E)	아주 편안해 보이시네요, 소장님.
상배	(천천히 눈을 뜨고) 어- 한경위가 왔어?
주원	소장님 나오시는데 이동식씨가 아직 안 보이네요. 의외로 늦다니까.
상배	(자리에서 일어나, 미소) 한경위가 와서 나는 더 좋아. 고마워.
주원	궁금해서 온 겁니다. 강진묵 죽인 곳에 본인이 갇힌 소감이 어떤지.
상배	(가만히, 빙긋) 그렇게 생각해서 날 여기다 집어넣은 모양이네? (일어서 창살 앞으로 가까이 오며) 집어넣고 직접 마중까지 와주고, 한서장님한테 집안 교육을 잘 받았나 봐.
주원	한.. 서장님?
상배	아- 지금은 본청 차장님이시지? 미안해. 내가 자꾸 옛날 일이 떠올라가지고. (철창- 텅텅 치며 밖에다) 철상아, 시간 됐다. 문 열어!

때마침 문 벌컥- 열리고.
곽계장이 상배의 겉옷과 휴대폰, 지갑 등을 챙겨서 들어온다.

곽계장	아- 그놈의 성격 참. 서장님도 형 빨리 풀어주라드라? 옛정이 조금 남긴 남았나 봐.
상배	강력계장님께서 뭘 또 직접 와.
곽계장	까마득한 후배 손에서 나오는 걸 그냥 봐요?
주원	(목례하면)
곽계장	만양은 금세 한 식구 되나 봅니다? 여기까지 군이.
주원	문 여셔야죠. 제가 들고 있겠습니다.

곽계장	(상배의 패딩과 휴대폰, 지갑 등을 주원에게 건네고는) 이거 어째 마지막일 거 같은데, 사진 한 방 박아놓을까? (주머니에서 휴대폰 꺼낸다)
상배	마지막은 뭐가 마지막이야, 임마-
곽계장	유치장에 갇히는 게 마지막이어야지! (휴대폰 들면)
상배	잔소리는. (하면서 또 V자 그려 포즈 취해준다)
곽계장	(찰칵- 찰칵- 찍으며) 저.. 저.. 철없는 냥반. 여기 문주서 다닐 때도 맨날 문제만 일으키더니, 누구한테 미움을 산 겁니까? (열쇠로 문 열어준다) 얼른 후딱 나와버려요!
상배	(나오며 곽계장의 어깨를 툭-) 고맙다- 곽오섭이.
곽계장	얼른 가고, 다신 보지 맙시다? (나간다)
상배	알았다~ 알었어.
주원	(들고 있던 상배의 소지품과 옷 내민다)
상배	여기까지 와줘서 고마워서 내가 밥 한 끼 사고 싶은데, (하는데)
주원	제가 바쁩니다.
상배	그래? 난 또 나랑 이바구 좀 하러 온 줄 알았지.
주원	다 했습니다. (꾸벅-) 가보겠습니다. (나가고)

상배, 나가는 주원의 뒷모습 보며 지갑 넣고, 패딩 걸치고.
휴대폰 켜면 바로 전화 들어온다. '우리 동식이'.
흠... 받지 않고 주머니에 넣고, 밖으로 나간다.

씬37   문주 경찰서 앞 도로 (N)

택시에 올라타는 상배. 택시 출발하고.
도로 반대편에 주원의 차가 서 있는데.

씬38   동 장소 - 주원 차 안 (N)

주원, 시동을 걸면서 거치대의 휴대폰 터치해서 위치추적 앱을 여는데.

문주 경찰서 인근의 지도가 뜨고. 반짝반짝- 깜빡이가 문주 경찰서에서 멀어진다!

씬39 문주 경찰서 - 유치장 (N, 과거 - 10분 전, 동 회 36씬)

곽계장이 상배의 겉옷과 휴대폰, 지갑 등을 챙겨서 들어온다.

곽계장   아- 그놈의 성격 참. 서장님도 형 빨리 풀어주라드라? 옛정이 조금 남긴 남았나 봐.

상배   강력계장님께서 뭘 또 직접 와.

곽계장   까마득한 후배 손에서 나오는 걸 그냥 봐요?

주원   (목례하면)

곽계장   만양은 금세 한 식구 되나 봅니다? 여기까지 굳이.

주원   문 여셔야죠. 제가 들고 있겠습니다.

곽계장   (상배의 패딩과 휴대폰, 지갑 등을 주원에게 건네고는) 이거 어째 마지막일 거 같은데, 사진 한 방 박아놓을까? (주머니에서 휴대폰 꺼낸다)

주원, 곽계장의 뒤에 서서 살짝 몸을 돌리는.
어느새 얇은 스티커형 위치추적기가 주원의 손가락 사이에 끼워져 있는데.
상배의 패딩으로 보이지 않게 가리고 상배의 지갑을 여는 주원.
신분증이 든 투명 비닐 칸 안쪽에 위치추적 스티커를 밀어 넣는다!

씬40 상배의 집 인근 도로 (N)

요금 계산한 카드를 지갑에 넣으며 택시에서 내리는 상배.

씬41 상배의 집 인근 도로 - 주원 차 안 (N)

길가에 차를 세우는 주원.

거치대의 휴대폰 액정에 깜빡이는 위치추적 신호가 골목으로 향하는데.
창 너머 보면 상배가 골목으로 들어가고 있다.

씬42   상배의 집 앞 (N)

상배 집 대문을 쾅-쾅- 두드리는 동식.
깜깜한 창문을 올려다보다가 담배를 꺼내 문다.
다시 주머니 속 휴대폰을 꺼내는데.

씬43   상배의 집 앞 골목 (N)

상배, 골목으로 올라가며 휴대폰 문자 보내는 중.
보내는 이를 설정하지 않은 채 문자 메시지에 내용부터 채우는데.
'소장실 금고에 넣어둔 게 사라졌다.. 그때 네가 없앤 거랑 같은 거,'
메시지를 작성하고 있는데 휴대폰에 전화 들어온다. '우리 동식이'.
잠시 고민하다 거절 누르는 상배. 저기 집 근처에서 무언가 벌건 것이 보였다 사라진
다. 담뱃불이다. 휴대폰을 든 동식이 상배의 집 앞에 담배를 피우며 서 있다.
다시 상배의 휴대폰 진동 울린다. '우리 동식이'.
상배, 전화 거절 버튼 누르고. 올라왔던 길을 내려가는데.

씬44   상배의 집 인근 골목 - 주원 차 안 (N, 시간 경과)

주원, 휴대폰 속 깜빡이를 확인하는데.
깜빡이가 주원의 차가 서 있는 곳으로 점점 다가온다.
보면, 상배가 다시 내려오고 있다.
들킬세라 재빨리 시동을 거는 주원.

씬45 상배의 집 인근 골목 (N)

조용히 옆 골목으로 들어가는 주원의 차.
상배, 알아채지 못하고 내려오다가 멀리 도로에서 택시를 잡는 누군가를 발견하고.
멈춰 서서 어둠 속으로 슬쩍 몸을 감춘다.
택시가 붕- 떠나고. 상배, 다급히 도로로 내달리기 시작하는데.

씬46 동 장소 - 주원 차 안 (N, 동 시각)

갑자기 깜빡이가 달리듯 빨라지더니, 잠시 후 차를 탄 듯 속도를 내며 멀어진다!

주원   !! (재빨리 시동을 켜서 출발하는데!)

씬47 경찰청 - 앞 주차장 (N)

주차한 차에서 내리는 주원, 휴대폰을 들여다보면.
위치추적 신호가 지도 속 경찰청에서 깜빡이고 있다.
경찰청 건물을 올려다보는 주원.

씬48 경찰청 - 로비 (N)

로비로 들어서는 주원. 주위를 눈으로 훑으며 상배를 찾는데.
휴대폰 화면의 위치추적 신호를 확인하는 주원.
신호는 여전히 경찰청에 머물러 있는데.

광영(F)   한주원 경위?

주원, 돌아보면 황광영과 조길구가 서 있는데.

광영	오늘 무슨 날입니까? 왜 여기서들 만나지?
주원	그러게요. 두 분은 본청에 무슨 일입니까.
광영	친구 좀 만나려고요. 동기가 본청 대변인실에 근무해서.
길구	나도 그래요. 친구 좀 만날라고 왔지.
광영	조경사님이 본청에 친구가? 평생을 파출소 근무만 하신 분이?
길구	나도 있지! 황경위님은 사람 참 거시기하게 은근히 무시를 하고 그르드라?
광영	아니 뭐, 난. (했다가 주원 뒤를 보고 가까이 속삭) 아버님 뵈러 오셨구나? 저희 인사 좀 시켜주시면,
주원	네? (광영의 시선 따라가면)

기환이 수행비서를 대동하고 출입 통제 게이트를 빠져나오다 주원과 눈 마주치는데.
광영, 꾸벅 인사하고. 길구도 목례를 하긴 하는데 뭔가 어색한 느낌.
주원, 대충 목례하고.

주원	저 먼저 가보겠습니다. (로비를 떠나려는데)
기환	(부드러운 미소로 다가온다) 우리 주원이 동료 경찰분들이신가.
주원	(어쩔 수 없이 서면)
기환	말씀 많이 들었습니다. 주원이 애비 되는 한기환입니다. (광영에게 손 내미는)
광영	(두 손으로 꼭 잡고 90도 목례) 뵙게 되어 영광입니다. 차장님. (고개 들고 또 박또박) 저는 경위 황. 광. 영. 입니다.
기환	반가워요. (길구에게도 손 내민다)
길구	(조심스레 잡으며, 눈 내리깐 채) 경사 조길굽니다.
기환	그래요. (주원을 향해) 잠깐 시간 괜찮지?
주원	아니요. 일이 있어서.
광영/길구	! (눈치)
기환	(부드럽게) 잠깐이면 돼.

씬49 경찰청 앞 주차장 (N)

기환의 차 뒷좌석 문을 열어주는 수행비서.

기환 올라타고. 주원, 타기 전에 위치추적 신호 확인하는데.

차량의 속도로 신호가 경찰청에서 멀어지고 있다.

주원   ! (당장에도 쫓아야 하는데)

수행비서   (주원 쪽 뒷좌석 문 열어주는)

씬50   경찰청 앞 주차장 – 기환 차 안 (N)

뒷좌석에 앉은 기환과 주원.

주원   간단하게 하시죠. (휴대폰을 든 채) 정말 일이 있어요.

기환   무슨 일. 다 끝난 사건 들쑤시는 일?

주원   (들쑤셔?) 가보겠습니다. (차 문 열려고 하는데)

기환   (부드럽게) 부탁이다. 소원이야.

주원   (멈칫–)

기환   아버지 소원이다. 주원아.

주원   (황당 그 자체) 아버지 소원?

기환   나도 알아. 이 일 하는 사람들한테 운명 같은 사건이 꼭 하나씩 있으니까. 끝
          낼 수 없고 보낼 수 없지. 이해한다, 주원아.

주원   (낯설고 기가 막혀 보면)

기환   그래. 내가 널 좀 엄하게 대했지. 물가에 내놓은 어린아이 같아서. 미안하,
          (하는데)

주원   (차갑게) 하지 마세요.

기환   (멈칫– 다시 부드럽게) 주원아.

주원   아버지 아들로 산 지, 28년이에요. 그 28년 중에 내가 아버지 얼굴 본 시간
          은 전부 해도 1년이 안 돼요. 8살에 영국으로 보내버리고 한 번도 찾아오지
          않은 사람이, 어떻게 부성애를 팔 수 있지?

기환   (천천히 평소대로의 표정으로 변한다) 내려.

주원	다신 그러지 마세요. 나는, 당신 쇼를 믿고 결혼해서 날 낳고 죽어버린 그 사람이랑은 달라. (차 문 열고 내려서 쾅-! 닫아버린다)
기환	.. 썩을 놈의 새끼.

씬51   일식당 - 룸 (N)

기름이 좔좔 흐르는 대방어회가 놓인 테이블에 마주 앉은 해원과 창진.
해원의 표정이 영 좋지 않고, 젓가락질도 깨작깨작.
지잉- 지이잉-

창진	(방어를 촵촵 씹으며, 러시아어) 아들놈 일이구만. (저도 모르게 한국어로) 이래서 애를 낳지 말아야 하는데.
해원	뭐라고?
창진	아니, 아니, 아니. (하는데)

해원의 주변에서 지이잉- 지이잉- 휴대폰 울리는데.
창진, 테이블 위의 해원 휴대폰 보면 멈춰 있고.
해원 옆에 놓인 가방이 슬쩍슬쩍 흔들린다.

창진	요즘도 휴대폰 두 개 써요?
해원	지역구민들 전화가 너무 많이 와서.
창진	통화하세요. (방어 한 점 드는데)
해원	아니야. 우리 오랜만에 식사하잖어.
창진	나만 먹구 있구만. 뭔데요, 말해요.
해원	아니, 그냥 이대표랑 저녁 한 끼 같이 먹고 싶어서.
창진	(러시아어) 방어가 웃겠다. (한국어) 당장 오늘 밤에 만나자고 전화 해서는, 기름이 좔좔 흐르는 대방어를 척-! (방어 한 점 집으며) 말씀하시라니까?
해원	(결심하고) 이대표.. 처방전 없이 안정제 구할 수 있지?
창진	(방어 씹으며) 마약성?
해원	아니, 그건 중독되니까, (하는데)

창진   여자 목소리 막 들리는 거에서 더 업데이트된 거 아니에요? 그럼 아드님 그
        정돈 드셔야 하잖어.

해원   누.. 누가 우리 아들이 먹는다 그랬어?

창진   아 진짜- 시의원 몇 년 찬데 발연기예요? (술 한 모금 홀짝 하고는) 내가 아
        드님을 언제부터 알았는데!

해원   (멈칫- 굳었다가, 일부러 대놓고) 21년 전부터?

창진   (빙긋) 그렇게 오래됐나.

해원   이유연, 걔 나왔다며? 지네 집 지하실 벽에서.

창진   (술잔에 술을 조르르 따른다) 그러게요.

해원   어떻게 된 걸까?

창진   뭐, 그 싸이코패스가 죽여서 벽에 발랐나 보죠.

해원   (본다)

창진   왜요. 걱정돼요? (피식) 뭘 걱정하는 거지.

해원   (잠시) 개발. 내 땅. 내 돈!

창진   그리고 차기 문주 시장도 걱정. 거기에 아드님도 걱정이시고.

해원   우리 아들 아니라니까!

창진   걱정 말고, 저 믿으세요. 여기 문주에 가진 거 다 때려 박아서 내 목숨도 걸
        수 있거든? 약 구해드릴 테니까 소중한 아드님 좀, 거 누구냐 그 또라이, 이
        동식이랑 떼어놓고요. 그 새끼가 또 들쑤시고 다녀서 우리 사업 쪽박 깨면,
        (러시아어) 다 같이 죽는 거야, 씨X.

그때 다시 해원의 가방 속 휴대폰 울린다. 지이잉- 지이잉-!

창진   (짜증) 아 거 그냥 받으라니까!

해원   (옴마!)

씬52   병원 – 영안실 앞 복도 (N)

지하, 긴 복도를 빠르게 걷는 동식. 표정이 심상치 않은데.

씬53 문주 경찰서 - 과학수사계 (N)

유연의 백골 사체와 부검 결과서가 띄워진 컴퓨터 화면들.
홍철과 선녀가 심각한 표정으로 클릭하며 사진을 넘기고 있는데.
다급히 문 쾅- 열고 들어오는 지화.

지화 (휴대폰 액정 속 결과서 내보이며) 국과수 결과서, 이거 뭐야.
홍철 오팀장! 동식이가 확 돌아서 뛰쳐나갔어!
지화 그러니까 이게 무슨 소리냐고요!
선녀 (컴퓨터 속 유연의 설골을 가리키며) 설골이 부러지지 않고 그대로에요. (지화 보며) 강진묵은 모두 목을 졸라서 살해했으니까..
지화 설골이 부러졌어야 하는데!

씬54 병원 - 영안실 앞 복도 (N, 동 시각)

영안실 문으로 성큼성큼 걸어가는 동식.

/INS. 플래시컷. 문주 경찰서 - 강력계 진술 녹화실 (8회 58씬)
진묵 도.. 동식아. 유... 유연이 말야.
진묵 유연인 내.. 내가 안 그랬어. 진짜 내가 아.. 안 그랬다니까?

영안실 문을 쾅- 열고 들어가는 동식.

씬55 병원 - 영안실 안 (N)

동식, 유체 냉장고를 황급히 둘러보는데.
이름 없이 번호만 주룩 붙은 유체 냉장고.

직원　　이렇게 무작정 들어오면 안 된다니까요.

동식　　(주머니에서 공무원증 보여주고) 이유연 어딨어. 내 동생. 내가 가족이라고!

직원　　(놀라 주춤- 물러나며) 5번..

동식, 5번 냉장고 손잡이를 잡고 힘 있게 당기면!

유연의 백골 사체가 맞춰져 누운 형태로 모습을 드러낸다.

유연의 사체를 샅샅이 눈으로 훑는 동식.

크게 부러진 정강이뼈와 종아리뼈. 허벅지뼈, 엉덩이뼈, 척추, 늑골 등 엉망으로 금이

가거나 부러져 있다!

지화(E)　　(결과서 읽는) 경골 및 비골, 장골, 늑골, 요추 등 다발성 골절이 확인된바,

씬56　문주 경찰서 - 과학수사계 (N, 동 시각)

지화, 어두운 표정으로 백골 사체 사진을 보면서.

지화　　이거 보통.. 높은 데서 떨어졌거나,

선녀　　교통사고 쪽이 더.. (하는데)

홍철　　이 정도 다발성 골절이면, 어떤 미친놈이..

씬57　병원 - 영안실 안 (N, 동 시각)

유연의 사체를 내려다보고 선 동식. 분노로 굳어버린 얼굴 위로.

홍철(E)　　아주 여러 번 친 거야. 죽으라고.

씬58　문주 경찰서 - 과학수사계 (N, 동 시각)

선녀	(유연이 너무 불쌍하다, 많이 불러온 배를 끌어안으며) 2000년.. 그때 이유
	연씨한테 무슨 일이 있었던 거죠?
지화	(하아... 두 손으로 얼굴을 감싸고 괴로워하는데)

씬59 병원 - 영안실 복도 (N)

뚜벅- 뚜벅- 뚜벅- 긴 복도를 걸어 나가는 동식.
얼음 조각처럼 굳어버린 얼굴로 휴대폰을 꺼내 다시 상배에게 전화를 건다.
뚜르르르- 뚜르르르- 신호가 가는데.

| 동식 | (휴대폰 귀에 댄 채) .. 받아.. 받으라고. 제발 받으라고, 남상배! |

뚜르르르- 뚜르르르- 신호가 막 끊기기 직전, 통화가 연결된다.

동식	(하.. 휴대폰에) 저기요, 아저씨. 있잖아. 지금 어디야. (눈물이 설핏 고이는 것
	같다) 내가 물어보고 싶은 게 너무 많은데.. (참으려 애쓴다) 이건 그냥, 아니..
	(하다가 터진다!) 그때 당신은 뭘 한 거야! 우리 유연이한테 무슨 일이 있었
	던 거야? 당신 도대체 뭘 감추고 있는 거야! (버럭) 당신이 정말 강진묵.. 죽인
	거야?!!
상배(F)	킥- 키킥!
동식	(우뚝- 멈춘다)
상배(F)	크.. 큭큭큭큭큭.

이것은 웃음소리다. 아주 즐거워 죽겠다는 듯한 웃음소리.
남상배와는 전혀 다른 남자의 목소리.
삐록-! 통화 종료.
동식, 바로 다시 전화를 거는데.

씬60 문주 외곽 폐차장 안 (N)

남자의 발밑에 상배가 머리에 피를 흘리며 쓰러져 있는데.
'우리 동식이'. 다시 울리는 상배의 휴대폰.
검정 헤드 마스크를 쓴 남자가 휴대폰 전원을 꺼버린다.

씬61 병원 – 영안실 복도 (N)

'고객님이 전화를 받지 않아 음성사서함으로 연결됩니다.'
다시 전화하는 동식.
'고객님의 전화기가 꺼져 있어 '삐' 소리 후 음성사서함으로 연결됩니다.'

동식   !!!

씬62 문주 외곽 폐차장 앞 – 주원 차 안 (N)

휴대폰을 바라보는 주원. 움직이지 않는 위치추적 신호.
주원, 폐차장 안쪽을 바라보는. 더는 여기서 기다릴 수 없다.
글로브 박스 열어 삼단봉을 꺼내는 주원, 촤락- 펼쳐 들고 차에서 내린다.

씬63 문주 외곽 폐차장 일각 (N)

층층이 쌓인 폐차가 줄지은 폐차장 안으로 조심스레 진입하는 주원.
휴대폰의 신호는 여전히 그대로고. 주위를 꼼꼼히 살피며 안으로 들어가는 주원.
무언가 끌리는 소리가 폐차 무덤 건너편에서 들리는 듯한데.

씬64 문주 외곽 폐차장 안 (N)

검은색 구형 SUV 트렁크 바닥에 비닐이 깔렸고.
손발이 묶인 채 머리에서 흐른 피로 피투성이 된 상배를 끌어와 트렁크에 싣는 남자.
상배의 점퍼 주머니에서 바닥으로 무언가 떨어지는데, 남자는 알아채지 못하고.
폐차 무덤 반대편에 서 있던 주원, 삼단봉을 쥔 채 그쪽을 향해 조심스레 몸을 돌리면!
뒷문을 텅- 닫은 헤드 마스크의 남자가 운전석에 올라탄다.

주원   !

부웅- 출발하는 구형 SUV. 차량으로 내달리는 주원!
후문을 향해 내달린 SUV는 도로로 빠져나가버리고.
위치추적 신호가 도로를 따라 멀어지고 있다!
거친 숨을 몰아쉬며 제 휴대폰 화면의 위치추적 신호를 확인하며 세워둔 차로 다급
히 이동하려는데, 발에 무언가 밟힌다. 주워서 보면 펜 타입의 초소형 녹음기다.
녹음기를 내려다보던 주원의 시선 저 멀리 바닥의 무언가가 포착된다.
핏자국이다. 웅덩이처럼 고여 있는 핏자국. 그리고 피가 흩뿌려진 폐승합차 한 대.

씬65   병원 주차장 (N)

다급히 차로 향하며 통화 중인 동식.

지화(F)   아저씨 휴대폰 위치 추적할게. 정말 확실하지? 아저씨 목소리 아닌 거 맞는
           거지?
동식   확실해. 분명히 들었어.

씬66   문주 외곽 폐차장 안 (N)

주원, 녹음기를 플레이하는데. 적막. 그리고.. 잠시 후 상배의 목소리가 흘러나온다.

상배(E)   (흥얼) 울지 말아요~ 오늘 밤만은 울지 말아요~ 아무리 슬픈 일이 있어도~

주원   ! (분명 상배의 목소리인데!)

씬67   문주 외곽 폐차장 안 (N, 과거 - 30분 전)

362 구 9449 폐승합차 앞. 펜 타입 녹음기를 주머니에 꽂은 상배.

상배   (총의 안전장치를 풀고 점검하며) 그대가 없이 가는 길은 쓸쓸해 너무 쓸쓸
해~ (총을 다시 주머니에 넣으며) 울지 말아요~ 오늘 밤만은 울지 말아요~

상배, 팔목에 찬 시계를 확인하는데.
상배 뒤에 서 있는 폐승합차 속에서 누군가 상배를 보고 있다.
헤드 마스크를 쓴, 눈동자만 보이는 남자다.
남자, 갑자기 승합차의 문을 단번에 열어젖힌다!
상배, 순간 빠르게 뒤를 도는데!
승합차에서 점프한 남자! 금속 방망이로 상배의 머리를 가차 없이 가격한다! 껑-!
쿠웅-! 일말의 반격도 못 하고 그대로 쓰러지는 상배.

씬68   병원 주차장 - 동식 차 안 (N, 현재)

운전석에 앉은 동식. 시동을 거는데 어디로 가야 할지 무엇을 해야 할지 모르겠다.
그때 지잉- 지잉- 휴대폰 울린다. 황급히 보는데, 액정에 뜬 이름은 '한주원'이다.

동식   (휴대폰에) 네.
주원(F) 이동식씨! 남상배 소장님한테 문제가 생겼습니다!
동식   !! 무슨 문제???

씬69   77번 지방도로 초입 (N, 동 시각)

거치대의 휴대폰 위치추적 신호가 77번 지방도로를 달리고 있다.
핸즈프리로 통화 중인 주원, 지방도로로 진입하기 위해 핸들을 꺾으며!

주원 (다급히 차에 올라타며) 내가 봤습니다. 아니, 본 건 아니고 들었습니다! 녹음기가 떨어져 있었습니다! 피 웅덩이도 발견했습니다! 소장님이 가격당한 후 납치된 것 같습니다! 용의차량은 검정색 구형 SUV!

씬70 병원 주차장 - 동식 차 안 (N, 동 시각)

동식 (충격) 납치???
주원(F) 차량 번호판에서 '허'자를 본 것 같은데 어두워서 숫자는 못 봤습니다! 제가 지금 쫓고 있습니다!
동식 (다급, 시동 걸며) 어딥니까?
주원(F) 77번 지방도롭니다!

동식의 차가 튀어 나가는데!

씬71 77번 지방도로 - 주원 차 안 (N, 동 시각)

동식(F) 77번 국도 어느 방향?
주원 통문읍 방면으로 계속 주행 중입니다!

씬72 도로 - 동식 차 안 (N, 동 시각)

동식 통문이면.. 한강 하류 그리고, ! (설마-)

씬73 77번 지방도로 - 주원 차 안 (N, 동 시각)

주원   (같은 생각이다) 서해.. 바다가 목적지일 수 있습니다.

씬74   도로 – 동식 차 안 (N, 동 시각)

동식, 눈꼬리가 파르르 떨린다.
바다에 던져지기라도 하면 상배는 반드시 죽게 될 것이다.

주원(F)   제가 소장님께 위치추적기를 달았습니다.
동식   뭐?

씬74-1   77번 지방도로 – 주원 차 안 (N, 동 시각)

주원   신호 따라 쫓고 있습니다. 놓치지 않고 쫓겠습니다.

씬75   도로 – 동식 차 안 (N, 동 시각)

동식, 그 순간 떠오르는 목소리!

/INS. 플래시컷. 고급 빌라 골목길 일각 (7회 3씬)
상엽(F)   놓치지 않고 쫓겠습니다.

씬76   77번 지방도로 – 주원 차 안 (N, 동 시각)

주원   제가 꼭 막을 겁니다! 남소장님 구하고, 범인이 누구든 저, 이 새끼 꼭,

/INS. 플래시컷. 고급 빌라 골목길 일각 (7회 3씬)

상엽(F)   저, 이 새끼 꼭,

씬77   도로 – 동식 차 안 (N, 동 시각)

주원(F)   잡을 겁니다!
동식   (동공 흔들리는데!)

씬78   77번 지방도로 – 주원 차 안 (N, 동 시각)

주원   (확고한 눈빛) 잡습니다, 반드시!
동식(F)   (잠시) …. 내가 지금 가고 있으니까,

씬79   도로 – 동식 차 안 (N, 동 시각)

동식   빨리 갈 테니까 그때까지만, 조심해요.

씬80   77번 지방도로 – 주원 차 안 (N, 동 시각)

주원   (조심하라고? 기대치 않았던 말인데)
동식(E)   한주원 경위. 내 말 듣고 있습니까? 대답하세요. 조심하는 겁니다. 반드시!
주원   네. 기다리겠습니다. (전화 끊는다)

씬81   도로 – 동식 차 안 (N)

동식, 112 종합 상황실로 지원 요청하는.

동식   (휴대폰에) 남상배. 60세. 문주시 만양 파출소 소장이 현재 괴한에 의해 납치된 것으로 추정. 납치 차량은 번호판에 '허' 자가 붙은 검정색 구형 SUV! 77번 국도 통문읍 방향으로 도주 중! 순찰차 지원 요청합니다. 그리고 휴대폰 위치 추적해주십시오. 010-0421-1001. 명의자는 한주원. 만양 파출소 소속 경위. 내 파트넙니다.

씬82   77번 지방도로 일각 – 주원 차 안 (N)

액셀을 밟아 전속력으로 쫓고 있는 주원.
저 앞에 구형 SUV가 보이는 듯하다.
그러나 거리가 멀고, 검정색 차량에다 라이트를 꺼서 잘 보이지 않는다.
휴대폰 화면의 위치추적 신호를 눈으로 쫓으며 액셀을 밟는 주원.
깜빡거리는 신호가 77번 지방도로에서 벗어나더니 강 하류를 향해 달려간다!

씬83   77번 지방도로 나들목 (N)

속도를 줄이지 않은 채 삼미 방면 진출로로 빠져나가는 SUV.
한참 뒤에서 구우우웅– 달려오는 주원의 차!
SUV가 지나간 그대로 지방도로를 빠져나가는데!

씬84   서해 삼미항 부둣가 (N, 시간 경과)

쇠락한 작은 항구 마을.
라이트를 끈 주원의 차가 가로등 하나 없는 어두운 부둣가 도로를 지난다.

씬85   동 장소 – 주원 차 안 (N)

주원의 휴대폰이 울린다. '이동식'.

동식(F) 어딥니까!

주원 한천읍 삼미항 표지판에서 500m 정도 들어왔는데, 방금 신호가 멈췄습니다! (지도상 멈춘 지점을 차창 너머로 확인) 제 차와의 거리는 100m 정도. (신호가 움직인다) 다시 움직입니다!

깜빡깜빡 천천히 움직이는 신호.

씬86 지방도 일각 - 동식 차 안 (N, 동 시각)

액셀을 미친 듯 밟으며 통화 중인 동식.

주원(F) 느립니다! 도보로 이동 중인 것 같은데 어두워서 보이질 않습니다. 추적기 오차 범위가 있어서 내려서 찾아야겠어요.

동식 !! 혼자 간다고? 그건.. (갈등이 확- 밀려오는데)

씬87 서해 삼미항 부둣가 - 주원 차 안 (N, 동 시각)

정차한 차 안의 주원, 거치대에서 휴대폰 빼서 다시 위치 확인하며,

주원 조심하겠습니다. 걱정 말고 빨리 오십시오. (방파제 쪽으로 신호가 움직인다, 그쪽을 보는데 무언가 움직이는 것 같다)

방파제 끝으로 이동하는 건 헤드 마스크 쓴 바로 그 남자다.
어깨에 비닐에 싼 커다란 짐을 짊어졌다. 사람이다. 상배다.

주원 (반사적으로) 안 돼. (차 문 열고 재빨리 내려서 달려가는데!)

씬88 지방도 일각 - 동식 차 안 (N, 동 시각)

동식   왜요. 무슨 일입니까!

주원(F)   (전화 끊기는)

동식   !!! 이런 씨! (액셀 훅- 밟는다!)

씬89 서해 삼미항 부둣가 (N, 시간 경과)

부둣가로 들어오는 동식의 차. 멀리 방파제에 순찰차 몰려 있고.

씬90 동 장소 - 동식 차 안 (N)

멀리 반대편 부둣가 쪽에서 구급차 들어오는 것 보인다.
누구를 위한 구급차인가. 상배인가? 한주원인가? 불길한 예감이 엄습해오는데.
동식, 이를 악물고 액셀을 더 밟는다!

씬91 서해 삼미항 부둣가 방파제 (N)

순찰차 주변의 경찰들을 헤치고 정신없이 뛰어 들어간 동식!
자동 심장충격기가 바닥에 놓여 있고. 온몸이 흠뻑 젖은 주원이 무릎을 꿇고 앉아 있
는데. 바로 옆에 누운 건 상배다. 주원과 똑같이 젖었지만, 주원의 겉옷을 덮고 있고.
머리에서는 아직도 피가 흐르고 있다.

주원   (말도 못 잇고 눈물을 뚝뚝 흘리며 상배가 뜬 눈을 계속 감기는) 죄.. 죄송...
정말 죄송.. 내가 정말 죄송, (하는데)

뛰어 들어간 동식, 주원을 확- 밀쳐버리고는 심폐 소생술을 시작한다!

동식   안 돼! 절대로 안 돼!

주원   사망.. 하셨.. 습니다.

동식   아니야. 아저씨.. 당신 이렇게 죽으면 내가.. (눈물을 뚝뚝 흘리며 가슴 압박 계속) 내가 잘못했어. 내가 잘못했어요. 일어나요. 일어나아!

가슴 압박을 계속 시도하려는 동식을 온몸으로 막고 끌어안는 주원.
주원에게 붙잡힌 동식, 울부짖는다. 남상배-! 일어나!
더는 듣지 못하는 상배가 실눈을 뜬 채 울부짖는 동식을 슬프게 보는 것 같다.
상배의 그 처연한 죽음에서.

- 10회 끝 -

11회

조이다

괴물

씬1   병원 – 장례식장 5호실 (N, 과거 – 2003년 1월)

동식의 부친 이한오의 영정 사진이 제대 위에 놓여 있고.
제대로 된 영정 사진을 준비하지 못해 주민등록증 사진을 확대한 듯한데.
틱- 틱- 틱- 시계 초침 소리만 흐를 뿐 아무도 찾지 않는 빈소.
23살 동식, 상주 복장으로 홀로 남겨진 것 같다.
경위 제복을 입은 42세의 상배, 조심스럽게 빈소로 다가와 그 모습을 보는데.
동식의 고통이, 갑작스러운 죽음을 보여주는 영정 사진의 허망함이 밀려온다.
마음 다잡고 들어서는 상배. 동식, 고개를 들어서 보면 생각지도 못한 상배다.
동식, 여러 감정이 밀려온다. 누르며 자리에서 일어나고.
상배, 조용히 향을 피우고 절한다.

상배   (두 번째 절에서 몸을 일으키려다.. 그대로) 따님을.. 찾지 못해.. 죄송합니다..
정말.. 죄송합니다.

동식, 그 말에 눌러왔던 감정이 터질 것 같다.
눈가가 젖은 상배, 몸을 일으켜 동식의 앞에 서서 맞절하려는데.

동식   .. 아저씨. 내가요..

상배	(보면)
동식	아저씨 같은 경찰이 되면, 우리 유연이 찾을 수 있어요?
상배	! (마음이 절절해지는)
동식	그땐.. 사람들이 잊어줄까요? 내가 사람 죽이지 않은 거.. 믿어줄까요..? 숨 좀 쉬고 살고 싶은데.. 나 그래도 돼요?
상배	(전부 다 내 탓이다) 그럼. 당연하지. 내가 다 해줄게. 내 인생 다 걸고 해줄 테니까, 걱정 말어. 내가 다 해줄게.
동식	(그 말에 참았던 눈물이 터져서 소리 없이 오열한다)

씬2   병원 – 장례식장 5호실 (N, 현재)

세월이 지나 깨끗하게 단장했을 뿐, 같은 장례식장의 같은 빈소.
환하게 웃고 있는 상배의 영정 사진이 놓여 있다.
그리고 상주의 자리에 다시 동식이 서 있다.
경찰 제복을 입은 누군가들이 끊임없이 들어온다.
상배의 영정 앞에 국화를 놓고, 동식에게 예를 갖춘다.
동식은 그저 고개를 숙이고 또 숙인다.
그러다 보면, 제 앞에 주원이 서 있다.
제복을 입은 주원, 상배의 영정 속 얼굴과 눈 맞추는데 눈물이 차오른다.
아니다. 지금은 안 된다. 아직은 눈물을 흘릴 자격이 없는 것이다.
감정을 누르고 국화를 내려놓는 주원. 동식 앞에 선다.
동식, 그런 주원을 그저 무표정하게 바라본다. 두 사람 말없이 목례한다.
돌아서 나오는 주원. 영정 속 상배가 주원을 웃으며 배웅하는 것 같다.
차마 발걸음이 떨어지지 않는 주원. 영정 속의 상배를, 동식이 바라보는데.
지이잉- 밀려오는 허벅지의 고통. 동식이 상체를 숙이며 허벅지를 움켜쥐는 그때.

상배(E)	동식아.. 일어나.

씬3   동식의 집 – 거실 (N, 3년 전 – 2018년 1월)

바닥에 널브러진 목발. 동식이 소파에 얇은 담요 하나 뒤집어쓰고 웅크린 채 누워서 부들부들 떨고 있다. 담요를 잡아 내리는 상배의 손.

상배   (담요를 끌어 내리며) 얼른 일어나서 약 먹어. (다른 손에 쥔 진통제 약병을 내밀었다가) 아니다. 추워서 안 되겠다. 울 집 가자.

동식   (다시 담요를 쓰는데)

상배   (담요를 다시 확- 젖히며) 일어나라고!

동식   (지친 목소리) 가세요.

상배   (억지로 일으켜 세우며) 아프냐? 그렇게 힘들어?

동식   (하아...)

상배   지랄한다. 파트너 니가 죽여놓고 니 자신이 불쌍하냐?

동식   (흠칫- 슬픈 눈으로 상배를 겨우 보면)

상배   나는 내가 하나도 안 불쌍혀. 상엽이.. 우리 팀 막내, 내 새낄 못 지키고 내가 걜 죽여놓고.. 청승을 어떻게 떠냐.

동식   (그때 다리에 통증이 느껴진다! 허벅지를 탁- 잡으면)

상배   다 나은 다리가 왜 아퍼? 그것이 바로 청승이여. 니 머리가, 니 정신이 벌주면 잘한다 칭찬한다든? 얼음장 같은 골방에 처박혀 허벅지나 쥐고 살면 그것이 속죄여? 사는 것이 죄스러워? 아니여. 사는 것이 지옥이다. 그러니께 살아야 한다고. 숨 쉬고, 밥 먹고, 웃으면서, 함부로 죽어서도 안 되고, 매일매일 상엽이 대신 살어야지. 그게, 너랑 내가 평생을 품고 가야 할 벌이여. (진통제 병을 억지로 손에 쥐여준다) 먹구 어여 일어나.

동식   (공허한 눈으로 약병을 내려다보는데)

상배   일어나라고! 울 집 가게.

씬4   상배의 집 – 현관 (N, 현재 – 발인 당일)

작은 거실과 방 하나로 이루어진 소형 빌라 현관.
동식, 상복을 입고 상주 완장을 찬 채 들어온다.
젖었다 마른 상배의 신발을 현관에 내려놓는 동식.

씬5 상배의 집 – 방 (N)

다도와 원예 관련 책 몇 권 놓인 앉은뱅이책상.
제대로 된 옷장 하나 없고. 구석에 얌전히 개켜진 이불.
동식, 바닥에 웅크리고 눕는다. 더는 눈물도 나지 않는다.
누운 동식의 눈에, 책상 아래 밀어둔 상자 하나가 눈에 띈다.
상자 꺼내서 열어보는 동식. 낡은 형사 수첩 여러 개와 부동산 편지 봉투 하나.
형사 수첩을 손으로 쓸어보던 동식, 편지 봉투를 연다.
그 속에 든 것은 충청도 시골집 매매 계약서다.

/INS. 플래시컷. 문주 경찰서 – 강력계 진술 녹화실 (10회 20씬)

상배　　전부 다 끝내고, 여기 문주 떠나서 물 좋고 공기 좋은 곳에서 늙어 죽을 겨.

/현재. 상배의 집 – 방
낮은 신음과 한숨. 그때 동식이 매수인의 이름을 본다. '이동식'.

동식　　하아...... 바보 같은 냥반이..

계약서를 쥐고 웅크리고 앉은 동식의 뒷모습.

씬6 만양 정육점 안 (N)

검은 정장의 지화, 잘 보이는 자리에 상배의 영정 사진을 내려놓는다.
재이는 김치를 꺼내고 지훈은 잔을 준비하고 곽계장은 막걸리를 꺼내는데.
모두 슬픔에 절어 애써 덤덤히 제 할 일을 하는 듯하다.
얼굴이 시꺼매진 길구는 상배의 영정을 바라보지 못하고 벽만 보고.
착잡한 표정의 광영은 그저 드럼통만 계속 닦고 또 닦고.
그때 상배가 좋아했던 생막걸리 몇 병을 든 주원이 정육점으로 들어온다.

모두 그를 보고 묵묵히 하던 일 하고. 지화, 의자를 끌어 주원에게 오라 손짓.

CUT TO.
김치 몇 조각과 막걸리 잔을 앞에 두고 앉은 재이, 지훈, 길구, 광영, 오섭.

지화   (영정 앞에서 막걸리병 들며) 한경위도 한잔 따라드려야지. 일루 와요.
주원   (자리에서 일어서 묵묵히 다가가는데)
광영   한경위도 왔는데, 이경위랑 박정제 경감은 안 온대요?
지훈   동식이 형은 소장님 집 정리하러 간댔는데.. 전화해볼까요? (휴대폰 꺼내는
         데)
지화   (주원이 든 잔에 술 따르며) 놔둬. 정제도 동식이한테 간댔으니까 둬.

술 받은 주원, 상배의 영정 앞에 놓는데. 웃고 있는 상배의 얼굴에서.

/INS. 과거. 서해 삼미항 부둣가 방파제 (10회 91씬 이전)
흠뻑 젖은 상배의 얼굴. 주원, 미친 듯 가슴 압박을 시도한다.

주원   제발.. 제발!

저 멀리 순찰차의 사이렌이 울리며. 눈만 뜨면 상배가 살 수 있을 것 같은데!
그저 주원의 가슴 압박에 흔들리던 상배의 얼굴.
이미 생명이 끊어진, 가늘게 뜬 눈으로 주원을 바라보는데.

/현재. 만양 정육점 안
재이   (들여다보며) 한주원씨. 괜찮아요?
주원   (정신이 들어 보면, 재이와 눈 맞는) 네. 괜찮습니다. (자리로 옮겨 앉으면)
재이   (냉장고 쪽으로 향하고)
지화   (애써- 밝은 목소리로) 재이야, 너 뭐 하려고?
재이   (냉장고를 열며) 아저씨한테 혼날 거 같아서. 니들 속 다 버린다, 김치 쪼가
         리 몇 점 놓고 술을 어떻게 마시냐..
길구   (울컥 올라오는 듯, 막걸리를 훅- 마시는데)

재이	마리아주 얘기하셨잖아요. 안주와 술의 조화가 중요하다고.
지훈	그럼 와인도 아니구 막걸리에 마리아주가 뭐냐고 황경위님이 궁시렁거리구.
광영	내가 언제!
지화	그러면서 아저씨도 조합이 이상한 안주 막 사 오셨잖아. 작년에 그, (하는데)
광영/지훈/재이(동시에)	부대찌개.
주원	(부대찌개가 왜?)

씬7 동 장소 (N, 과거 – 1년 전)

드럼통 한가운데서 블루치즈가 잔뜩 올라간 부대찌개가 바글바글 끓고 있고.
드럼통에 모여 있는 지화, 지훈, 광영, 길구, 정제, 동식. 황당한 표정으로 내려다보고.

길구	치즈가 왤케 푸르딩딩허냐. 냄새도 쫌..
지화	그냥 치즈 아니고 블루치즈네.
정제	저 파란 게 곰팡인데, 맛있어요.
길구	(흡-) 곰팡이?
재이	(그릇 가지고 다가와) 그건 와인에 먹는 거 아닌가?
상배	부대찌개에도 아주 맛나대. 막걸리랑 마리아주도 기가 멕히다는데!
동식	한번 먹어보죠, 뭐.
길구	사기여, 사기.
광영	부대찌개에 블루치즈는 쫌.
지훈	(일어나며) 다른 거 사 올게요.
상배	앉어, 앉어! 요 앞에 신장개업한 집에서 사 온 거여. 장사 막 시작하는 집서 뭐더러 거짓말하겄어.
모두	(또 낚이셨네)
상배	(국자로 국물을 치즈에 잘 부으며) 인제 다 한 동네 사람인데 다 같이 잘 먹고 잘 살아야지. 안 그러냐? 내 말 한번 믿어봐~ (그릇에 한 국자 뜨는데)
정제	난 재이가 조린 콩자반이 그렇게 좋드라. (콩자반 집는다)
지훈	난 멸치. (멸치 집는다)
길구	난 김치. (김치 집고)

광영	나는.. (상배 눈치 보는데)
지화	(그릇 받으며) 저는 믿쑵니다!
상배	아이그~ 우리 오경위밖에 읎네. (짠-!)
광영	(어라? 재빨리 그릇 건네며) 저도 믿습니다, 소장님!
동식	(수저 들어 냄비 속 국물 맛본다) 음.....
상배	(본다)
모두	(본다)
동식	(상배의 동그란 눈 보며) 선창 가시죠.
상배	(서둘러 국물 맛본다) 큽!
모두	(킥!) 이럴 줄 알았어./맨날 당하시면서./그렇게 팔아주고 싶으셨어요?
상배	(재빨리 잔 들고 일어나며) 다 인나~ 일으나~ 잔 들어~
모두	(웃으며 일어나면)
상배	(잔 들고서) 돈 많냐!
모두	아뇨, 형님!
상배	건강하냐!
모두	아뇨, 형님!
상배	인생 뭐 있냐!
모두	아뇨, 형님!
상배	그럼 마셔!
모두	마셔! 마셔!
상배	(잔 앞으로 내밀며) 원샷!
모두	(잔 탕- 부딪히고 원샷!)

씬8   동 장소 (N, 현재)

지훈	(키득) 맨날 돈 많냐 그거 하시고.
광영	인생 뭐 없는데 왜 마셔야 하는지도 모르겠구요.
곽계장	이십몇 년 전부터 버릇이야, 그 냥반.
지화	(픽) 그때부터요? 와..
모두	(키킥 웃는데.. 잠시 후 고요해진다)

주원	(고개를 숙이는데)
지화	(일부러, 벌떡 일어나더니 잔 내밀며) 돈 많냐!
모두	(잠시, 잔 들며) 아뇨, 형님.
지화	(지훈 보면)
지훈	건강하냐!
모두	아뇨, 형님.
광영	(지훈 눈빛 느끼고) 인생 뭐 있냐.
모두	아뇨, 형님.
곽계장	(눈빛 느끼고, 나?) 그럼 마셔.
모두	마셔. 마셔!
주원	(일어나서 잔을 들어 부딪히려는 그때)
길구	으윽! 욱- (밖으로 튀어나간다)
광영	(주춤 일어나며) 조경사님.
지훈	(잔 놓고 일어나며) 제가 가볼게요.
곽계장	뭐. 바람 좀 쐬면서 집에 가라고.
재이	그래도 밤길이.. (하면)
지화	괜찮으실 거야. 남 앞에선 못 우는 사람도 있어.
곽계장	길구 마음이 마음이겠냐. 형님하고 인연이 얼만데. 21년인가. 같은 서에서 근무한 건 아니지만서도 사건 터지면 우리 다 같이 일하구 그랬어. (막걸리 잔 들어 씁쓸하게 마신다)

주원, 잠시 생각에 잠긴 듯하다 창 너머 비척거리며 가는 길구를 바라보는데.

씬9   만양 정육점 앞 (N)

영정을 안고 훌쩍이는 지훈을 부축하며 가는 지화.
광영은 곽계장을 데리고 저쪽으로 걸어가고 있고.
주원, 차 앞으로 가며 키로 문을 여는데.

재이(E)	운전하는 거 아니죠?

주원	(돌아보면)
재이	(문 앞에 기대고 서서는) 막걸리, 마셨잖아요.
주원	대리 기사 올 겁니다.
재이	뭐, 그럼. (들어가려는데)
주원	괜찮습니까?
재이	(멈칫- 보며) 뭐가요.
주원	(잠시) 혼자.. 괜, 찮겠어요?
재이	(천천히 미소, 일부러 멀쩡한 척) 맨날 혼자였는데, 오늘이라고 다른 날일까.
주원	조금 더 혼자가 됐잖아요.
재이	(멈칫-) 글쎄. (눈물이 조금 글썽) 그런가?
주원	미안합니다.
재이	(본다) 뭐가요.
주원	내가, 그러니까.. 소장님을 어떻게든 살, (렸어야 했는데, 하려는데)
재이	아니야. 하지 마요.
주원	(보면)
재이	세상의 모든 사람을 다 구할 순 없잖아. 경찰이라고 그럴 순 없어.
주원	(이상하게 위로가 된다) 그리고, 미안합니다. (다시 꾸벅)
재이	또 뭐가요.
주원	블랙박스.. 메일 말입니다. 유재이씨에게 내가 보낸 그 메일.
재이	아- 맞다. 그건 미안해야지.
주원	미안합니다. 진심으로. (꾸벅- 다시 절하고, 돌아서는데)
재이	한주원씨.
주원	(본다) 네?
재이	(휴대폰 들어 보이며) 이 사람을 어쩌죠? 상배 아저씨가 좋아하던 생선국수 사러 충청도에 간다고 부득부득 우겨서 지금 정제 아저씨랑 같이 갔다는데.
주원	(멈칫-) 이동식씨 말입니까.
재이	(고개 끄덕이고) 말이 생선국수 사러 간 거지.. 우물 파고 들어가 있으려나.
주원	(보면)
재이	주소는 정제 아저씨가 알아요. (돌아서 정육점 안으로 들어간다)
주원	(잠시) .. 고맙습니다. 유재이씨.

재이, 손 휘- 내젓고 들어간다. 주원, 차마 바로 돌아서지 못하고 보면.
정육점으로 들어간 재이. 주원을 등지고 서서 참았던 눈물을 닦아내는 것 같다.

씬10　옥천 국도 (D, 다음 날 아침)

국도를 따라 주행하는 주원의 차.
커브 길을 부드럽게 돌아서 한적한 국도변을 달리는데.
낮게 내리쬐는 겨울의 햇빛이 달리는 주원의 차에 부딪혀 반짝인다.

씬11　옥천 시골집 앞 (D, 아침)

작은 시골집. 문패에 남상배, 이동식 이름이 나란히 붙어 있다.
문패를 잠시 보는 주원. 반쯤 열린 문 너머로 마루에 걸터앉은 정제 보이는데.
정제가 약을 꺼내 입에 털어 넣는 것 보이고.

씬12　옥천 시골집 – 마당 (D, 아침)

마주 보고 선 정제와 주원.

정제　　동식인 낚시 갔어요. (중얼) 생선 잡아서 국수를 끓이려는지.
주원　　(정제의 상한 얼굴을 보고) 무슨 약입니까.
정제　　(흘끔 보면)
주원　　약 먹는 거 봤습니다. 어디가 안 좋은 겁니까.
정제　　(잠시 보다가 미소) 왜요. 나도 어떻게 될까 봐?
주원　　(당황) 그게 아니라,
정제　　무섭죠? 또 누가 잘못될까 봐. 그게 친분 하나 없는 나라도.
주원　　그냥, 궁금했습니다. 괜한 걸 물었네요. 미안합니다.
정제　　사과는 무슨. 이제 사람 냄새가 좀 나는 거 같아서 좋은데. (하고는) 동식이는 얼마나 무서울까요. 가까운 사람들이 하나둘 사라지고 잘못되는 게 전부 제 탓 같겠지.

주원   남소장님은, 제 잘못입니다. 소장님을 위험에 빠트린 것도 저고, 전부 제 잘못, (후- 한숨 내쉬고 차분히) 제 잘못입니다.

정제   자책? 하지 마요. 내가 그거 꽤 해봤는데.. 발도 들이지 마요. 빨리 빠져나오지 않으면.. 숨 쉬는 게, 살아 있는 게 악몽이야.

주원   (보면)

정제   내가 나인지.. 아니 다른 사람인지도 모르게 그냥 사는데.. 그게 뭐지? 아무것도 아니지. 한경원 여기 이 지옥에 들어오지 마요.

주원   박정제씨는 왜 들어가 있는 겁니까?

정제   (잠시 슬픈 눈으로 보다가, 이내 미소) 동식이 저 아래 호수에 있어요. 차 가지고 10분 정도 이정표 따라가면 돼요. (돌아서려는데)

주원   (그대로 두면 안 될 것 같다, 한발 다가서며) 박정제씨,

정제   나 두고 둘만 돌아가진 말고요. (미소) 기다립니다. (돌아서 집으로 들어간다)

씬13   옥천 장계 관광지 전경 (D, 아침)

한적하고 평화로운 호숫가.
차를 세우고 내리는 주원.

씬14   호숫가 (D, 아침)

고요한 호수. 저 멀리 누군가 낚싯대를 드리우고 웅크리고 앉아 있다. 동식이다.
움직임 없는 찌를 하염없이 보고 있는 동식. 주원, 그를 향해 걸어가는데.
낚시 의자에 앉은 동식 옆에 한 자리 더 놓여 있고. 낚싯대도 하나 더 드리워져 있다.
다가서는 주원. 동식, 약하게 흔들리는 찌를 그저 바라보고 있다.

주원   보기만 하는 겁니까.

동식 (툭-) 한참을 수면만 보고 있으면 말이에요. 고기가 찌를 건드는 건지 바람이 물결을 만들어 흔들리는 건지 헷갈릴 때가 있거든.

주원 (찌를 바라보면, 슬쩍 흔들리는 찌)

동식 섣불리 채면 도망가고, 그러다 너무 늦어버리면 또 놓치고. (가만히 찌를 바라보며) 챔질을 해야 하나, 말아야 하나.

주원 (빈 의자를 내려다보며) 나는.. 움직일 겁니다. 그게 고기든 바람이든, 챔질을 시작할 겁니다.

동식 (그제야 보면)

씬14-1 옥천 장계 관광지 – 호숫가 (D)

동식과 주원, 호숫가를 걷는다.

주원 소장님이 돌아가시기 전에 갑자기 본청으로 가셨습니다. 바로 쫓아갔었는데 누굴 만나는지 확인하지 못했지만, 로비에서 생각지도 못한 두 사람을 마주쳤습니다.

동식 (피식) 또다시 의심하는 건가?

주원 의심하지 않기 위해서! 의심하는 겁니다..

동식 (천천히 눈을 내리깐다)

주원 그래서 나는.. 이 수사를 이동식씨가 함께 해줬으면 합니다. 사건은 끝나지 않았습니다. 아니.. (눈을 내리깔며) 내가 들쑤셔서 불을 지핀 겁니다.

동식 (멈춰 서서 주원을 보면)

주원 (우뚝 선 상태로) 다시는.. 남상배 소장님처럼.. 그렇게 세상을 떠나는 건, 그걸 두고 볼 수가 없어요. 그게 당신이라도, 그렇게 놔둘 수 없습니다. 그러니까, (하는데)

동식 한주원 경위.

주원 (그제야 고개 들면, 자신을 바라보고 선 동식과 눈이 맞는)

동식 앞뒤 안 보고 달려드는 건 내가 할 일이고, 한경위는 한경위답게 차분하게 침착하게.. (가라앉히라는 듯) 워워.. 그게 한경위 몫입니다. 알았습니까?

주원 (잠시, 차분히 가라앉히고) 네.

동식　　생각지도 못한 두 사람, 누굽니까.

주원　　조길구. 황광영.

씬15　만양 정육점 안 (N)

드럼통에 둘러앉은 지화, 정제, 지훈, 재이, 그리고 동식과 주원.

지훈　　조경사님하고 황경위님이 본청에요?

재이　　본청이라면 서울에 있는 일종의 본부.. 경찰청 말하는 거죠? 두 사람이 거길 가는 게 이상한 일인가요?

지화　　이상할 것까진 아니래도 흔한 일은 아니지.

정제　　만양 파출소는 경기서부청 소속인데, 본청 갈 일이 뭐가 있을까.

주원　　그날 황경위님은 친구를 만나러 왔다고 했습니다.

/INS. 플래시컷. 경찰청 – 로비 (10회 48씬)

광영　　친구 좀 만나려고요. 동기가 본청 대변인실에 근무해서.

주원(E)　　조경사님은.. 조금 얼버무리면서,

길구　　나도 그래요. 친구 좀 만날라고 왔지.

/현재. 만양 정육점 안

주원　　본청 대변인실 근무자 중 황경위님의 임용 동기는 없었습니다.

지훈　　동기 만나러 갔단 건 거짓말이네요?

지화　　조경사님도 말야. 본청에 친구 있다는 얘기 들어본 적 있어?

동식　　아니.

정제　　있었음 분명 자랑하셨을 분이지.

주원　　(지화와 재이, 지훈을 보며) 어제 곽계장님이 하신 말씀 기억납니까. 조경사님과 남소장님 인연에 대해서 말입니다.

/INS. 플래시컷. 만양 정육점 안 (동 회 8씬)

곽계장　　길구 마음이 마음이겠냐. 형님하고 인연이 얼만데. 21년인가. 같은 서에서 근

무한 건 아니지만서도 사건 터지면 우리 다 같이 일하구 그랬어. (막걸리 잔
들어 씁쓸하게 마신다)

/현재. 만양 정육점 안
재이   21년이면, 2000년부터?
동식   사건 터지면 다 같이 일하고 그랬다..?
지훈   2000년이면, (동식의 눈치 보면서) 그 사건 때 아닙니까.
정제   (표정이 잠시 어두워지는데)
주원   물론 내가 잘못된 사람을 의심할 수도 있습니다. (하는데)
동식   (바로) 의심하지 않기 위해서, 조사하는 거니까.
주원   네.
지화   조경사님의 본청 친구를 알려면 우리가 어쩔 수 없이 불법을 좀 저질러야겠
        는데. 그날 휴대폰 사용 내역부터 따보는 게 어떨까.
정제   내가 할게.
지화   정말?
정제   뭐라도 하고 싶어. 해야 해.
동식   (그런 정제를 한번 보고) 부탁할게.
지화   그럼 황광영 경위는, (하는데)
지훈   (손 냉큼 든다) 저요! 제가 밀착 마크해서 따라붙겠습니다. (재이를 보며) 재
        이 누나랑 같이.
재이   나?
지훈   황경위님이 은근히 빨빨거리면서 돌아다닌단 말이에요. 기동력 필요할 가능
        성 백 프로. (창밖에 세워진 재이의 스쿠터 가리킨다)
재이   하...! (했다가) 그러시던지.
모두   (빙그레 웃는데)
지화   그럼 나는, 강진묵이 사망했던 날 무슨 일이 있었는지 다시 조사해볼게. (재
        이 보며) 아저씨를 거기서 본 거 맞지?
재이   응.. 그런데 언니, 아저씨가 그 사람을 해쳤을 리가.. (하는데)
지화   나도 너랑 생각이 같아. 아저씨가 강진묵을 죽였다고 생각하지 않아. 그러니
        까 (주원과 동식을 보며) 의심하지 않기 위해 다시 조사하려고.

씬16   만양 파출소 – 숙직실 앞 복도 (N, 다음 날)

광영, 숙직실로 다급히 들어가며 전화 받는다.

광영   (휴대폰에) 네, 잠시만요.

조용히 복도로 따라 나온 지훈, 숙직실 문에 바짝 다가붙는데.

씬17   만양 파출소 – 숙직실 (N)

광영   (휴대폰에) 네네.. 기다리고 있었습니다. 아, 벌써요? 오늘은 제가 야간 근무
         라 내일 아침 퇴근하고 바로 가겠습니다. 아뇨. 괜찮습니다. 네.

씬18   만양 파출소 앞 (D, 다음 날 아침)

일상복으로 갈아입은 광영, 파출소에서 내려와 예약해둔 택시에 올라탄다.
잠시 후, 스쿠터를 타고 온 재이. 하품을 슬쩍 하는데.
지훈, 와다다다 내려와서 헬멧 받고 뒷좌석에 착석.

지훈   자자- 조심스럽게 출발!
재이   출발은. 아침부터 뭐냐.
지훈   야근하고 막 퇴근했는데, 이 아침에 택시를 예약해서 가는 거잖아요! 엄청
         중요한 일인 거죠. 본청 관련된 그런 일!
재이   아니면?
지훈   누나! 나 경찰이에요. 경찰의 감! 촉이 발동했다고! (광영이 탄 택시, 저 앞의
         신호등에 걸렸다) 누나, 절대로 놓치면 안 돼요!
재이   (옅은 한숨) 키도 큰 게. 바람 막게 니가 운전해. (내리려는데)
지훈   바퀴 두 개는 무서워서 못 몰아요. 어어.. 출발한다! 고고고!

재이, 짜증이 팍- 올라오지만. 넥워머 코끝까지 올리고 부웅- 출발!

씬19   경찰청 앞 (D, 아침)

택시에서 내린 광영. 입구의 의무경찰에게 공무원증 보여주고 경찰청 건물로 올라간다.
멀리 멈춘 스쿠터의 재이와 지훈.

지훈   (마스크 내리며) 와.. 레알이야. 진짜 본청에 왔어.
재이   (하.. 힘들다, 콧물 쿨쩍. 매서운 눈으로 올라가는 광영을 보는데)

씬20   경찰청 - 로비 커피숍 (D, 아침)

정장을 입고 공무원증을 패용한 40대의 남자와 대화 중인 광영.
초입 자리에서 그 모습 보고 있는 재이와 지훈.

지훈   아.. 하나도 안 들리네. 누나, 우리 그냥 덮칠까요?
재이   잠깐만.
지훈   봐도 안 들려요. 그냥 확- 현장을 덮치죠.
재이   쉿!
지훈   (힝.. 진짜 안 들리는데)
재이   (대화 중인 남자와 광영의 표정을 번갈아 훑는데)

남자, 무슨 이야기를 던지는데 눈을 내리깐다. 후두두둑- 말을 뱉고는 자리에서 일어
난다. 광영, 표정이 조금 어두웠다가 애써 밝게 꾸벅- 인사하는데.

지훈   어! 간다! (궁둥이 떼며) 저쪽 쫓아가죠. 누군지 알려면 따라붙어야죠.
재이   (지훈이 잡아 다시 자리에 앉히며) 잠깐만. (자리에 다시 앉는 광영의 표정
         을 놓치지 않고 보다가) 허탕이네.

지훈	네?
재이	너나 나나 저쪽이나 허탕이라고. (일어나서 저벅저벅 광영에게 가는)
지훈	누나! 누나!!!
재이	(광영 앞에 딱- 선다)
광영	(눈을 내리깔았다가 고개를 들면, 눈가에 눈물이 살짝 고여 있다) 정육점 사장님?
지훈	(슬금슬금 다가간다)
광영	오순경?
지훈	(당황) 황경위님 울어요?

CUT TO.
광영 앞에 앉은 재이와 지훈.

광영	(분노) 지금 날 쫓아왔다고요? 왜! 내가 뭘 잘못했는데?!!
지훈	아니.. 그러니까 그게 아니라,
재이	면접 봤다 떨어졌죠?
광영	(흠칫) 그게.. 무슨!
재이	숨기지 마요. 내가 최근에 일 좀 해보려고 면접을 봤는데 다 떨어져서 그 맘 알아요.
지훈	누나가요?
재이	어. 너무 예뻐서 같이 일하기 불편하대.
지훈	(웩-)
광영	그런 거 아니고! 나는!
지훈/재이	(본다)
광영	아니.. 그러니까 떨어진 게 아니고.. 인원 충원 계획이 없다고, (하는데)
지훈	계획이 없는데 면접은 왜 봐.
재이	(나직이) 아야- 너무 정곡이다.
지훈	아, 죄송.
광영	(쳇!) 그래! 떨어졌다, 떨어졌어! 소장님도 돌아가셨는데 나만 쏙 빠져나가서 다른 곳으로 가려는 게 좀.. 그게 좀.. 그래서 말 못 한 것뿐이에요. 모두한테 미안해서. 그것뿐이라고. (갑자기 분노) 그런데 내 뒤를 왜 쫓은 겁니까? 본

청 오고 싶은 게 그게 그렇게 잘못된 겁니까?

재이   (일어나며) 경찰의 감은 얼어 죽을. 이쪽은 확실히 아니고.

지훈   (일어나며, 작은 바램) 그쪽도 아니겠죠?

광영   (왜 나만 몰라) 이쪽은 뭐가 아니고, 그쪽은 또 뭔데? 응? (일어난다)

재이   (무시하고 가는데)

지훈   (쩝) 누나.. 돌아갈 때 난 택시 타도 돼요? 바람이 장난 아닌데. 내가 비염이
        있어서..

재이   (목덜미 잡으며 저벅저벅 걸어 나간다)

씬21   문주 경찰서 앞 (D)

퀵에게 서류 봉투를 건네받는 정제. 때마침 휴대폰 울린다. 'JTBS모바일 한윤원'.

정제   (휴대폰에) 어, 방금 받았어. 빨리 처리해줘서 고맙다. (봉투 열어 서류 꺼내
        는데, 길구 번호의 휴대폰 사용 내역서다) 아냐. 극비 수사라서 사무실 팩스
        로 받기 그래서 그래. 내가 다 책임질 테니까 넌 걱정하지 마. 고맙다. (끊고)

정제, 휴대폰 내역서를 쭉 눈으로 훑다가 멈칫.

씬22   문주 경찰서 – 생활안전계 사무실 (D)

다급히 자리에 앉아 마우스를 잡는 정제.
내부 연락망에 들어가서 경찰청 창을 띄운다.
'경찰청 차장실: 01-3150-2914'.
길구의 휴대폰 사용 내역서 아랫부분의 2021년 2월 5일에 연달아 세 번 발신 기록이
있는 번호가 그것이다.

정제   본청 차장실.. (중얼거리며 내역서 마지막 장을 넘기는데) !!

마지막 장에 적힌 세 번의 발신 기록. '010-0640-3324'.
그때 정제의 휴대폰 울린다. '어머니'.

정제   (물끄러미 바라보다가 받는다. 휴대폰에) 네.

씬23   도해원 의원 선거 사무소 (D, 동 시각)

해원, 자리에 앉아 장비서가 내미는 서류에 싸인 중.

해원   (휴대폰에) 웬일로 전화를 다 받아? (바로) 너 무슨 일 있어?
정제(F)   아뇨. 아무 일도.
해원   약은.. 잘 받았지? 꼭꼭 챙겨 먹어. 응?
정제(F)   ... 끊을게요.
해원   (휴대폰에) 잠깐만. (장비서에게) 이번 주 일요일 몇 시라고?
장비서   말씀 안 하시는 게.
해원   (눈을 부릅뜨며) 응?
장비서   (하아..) 3시, 시의회 홀입니다.
해원   (휴대폰에) 우리 개발 대책위원회에서 말야, 이번 주 일요일 3시에, (하는데)
정제(F)   어머니. 하지 마세요.
해원   아니, 이게 절대 너한테 해 되는 일이 아니에요. (하는데)
정제(F)   제발 그만!
해원   !!

씬24   문주 경찰서 - 생활안전계 사무실 (D, 동 시각)

정제   (휴대폰에) 아무것도 하지 마세요.
해원(F)   (당황) 박정제..
정제   더 아무것도 하지 마세요, 어머니. 제발요. (훅- 내뱉어버리고 끊는다)

정제, 하아.. 숨을 내쉬고는, 서랍을 열더니 약병 집어서 쓰레기통에 버리는데.

씬25 문주 경찰서 – 앞 주차장 (D)

지화, 정제에게 받은 내역서를 휴대폰으로 확인하며 주차된 동식의 차로 걸어오고.

동식   (차에서 내리며) 한주원 경위가 보낸 블랙박스 영상 다 확인해봤어?

지화   어, 확인해봤는데. (하고는) 정제한테 휴대폰 내역서 받았지?

동식   응.

지화   본청 차장실에 안 가?

동식   한주원 경위가 갈 거야.

지화   아버지 만나러, 직접?

동식   응. (본다) 왜.

지화   아니 그냥. 한경위 아버지잖아.

동식   지화야. (주위를 계속 눈으로 훑으며) 한주원 경위.. 하는 행동이며 말.. 어디서 어떻게 배웠는지는 모르겠는데, 적어도 한 가지 확실한 건, 자기 아버지한테 배운 건 아니란 거야.

지화   그 말의 뜻은.. (보면)

동식   두 사람, 완전 다른 인간이라고.

씬26 경찰청 – 차장실 (D)

주원은 소파에 앉아 있는데, 마주 보고 앉은 사람은 혁이다.

주원   (황당) 내가 오늘 만나려고 한 사람은 한기환 차장님인데, 형이 왜 내 앞에 앉아 있지?

혁   나도 호출받았어.

그때, 문 열리고. 기환이 들어온다. 혁, 자리에서 발딱 일어나 인사.

기환	내가 불러놓고 미안. 회의가 길어져서. 앉아. (앉아 있는 주원 보며 빙긋) 왔구나. (상석에 앉는)
주원	여쭤볼 말씀 있다고 연락드렸는데, (혁을 바라본다) 셋을 기대한 건 아니구요.
기환	니가 물어볼 말이라는 게 아마도 지금부터 내가 할 말일 텐데, 담당 검사도 알아야 하는 사안이라고 생각해서 불렀어.
혁	담당이라면, 문주 사건 말씀하시는 겁니까?
기환	맞아요, 권검사. 문주 연쇄 살인 사건, 아니 정확하게 말하자면 21년 전 문주 여대생 이유연 실종 사건 관련된 일이야.
주원	!
혁	(이게 무슨, 눈 굴리며) 아, 네.
주원	(차분히) 말씀하시죠.
기환	2월 5일 20시.. 그러니까 밤 8시 넘어서 만양 파출소에 근무하는 조길구 경사가 비서실로 전화를 해왔어. 날 꼭 만나야 한다고, 21년 전 문주 여대생 실종 사건 관계된 일이라고. (주원을 보며) 네 근무지 동료이기도 하고 내가 문주 경찰서 서장이었을 때 사건이니까 마음에 걸려서 무시할 수가 없었지.
혁	(조심히) 만나.. 주신 겁니까?
기환	응. 그런데 좀 이상한 소릴 하는 거지.

씬27 동 장소 (N, 과거 – 8일 전, 2월 5일)

상석에 앉은 기환. 길구는 혁이 앉은 자리에 앉아 있고.

길구	(김이 올라오는 차를 내려다보며, 떨리는 목소리로) 저는.. 잘못한 게 없습니다. 그냥 시키신 대로, 위에서 시키신 대로 했습니다. 아시잖습니까.
기환	글쎄. 나는 도무지 무슨 말인지.
길구	그러면 안 되죠!! 꼬리 자르기 그거 하려는 모양인데.. 나요, 정말 시키는 대로 가져다주고 가지고 온 것밖에 없습니다! 21년 전에 차장님이 시키신 대로! (하는데)

기환	내가? (허-) 이봐요, 조길구 경사. 당신, 나 만난 적 있어?
길구	(움찔 보면)
기환	21년 전이든 지금이든, 오늘을 제외하고 당신 인생에서 날 만나서 제대로 이야기해본 적 있습니까.
길구	(갑자기) 그러니까.. 그게.. (고개를 숙이며) 아뇨.
기환	그런데 도대체 내가 당신한테 뭘 시켰단 말이지? 이 황당한 상황을 내가 어떻게 이해해야 하지?
길구	(눈을 끔뻑끔뻑하다가) 정말 아닙니까.
기환	(기막혀, 하.) 아닌 게 뭔지, 알아야 답을 하지. 내가 시킨 일이라는 게 21년 전 문주 여대생 사건과 관련된 일인가? 그 일에 대해 할 말이 있다고 하지 않았나?
길구	(동공이 마구 흔들리더니) 정말 모르시는 겁니까. 차장님이 시킨 일이라고 저는 그렇게 들었는데.
기환	누가.
길구	(잠시) 아니.. 아닙니다. 제가 잘못 온 것 같습니다. (일어나 마구 절하며) 죄송합니다! 죄송합니다! 오늘 제가 여기 온 건, 차장님 만난 건, 없던 일로 꼭 그렇게 좀 부탁드립니다! (후다닥- 나가는데)
기환	조길구 경사! 조경사!

씬28 동 장소 (D, 현재)

주원	(황당) 그걸 지금 믿으라고요?
기환	못 믿겠대도, 사실이 그러니까.
혁	이상하긴 하네요.
기환	더 이상한 건 다음에 일어난 일이야. 그날 밤 사망한 남상배 소장이, 아무 연락도 없이 밀고 들어왔거든.
주원	!!!

씬29 동 장소 (N, 과거 - 8일 전, 2월 5일)

문을 벌컥 열고 들어오는 상배.
기환, 소파에 앉아서 생각에 잠겨 있다가 보는데.

상배   (테이블 위에 찻잔 두 개를 보며) 조길구 경사가 왔다 갔나.
기환   (하... 손으로 머리를 짚으며) 본청 차장실 위신이 땅바닥에 떨어졌다. (버럭-) 야! 남상배! 이 새끼가! 감히 여기가 어디라고!
상배   (쫄지 않고 훅- 소파에 앉으며) 죄송하다. 옛정으로 한번 봐주쇼.
기환   (하... 기가 차다) 너 아직도 그러고 사냐?
상배   내가 뭘 어떻게 사는지 나는 모르겠는데..
기환   위아래도 모르고 겁도 없이 날뛰다 제풀에 꼬꾸라져서, (쓱- 다가 보며) 너 임마, 그러다가 제 명에 못 살아.
상배   아~ 지금 협박하시는 건가요? 천하의 경찰청 차장님께서?
기환   (후- 한숨 내쉬고, 다시 차분히) 이봐요, 만양 파출소 남상배 소장님. 지금 거기서 무슨 일이 어떻게 벌어지고 있는지는 모르겠는데, 집안 단속은 집에 가서 하세요.
상배   조길구 여기 왜 온 겁니까?
기환   나도 그걸 좀 알고 싶네? 응? 알게 되면 꼭 좀 전화 주고. (자리에서 일어난다)
상배   감정서, 당신이 없앴나?
기환   뭐?
상배   감정서.. 말입니다.
기환   (이건 또 무슨) 무슨 감정서 말입니까?
상배   (피식-) 이거 뭐, 진실인지 거짓인지.. 포커 페이스에 능하셔서.
기환   알려주지도 않을 스무고개 할 거면, 꺼져. 이 새끼야.
상배   (천천히 일어나며) 정말 모르시는 일이다?
기환   너.. 다시는 내 앞에 얼굴 보이지 마. 이거, 명령입니다. 남상배 경감.
상배   (천천히 비웃듯 피식- 웃는데)

씬30 동 장소 (D, 현재)

혁	감정서라고요? 무슨..?
기환	(짜증) 그걸 내가 어떻게 아나.
주원	그런데 왜 그날, 모르는 척하셨습니까.
기환	뭘.
주원	조길구 경사 말입니다.

/INS. 플래시백. 경찰청 - 로비 (10회 48씬)

기환	말씀 많이 들었습니다. 주원이 애비 되는 한기환입니다. (광영에게 손 내미는)
광영	(두 손으로 꼭 잡고 90도 목례) 뵙게 되어 영광입니다. 차장님. (고개 들고 또 박또박) 저는 경위 황. 광. 영. 입니다.
기환	반가워요. (길구에게도 손 내민다)
길구	(조심스레 잡으며, 눈 내리깐 채) 경사 조길굽니다.
기환	그래요.

/현재. 경찰청 - 차장실

기환	아까 말했다시피 조경사가 날 만난 걸 없던 일로 해달라고 부탁했으니까.
주원	정말, 아무것도 모른다고요?
기환	(하..) 내가 알면 군이 왜 두 사람을 불러서 내 입으로 그걸 얘기하겠나. 남상배 소장도 죽었고 나만 입 다물면 아무도 모를 일인데.
혁	그렇죠. 그건 그런데, (하고는) 여기에 저흴 부르신 이유가 정확히..?
기환	2월 5일 그날 사람이 죽었어. 그것도 경찰이. 그냥 경찰도 아니고, 나도 과거에 문주서에서 같이 근무했던 동료고, 주원이 아니 한주원 경위가 최근까지 모시던 소장님이 살해당한 건데 철저히 조사해야 되지 않겠나?
혁	그럼요. 철저히 조사하겠습니다.
기환	분명히 감정서라고 했어. 단서가 될지도 몰라.
혁	네. 그쪽도 조사해보겠습니다.
주원	(잠시) 진심이세요?
기환	한주원. (낮은 한숨) 나도 경찰이다.

씬31 문주 경찰서 후문 주차장 앞 도로 (D)

블랙박스에 찍힌 재이의 모습에 멈춰진 휴대폰 속 영상을 보며 위치를 가늠하는 지화.
쭈욱- 훑다가 맞은편 빌라 주차장 쪽으로 걸어가는데.
동식, 그 모습 보며 주원과 통화 중.

동식   (잠시 굳는, 휴대폰에) 소장님이.. (크음.. 마음 가다듬고는) 감정서라구요?

씬32 도로 - 주원 차 안 (D, 동 시각)

주원   (휴대폰에) 네. 거짓말 같진 않았어요. 정말 모르시는 것 같았습니다. (잠시)
내 아버지라고 편드는 게 절대, (하는데)
동식(F) 아닌 거 잘 압니다.
주원   (괜히 조금 민망해하며, 휴대폰에) 뭘 또 아는 척입니까.. 갑자기.
동식(F) 아, 미안.
주원   (흠.. 휴대폰에) 조경사님을 만나야겠는데, 나올까요?

씬33 문주 경찰서 후문 주차장 앞 도로 (D)

지화가 빌라 주차장에 달린 CCTV 카메라를 올려다본다.

동식   (그 모습 보며, 휴대폰에) 어떻게든 불러내야죠. 연락할게요. (끊고, 지화에게
다가간다) 왜.
지화   그 폐차될 뻔한 차량 말이야. 한주원 경위가 보낸 블박 영상 차량. 영상을 확
인해보니까, 11월 10일 새벽 5시 반쯤 저쪽에 주차했어.

씬34 동 장소 (D, 새벽, 과거 - 2020년 11월 10일)

11월 10일 새벽 5시 30분.
승용차 한 대가 들어와 후문이 보이는 빌라 근처에 주차한다.

지화(E) 그런데 되게 이상한 건, 그날 이쪽 앞뒤로 주차된 차량이 하나도 없었어. 영
       상을 자세히 보니까, 그날 이 길에 누가 주차금지 표지판을 쭉- 세워놨더라
       고.

차에서 내린 운전자, 본인의 차량 때문에 쓰러진 주차금지 표지판을 들어 슬쩍 앞으
로 세워두고 종종걸음으로 사라진다.

씬35   동 장소 (D, 현재)

같은 장소에 차량이 몇 대 세워져 있고. 동식, 그것을 바라보는데.

동식   주차하지 못하도록 막아뒀다. 블랙박스에 찍히지 않으려고?
지화   응. 그리고 여기, (빌라 주차장 CCTV를 가리킨다) 이 빌라에 CCTV 있었단
       얘긴 못 들었는데.
동식   (CCTV 카메라를 올려다보면, 작동 중이다)
도수(E) 고정장치는 있었어요.
동식   (돌아보는)
지화   강도수?
도수   (후문 쪽에서 다가오며) CCTV 고정장치는 있었는데 집주인이 새로 달 생각
       없어서 방치했다고 했었죠. 여기 한 가구밖에 안 산다고.
동식   한 가구밖에 안 사는데 CCTV를 새로 달았다?
도수   (올려다보며) 이상하네. 이선배, 이 빌라 좀 털어봐야겠죠?
지화   얌마, 그걸 니가 왜 털어? 근무 시간에 네 담당 사건 조살 해야지, 여기서 뭐
       하니.
도수   팀장님이 연차 내셔서 모르셨나 본데, 저도 오늘 연차 냈습니다. 이선배는 여
       기가 만양도 아닌데, 출근 안 했어요?

동식	최근에 가족이 돌아가셔서, 나도 휴가.
도수	(멈칫) 아, 죄송합니다. (스스로에게) 이 바보 같은 놈. (제 손으로 제 머리를 쿵- 친다)
지화	연차 냈음 임경장 좀 챙겨주지, 여기서 머릴 왜 때려. 얼른 가라. (손으로 휘이- 휘이)
도수	선녀가 여기로 가보라고 해서 온 겁니다. 출동 나가다가 두 분 봤대요. 두 분 꼭 도와주라고 했어요.
동식	우릴 도와?
도수	남소장님 돌아가신 사건 조사하는 거잖아요. 저희 둘 바보 아니에요.
지화	애가 무슨 소릴 하는 거야. 그런 거 아니야, (하는데)
도수	상배 형님! 아니 살아 계실 때 형님이라고 부르진 못했지만 아무튼 저한테도 형님이에요! 우리 선녀도 엄청 챙겨주셨구요. 저, 가만히 못 있어요. 뭐든 할게요. 하게 해주세요.
지화	(하.. 이 자식)
동식	전부 다 내가 시킨 거야. 도수 너는, 그냥 내가 시켜서, (하는데)
지화	야. 이동식, 선 넘지 마라. 이놈 선임은 나야. 내가 파트너고. 너, 그냥 내가 명령해서 한 거야. 나중에 누가 물으면 꼭 그렇게 말해. 알았어?
도수	아이씨- 싫거든요!
지화	아이씨?
도수	나도 형산데- 씨! 비겁한 행동 안 할 거니까, 이선배도 팀장님도 꿈도 꾸지 마요!
동식	(웃으며 지화 본다) 아주.. 잘 배웠네~ 선임한테.
지화	아으~ 저 꼴통.
도수	이 동네 쭉- 훑어서 탐문 가면 되는 거죠? 저한테 맡겨주시고요. (잠시 머뭇)
동식	왜.
지화	(도수 보면)
도수	이게.. 제가 말씀을 드리는 게 맞는지 모르겠는데요.
지화	얼른 털어.
도수	(두 사람 눈치 보며 나직이) 유치장 담당하는 철상이한테 들었는데요. 상배 형님 유치장 계실 때 찾아온 사람이 있었다는데.. (말꼬리 흐리면)

동식   누구.

씬36   문주 경찰서 – 유치장 (D, 새벽, 과거 – 8일 전, 2월 5일)

누군가 조심히 들어오는 발걸음. 앉아 있던 상배, 인기척에 고개를 돌리면.
어깨가 축 늘어져 조심스럽게 다가오는 남자, 바로 조길구다.

씬37   만양 정육점 앞 (N, 현재)

정육점 앞으로 천천히 걸어오는 길구, 어깨를 축 늘어뜨린 채다.
길구, 정육점을 가만히 바라본다. 내가.. 저길 들어가도 되는 걸까.
나지막이 한숨 내쉬고는, 다시 정육점으로 발걸음을 옮기는데.

씬38   만양 정육점 안 (N)

조심스레 들어온 길구. 재이, 보리차 따르고 있는데 잔이 세 개다.

길구   .. 재이야.
재이   (보고, 아무렇지도 않게) 오셨어요? 들어가세요.
길구   .. 무슨 일인데. (뒤쪽을 슬쩍 보고) !

드럼통 앞에 앉은 동식. 그리고 그 뒤로 주원이 서 있다.
길구, 불길한 예감이 밀려오며, 도망쳐야 하나 싶은데.

재이   (미묘하게 슬픈, 그렇지만 단호하게) 아저씨. 우리 정말 가족 같았잖아요. 우
리 엄마 실종되고서 아저씨하고 아줌마가 나 정말 많이 챙겨줬잖아. 그죠?
길구   .. 재이야..
재이   아저씨 정말 나쁜 사람 아니잖아. 뭐든 다 말 좀 해줘요. 부탁할게.

길구   (하아.. 눈을 내리까는데)

CUT TO.

몽글몽글 김이 올라오는 보리차.

주원은 한 발 떨어져 벽에 기대어 서서, 동식은 맞은편에 앉아 길구를 응시하고.

길구, 눈을 내리깐 채 애써 침착함을 유지하려고 하는데 손끝이 부들부들 떨린다.

길구   그.. 그게.. 그러니까 나는, 소.. 소장님이 걱정이 돼가지고. 그래, 맞어. (고개를 든다) 그 추운 유치장서, 얼음장같이 차가운 바닥서 주무셨을 생각을 하니까 마음이 쓰여가지구,

동식   (보리차 잔 들며) 마음이 쓰여서 갔다. 빈손으로?

길구   잉? (굳는) 그.. 그건..

동식   (찻잔을 드럼통 위로 쾅- 내려놓는다!) 말해! 거길 왜 갔는지! (뜨거운 찻물이 동식의 손을 뒤덮어 벌게지는데, 신경 쓰지 않고 매섭게) 무슨 대화를 나눴는지 말하라고!

길구   불러서 갔다고! 소장님이 불러서 간 거야, 나는!

씬39   문주 경찰서 – 유치장 (D, 새벽, 과거 – 8일 전, 2월 5일)

길구   (걱정스런 표정 한가득, 철창으로 다가선다) 잠은 좀 주무셨어요? (바닥을 보며) 아 이놈들 정말, 두툼한 걸 깔아드려야지.

상배   (몸 일으키며) 괜찮여. 잠도 안 오더라고.

길구   (걱정 가득) 걱정 마셔요. 우리 파출소 직원들 전부, 소장님 결백한 거 다 알아요. 아니, 다른 사람은 몰라도 내가 알아요, 내가.

상배   그려? (미소) 그렇지. 길구 자네는 알아야지. 우리 인연이 얼만데.

길구   아~ 그럼요!

상배   어디 보자.. 내가 자네를 처음 만난 게 언제더라? (미소) 2000년?

길구   (잠시) 네? 네네.

상배   나는 말여, 여기 앉아 있으니까 옛날 일이 자꾸 생각이 나. 21년 전이랑 똑같은 일이 벌어지니까 자네는 어뗘? 기억이 새록새록하지 않어?

길구   .. 예?

씬40   문주천 갈대밭 앞 도로 (과거, 2회 1씬 동일)

광영과 길구, 머리를 맞대고 선녀가 내민 카메라의 액정을 본다.
시신의 발 클로즈업. 시신의 두 발이 검정 비닐봉지로 포장되어 싸여 있는데 발목 부
분에 곱게 매듭지어 있다. 길구, 순간 멈칫-! 매듭을 들여다본다. 반나비 모양으로 깔
끔하게 마무리 지어진 매듭.

광영   발을 다 싸놨어.. (하는데)

길구   (중얼) 이런 젠장할..

선녀/홍철 (길구의 거친 말투에 놀라 보는)

광영   경사님, 왜요?

길구   (감정 누르며) 아니 아니여. 끔찍해가지구.

광영   (찜찜한 눈으로 보는데)

길구   어떤 놈이 쯧쯧. 에이- 미친놈. (반대쪽 시민에게 가며) 아, 거 찍어도 안 나
         온다니까 찍지 마세요! 가요, 가!

광영   (다른 쪽 향해) 거기 기자분들! 넘어오지 말아요 쫌!

길구, 겨우 눌렀던 눈빛에 설핏 공포가 서린다.
저도 모르게 갈대밭을 돌아보는데.

씬41   문주 경찰서 - 강력계 사무실 (D, 과거 - 2000년 10월 15
일)

공포에 질린 32세의 순경 길구, 근무복 차림으로 강력계 사무실 초입에 서 있다.
강력계 사무실 안에 붙은 방주선 사체 사진에 시선 고정.
반나비매듭과 검정 비닐봉지로 싸인 두 발 사진이 너무도 소름 끼치는데.
32세의 경장인 곽오섭, 들어오다 길구를 훅- 밀치며.

곽계장	아씨- 정신없는데, 파출소 직원까지 여기서 뭐 하는 겁니까?
길구	아 그게, 제가.. 과학수사팀에 갈 일이 있는데 여기도 맡길 게 있다고 해서서.
곽계장	그래요? (하고는 형사들에게) 과수팀 간다는데?
형사1	여기요. (증거용 비닐봉투에 든 것을 곽계장에게 건네면)
곽계장	(봉투 내려다보고) 아, 이거. (다가와 길구에게 건네며) 긴급이에요. 지문 나오는지 꼭 확인해달라고. 웅?
길구	네. (고개를 꾸벅 하고 돌아선다)

길구, 나오며 봉투 안에 든 것을 내려다보는데.. 바로 기타 피크.

/INS. 플래시컷. 문주천 갈대밭 (2회 3씬, 26씬)
39살의 상배가 주머니의 볼펜을 꺼내 흙을 살짝 걷어내면, 기타 피크다.

씬42　문주 경찰서 - 유치장 (D, 새벽, 과거 - 8일 전, 2월 5일)

길구	(묘하게 굳어서 눈을 내리까는데)
상배	내 기억엔 말이야.. 조경사가 증거품을 과수팀에 맡겼고, 감정서도 조경사가 가져왔던 것 같은데.
길구	네? 그게..
상배	문주서 복도에서 말야, 나한테 건네줬잖아.

씬43　문주 경찰서 - 강력계 복도 (D, 오전, 과거 - 2000년 10월 16일)

39살의 상배, 길구에게 기타 피크 감정서를 받는다.

상배	기타 피크? 벌써 나왔어?
길구	네네. (꾸벅- 인사하고 간다)

상배　(다급히 열어보고 난감) 아씨.. 없어?

감정서의 결과에 '검출된 지문 및 DNA, 기타 물질 등 없음'으로 쓰여 있다.

씬44　문주 경찰서 – 유치장 (D, 새벽, 과거 – 8일 전, 2월 5일)

상배　그게 항상 이상했그든? 마침 누가 깨~끗하게 닦아낸 것처럼 암것도 안 나왔
　　　단 말이지. 암것도 나오지 않은 기타 피크 하나 때문에, 내가 동식이를 체포
　　　해서 아주 반죽음으로 만들었잖어. 그게 걔 꺼라는 이유로, 딱 그 이유 하나
　　　때문에. 기억나지?

씬45　만양 정육점 안 (N, 현재)

동식　(그랬다.. 눈을 내리까는데)
주원　지문도 DNA도 검출되지 않은 기타 피크의 원 소유자가 이동식씨라는 이유
　　　로 체포되고 용의자로 몰렸다는 겁니까?
길구　(동식의 눈치를 보며) 그.. 그게 동식이 니 꺼가 맞긴 맞았잖어.
주원　잠깐만. 제가 그 사건 조서를 꽤 봤는데, 감정 의뢰한 기록은 봤지만 기타 피
　　　크 자체의 감정서를 본 기억이 없습니다.
길구　(그 말에 움찔)
동식　(나직이) 감정서.. (눈을 천천히 내리까는데)

/INS. 몽타주컷. 동식의 집 – 지하실
벽에 잔뜩 붙은 이유연, 방주선 사건 조서 앞에 선 동식.
'방주선 수사보고서: 라. 변사체 발견 지점(문주천 갈대밭) 인근 수색 – 변사체 주변
에서 눈에 띄는 기타 피크를 발견하여 감정 의뢰'.
'이유연 수사 보고서: 이유연의 쌍둥이 남매인 이동식의 것으로 추정되는 기타 피크
발견'.
'방주선 미제편철 보고서: 다. 변사체 주변에서 발견된 기타 피크 감정 의뢰 후 유력

용의자 확보. (법의학 2000-C-23479호)

－ 변사체 주변에서 기타 피크를 발견. 기타 피크에서 지문 및 DNA, 기타 물질 등이 검출된 것이 없었으나, 기타 피크의 주인 '이동식(남, 20세)' 신원 확보.'

'이유연 미제편철 보고서: 10월 16일 14시 30분 실시된 이동식 2차 참고인 진술에서 기타 피크가 본인의 것임을 인정, 이에 두 사건의 연관성을 확인하고자,'

'이동식 2차 참고인 진술 조서

문: (10월 15일 문주천 변사체 현장에서 발견한 기타 피크 사진을 꺼내 보여줌) 이 기타 피크 본 적 있나요.

답: 네. 이거 제 거 같은데요.'

'감정 의뢰: 다음 사항을 감정 의뢰하오니 조속히 감정하여주시기 바랍니다.

종류: 기타 피크. 감정 의뢰 사항: 사건 현장 수거품에서 지문 및 DNA 등 기타 물질 검출 유무.'

/현재. 만양 정육점 안

동식　.. 그것만 없어... (매섭게 눈을 뜨면)

길구　!!

씬46　문주 경찰서 - 유치장 (D, 새벽, 과거 - 8일 전, 2월 5일)

매섭게 눈을 치켜뜬 상배의 그 모습이 마치 동식과 똑같다.

상배　언젠가부터 기타 피크 그거 감정한 결과서가 없어.

길구　(딸꾹) 그.. 그래요? (딸꾹)

상배　(천천히 미소) 조길구. 감정서 니가 없앴냐.

길구　... 아.. 아니.. (하려는데)

상배　왜 없앴어? 왜. 감정서가 가짜라서?

길구　!!!

상배　맞지? 진짜 아니지? 니가 진짜랑 가짜를 바꿔치기했지?

길구　(동공 마구 흔들리는데)

상배　그게 니 발목 잡을까 봐 없애버린 거지! 니가! 전부 다 꾸민 짓이지!!

씬47   만양 정육점 안 (N, 현재)

길구   (동공 마구 흔들리며) 아.. 아니야. 아니라고. 나는 시키는 대로, 그냥 다 시키
    는 대로, (했다가 동식의 서늘한 눈과 마주치고 흡-!)

동식   .. 누구.

길구   아.. 아니.. 아니야.. (하는데)

주원   (옆에 내려놨던 휴대폰 내역서 인쇄본 집어서 길구 앞에 놔준다) 누굽니까.

길구   (고개를 내저으면서도 휴대폰 내역서 내려다보면)

주원   소장님 문자 받고, 본청 차장실 3통.. 그리고 대포폰 번호로 3통.

길구   (덜덜 떨기 시작한다)

동식   이유연.

길구   (흠칫-)

주원   강진묵.

길구   (주원을 훅- 보면)

동식   (분노를 누르며) 남상배. (겨우 천천히 그로테스크한 미소) 도대체 누가 죽인
    걸까.

주원   (나직이) 조길구 경사가 그런 겁니까?

길구   (흡!) 아니.. 아니야. 나는 아니라고. 나는 말할 수가 없어. 소장님이 나한테 문
    자만 안 보냈어도.. 응? 왜.. 그런 문자를.. 보내가지고. 그 감정서가 소장실 금
    고에 한 부 있었다고 그게 압수수색 됐다고..

/INS. 과거. 상배 집 앞 골목 일각 (10회 43씬과 같은 시각, 45씬 이전)
목도리를 둘둘 감은 길구가 택시를 기다리는데. 삐록- 문자가 울린다.
'남상배 소장님: 소장실 금고에 넣어둔 게 사라졌다.. 그때 네가 없앤 거랑 같은 거.'
다시 삐록 문자 또 울린다.
'남상배 소장님: 니가 다 뒤집어쓸 겨. 그건 안 될 일이잖여. 길구야. 얘기 좀 하자.'
길구, 흠칫 놀라- 손을 벌벌 떨다가 문자를 바로 삭제한다.
하아.. 다가오는 택시를 잡는데.

/현재. 만양 정육점 안

길구   그거 아닌데. 내가 분명히 건네줬고 그래서 세상에 없어야 하는 게 정상인
데, (하는데) 소장님은 왜! 왜 나한테 그런 문자를 보내서! 내 잘못 아니여.
그날 나만 소장님 만난 거 아니거든? 그 유치장에서 말야! 나만 만난 게 아
니라고!

동식   누구.

길구   진짜야. 나만 만난 게,

동식   누구냐고!

길구   (흐읍!!! 동공이 확장되며!)

씬48   문주 경찰서 – 유치장 (D, 새벽, 과거 – 8일 전, 2월 5일)

동공이 확장된 길구, 겁에 질려 뛰쳐나오는 그때! 입구에 누군가 서서 훔쳐보고 있다!
정서장이다!

씬49   일식당 – 1번 룸 (N, 현재)

정서장, 주원과 마주 보고 앉아 있다.

정서장   하 참.. 차장님 얼굴 봐서 한경위 만나러 나온 건데, 지금 나 취조해?

주원   (답 없이 가만히 본다)

정서장   (쯧-!) 맞아. 내가 그날 남소장님 뵈러 갔었어.

주원   그 새벽에 무슨 일로.

정서장   (말이 짧아서 기분 좀 나쁜데) 노친네 잠 잘 잤는지 확인하러 간 거지.

주원   (천천히 손가락을 입술에 대며) 쉿!

정서장   !!

씬50   문주 경찰서 – 유치장 (D, 새벽, 과거 – 8일 전, 2월 5일)

쉿! 길구와 눈이 마주친 정서장이 조용히 입술에 손가락 하나를 갖다 댄다.
이성을 잃은 길구, 정서장을 와락 붙잡으며.

길구　　나 어뜨케요. 나는 그냥 시키는 대로, (하는데)

정서장　쉿! 조용.

길구　　나는 그냥.. 나는 암것도 아니잖아요. 위에다가 말 좀, (하는데)

정서장　(나직이) 살고 싶으면 입 다물라고.

길구　　(흡-!) !! (눈물이 그렁해서는 정서장 잡았던 손을 놓는다)

씬51　일식당 - 1번 룸 (N, 현재)

정서장　내가 협박을? 하.. 이거 조길구 경사.. 진짜 이상한 사람이네?

주원　　그다음엔 남소장님하고 무슨 대화를 하셨습니까.

정서장　글쎄.. 뭐 대화랄 게.. 이불을 좀 넣어드릴까 물어봤지.

씬52　문주 경찰서 - 유치장 (D, 새벽, 과거 - 8일 전, 2월 5일)

상배　　(철창에 기대어 밖을 내다보며) 뭐가 그리 걱정이 돼서, 쥐새끼마냥 훔쳐보고
　　　　　듣고 (핏- 웃으며) 우리 철문이도 그대로야~

정서장　(짜증스럽다) 조용히 계시다 나와요. 옛정으로다가 내가 이불은 한 채 더 넣
　　　　　어드릴게. (나가려는데)

상배　　철문아. 내가 왜 여기 이러고 있어야 혀?

정서장　아 그건, 그러게 금고에 왜 그런 걸 넣어놔서, (하는데)

상배　　뭐? 낚싯줄 그거? (피식) 글타고 내가 여기 갇혀 있는 게 말이 되냐. 다른 사
　　　　　람은 몰라도, 너는 알잖여. 너 그날 나랑 여그 같이 있었잖어.

정서장　(움찔- 멈춰 서면)

상배　　(빙긋이) 우리 문주 경찰서 서장님 참 대단혀~ 연쇄 살인범이 수감된 유치
　　　　　장 CCTV도 막 세우고 말여.

씬53 동 장소 (D, 새벽, 과거 – 2020년 11월 10일)

모자를 깊게 눌러쓴 상배와 정서장, 함께 들어온다.

정서장 CCTV는 꺼놨지만, 남들 의심 사면 안 되니까 짧고 굵게. 응?
상배 알았어. 걱정 말어.
정서장 허튼짓하지 말고요. 내가 딱 옆에 있을라니까.
상배 알았다니까. (하고는 철창 쪽으로 걸어가다가 순간 멈춤) !!!!!
정서장 왜요. (하고 그쪽을 보고) 허억!!

유치장 철창에 딱 붙은 듯 매달린 진묵. 고개가 꺾여 있고.
물어뜯은 손끝에선 아직도 피가 뚝-뚝- 흐르는데.
뒷벽에 피로 겨우 문질러 쓴 글씨가 어렴풋이 보인다.
'동 식 아
유 연 이 는 아 니 야'

상배 안 돼.. (달려간다) 안 돼!
정서장 (확- 붙잡으며) 건들면 안 돼!! 우리 여기 들어온 거 누구도 알면 안 된다고!

씬54 일식당 – 1번 룸 (N, 현재)

정서장 그냥 뭐.. 과거 얘기 조금.. 아주 쪼금 (하는데)
주원 여기 오기 전에 그날 유치장 CCTV 영상 확인해봤습니다. 5분 32초 동안 대화를 하셨던데, 꽤 긴 시간이죠.
정서장 (하..) 남소장이 나이가 들어서 말이 길더라고. 쓸데없는 생각도 많고.

하아.. 정서장, 눈을 내리까는데. 그 위로,

씬55 문주 경찰서 - 유치장 (D, 새벽, 과거 - 8일 전, 2월 5일)

정서장 (못마땅한 시선으로 바라보면)

상배 동식아.. 유연이는 아니야.. 너도 나랑 같이 봤지? 강진묵이 지 손가락 물어뜯어서 여기 이 벽에 피로 써놨던 글씨.

정서장 그건 또 왜, (하는데)

상배 죽기 전에 쓴 다잉 메시지.. 얼마나 억울하면 그걸 남겼을꼬?

정서장 (한숨) 그럼 뭐, 강진묵이 범인이 아니란 소리야? (하고는) 그딴 말도 안 되는 걸 물어보려고 강진묵 만나게 해달라고 한 거였어?

상배 (차분히) 기타 피크 감정서, 니가 시켰냐.

정서장 뭐?

상배 21년 전, 방주선이 발견된 현장에 놓여 있던 기타 피크 말여. 그 감정서. 니가 길구한테 없애라고 시켰냐?

정서장 (하..) 그런 게 있었나. 내가 지난 21년간 서울청에도 갔다가 여기로 다시 내려왔다가.. 너무 많은 사건을 관리했잖아. 어떻게 모든 사건을 다 기억하겠어? 너무 오래된 일이라, (하는데)

상배 기억 못 하시겠지. (미소) 그런데 말여, 너랑 관계가 되면 자꾸 뭐가 없어지고 사라진다? CCTV도 없고, 감정서도 없고. 강진묵도 죽어버렸고.

정서장 (한발 다가서며) 남상배 경감님. 엉뚱한 소리 그만해요. 정년이 한 10개월 남았나? 괜히 말도 안 되는 소리로 여기저기 들쑤셔서 연금 날려먹지 말고 조용히 계시다가 타잡쉬.

상배 (천천히 미소) 알았어. 그럼 이제 우리 서장님이 날 풀어줘야지.

정서장 (하-) 뭔 소리야. 내가 왜!

상배 강진묵이 죽은 날 니가 나랑 여기 같이 있었단 말이 나오는 게 정년 몇 년 남은 우리 서장님한테 좋은 일일지 좀 걱정스럽기도 해서 말여.

정서장 ! (표정 굳는데)

상배 철문아, 니 말이 맞어. 다 지난 일이지. 너무 오래된 일이여. (CCTV 카메라 올려다보며) 니가 또 뭘 세우고 빼고 바꾸고 지웠는지는 내 알 바 아니고, 여기서 나가면 내 기억에도 없는 일이 되겠지?

정서장 (천천히 미소) 그래요?

상배	우리 위대하신 정철문 서장님이 무고한 노인네 하나 여기서 못 빼겠나.
정서장	(흠..) 조금만 더 있다가.. 응? 서류 정리하는 데 시간이 걸리잖어. 우리 소장님이 누구보다 결백한 거 아니까, 애들한테 빨리 조처하라고 지시할게요.
상배	(미소) 감사합니다~ 서장님.
정서장	뭘요. 우리 사이에. (돌아서 나가는 표정이 싸늘하게 변하는데)

씬56   일식당 - 1번 룸 (N, 현재)

정서장	나이 든 사람들은 말이에요. 자꾸 추억을 곱씹게 되거든. 요즘 그런 말도 있던데? 라떼는 말야~ 호호호. (하고는 갑자기 한숨) 그날이 마지막일 줄 알았으면 추억 얘기 많이 할 걸 그랬네.
주원	(믿지 않는 얼굴로) .. 그저 추억 얘기.. (하-) 정서장님 나가고 나서 소장님은 (천장 구석을 가리키며) 위를 한참 바라보셨습니다. CCTV 카메라를 똑바로 보는 거였죠. 말씀을 하시는데, 음성은 녹화가 되지 않으니까.. 입 모양을 읽어서 적어왔습니다.
정서장	(멈칫- 보면)
주원	(휴대폰 꺼내서 메모장 열어 읽는다) 누가, 강진묵을,

씬57   문주 경찰서 - 유치장 (D, 새벽, 과거 - 8일 전, 2월 5일)

상배	(CCTV 카메라를 올려다보며, 똑바로 또박또박) 죽였나.
주원(E)	강진묵을, 죽인 사람이,

씬58   일식당 - 1번 룸 (N, 현재)

주원	나도, 죽일 것이다.
정서장	(굳으며) 그게 무슨 말도 안 되는 소리야. 강진묵은 자살했잖아.
주원	정말.. 그런가요?

씬59   문주시 드림타운 개발 대책위원회 사무실 (N)

그 시각 창진, 노트북으로 누군가 메일 발송한 문주 경찰서 유치장 CCTV 영상을 보고 있다. 타임라인에 흐르는 날짜와 시각은 2020.11.10. 05:15:45.. 46.. 47.. 48..

/INS. CCTV 영상. 문주 경찰서 – 유치장 (9회 38씬 이후)
진묵, 천천히 시체 검안서를 찢어서 입에 넣고 또 넣는데.
누군가.. 온통 검은 복장의 남자 다가와 그의 앞에 선다.
진묵, 천천히 일어나 남자를 바라보는. 두 사람 무언가 대화를 나누는 것 같다.
한발 물러나는 남자, 몸을 돌리는데 남자의 얼굴이 CCTV 영상에 순간 잡힌다.
거기서 멈추는 영상! 그 얼굴은 바로.. 이창진이다.

/현재. 문주시 드림타운 개발 대책위원회 사무실
창진   하! (메일 보낸 사람 확인) 보낸 사람도 나.. 받는 사람도 나.. (러시아어) 귀엽네.

옆에 세워둔 지팡이를 들고는 쓱 일어나더니,
갑자기 점프하듯이 세워둔 긴 화분을 날려버리는데! 그 모습이 마치!

/INS. 플래시컷. 문주 외곽 폐차장 안 (10회 67씬)
승합차에서 점프한 남자! 금속 방망이로 상배의 머리를 가차 없이 가격한다! 껑-!

/현재. 문주시 드림타운 개발 대책위원회 사무실
와장창! 깨져 터지는 화분!

창진   (흘러내린 머리칼을 쓱- 넘기며) 하아...

창진, 지팡이를 획획 돌리며 옷걸이로 가는데 너무나 멀쩡하게 걷고!
옷걸이에 걸린 윗옷을 걸친 창진, 지팡이를 짚더니 천천히 쩔뚝거리며 밖으로 나간다.

씬60 일식당 – 2번 룸 (N)

해원과 정제, 마주 보고 앉아 있고.

해원 (기분 좋은 얼굴로 회를 한 점 집어 맞은편에 앉은 정제의 접시에 놔주며)
아들, 단백질을 많이 먹어야 해. 응? 고기가 부담스러우면 생선이라도 많이
먹어. 알았지?

정제 (접시 위에 놔준 회를 한 점 집어삼킨다)

해원 아이구~ 내 새끼. 말도 잘 듣네~ (접시 위에 또 회를 놔주는데)

정제 기분이 좋아 보이세요.

해원 너무 좋아! 아들이 먼저 밥 사달라고 한 게 얼마 만이니. 식구라곤 우리 둘
뿐인데 내가 너무 바빴다, 그지? 앞으론 이런 시간 많이 갖자?

정제 어쩌죠. 오늘도 단둘은 아닌데.

해원 (국물 호로록 마시곤) 응?

정제 곧 누가 올 건데.. (본다) 그전에 어머니.. 저한테는 솔직하게 말씀해주세요.

해원 무슨 소리야. 누가 오구 뭘 솔직하게, (하는데)

정제 강진묵.. 죽음에 어머니 관련 있어요?

해원 (멈칫– 굳으며) 정제야. 그게 무슨 소리야. 강진묵은 자살했잖아.

정제 (잠시) 그럼.. 남상배 소장님은요? 어머니가.. 죽였어요?

해원 (순간 굳었다가) 박정제!!

그때 갑자기, 문을 확– 열고 들어오는 동식.

동식 어머니, 오랜만에 뵙네요.

해원 (흠칫! 정제를 노려보며) 박정제, 너.. (하는데)

그때, 식탁 위에 올려둔 해원의 휴대폰이 갑자기 울린다. 따리리리– 따리리리–
동식, 정제, 해원, 동시에 보면. 'JL건설 이창진 대표'.

씬61   일식당 - 1번 룸 (N)

옆방에서 휴대폰 울리는 소리가 들린다.

정서장   (괜히 크음-) 자, 그럼 다 됐지? 앞으로 다시는 이런 일로, (하는데)

주원, 정서장이 테이블 위에 놓아둔 정서장의 휴대폰을 확- 낚아챈다.

정서장   한주원 경위! 지금 뭐 하는 건가.
주원   (화면 열어, 정서장의 얼굴에 갖다 대서 잠금 해제) 제가 휴대폰을 놓고 와
서, 한 통만 쓰겠습니다.
정서장   이게 무슨 말도 안 되는! (확- 낚아채려는데)
주원   (누르며) 공일공. 공육사공. 삼삼이사.
정서장   !!

주원, 휴대폰 액정 보면. 저장명: 'D' 뜬다.
하... 주원, 입꼬리 슬쩍 올리며, 발신 버튼 꾹- 누른다!

씬62   일식당 - 2번 룸 (N)

테이블 위에서 울리던 휴대폰, 고요해지고.

동식   (정제 옆에 자리 잡고, 빙그레) 왜 안 받으시지? 통화하셔도 되는데.
해원   그게 너랑 무슨 상관인데?
동식   이번에 오는 전화 받으세요.
정제   (뭔가 이상하다) 동식아.. (하는데)

지이이잉- 지이이잉- 어디선가 휴대폰이 울린다.
해원이 손에 쥔 휴대폰이 아니다. 해원의 가방에 든 휴대폰이다.

동식	어이쿠. 휴대폰 두 개 쓰시나 봐.
해원	(굳는) 뭐.. 공적인 일을 하는 사람은,
동식	그러니까 받으시라고요! 공적인 일 하시는 우리 도해원 의원님!
정제	(동공이 마구 흔들린다) 엄마.. (도해원을 부르면!)

그때, 옆방과 연결된 장지문이 드르륵! 열린다.
도해원, 돌아보면! 정서장이 허옇게 질린 채 앉아 있고.
장지문을 열고 선 주원. 손에 든 정서장의 휴대폰.

주원	공일공. 공육사공. 삼삼이사. 왜 안 받으십니까. 도해원씨.
해원	!!!
동식	아니, 안 받아도 돼. 지금 내가 궁금한 건 그게 아니고.

동식, 몸을 훅- 돌려서 정제를 바라본다.

동식	박정제.
정제	(부들 떨다가 동식을 보면)
동식	숨 쉬는 게, 살아 있는 게 악몽이냐.
정제	! (굳는다)
해원	아니야. 하지 마. 야, 이동식! (덮치려는데)
주원	(몸을 돌려 등으로 해원을 탁- 막으면)
동식	너.. 니가 감추고 있는 그 지옥.. 그거 뭐냐?
정제	!!!!!
동식	말해, 이 개새끼야.

씬63 문주천 갈대밭 (N, 새벽, 과거 - 2000년 10월 15일)

깊은 밤, 바람도 없는 고요한 갈대밭. 그 위로.
자막. '2000.10.15. 03:04'

쓰윽- 투욱- 쓰으윽- 누군가 제 몸을 질질 끌면서 도로를 걷는 소리가 들리다가.
꽝-! 끼이이익-! 텅-!

씬64 문주천 갈대밭 인근 도로 (N, 새벽, 과거 - 2000년 10월 15일)

구겨진 인형처럼 흙바닥에 널브러져 있는 유연.
휴대용 랜턴 불빛이 유연의 몸을 이리저리 비추는데, 손끝은 이미 모두 잘린 채다.
랜턴을 든 사람이 한 발 더 다가오는데 두 발과 지팡이 하나.
지팡이에 의지해 허리를 깊게 숙이는 그의 얼굴이 곧 카메라에 잡힌다.
29세의 이창진이다!

창진 (귀찮은 표정, 지팡이 짚고 다시 몸을 세우며) 엉망진창이네, 이거.

그때 일어난 창진의 뒤로 누군가 고개를 빼꼼 내민다.
45세의 도해원, 그녀가 인상을 찌푸린 채 유연을 내려다본다.
그리고 카메라 뒤로 빠지면, 엉망이 된 승용차 옆에 쭈그리고 앉아 있는 건..
약과 술에 취해 완전히 미쳐버린 것 같은, 20살의 정제다.

- 11회 끝 -

12회

풀다

고물

씬1   부산 아파트 건설 현장 인근 도로 (D, 아침, 과거 – 1995년 2월)

검정 승용차에 기대어 선 20대 중반의 창진, 주머니에서 담배를 꺼낸다.
그의 시선은 저 멀리 높이 올라가는 아파트 건설 현장에 꽂혀 있고.
딱 봐도 조직 폭력배인 20세 초반의 똘마니가 운전석에서 내리며 좌불안석이다.

똘마니   창진 행님! 퍼뜩 가야 대능 거 아입니꺼. 러시아 약쟁이들이 나이트클럽서
        난동친다 카는데!

창진   (담배에 불을 붙이려다가, 저 앞의 아파트를 가리키며) 이야~ 집이 몇 채고.
        니 저거 비나.

똘마니   당장 처리하라꼬 큰 행님이 전화하셨다 안 캅니꺼, 예?

창진   똘빡이 니 내 얘기 함 들어볼래?

똘마니   (또 시작이다) 아이고.. 예에.

창진   내가 쪼만할 때 우리말도 잘 몬 할 때부터 아부지 어무이 장사하는데 거들
        었다 아이가. 말도 안 되는 러시아어 시부렀싸믄서, 쪼매난 놈이 뭘 안다꼬.
        큭큭. 우습재?

똘마니   (고개 저으며) 대단하심더.

창진   그 쪼매난 머시마가 말이다, 러시아거리 한 평도 안 되는 노점판에서 맘 단디

뭇다 아이가. 걸배이 소굴 같은 데 박히가 인생 종 치지 않을 끼라꼬. (멀리 아파트 현장을 바라보며) 끝도 안 비는 땅덩어리, 이 손에 딱 쥐고 주무르믄 서 살 끼라꼬.

똘마니 (창진이 바라보는 저 멀리 아파트 현장을 바라보는데)

창진 쩌 아파트.. 아이다, 마을을 하나 싹 다 만들어뿔 끼라. 내 이름 팍- 박아가, 창진리! 아니 진리. 진리건업 어떻노?

그때, 저쪽에서 먼지를 일으키며 승용차 한 대가 달려와 끼익- 멈춰 선다.
다급히 운전석에서 내리는 조폭1.

조폭1 햐- 또 여기 계시네. 우리 이사님.

창진 (담배 물려다가 쓱 보면)

조폭1 대표님 전화 안 받으셨어요? 지금 러시아 애들이 호텔 지하 나이트에서 약 처먹고 난리라는데.

창진 (차분히 표준어로) 그래서요.

조폭1 (황당) 그래서요? 러시아어는 이사님 전공이잖아. (비웃는) 어디서 뒷구멍으로 배운 야매라도 전공 있는 게 어디야. 얼른 가서 처리하시라고.

창진 (훅- 다가가더니 발로 가슴팍을 퍽- 날린다!)

조폭1 헉! (차 뒤편으로 나가떨어지는)

창진, 차 뒤로 걸어가 조폭1의 멱살을 잡아 때리고 발로 아주 아작내기 시작한다!
똘마니, 굳은 얼굴로 못 본 척 뒤돌아 정면만 바라보고.
차에 가려, 창진이 펀치 날리는 소리와 구둣발로 차버리는 행동만 보이는데, 가차 없다.

창진 씨-X 새끼가. (퍽) 내가, (퍽!) 나이트에서, (퍽-!) 손 뗀 지가 (퍽퍽) 언젠데 오라 가라. 서울에서 내려왔다고 (퍽) 오냐오냐해줬더니 (퍽) 지금 어디서 (발로 가슴을 꾸우욱- 누르는데)

으어어- 제대로 신음도 내지 못하는 남자를 발로 짓이기는 창진의 차분한 얼굴에서.

씬2　문주시 드림타운 개발 대책위원회 사무실 (N, 현재 – 11회 59씬 이전)

책상 앞에 앉은 현재의 창진, 차분한 얼굴로 서류를 내려다본다.
로펌에서 재판부에 제출한 소송 대리인 사임서다.
그 앞에 굳은 얼굴로 선 남자, 바로 똘빡이라 불렸던 똘마니이고.

똘마니　도시공사 쪽에서도 한시티 쇼핑몰 개장 밀린 거 책임지라고 이행 보증금 40억 소송 건답니다.

창진　수임료 따블로 가. 성공 보수 그딴 거 많이 준다 그래.

똘마니　그게.. 이길 가능성이 별로 없다고... 변호사도 선금 몇억은 뿌려야 붙을 거 같은데, 이 동네 땅 사는 데 남은 돈 다 몰빵 했지 않습니까.

창진　(알고 있다, 미간이 슬쩍 찌푸려지는데)

똘마니　대표님, 여기 문주 개발 첫 삽 뜨지 않으면 부도 파산 수준이 아니라.. (한숨) 이행 보증금 소송 차압 들어오면 걷잡을 수 없을 겁니다. 한 달 안에 진행되지 않으면 남은 거라도 정리해서 해외로 떠야, (하는데)

창진　(바로) 해외? 어디.

똘마니　.. 러시아도 좋고요.

창진　하.. 하하하하하하! (웃다가) 거기 춥대. 싫어.

똘마니　(낮게 한숨) 행님. (갑자기 무릎을 딱 꿇는다)

창진　이 새끼..

똘마니　한 말씀만 올리겠심다. 저예, 행님 모신 지 30년임다. 요 문주예.. 이상하게 껄쩍찌근합니다. 자꾸 불안해가, (하는데)

창진　김돌석 이사님.

똘마니　(고개 들어 보면)

창진　(빙그레) 표준어 쓰세요. 사업하시는 분이 응? 못 알아듣겠다, 임마.

똘마니　행님. (하는데)

창진　일어나 나가. 자꾸 니 머리통 깨고 싶잖아.

똘마니　(자리에서 일어난다) 변호사 구해보겠습니다. (꾸벅- 인사하고 나간다)

창진, 손에 든 사임서를 내려다보다가 주먹 쥐고 그대로 책상에 쾅-! 내려치는데.

움켜쥔 주먹 속의 사임서가 구겨진다.
그때 노트북에서 메일 도착 알림창이 뜬다.
'제목: 11월 10일 문주 경찰서 유치장'.

창진   !!

잠시 노려보던 창진, 메일함 열어 확인한다. 첨부 영상 제목이 'CCTV' 붙어 있다.
영상 클릭하는 창진. 유치장 CCTV 영상이 플레이된다!

/INS. CCTV 영상. 문주 경찰서 − 유치장 (9회 38씬 추가)
진묵, 천천히 시체 검안서를 찢어서 입에 넣고 또 넣는데.
누군가.. 온통 검은 복장의 남자 다가와 그의 앞에 선다.
진묵, 천천히 일어나 남자를 바라보는. 두 사람 무언가 대화를 나누는 것 같다.
한발 물러나는 남자, 몸을 돌리는데 남자의 얼굴이 CCTV 영상에 순간 잡힌다.
거기서 멈추는 영상! 그 얼굴은 바로.. 이창진이다.

/현재. 문주시 드림타운 개발 대책위원회 사무실
창진   하! (메일 보낸 사람 확인) 보낸 사람도 나.. 받는 사람도 나.. (러시아어) 귀엽
         네.

옆에 세워둔 지팡이를 들고는 쓱 일어나더니,
갑자기 점프하듯이 세워둔 긴 화분을 날려버리는데! 그 모습이 마치!

/INS. 플래시컷. 문주 외곽 폐차장 안 (10회 67씬)
승합차에서 점프한 남자! 금속 방망이로 상배의 머리를 가차 없이 가격한다! 껑-!

/현재. 문주시 드림타운 개발 대책위원회 사무실
와장창! 깨져 터지는 화분!

창진   (흘러내린 머리칼을 쓱- 넘기며) 하아...

창진, 지팡이를 획획 돌리며 옷걸이로 가는데 너무나 멀쩡하게 걷고!
옷걸이에 걸린 윗옷을 걸친 창진, 지팡이를 짚더니 천천히 쩔뚝거리며 밖으로 나간다.

씬3   도로 - 창진 차 안 (N)

달리는 차 안. 창진, 액셀 밟으며 블루투스 이어폰 낀 채 도해원에게 전화 걸고 있다.
신호는 가는데 전화 받지 않는 도해원.

창진   .. 이것들이 다 죽을라고 환장했나.

씬4   일식당 - 2번 룸 (N, 동 시각 - 11회 60씬, 62씬 이어)

식탁 위에 올려둔 해원의 휴대폰이 울리고 있다.
동식, 정제, 해원, 동시에 보면. 'JL건설 이창진 대표'.
잠시 후, 휴대폰이 잠잠해지면.

동식   (정제 옆에 자리 잡고, 빙그레) 왜 안 받으시지? 통화하셔도 되는데.
해원   그게 너랑 무슨 상관인데?
동식   이번에 오는 전환 받으세요.
정제   (뭔가 이상하다) 동식아.. (하는데)

지이이잉- 지이이잉- 어디선가 휴대폰이 울린다.
해원이 손에 쥔 휴대폰이 아니다. 해원의 가방에 든 휴대폰이다.

동식   어이쿠. 휴대폰 두 개 쓰시나 봐.
해원   (굳는) 뭐.. 공적인 일을 하는 사람은,
동식   그러니까 받으시라고요! 공적인 일 하시는 우리 도해원 의원님!
정제   (동공이 마구 흔들린다) 엄마.. (도해원을 부르면!)

그때, 옆방과 연결된 장지문이 드르륵! 열린다.
도해원, 돌아보면! 정서장이 허옇게 질린 채 앉아 있고.
장지문을 열고 선 주원. 손에 든 정서장의 휴대폰.

주원   공일공. 공육사공. 삼삼이사. 왜 안 받으십니까. 도해원씨.
해원   !!!
동식   아니, 안 받아도 돼. 지금 내가 궁금한 건 그게 아니고.

동시, 몸을 훅- 돌려서 정제를 바라본다.

동식   박정제.
정제   (부들 떨다가 동식을 보면)
동식   숨 쉬는 게, 살아 있는 게 악몽이냐.
정제   ! (굳는다)
해원   아니야. 하지 마. 야, 이동식! (덮치려는데)
주원   (몸을 돌려 등으로 해원을 탁- 막으면)
동식   너.. 니가 감추고 있는 그 지옥.. 그거 뭐냐?
정제   !!!!!
동식   말해, 이 개새끼야.

서늘하게 정제를 내려다보는 주원.
정제, 순간 숨을 멈춘 듯 동공까지 그대로 정지해버린다!
어느새 일어난 1번 룸의 정서장, 열린 장지문 뒤로 흘끔 안을 들여다보는데.

해원   (털썩 주저앉는) 안 돼.. (기어가듯 다가가서) 정제야. (손을 뻗으면)
정제   (해원의 손이 정제의 어깨에 닿는 그 순간 갑자기 숨을 흐읍- 들이마신다.
        눈빛 순간 돌아오며, 아이처럼) 엄마.
해원   (두 손으로 정제 얼굴을 감싼다) 왜, 아들?
정제   .. 모르겠어.
해원   괜찮아. 몰라도 돼.
동식   (두 사람 모습을 관찰하는데)

주원   (툭-) 모르면.. 안 되죠.

해원   (내려다보는 주원을 노려보며) 야!! (분노에 찬 숨을 겨우 고르며) 한주원 경
       위. 이러지 맙시다. 한경위가 지금 이동식 저 자식한테 말려서 제대로 판단을
       못 하는 것 같은데,

주원   판단은 의원님께서 못 하시는 거죠. 2001년 1월 15일에도 그랬던 것 같고.

해원   ..2001년?

동식   공일일, 공육사공, 삼삼이사. 얼마나 정신이 없었으면 공적인 서류에 직접 적
       으셨을까.

동식, 주머니에서 서류 한 장을 꺼내 정제 앞 테이블 위에 탁- 놓는다.
2001년 정제가 정신병원 입원 당시 해원이 작성한 입원동의서다!
보호자란에 도해원 이름과 함께 정확히 적혀 있는 휴대폰 번호. 011-0640-3324!

정제   (천천히 서류를 내려다보며 중얼) 입원.. 동의서?

해원   (황급히 동의서를 들어 확인!) !!

동식   박정제 너, 이 번호 알아봤지?

정제   (동식을 바라보면)

동식   알아봤지? 조길구 경사 휴대폰 내역서에서.

/INS. 플래시컷. 문주 경찰서 - 생활안전계 사무실 (11회 22씬)
조길구의 휴대폰 내역서 마지막 장을 넘긴 정제. 동공이 확대되며 굳는다!
마지막 장에 적힌 세 번의 발신 기록. '010-0640-3324'.

/현재. 일식당 - 2번 룸

해원   아니! 정제는 몰라!

정제   (차분히) 잘 알죠.

해원   정제야!

정제   20년.. 훨씬 전부터 어머니가 쓰시던 대포폰 번호잖아요.

해원   !!

해원, 어떡해야 할지 모르겠다. 당황해서 고개를 돌리다가 옆방에 물러서 있는 정서장

에게 도움의 시선 보내보지만, 정서장은 한발 뒤로 물러나며 문 뒤로 몸을 숨긴다.
이거 어떻게 돼가는 거야. 난처하면서도 짜증스러운 정서장.

동식   알아봤는데, 왜 말하지 않았어?

정제   알고 싶어서.

동식   뭘.

정제   나는 모르고, 기억도 못 하는 그날.

동식   그날?

정제   (아이처럼 부른다) 엄마. (해원 품에 아이처럼 안기며) 그날 말이에요.

해원   (동공이 마구 흔들리며, 정제를 내려다본다)

정제   유연이가 돌아오지 않은 날.. 무슨 일이 있었던 거예요?

동식/주원   !!

정제   엄마.. 나는 하나도 기억이 나질 않아. 기억이.. 에 안 나지... 이? 왜에.. 왜..
       왜에..? (갑자기 뒤로 까무러친다!)

해원   정제야! 아들!!

동식   박정제!

해원   어떡해! 얘를 어떡해! 구급차! 빨리! 아들! 정신 차려, 아들!

동식   (재빨리 휴대폰 꺼내는데)

주원   (이미 119 눌렀다, 휴대폰에) 41세, 남성. 혼절한 것 같습니다. 구급차 부탁드
       립니다. 주소는 문주시 시청로 21 1층 일식당입니다.

훔쳐보던 1번 룸의 정서장, 구급차가 온다는 말에 아이씨- 다급히 방을 벗어나는데.
주원, 전화를 끊으며 보면 도망치듯 벗어나는 정서장 모습에 기막히다.
동식, 휴대폰을 다시 넣으며 정제를 살핀다. 그때,

해원   이동식 너!

동식   (보면)

해원   (그르렁거리듯) 내 아들 망가지면, 내 손에 죽어.

씬5   일식당 - 주차장 (N)

사이렌을 울리며 출발하는 구급차를 보고 선 동식.
주원이 동식을 바라보는데 감정이 읽히지 않고.

주원	괜찮습니까.
동식	.. 믿습니까? 박정제.. 저 모습.
주원	그건 내가 물을 말인 거 같은데요.
동식	요즘 내가.. 믿음이라는 게 한없이 하찮단 생각이 드네.
주원	믿음은 감정의 문제니까. 진실이 밀고 들어오면 언제든 깨져버릴 수 있으니까요.
동식	(씁쓸한 미소) 그런가.
주원	그래서 지금, 믿느냐 아니냐는 중요하지 않은 것 같습니다. 박정제 경감을 믿고 싶다면 믿으세요.
동식	진실이 밀고 들어오면 어차피 깨져버릴 믿음이니까?
주원	이동식씨가 아직은 준비가 안 됐을 거 같아서 그렇습니다.
동식	방금 그거, 내 걱정하는 겁니까. 한주원 경위? (빙긋)
주원	내가 미쳤습니까. (차 키 꺼내 삐룩- 누르며) 먼저 갑니다.
동식	(빙긋 웃었던 얼굴로 주원을 따라가며) 지나는 길인데, 내려주죠?
주원	(차로 향하며) 싫습니다.

주원, 말은 그렇게 하면서도 쯧-! 키 한 번 더 눌러 조수석 문 열어준다.
피식 웃으면서도 복잡한 심경의 동식, 주원의 차 조수석으로 다가가는데.
그런 동식의 눈에 주차장 초입, 재활용 의류함 앞에 선 차가 보인다.
버릇처럼 차 번호를 눈으로 훑는 동식, 조수석에 올라타고.
주차장 초입, 재활용 의류함 앞에 서 있는 그 차 안의 운전석에 앉은 남자, 고개를 드는데 창진이 타고 있다.

씬6   일식당 주차장 앞 - 창진 차 안 (N)

앞 유리창 너머로, 주차장에서 나와 떠나는 주원의 차 보인다.

창진 (대체 뭔 시추에이션?) 도해원 앤드 도해원 아들은 실려 가고, 똘아이랑 한기
환 아들이 손을 잡았다?

휴대폰을 까닥거리다가 한기환에게 전화를 걸며, 시동을 거는 창진.
벨이 울리지만 받지 않고. 쯧- 인상을 구기며 차를 빼기 위해 후진을 하는데, 쿵-! 끼
익-! 돌아보는 창진. 뒷유리창으로 통해 보면, 재활용 의류함과 맞닿아 있다.

창진 하.. 하하하하하하! (주먹으로 핸들 가운데를 쾅- 내리치는데!)

빠앙-! 어두운 골목에 울리는 자동차 경적.

씬7　한기환의 집 - 거실 (N, 동 시각)

기환, 진동으로 울리는 휴대폰 옆 버튼을 눌러 진동을 멈추고 뒤집어 테이블에 놓는데.
소파에 앉은 혁, 가방에서 사건 조서 사본을 꺼내며 놓치지 않고 슬쩍 본다.
액정에 뜬 이름, 'JL 이창진'.

기환 그래서, 수사 보고서를 찾아봤다고?
혁 (가방에서 사건 조서 사본을 꺼내며) 네. 감정서의 단서를 찾기 위해 2000
년에 발생한 이유연, 방주선 실종 살인사건 조서를 전부 훑어봤습니다. (감
정서를 테이블 위로 늘어놓으며) 남경감이 차장님께 분명, 감정서를 없앴냐
고 물었다 하셨죠?
기환 (테이블 위에 혁이 늘어놓는 감정서들을 내려다보며) 응.
혁 남경감이 언급한 감정서는 기타 피크 감정서를 의미하는 거였을 겁니다.
기환 기타 피크 감정서?
혁 네. 2000년 10월 15일 방주선 사체 발견 현장인 문주천 갈대밭에서 기타
피크가 발견됐습니다.

/INS. 플래시컷. 문주천 갈대밭 (2회 3씬, 2회 26씬, 11회 41씬)

사체 곁에서 한 발짝 물러나는 형사3. 쭈그려 앉아 들여다보는데 무언가 반짝.
주머니의 볼펜을 꺼내 흙을 살짝 걷어내면, 기타 피크다.
기타 피크를 들여다보는 형사3, 카메라 얼굴 잡으면, 39살의 상배!

혁(E)   발견자는 남상배 경감 본인이었습니다.

/현재. 한기환의 집 - 거실
혁, 사건 조서를 펼쳐 내미는데 해당 부분에 태그가 붙여져 있다.

혁   이유연과 방주선의 사건 수사 보고서와 미제편철 보고서에 기타 피크에 대
         한 수사 내용이 기재되어 있습니다. (참고인 진술 조서를 꺼내 보이며) 당시
         방주선의 카페 동료였던 오영아의 진술 조서에 따르면 기타 피크의 주인은
         이동식이었던 듯합니다.
기환   (조서를 보다가) 아- 그랬던 것 같군. 그래서 이동식을 긴급 체포했던 것 같
         은데.
혁   네. 이동식의 진술 조서에도 본인의 것임을 인정한 기록이 있었습니다. 박정
         제도 같은 진술을 했고요. 그런데 특이점을 발견했습니다.
기환   특이점?
혁   방주선의 수사 보고서에 따르면 기타 피크에서 지문이나 DNA 등 검출된 것
         이 아무것도 없었답니다. 이동식이 사건 전날 오후에 만양 카페에서 사용했
         고 기타 피크는 그거 하나뿐이라고 진술했는데도 말이죠.
기환   사용 후 닦아서 넣어두는 습관이 있었다던가..
혁   그렇대도 기타 케이스에 넣었으면 거기서 뭐든 묻어 나오는 게 맞죠. 전혀 아
         무것도 없었다고 합니다.
기환   없었다고 합니다?
혁   다른 감정서는 전부 존재했는데, 기타 피크 감정서만 없었습니다.
기환   !

/INS. 플래시백. 경찰청 - 차장실 (11회 29씬)
상배   감정서, 당신이 없앴나?
기환   뭐?

상배　　감정서.. 말입니다.

기환　　(이건 또 무슨) 무슨 감정서 말입니까?

상배　　(피식-) 이거 뭐, 진실인지 거짓인지.. 포커페이스에 능하셔서.

기환　　알려주지도 않을 스무고개 할 거면, 꺼져. 이 새끼야.

상배　　(천천히 일어나며) 정말 모르시는 일이다?

/현재. 한기환의 집 - 거실

기환　　(흐음..) 이걸 찾고 있었다?

혁　　　(관찰하듯 바라보며) 누가 그 감정서를 없앤 걸까요?

기환　　(흘끔 보면)

혁　　　어차피 증거 능력이 없는 감정섭니다. 기타 피크에서 이동식의 지문, DNA 그
　　　　　어떤 것도 나오지 않았으니까요. 이동식이 주인이라는 것 때문에 체포된 것
　　　　　은 상당히 무리한 수사였습니다.

기환　　(표정 살짝 굳는데)

혁　　　아! 혹시 그것 때문일까요?

기환　　(보면)

혁　　　누군가, 수사 실책을 감추고 싶었던 건 아닌지.

기환　　그 말은 당시 수사 총책임자, 즉 문주 경찰서장이었던 내가 감정서를 없애라
　　　　　고 지시했다는 것처럼 들리는데.

혁　　　차장님께서 철저하게 조사하라고 지시하셔서, 철저하게 타당한 의문을 제기
　　　　　할 뿐입니다.

기환　　(빙그레) 만약 내가 감정서를 없애라고 지시했다면 조사를 시키지도 않았을
　　　　　거고, (차분히 방주선의 수사 보고서를 가리키며) 그보다 먼저 이 부분도 삭
　　　　　제했겠지. (태그 붙여둔 부분을 읽는다) 마. 현장에서 발견된 기타 피크 감정
　　　　　의뢰.. 방주선 변사체 주변에서 발견한 기타 피크를 감정 의뢰한 결과, 기타
　　　　　피크에서 지문 및 DNA, 기타 물질 등이 검출된 것이 없었으나..

혁　　　알고 있습니다. 확인차 여쭌 것뿐입니다.

기환　　(이 자식이)

혁　　　감정서를 없애라고 직접 지시한 사람이 경찰이나 검찰은 아닐 겁니다. 검경
　　　　　관련자라면 차장님 말씀처럼 수사 보고서 내용도 삭제했을 테니까요. 그래
　　　　　서 한 가지 더 여쭙고 싶습니다.

기환	(보면)
혁	사건을 조사하시는 이유가 남상배 경감 즉 경찰이 살해당했기 때문인 것 외에, 다른 이유가 있으신 것 아닙니까.
기환	뭐?
혁	이 사건에 신경을 많이 쓰시는 것 같아서요. 그렇다면 만약의 상황을 대비하기 위해 이유를 제가 알아두는 것이, (하는데)
기환	주원이가 말야.
혁	네? 네.
기환	이동식 경위와 손잡고 수사 중인 것 같던데. 아니, 이동식뿐만 아니라 만양 파출소 직원 몇과 문주서 사람들도 함께 움직이는 것 같더군. 그쪽으로 일임하는 게 좋을까?
혁	!
기환	경찰이 살해당했으니 우리 경찰 내부에서 확실하게 수사하겠지만, 팔은 안으로 굽는다고 혹여 중심을 잃고 치우치면 우리 조직에 해가 되지 않을까 우려했던 건데, 내가 바쁘신 우리 검사님께 수사를 무리하게 부탁한 건가?
혁	(바로) 무리라뇨. 그렇지 않습니다. 차장님을 위해 제 한 몸 다 바쳐 일하고 싶은 마음뿐입니다. 그래서 지금도 최선을 다해, (하는데)
기환	(혹– 일어난다) 뭐든 나오면 연락주고. (테이블 위 손짓) 이거 다 치우고.
혁	네. 정리하겠습니다.

기환, 테이블의 휴대폰 집어 들고 나오는데. 다시 울리는 휴대폰. 'JL 이창진'.
거절 누르고 나가면. 테이블 위 조서를 치우는 혁, 그 모습을 눈에 담는데.

씬8 문주 경찰서 후문 주차장 앞 도로 (D, 다음 날 오후)

후문을 가만히 보고 선 동식.

주원	(다가와) 박정제씨가 입원한 병원에 있을 줄 알았는데, 여긴 왜 와 있는 겁니까.
동식	(후문을 보고 서서) 강진묵을 죽인 사람이, 나도 죽일 것이다.

주원 (잠시, 후문을 보면서) 남소장님이 남기신 말씀이네요.

동식 한주원 경위 생각엔 무슨 뜻인 거 같습니까.

주원 강진묵이 살해당했다는 것, 그리고 기타 피크 감정서가 사라진 걸 쫓다 보면 본인도 살해당할 거라 확신하신 것 같습니다.

동식 강진묵이 감정서에 대해서 알고 있어서 살해당했다?

주원 강진묵은 경찰이 아니었으니까 감정서보다는 기타 피크에 대해 뭔가 알고 있었지 않을까요. 소장님도 그 때문에 유치장으로 강진묵을 찾아갔지만 사망한 후라 묻지 못했고, 그래서 사라진 감정서를 쫓았다면요.

동식 감정서가 아니라 기타 피크다..

주원 강진묵이 피크와 관련된 무언가를 목격했을 가능성은 어떻습니까.

동식 (보면)

주원 제가 2000년 사건 조서를 꽤 봤는데 말입니다. 이동식씨의 참고인 진술 조서를 보면 14일 그러니까 이유연씨가 사라진 당일 오후 4시 반쯤 이동식씨는 만양 카페에서 피크를 사용했고,

/INS. 플래시컷. 만양 카페 (1회 4씬)
기타 피크가 부러져라 기타를 쳐대며 광란의 라이브를 선보이고 있는 20세의 동식.

/현재. 문주 경찰서 후문 주차장 앞 도로

주원 그 후로 사용한 적이 있냐는 질문에 잘 모르겠다고 답했습니다.

동식 정말 기억이 안 납니다.

주원 카페에서 사용 후 기타 케이스에 피크를 챙겨 넣었다는 진술도 확인했습니다. 이동식씨는 카페에서 심주산 사슴농장 오두막으로 이동했고, 사건 추정 시각에는 오두막에서 계속 머물렀다고 진술했습니다.

동식 (빙긋) 꽤 봤다고? 아주 달달 외우신 것 같은데.

주원 그냥 기억력이 좋습니다. 제가 궁금한 건, 카페에서 방주선이 이동식씨가 흘린 피크를 챙겼을 리 없는데, 방주선씨 사체 유기 현장에 왜 피크가 떨어져 있었을까요? 누군가 떨어뜨렸다면, (하는데)

동식 내가 거기 있었나.

주원 농담하지 마십시오.

동식 오, 이제 자백이 아니라 농담으로 들립니까, 한주원 경위?

186 괴물

주원	자백입니까?
동식	(킥- 웃는) 원하실 대로 생각하십시오~
주원	(허 참) 전 말입니다. 박정제씨가 걸립니다. 그날 오두막에 함께 있었던 사람, 기타 케이스에 손댈 수 있었던 사람은, (하는데)
동식	그 사람이 사건 추정 시각에 나랑 함께 있었다고, 진술 조서에 나와 있지 않던가요?
주원	(알고 있다) 그래서 걸린다고 하는 겁니다. 일전에 말씀드린 병원 입원 기록에서도요, (하는데)
동식	(자르며) 난 말이에요. 자꾸 다른 게 걸려. (훅- 몸을 돌리며) 강진묵이 죽은 날엔 없었으나 CCTV가 갑자기 등장한, (손 뻗어 가리키며) 저기.

주원, 동식이 손가락으로 가리키는 곳을 보면. 바로 빌라 주차장이다!

지화(E)	그래~ 나도 엄청 걸리더라, 그게.

지화, 문주 경찰서 주차장에서 나와 다가온다. 주원, 돌아보고 목례.

지화	(목례하고) 정제는 어때. 어제 많이 안 좋았다며.
동식	입원했으니까 괜찮아지겠지. (빌라 쪽 까닥-) 알아봤어?
지화	(쯧-) 거머리 같은 인간이 떨어지질 않네.
주원	거머리? 왜요.
지화	저 빌라 소유자가 JL건설입니다.
주원	JL.. 이창진 말입니까? (하..) 거머리 그분 지금 어디 계십니까.
지화	전화하면 3초가 지나기 전에 받던 인간이 갑자기 연락 두절이세요.
동식	(창진 차 넘버) 3786.. (빌라 주차장으로 다가가며) 내가 어젯밤 우리 한경위의 2820에 올라탈 때 저 차를 딱 봤는데?
주원	! (보면 주차장에 세워진 차 보이는데)

/INS. 일식당 – 주차장 (동 회 5씬)
동식의 눈에 주차장 초입, 재활용 의류함 앞에 선 차가 보인다.
버릇처럼 차 번호를 눈으로 훑는 동식. 바로 3786.

/현재. 문주 경찰서 후문 주차장 앞 도로

3786 차량 앞에 서 있는 동식, 주원, 지화.

머리 짧게 깎은 험상궂은 얼굴의 20대 중반 남자가 추리닝 바람으로 짜증 내며 나온다.

20대　　우리 집 주차장에 세운 차를 왜 빼라 마라야!

지화, 동식, 주원, 동시에 경찰공무원증을 내민다.

20대　　(순간 움찔) 무슨.. 일이십니까~?

지화　　어젯밤 이 차, 당신이 몰았어요?

20대　　어젯밤요? 아뇨! 저는 새벽에 카센터에서 가지고 온 거밖에 없는데요!

동식　　새벽에 카센터에서 왜 가지고 오는데.

20대　　아.. 그게..

주원　　(범퍼를 내려다보며) 범퍼 수리했네요. 사고 났었습니까?

지화　　(일부러 넘겨짚) 혹시 뺑소니?

20대　　아뇨! 뺑소니 절대 아닙니다! 이거 저희 대표님 차거든요! 대표님이 뒤엘 살짝 박으셨다고, 아, 사람 친 거 절대 아니고요.

주원　　(바로) JL건설에서 일합니까?

20대　　(그걸 어떻게) 네? 네..

지화　　그 대표님은 이창진이고?

20대　　네...

동식　　허.. 이 자식.. (빙긋- 주원을 보며) 어제 우리랑 같이 있었네.

씬9　도해원 의원 선거 사무소 (N)

창진, 소파에 앉아서 거절된 발신 통화 목록을 내려다본다. 'HKH'.

창진　　하.. 이 새끼..

삐롷- 문자 들어온다.

'우리 지화: 전화 받지? 하고 싶은 말이 있는데.'

창진, 표정 복잡해진다. 휴대폰 액정 탁 꺼버리는데.

문 열고 들어오는 해원과 장비서. 하룻밤 새 해원의 얼굴이 핼쑥해졌다.

해원	주인도 없는 방에 쳐들어와서 뭐 하는 짓이야.
창진	씨X! 그럼 방에 처있던가!
해원	!
장비서	(해원 앞으로 한 발 나서며) 말씀이 지나치십니다, 이대표님!
창진	하-! 씹다 버린 십장생 같은 새끼가 어딜 감히, (하는데)
장비서	십장생 아니고 장오복입니다. 유협 장오복. 조선 영조 시대에 숨은 고수의 이름이죠.
창진	(앤 또 뭐야)
해원	내가 알지~ 우리 유협 장오복! 나가봐. 부르기 전엔 들어오지 말고!
장비서	의원님, 위협을 느끼시면 야-! 라고 불러주십시오. (목례하고 창진을 차갑게 보며 나간다)
창진	(기막혀 웃음) 허허. 우리 도의원님이 미친놈들만 데리고 있는 건가. 아님 의원님 옆에 있으면 다 (머리 옆에 손가락 빙 돌리며) 이렇게 되는 건가?
해원	(소파에 앉지 않고 내려다보며) 내가 오늘 컨디션이 별로여서, 이대표 개소리를 참아줄 수가 없거든?
창진	컨디션은 왜? 아드님 땜에?
해원	(책상 쪽으로 가며) 우리 아들이 무슨, (하는데)
창진	어젯밤에 삐요삐요 타고 실려 가시던데? 이동식이랑 한주원은 구경하고 있고.
해원	(멈칫- 선다)
창진	어젯밤에 왜 내 전활 씹으셨어요. 우리 사이에 비밀이 있어도 괜찮은 건가?
해원	(어쩔 수 없이 소파에 와서 앉으며) 정제가 아무것도 기억하지 못하는 건 확실해. 그건 내가 보장하는데,
창진	뭘 기억 못 하는데.
해원	.. 그날 일 말야.

창진   그날? 21년 전 그날? 고릿적 얘기가 여기서 왜 다시 나오지?

해원   (한숨을 내쉬고는) 내가 살린 대포폰 있잖아, 이대표랑 같이 있을 때 받은 거.

씬10   일식당 - 룸 (N, 과거 - 10회 51씬 이어)

해원의 가방 속 휴대폰 울린다. 지이잉- 지이잉-!

창진   (짜증) 아 거 그냥 받으라니까!

해원   (옴마!)

창진   지난번에 자랑한 정보원인지 뭔지 그 새끼 같은데, 받으라고요!

해원, 어쩔 수 없이 가방에서 휴대폰 꺼내는데. '010-0423-3438'.

해원   (창진 눈치 보며, 휴대폰에) 네.

씬11   경찰청 앞 (N, 동 시각, 과거 - 2월 5일)

길구   저 조길굽니다. 도의원님께 전화드리면 안 되는 거 아는데요. 지금 너무 급합니다.

씬12   일식당 - 룸 (N, 동 시각, 과거 - 2월 5일)

해원   (창진의 눈치 보며, 휴대폰에) 왜. 이번엔 유학 간 따님이 시집이라도 가나? 중요한 일 아니면 나중에,

길구(F)   나중에, 나중에, 나중에! 정서장님도 연락 안 되고! 이런 식으로 빠져나가면 안 되죠! 나 혼자 다 뒤집어쓸 것 같습니까!

창진   (방어를 씹으며 귀를 쫑긋 세우고 있는데)

해원   (휴대폰에) 뒤집어쓰다니 그게 무슨, (하는데)

길구(F) 남상배 소장님이 다 알아버렸다구요!

씬13   경찰청 앞 (N, 동 시각, 과거 - 2월 5일)

길구   (휴대폰에) 기타 피크 감정서 없어진 거 말입니다. 다 알았다고, 남소장님이!
      내가 분명히 없앴는데, 그게 남소장님 금고에 있었답니다. 그저께 압수수색
      한 소장실 금고에!

씬14   일식당 - 룸 (N, 동 시각, 과거 - 2월 5일)

해원   (표정 완전히 얼어버렸다, 휴대폰에) 금고에 있었다니. 문자? 남상배가?

창진   (남상배?)

해원   (휴대폰에) 알았어요. 그 문자, 화면 그대로 캡처해서 나한테 보내요. 알았다
      고! 내가 해결한다고! (전화 끊는다)

창진, 방어를 집어서 입에 넣고 천천히 씹는다.
해원, 초조한 듯 기다리는데. 문자 한 통이 들어오는 소리. 지잉!

해원   (바로 확인하고) !!!!

창진   (방어 씹으면서, 손 내민다)

해원   이대표.. 내가 있잖아. 그러니까.. 이건 그냥,

창진   (손짓- 휴대폰 내놔)

해원, 천천히 휴대폰 내밀면. 창진, 휴대폰에 뜬 문자 캡처본을 확인한다.
'남상배 소장님: 소장실 금고에 넣어둔 게 사라졌다.. 그때 네가 없앤 거랑 같은 거.'
'남상배 소장님: 니가 다 뒤집어쓸 겨. 그건 안 될 일이잖여. 길구야. 얘기 좀 하자.'

창진   네가 없앤 거?

해원	그땐 어쩔 수가 없었어. 정제가 범인이 되면 안 되잖어, 그지? 우리 개발도 다 물 건너가구. (문자 흔들며) 이거 거짓말이야. 소장실 금고 아니 이 세상 어디에도 있을 수가 없어. 내가 다 없앴다고.
창진	그러니까 그게 뭔데요.
해원	(눈치 보며) 방주선.. 죽은 곳에 떨어져 있던 기타 피크..
창진	이동식이 꺼? 그걸 왜?
해원	우리 아들.. 정제 지문이 나왔어. 첨엔 지문만 지웠는데, 아무래도 걸려서 피크랑 감정서를 전부 다 내가 없앴거든?
창진	하.. 하하하하하하. (쥐고 있던 젓가락을 방어회에 콱- 꽂는다)
해원	!! (애써 차분히) 완벽하게 없앴어, 정말이야.
창진	우리 사이에 21년이나 묵은 비밀이 있었네? 제발 좀. 의원님!
해원	(마음 단단히 먹고) 이대표가 할 말은 아닌 것 같은데.
창진	뭐?
해원	이유연 시체 말야. 분명히 이대표가 처리한다고, 우리보고 먼저 가 있으라고 했잖아. 21년 동안 난 그렇게 알고 있었는데 그게 왜 그 기집애 집 벽에서 나왔을까?
창진	(천천히 미소, 러시아어) 이 아줌마.. (한국어로) 매력 쩔어~ 우리 도의원님 주름 짜글해질 일 생기면 안 되는데~ (휴대폰 액정 툭- 치며) 남상배 이 인간이, 없는 감정서를 가지고 금고에 있네 뻥카 날리는 건 확실하고?
해원	완벽하게 처리했다니까! 돈을 얼마나 썼는데.
창진	완벽은요, 확실하게 숨통을 끊어놔도 될까 말깁니다, 의원님.
해원	숨통? 사람을? (허~ 해놓고는) 남소장이 캐기 시작하면 이동식 그 자식도 움직일 건데 어떡.. 하지?
창진	움직이긴 누가. 초장에 조져버리면 끝날걸. 완벽이 뭔지 보여드릴게.

창진, 방어 집어 초고추장에 찍어서 입에 넣고 쪽쪽 씹는데.
해원, 휴대폰 들어 '남상배 소장님' 캡처된 문자 내려다보다 삭제 버튼을 쿡- 누른다.

씬15 도해원 의원 선거 사무소 (N, 현재)

해원	그 번호가 21년 전에 쓰던 걸 살린 거였어.
창진	!! (기가 막히다, 러시아어) 이 여자 죽여야 돼?
해원	그걸.. 정제가. 알았는데, 아무튼 그걸 한주원이랑 이동식도 알게 되고,
창진	(한국어) 얼씨구? 잘 돌아간다?
해원	(흠칫-) 초장에 조지면 완벽하게 끝난다며? 이게 끝이야? 이동식 그 새끼가 미쳐서 내 새끼를 잡아먹으려고 날뛰는데, 왜 남상배를.. (차마 말 못 하고 보면)
창진	남상배를 뭐. (눈에 광기가 살짝 서리며) 그 인간을 내가 어쨌는데?!
해원	(크음..)
창진	아드님 지금 어딨습니까.
해원	우리 애는 내가 알아서 할게.
창진	언제부터 알아서 하셨다고. 21년 전에도 알아서 못 하셨잖아.
해원	(대답 않는다)
창진	설마 21년 전 같은 병원에 처넣어두셨어?
해원	그럴 리가 없잖아!
창진	그러니까 지금 어딨냐고!
해원	그게.. 얘가 지금 나이도 있고 직업도 있고.. 또 정제가 정신병원에 있는 걸 상대 후보 측이 알면 좋을 게 하나도 없잖아. 안 그래?
창진	설마 일반 병원에 입원시켜졌다는 스토리?
해원	약물 치료하면 금방 나아질 건데 폐쇄 병동까지는 오바잖아?
창진	아줌마!!
해원	이대표! 제발..
창진	아줌마 새끼 시한폭탄이에요. 내가 완벽하게 처리해줘?
해원	(움찔- 잠시 눈을 내리깔았다가 밖을 향해) 야-! 장비서!

씬16 병원 – VIP 병실 (N)

장비서, 경호원 여럿 데리고 병실 문을 다급히 열고 들어오는데.
우뚝 멈추는 장비서. 흐트러진 병원 침대 위에 아무도 없다!
장비서, 재빨리 침대로 가서 이불 속에 손을 넣어 온기를 확인하는데.

급하게 낚아채 빼버린 링거 주사 바늘 끝에 핏방울이 아직 남아 있다.

씬17   병원 주차장 앞 골목 (N)

손등에 피 얼룩이 진 정제가 주차장을 빠져나온다!
다급히 골목으로 뛰어나오는 그때!
주차장으로 들어가려던 차와 정면으로 마주치며 자동차 헤드라이트가 번쩍!!
정제, 우뚝 멈춰 서는데!!

씬18   문주천 갈대밭 인근 도로 (N, 새벽, 과거 – 2000년 10월 15일)

어두운 길을 질주하던 자동차의 라이트! 라이트를 바라보는 두 눈이 반사되어 번쩍!
약과 술에 취한 20살 정제의 시선에 번쩍이는 그 눈이 와서 박힌다.
사슴.. 사슴이다. 어둠 속 사슴의 실루엣.
그저 두 눈만 형형하게 번쩍이고 있다!
정제, 두 눈을 크게 뜨며! 끼이익-!

씬19   병원 주차장 앞 골목 (N, 현재)

끼이이익-! 멈춰 선 차 앞에 우뚝 서 있던 정제, 스르르 주저앉는다.
재빨리 운전석에서 내리는 남자. 바로 주원이다.

주원	박정제씨? 괜찮습니까. 다친 겁니까.
정제	사슴.. 내가 사슴을! 분명히 사슴을..
주원	박경감님! 정신 차리십시오!
정제	(그제야 주원을 바라보는)
주원	병원으로 돌아가죠. (일으켜 세우려는데)

정제   (주원의 팔을 턱- 잡으며) 안 돼.
주원   네?

정제, 뒤를 돌아보면. 정문 쪽에서 튀어나오는 장비서와 경호원들!

정제   갑시다! 당장!

씬20   동식의 집 앞 골목 - 주원 차 안 (N)

조수석의 정제, 저 앞의 대문을 바라본다. 바로 동식의 집이다.

주원   (조수석 문 잠김 풀어주며) 이동식씨가 지하실에서 지내면 된다고 했습니다.
정제   (겁이 확 들며) .. 지하실이요?
주원   왜요. 다른 곳으로 가고 싶습니까?
정제   .. 그런 건 아니지만.
주원   충청북도 한송시 강을면 오분리 254-1은 어떻습니까.
정제   !!

/INS. 플래시백. 동식의 집 - 지하실 (5회 40씬)
주원   충청북도 한송시 강을면 오분리 254-1. (동식을 똑바로 보며) 한송 정신병
        원.
동식   (멈칫-)
주원   4년 동안 강제 입원. 입원 내내 사슴을 죽였다며 난동을 부리고 발작을 했
        다던데.

/현재. 동식의 집 앞 골목 - 주원 차 안
주원   입원 이유를 정확히 말하면, 사슴 모습을 한 사람을 죽였다..
정제   (동공이 미친 듯 흔들리기 시작한다)
주원   아까 병원 앞에서도, 내가 사슴을, 분명히 사슴을, 이라고 했죠.
정제   .. 나는.. 정말 사슴을 본 기억밖에 없어요. 그게 전붑니다.

주원   이동식씨에게 박정제씨가 과거를 속인 사실을 알렸을 때도, 그 사람은 당신을 의심하지 않았습니다. 나한테 정신 차리라고,

/INS. 플래시컷. 동식의 집 - 지하실 (5회 42씬)
동식   한주원 경위, 정신 좀 차려요. 박정제가 이유연을 죽였다는 증거! 박정제가 강민정을 죽였다는 증거!

/현재. 동식의 집 앞 골목 - 주원 차 안
주원   확실한 증거를 가져오라고 했었죠.
정제   (흔들리던 동공에 눈물이 맺히는데)
주원   지금도 마찬가질 겁니다. 확실한 증거가 나오기 전까진 박정제씨가 무슨 일을 저질렀든 절대로 먼저 묻지도 않을 겁니다.
정제   나는.. 정말.. 다른 건 기억이.. 정말 안 나는 겁니다.
주원   나는 그 말, 안 믿습니다. 이상하게 박정제씨가 자꾸 걸려요. 그렇지만 지금은 아무것도 하지 않을 겁니다. 다시는 작두 타고 싶지 않거든요.
정제   (보면)
주원   남상배 소장님이 말씀하셨습니다.

/INS. 플래시백. 만양 파출소 - 소장실 (2회 26씬)
상배   선무당이 사람 잡는다구.. 우리같이 합법적으로 총 들고 수갑 찬 인간들이 작두 한번 잘못 타버리면 내 이 발모가지가 나가는 게 아니구 그 사람 목을 치는 거야. (자조적 미소) 그게 내가 동식이한테 한 짓이야.

/현재. 동식의 집 앞 골목 - 주원 차 안
주원   다시는 그런 짓을 하지 않을 겁니다. 그러니까, 박정제씨도 하루빨리 기억을 찾아요. 살아 있는 게 악몽인 지옥에서 빠져나와서 이동식씨에게 모든 걸 털어놨으면 합니다.
정제   (눈물 고여 숨을 들이마시는데)
주원   이동식씨는 계속.. 기다리고 있습니다.

씬21 동식의 집 - 지하실 (N)

불을 달각 켜는 정제. 스위치를 올리는 손끝이 미친 듯 떨린다.
천천히 고개를 들면, 유연의 사체가 있었던 벽면이 눈에 들어오는데!

/INS. 플래시컷. 동식의 집 - 지하실 (10회 16씬)
벽면에 붙어 있던 유연의 백골 사체!

/현재. 동식의 집 - 지하실
눈을 질끈 감은 정제, 다시 눈을 떠 벽면을 바라보면 파헤쳐진 벽면만 보일 뿐이다.
양손의 주먹을 꼭 쥔 정제, 어떻게든 견디며 한 발 또 한 발 들어간다.

씬22 만양 정육점 안 (N)

셔터가 반쯤 내려간 정육점 안으로 허리 숙여 들어오는 주원.
둘러앉은 동식, 지화, 재이, 도수, 선녀 그리고 지훈, 광영이 보인다.

주원   (황광영은 왜 있어? 우뚝- 멈추며) .. 문주시 반창횝니까.
광영   한경위님도 멤버였습니까? 우리 파출소에 젤루 늦게 들어온 사람, (하려다
          가) 분이잖아요. 그런데 어떻게 나를 빼놓고. 아 진짜 이경위, 나 정말 심 상
          해. 날 의심까지 하고 말이지.
동식   (하아..)
지훈   아 황경위님. 억울하다 노래 불러서 여기까지 왔으면 쫌- 쉿!
광영   (선녀에게) 임경장님, 얘기 들었어요? 이 사람들이, 여기 오순경이랑 정육점
          사장님이 내 뒤를 쫓았어. 오순경이야 뭐 그렇다 치고! 유사장님, 정말 실망
          입니다.
지훈   (헐) .. 나는 왜 그렇다 쳐?
재이   하.. (물 원샷 한다)
광영   내가 우리 소장님을 어떻게 해쳐? 어떻게 그런 생각을 할 수가 있어? 내가,
          황광영이에요. 대대로 공무원 집안입니다. 우리 아부지는 고향 면사무소에

서 8급까지 하시다 은퇴하셨고, 내 약혼녀는 교육 공무원입니다. 초등학교 선생님!

지화   아- 벌써 피곤하다.

도수   그러게요. (듣지 말라는 듯 선녀 배 위로 얌전히 손을 대고 감싸면)

선녀   (다소곳이 양손으로 배를 함께 감싼다)

재이   (빈 물컵 들고 일어나며) 물 더 드실 분.

모두   (광영 제외, 손 든다)

주원   저는 오늘 들어가보겠습니다.

광영   어딜 가십니까! (제 옆자리 훅- 빼서 탕- 친다)

주원   (아니야, 그냥 갈래)

동식   얘기했잖아요. 만양 사람들은 그렇다고. (옆자리 의자 살짝 빼준다)

지화   안에서 벌어진 일은 안에서 해결한다.

도수   남이 들어와서 우리 중 누굴 까내는 꼴은 못 보죠.

재이   (물 주전자 들고 오며) 똘똘 뭉쳐 적부터 까내죠.

주원   (어쩔 수 없이) 자기들끼리 있을 땐 못 잡아먹어서 안달이라도.. (동식 옆으로 가 앉는)

광영   (칫) 저도 만양 사람입니다.

동식   (무시) 선녀씨, 여기까지 와달라고 해서 미안해요.

선녀   아니요. 손을 꼭 보태고 싶었어요. 남소장님한테 택배가 왔거든요.

지화   택배?

도수   돌아가시기 전에 보내신 거 같은데..

도수, 옆에 놓은 가방에서 무언가를 꺼내는데. 뜨개로 만든 흰 소띠 신생아 신발이다.

주원   (나직이 숨을 들이마신다)

모두   (할 말을 잊고 뜨개 신발을 바라보는)

선녀   (눈물 주륵 흐르며) 우리 희망이가 딛고 설 이 세상이 차갑지 않았음 좋겠다고 적어주셨어요. 제가 가만히 있으면 사람이 아니죠. (쓱쓱 닦고 미소) 죄송해요. 애 낳기 전엔 호르몬이 좀 그렇대요.

동식   정말 고맙습니다.

선녀   자 그럼 시작하겠습니다. (도수 툭- 치면)

도수   (가방에서 서류를 가득 꺼내는데)

CUT TO.
테이블 위에 놓인 것은 유연의 사체 관련 사진과 보고서, 감정서다.

선녀   저는 이유연씨가 차에 치였을 거라고 생각합니다.

주원   (동식을 바라본다)

동식   (묵묵히 듣는)

선녀   이유연씨의 사체는 경골, 그러니까 정강이부터 경추, 여기 목 부분까지 다발성 골절의 소견을 보이고 있습니다. 이런 다발성 골절의 경우 추락사도 의심할 수 있는데, 높은 곳에서 떨어진 사체에선 대개 두개골 골절도 확인할 수 있거든요. 그런데 이유연씨의 두개골에는 골절 흔적이 없었어요.

지화   가해 차량이 어떤 종류였는지 알 수 있어?

선녀   여기 정강뼈가 두 동강이 난 것 보이시죠. 충격 부위에 나비 모양의 골절이 만들어진 것을 보면 범퍼 손상으로 볼 수 있을 것 같고요. 양쪽 정강뼈가 부러진 높이는 무릎 아래 지점으로 같죠. 승용차 범퍼는 대략 50센티 전후인데 급제동을 하면 앞으로 기울면서 범퍼가 낮아지거든요. 그럼 이렇게 무릎 아래에 골절이 생겨요.

광영   아 그럼 승용차에 친 거네?

모두   (저 눈치 없는 놈)

동식   (표정 무거워지는데)

선녀   나비 모양으로 심한 골절이 생기려면 가해 차량이 시속 45km 이상으로 달려야 하거든요.

지화   사건이 발생했던 2000년도면 이 동네에 가로등이 별로 없었는데.

지훈   깜깜한 길을 마구 달린 거네요.

선녀   아마 이유연씨는, 멈춰 서 있었을 거예요.

모두   (보면)

선녀   걷거나 뛰고 있었으면 한쪽 다리에만 골절이 생겼거나, 두 다리에 보이는 골절의 높이가 달랐을 거예요. 사고 당시 이유연씨는 분명히,

씬23 문주천 갈대밭 인근 도로 (N, 새벽, 과거 - 2000년 10월 15일)

달려오는 차를 바라보고 선 20살 유연의 어두운 실루엣.

선녀(E) 정면으로 달려오는 차를 바라보고 서 있었던 거죠.

헤드라이트 불빛을 고스란히 받고 선 그녀의 두 눈이 불빛에 번쩍인다.

씬24 만양 정육점 안 (N, 현재, 시간 경과)

창밖으로 선녀를 부축하듯 안고 가는 도수 보이고.
나 더 있고 싶은데.. 웅얼거리며 지훈에게 끌려가는 광영 보인다.
쯧쯧- 보고 선 지화. 재이, 안에서 셔터를 확- 내려버린다.
드럼통 위, 한쪽에 정리해둔 보고서 위의 유연 사체 사진.
벽면에서 백골이 드러난 상태로 찍은 사진이다. 앉은 동식의 시선이 머물러 있는데.

주원	괜찮습니까.
동식	(바로 주원을 바라보며) 안 괜찮을 일이 있나.
지화	(자리에 앉으며, 주원에게) 정제 만났다면서요.
주원	이동식씨 집 앞에 내려드렸습니다. (동식을 보며) 이동식씨가 지하실에서 지내라고 했다고 말해뒀고요.
지화	지하실? (저도 모르게 유연 사진에 시선)
동식	(설핏- 분노) 언제 내가 그렇게 말했지? 난 기억이 없는데.
주원	박정제씨가 이유연씨의 사망에 관계가 있다면, 기억을 되살리는 데 그곳만큼 적절한 장소가 있습니까.
동식	적절한 장소? 지금 그걸 말이라고!
주원	이유연씨가 발견됐던 장소라서 그렇습니까? 아니면, 친구라서 박정제씨가 걱정돼서 그럽니까.
동식	(주원과 시선 맞붙는다)

지화	그게.. 그 녀석 많이 불안정하다면서요. 몰아붙였다가 완전 나가버리면,
재이	(자리에 앉으며) 그건 정제 아저씨가 감당할 몫이죠.
동식	유재이.
재이	대포폰 번호, 그게 어머니 번호인 거 알고 있었으면서 말해주지 않았다며. 사건 후에 4년 동안 정신병원에 있었고. 그럼 그때 정신적으로 큰 충격을 받았단 거 아니에요?
지화	그건 그런데..
재이	그럼 이젠 기억해내야지. (동식에게) 20년이 넘도록 지겹게 해왔던 일이 뭐예요. 어디서 닮은 사람 봤다고 하면 달려가고, 실망하고, 말도 안 되는 제보에 또 달려가고. 그걸 언니도 정제 아저씨도 지켜봤는데, 정말 기억이 없다면 누구보다 기억해내고 싶은 사람은 정제 아저씨 아닐까. 우리, 어설픈 동정 같은 거 하지 맙시다. (주원을 바라보며) 한주원씨, 잘했어요.
주원	(갑작스러운 말에 눈만 살짝 인사)
지화	(아, 마른세수) 박정제.. 이눔 정말. (속상하다)
동식	(잠시, 천천히 시선을 내리깔았다가) 지화야, 알아낸 게 있다며.
지화	어. 잠깐만. (가방에서 등기부 등본을 꺼내며) 문주서 후문에 있던 빌라 말야, 도수가 떼어온 등기부 등본인데, JL건설 이전에 소유했던 사람, 이창진에게 그 빌라를 매매한 사람이 누굴 꺼 같아?
주원	(설마) .. 도해원?
지화	맞아요. 1999년에 매수하고서 2000년 11월 말, 그러니까 사건 직후에 이창진에게 넘겼어요. 시세의 절반 정도의 헐값에.
재이	경찰서 후문 쪽은 시내 중심이잖아요. 문주에서도 노른자위 아니에요?
동식	(끄덕이며) 아마 그 일대가 이번 개발 사업에 포함되어 있을걸.
주원	그 빌라 한 채만 넘겼습니까?
모두	(보면)
주원	그 건물만 개발 사업 권역에 포함된 건 아닐 텐데요.

CUT TO.

| 지화 | (도수와 통화 중, 휴대폰에) 어. 누구? 금액은? (잠시) 수고했어, 도수야. (끊고) 도해원 의원이 1999년부터 주변을 야금야금 사들였는데, 지난 20년간 3분의 2 정도를 매도했대. |

동식	누구한테.
지화	이창진.. 정철문.. 이강자.
동식	! (굳는다)
재이	(기막히다) 허..
주원	이강자가 누군데요.

씬25   만양 파출소 안 (D, 오후, 과거 – 9회 13씬)

길구 처, 머리에 검은 봉다리 쓴 상태로 동식 앞에 앉아 있고.

동식	형수님. 저, 딱 한 번만 묻습니다. 판돈으로 사용한 중국 위안화, 누구한테 빌린 겁니까.
아줌마들	(꿈쩔- 서로 눈치만 보는. 특히 싸롱 주인에게 시선)
상배	(표정이 심각, 싸롱 주인을 내려다보는데)
길구 처	(잠시, 고개를 절레절레! 조개처럼 입술을 꼬옥- 깨문다)
길구	(버럭) 이눔의 여편네가! (처에게 달려든다!)
길구 처	옴마마-! (벌떡 일어나 도망친다!)

동식 앞 컴퓨터 화면에 떠 있는 현행범 체포서의 이름란에 써 있는 건 바로 이강자다.

동식(E)	.. 조길구 경사님 사모님,

씬26   만양 정육점 안 (N, 현재)

동식	.. 이강자씨.
주원	(흠) 그럼 조길구씨한테 증여한 거네요.
지화	네. 돈 대신 땅을 준 거죠.
동식	땅을 줬다.. 이런 경우엔 둘 중 하난데. 협박을 받았거나, 어떤 일에 대가를 지불했거나.

지화	정철문 서장한테는 완전 헐값에 매도했더라고.
재이	그쪽부터 먼저 알아보는 게 어때요.
동식	정철문.. 서울청에 있을 때도 돈 받아먹은 인간이야.
지화	맞다. 그래서 문주서로 내려왔단 소문이 있었어. 좌천성 인사.
동식	절대로 순순히 불지 않겠지.

/INS. 플래시컷. 일식당 - 2번 룸 (동 회 4씬)
훔쳐보던 1번 룸의 정서장, 구급차가 온다는 말에 아이씨- 다급히 방을 벗어나는데.
주원, 전화를 끊으며 보면 도망치듯 벗어나는 정서장 모습에 기막히다.

/현재. 만양 정육점 안

주원	그렇겠네요. (지화에게) 조길구씨나 정서장은 도해원씨와 감정서 관련해서 연관되었을 가능성이 있지만, 이창진한텐 땅을 왜 넘긴 걸까요.
지화	그래서 내가 이창진을 만나서 쪼아보려고 했는데, 우리 거머리 전 남편이 연락 두절이네요?
주원	도해원씨가 조길구씨한테 증여한 때가 언제라고 합니까.
지화	그건 2020년이라고 했어요.
주원	조길구씨는 시키는 대로 했고 감정서를 건네줬다고 했습니다.

/INS. 플래시컷. 만양 정육점 안 (11회 47씬)

길구	(동공 마구 흔들리며) 아.. 아니야. 아니라고. 나는 시키는 대로, 그냥 다 시키는 대로,
길구	그거 아닌데. 내가 분명히 건네줬고 그래서 세상에 없어야 하는 게 정상인데,

/현재. 만양 정육점 안

주원	도해원씨가 조길구씨에게 협박을 당했든 대가로 지불한 것이든, 사라진 감정서 때문에 땅을 증여했다면, 2020년이라는 게 이상하지 않습니까?
재이	그렇죠. 사건은 2000년인데.
동식	만약.. 2020년 한 번이 아니라면?
지화	2000년부터 협박해서 주욱- 받아먹었다?

재이	20년이요? 그걸 어떻게 증명해요?
주원	제가 복직한 날 말입니다.
모두	(보면)
주원	이강자씨 체포되지 않았습니까.

씬27　문주 경찰서 – 수사과 앞 복도 (D, 다음 날 오후)

지화, 수사과 사무실을 흘끔 들여다보면. 경제팀 책상 앞에 길구 처와 싸롱 드 만양 주인, 훼리가나 치킨집 주인 기타 등등의 아줌마들이 앉아 아수라장이다! 아 나는 모르는 일이라고! 내가 왜 여기 와 있어야 하냐고! 우린 그냥 논 거여! 적적해서 놀았다고! 그중 유일하게 한마디 말도 못 하고 고개 푹 숙이고 앉은 길구 처.

경제팀장	(나오며) 와씨- 아줌마들 장난 아니네. 귀 따거서 돌아버리겠네!
지화	(피식-) 뭐 좀 나왔냐.
경제팀장	왜.
지화	아니 뭐 그냥.
경제팀장	(급 미소) 아유~ 우리 요 귀여운 오지화! 덕분에 나 특진하겠다?!!
지화	뭐?

경제팀장, 주위를 살피더니 수사과 사무실 안 회의실로 지화를 끌고 들어간다.

씬28　문주 경찰서 – 수사과 회의실 (D, 오후)

경제팀장	저 아줌마들 마작 놀이에 판돈 댄 중국 애들! 걔들이 지금 서울청에서도 눈독 들이고 있던 따거파 애들이란다!
지화	(허...)
경제팀장	(바로 손에 USB를 쥐여주며) 여기 있습니다. 감사합니다~!
지화	끝까지 잘 털어. 서울청에 뺏기지 말고.
경제팀장	넌 이강자 저 아줌마 계좌 내역 갖고 뭐 할 건데? 20년 내역을 다 들여다보

려고?

지화　그건 내가 알아서 할게요.

경제팀장　그러시든지. 고맙다~ 큰 빚 졌다! 내 꼭 갚으마! (사무실로 나가는데)

지화　(고개 숙인 길구 처가 눈에 들어온다) 스톱. 멈춰봐.

경제팀장　(문 연 채로) 왜에..

지화　그 빚 지금 갚아야겠다.

경제팀장　뭐?

지화　특진이 눈앞이라며.

경제팀장　(나직이 한숨) 말해.

지화　(길구 처를 가리키며) 이강자씨 따거파 걔들이랑 상관없는 사람인 거 알잖아. 속아서 계좌 정보 알려주고 환전 수수료 좀 받은 거 아냐? 기소 유예로 마무리될 수도 있을 거 같은데.

경제팀장　뭐, 그럴 수도.

지화　공정하게 처벌하되, 조사할 때 너무 무섭게 하진 말아달라고.

씬29　문주 경찰서 – 수사과 사무실 (D, 오후)

경제팀장　(회의실에서 나오며) 호선아, 이강자씨는 내가 맡을게.

지화　(뒤따라 나오며 경제팀장 등짝을 주먹으로 쿵- 치며 속삭) 고맙다.

경제팀장　(회의실 옆에 선 사람을 홀끔) 어떻게 오셨습니까.

지화 보면, 핼쑥해진 길구가 서 있다.

씬30　문주 경찰서 후문 앞 주차장 – 강력계 승합차 안 (D, 오후)

승합차 안, 안쪽에 앉은 길구와 문 쪽에 앉은 지화.
조수석 문을 열고 누군가 올라타는데, 동식이다.

길구　(겨우 미소) 동식이도 와 있었구나.

동식	(답 없이 차 문 탕- 닫고)

지화 (주머니에서 USB 꺼내서 조수석의 동식에게 건네준다) 이강자씨 20년 계좌 내역.

길구 (흠칫)

동식 (받으며) 수고했어.

지화 아시겠지만, 우리가 사모님 엮었어요. 원망하려면 하시고,

길구 (바로) 아니여. 우리 집사람 선처 부탁한 거 다 들었어. 다 내 잘못인데, 누굴 원망해. 내가 죽일 놈이여.

지화 2000년부터 사모님이 사용한 계좌 내역, 들어가서 꼼꼼히 들여다볼 거예요.

길구 돈 받은 게 나오겠지.

동식 (백미러로 길구를 보며) 도해원한테?

길구 (애절) 동식아, 너도 우리 딸 알잖아. 너도 귀여워했잖아. 걔가 하고 싶은 게 참 많은데, 아부지 잘못 만나서 나 혼자 버는데 순경 벌이가 그렇잖아?

동식 이 뭔 엿 같은 소리지. 지화야, 어디서 많이 들어본 스토리 아니냐.

지화 자기가 순찰하던 금은방 턴 인간한테도 들었고, 돈 있는 친구 납치 사주하면서 납치범한테 경찰 동료들 속여 넘기는 방법 가르쳐준 미친놈한테도 들었지.

길구 (고개를 숙이는데)

지화 경찰이 국민의 세금으로 월급을 받니 어쩌니 그딴 말은 다 집어치운대도, 다 같은 월급 받으면서 시작하는데 우리가 다 조길구씨 같은 선택을 하는 건 아니거든요?

길구 (고개를 숙인다) 미안해.. 미안합니다. 동식아. 정말 미안하다.

동식 나한테 고개 숙이지 마요. 도해원이 바보도 아니고 자기 명의로 당신한테 돈 보내진 않았겠지. 그런데요, 조길구씨. (훅- 돌아본다) 나 알지?

길구 (떨리는 눈으로 보면)

동식 물고 늘어질 거, 찢어 발겨버릴 거 알지? 니가 한 짓 죽어도 잊지 않을 거 알지? 당신도 잊지 마. 남상배.. 그 사람을 평생 잊지 말라고.

길구 (부들부들) 동식아, 잘못했다. 죽을죄를 지었어. 근데 난 도해원한테 전화하고 문자 보낸 것밖에 없어. 소장님이 거기 폐차장엘 왜 가게 된 건진 정말 몰라. 소장님이 감정서 가지고 있다고 자꾸 만나자고 해서, 그 문잘 도해원 의원한테 보낸 것밖에 없다고. 다 말해줄 수 있는데, 자수는 못 해, 동식아. 우

리 딸 시집은 가야 할 거 아녀. 경찰 그만두고 연금 다 포기하고 집사람 데리
고 멀리 가서 살게. 응?

지화　(하..) 가지가지 하네.

동식　(감정 누르며 나직이) 2000년 그때 도해원한테 감정서 건네준 겁니까?

길구　(끄덕이며) 원본을 건네주고,

씬31　문주천 갈대밭 인근 도로 (D, 오전, 과거 – 2000년 10월 16일)

32세의 길구, 쭈뼛거리며 길가에 주차된 차량으로 다가서면.
운전석의 창문이 조금 열리는데, 45세의 도해원이다.
길구, 손에 든 감정서 봉투를 창문 사이로 내밀면. 해원, 같은 봉투를 건네주는데.

길구(E)　다른 걸 받아서. 그걸..

씬32　문주 경찰서 – 강력계 복도 (D, 오전, 과거, 11회 43씬 동일)

39살의 상배, 길구에게 기타 피크 감정서를 받는다.

상배　기타 피크? 벌써 나왔어?

길구　네네. (꾸벅– 인사하고 간다)

상배　(다급히 열어보고 난감) 아씨.. 없어?

감정서의 결과에 '검출된 지문 및 DNA, 기타 물질 등 없음'으로 쓰여 있다.

씬33　문주 경찰서 후문 앞 주차장 – 강력계 승합차 안 (D, 오후, 현재)

길구	남소장님한테 줬어.
지화	(하..) 감정서를 조작한 거예요? 원본에서 뭐가 나왔는데?
길구	나도 몰라. 진짜야. 열어보지 말랬고 열어보지 않았어.
동식	(분노 누르며) 바꿔치기만 해줬는데, 도해원이 20년 동안 돈을 줬다?
길구	그게.. 내가 눈치껏 넘겨짚어서.
동식	뭘.
길구	도의원님이 한 번은 나한테 이런 말을 한 적이 있었어. 당신이나 나나 자식이 웬수라고.
지화	!
길구	나는 그래서.. 그 기타 피크에서 정제가 범인인 증거가 나왔을 거라고..
동식	!!!!

씬34 동식의 집 - 지하실 (N)

파헤쳐진 벽면과 멀찍이 떨어져 등 돌린 낡은 소파에 웅크리고 누워 잠이 든 정제.
어두운 지하실에 번쩍- 불이 들어온다. 누군가 쿵쿵- 정제에게 다가오는 소리.
정제, 가늘게 눈을 뜨면. 커다란 해머가 눈앞으로 훅- 다가온다.

정제	!!!!
동식	(분노한 채, 해머를 정제 얼굴 코앞에서 멈췄다) 일어나, 이 새끼야.
정제	.. 동식아..
동식	(해머를 다시 위로 치켜들며) 일어나라고, 이.. (더 말 못 잇고, 천천히 해머를 바닥에 내리며) 일어나, 박정제.
정제	(소파에서 천천히 일어난다)
동식	너, 내가 딱 한 번 묻는다.
정제	(흐읍- 마음의 결심을 하는데)
동식	우리 유연이.. 니가 죽였어?
정제	아니, 아니 모르겠어.
동식	모르겠어?
정제	동식아, 나 정말 기억이 안 나. 내가 분명히 사슴을 친 것 같은데.

동식 사슴 모양을 한 사람이 아니라?!!
정제 그건.. 그건...

/INS. 플래시컷. 문주천 갈대밭 인근 도로 (동 회 18씬)
어두운 길을 질주하던 자동차의 라이트! 라이트를 바라보는 두 눈이 반사되어 번쩍!
사슴.. 사슴이다. 어둠 속 사슴의 실루엣.

/현재. 동식의 집 - 지하실
정제 (눈을 부릅뜨며) 사슴이야. 확실해. 사슴이었어.
동식 그런데 왜 네 어머니가 20년 동안 돈을 뜯겨?
정제 뭐?
동식 조길구, 정철문, 이창진 같은 새끼들한테 왜 돈을 뜯기고 살아!
정제 !!
동식 자식이 웬수라는 말을 하면서 왜 돈을 뜯기고 살아!
정제 !!!
동식 뭐가 나온 거야. 내 기타 피크! 방주선 현장에서 발견된 내 기타 피크! 너랑
   관련된 뭐가 나온 거야!!
정제 (부들부들 떨기 시작하며) 몰라.. 나는.. 정말.. 정말 몰라.
동식 몰라, 몰라, 몰라, 몰라! 기억이 안 나, 아무것도 몰라! 내가 그딴 소릴 들으려
   고 지금까지 너한테 단 한 번도, 왜 그랬는지 묻지 않았던 것 같아?
정제 .. 동식아.. 나는 정말..
동식 단 한 번도 너한테 왜 그랬는지, 왜 말하지 않는지 묻지 않았어. 민정이가 죽
   은 날 밤, 나랑 같이 있었다고 니가 거짓말했을 때도!

/INS. 플래시백. 문주 경찰서 - 후문 앞 주차장 (4회 40씬)
동식 허리 배겨 죽을 거 같거든? 거짓말할라문 빨리 하던지. (두유에 빨대 꽂아
   쭉- 빨아 먹는다)
정제 거짓말? 누가? 나 그날 너랑 같이 있었잖아.

/현재. 동식의 집 - 지하실
동식 그날 밤 민정이랑 같이 있었던 사람이 너란 걸 알았을 때도!

/INS. 플래시백. 도로 (5회 37씬, 43씬)

민정   정제 오빠. 여기서 뭐 해요?

정제   (천천히 미소 지으며) 민정이 너, 데려다주러 왔지.

/현재. 동식의 집 – 지하실

동식   4년 동안 정신병원에서 처박혀 있었으면서, 미국에 있었다고 속인 걸 다 알
        았을 때도!

/INS. 플래시백. 문주 경찰서 – 유치장 (7회 34씬)

정제   (두 팔 벌려) 오 동식~ 마이 프렌. 면회를 다 오고. 나이스 투 미츄~!

동식   미국 땅 밟아본 적도 없는 놈이 나이스 투 미츄는.

정제   (멈칫했다가 너스레) 알고 있었으면 말 좀 해주지. 안 되는 영어 섞느라 인생
        진짜 피곤했다.

동식   적당히 하고 나와. (돌아서는데)

/현재. 동식의 집 – 지하실

동식   내가 그 집을 다 깨부수고,

/INS. 과거. 만양 슈퍼 안채 – 안방

온통 깨부숴진 바닥과 벽을 둘러보는 정제.

/현재. 동식의 집 – 지하실

동식   (다시금 해머를 쥔 손에 힘이 들어간다) 내가 어떻게 유연이를.. 찾았는지 다
        봤으면서도,

/INS. 과거. 동식의 집 – 지하실 (10회 16씬 추가)

벽에 파묻힌 유연의 백골 사체 앞에서 조심스레 발굴 중인 홍철과 선녀.

정제, 성큼성큼 들어오다 우뚝– 멈춰 선다.

정제(E)   유연아..

/현재. 동식의 집 - 지하실

동식　　나는 너한테 묻지 않았어. 너한테 기회를 줬어. 그런데 넌 약을 처먹어가면서
　　　　　도.. 나한테 한 마디도 하지 않아. 그저 몰라! 몰라! 기억이 안 나! 아무것도
　　　　　몰라!

정제　　(눈물을 주룩 흘리며).. 동식아! 난 정말 아무것도, (하는데)

동식　　이동식이 절친한 친구라고 했습니다. 맞나요. 네, 맞습니다.

/INS. 과거. 동식의 집 - 지하실

지하실 벽에 붙은 박정제의 참고인 진술 조서.

'문: 이동식이 절친한 친구라고 했습니다. 맞나요. 답: 네. 맞습니다.'

/현재. 동식의 집 - 지하실

정제　　!!

동식　　이동식이 평소 사용하는 기타 피크에 대해 알고 있습니까.

/INS. 과거. 동식의 집 - 지하실

지하실 벽에 붙은 박정제의 참고인 진술 조서.

'문: 이동식이 평소에 사용하는 기타 피크에 대해 알고 있습니까.

답: 네. 기타랑 기타 피크를 산 날 자랑을 해서 기억납니다.'

/현재. 동식의 집 - 지하실

동식　　네. 기타랑 피크를 산 날 자랑해서 기억합니다.

정제　　!!!

씬35　문주 경찰서 - 조사실 (D, 과거 - 21년 전)

얼어붙은 20살의 정제가 의자에 앉아 있고.

마주 보고 앉은 사람은 현재의 동식이다!

동식   14일, 이동식이 오두막에서 기타를 친 적이 있습니까.

20살 정제 (벌벌 떨며) 자.. 잘 모르겠습니다.

동식   이동식이 기타 피크를 꺼낸 적이 있습니까.

20살 정제 자... 잘.. 모르겠어요.

동식   이동식의 동생, 이유연과 아는 사입니까.

20살 정제 .. 네.

동식   잘 알았나요.

20살 정제 .. 저요? 아.. 아니요.

씬36   동식의 집 - 지하실 (N, 현재)

굳어버린 20살 정제 앞에 가까이 선 동식!

동식   (정제를 노려보며) 이유연에게 만나는 사람이 있었나요!

20살 정제 (저도 모르게) 그.. 그건..

동식   평소 이유연과 따로 연락했나요!

20살 정제 나.. 나는..

동식   이유연에게 문자하거나 문자 받은 사실 없나요!

20살 정제 그.. 그게..

동식   이유연을 밖에서 따로 만난 적은 있나요!

20살 정제 (부들부들 떨기 시작하는데)

동식   공일일 공칠팔공 일이삼사, 이 번호에 대해 아는 바가 있습니까.

20살 정제 그.. 그건..

동식   넌 그 모든 질문에, 아니요! 모릅니다! 그저 모릅니다!! 라고 대답했어.

그 순간, 고함치는 동식 앞에 20살 정제와 현재의 정제가 마구 교차되며!!

동식   정말 몰라?

20살 정제 모.. 모..

동식   아무것도 몰라?!

정제	모.. 모..
동식	정말 몰라?
20살 정제	(고개를 내젓는)
동식	아무것도 몰라?
정제	(고개를 내젓는)
동식	박정제!!!!
20살 정제	!!
동식	박정제!!!!
정제	!!!!

정제, 미쳐버릴 것 같다. 머리를 쥐어뜯는 바로 그 순간!

씬37 문주 심주산 일각 (N, 새벽, 과거 - 10회 32씬 실제)

술 취한 20살의 정제가 20살의 유연이와 마주 보고 서 있다.

20살 유연 이런 모습 보여주려고 이 시간에 여기까지 부른 거야?

20살 정제 너 대학 가고, (딸꾹) 나 미국 가면 못 보니까.. (딸꾹) 여친이 많이 보고 싶어서 그랬징. (안으려는데)

20살 유연 (뒤로 훅- 물러나면)

20살 정제 (피식) 유연아. 오늘이 날인 것 같다. (주머니에서 동식의 기타 피크 꺼내서 보여주며) 니네 오빠 저기서 뻗어 자고 있어. 우리 사귄다고 들어가서 말해버리자. (손잡으려는데)

20살 유연 (확 뿌리치며) 공일일 공칠팔공 일이삼사. 네 명의도 아닌 대포폰으로 연락하는 거나 그만하고 말하자고 해.

20살 정제 뭐?

20살 유연 갈게. 따라오지 마. (돌아서 간다)

20살 정제 이씨. (들고 있던 대포폰 바닥에 던져버리며) 야-! 나 너 안 따라간다? 진짜 안 따라가!

유연, 산길을 홀로 내려가기 시작한다!
저 멀리 사라지는 유연을 정제가 휘청거리며 보고 있다.

씬38 심주산 사슴농장 - 오두막 안 (N, 새벽, 과거)

야전침대에 침낭을 돌돌 싸고 돌아누운 20살 동식의 실루엣이 보이고.
들어온 20살 정제, 바닥의 가방에서 정신과 약을 꺼내 입에 털어 넣고, 양주를 마신다.
정신이 몽롱해지는 정제. 시간이 5분.. 10분.. 15분.. 그렇게 흐르다, 정신이 번쩍 들며!

20살 정제 ... 유연아..

씬39 문주천 갈대밭 인근 도로 (N, 새벽, 과거)

소형 승용차 한 대가 어두운 갈대밭을 달리고 있다.

씬40 문주천 갈대밭 인근 도로 - 정제 차 안 (N, 새벽, 과거)

자동차 속 시계가 03시 38분으로 탁- 넘어간다.
술과 약으로 엉망인 정제가 액셀을 밟고 있다. 시속 40.. 50.. 60.. 킬로.
그때, 저쪽에서 무언가 웅크린 듯한 실루엣이 보인다.
정제, 정신을 차려보려 애쓰는데. 헤드라이트 불빛이 번쩍!
웅크린 실루엣에 빛이 반사되며! 쓰러져 웅크려 누운 두 눈이 20살 정제의 시선에 박
힌다! 웅크린 그것은, 유연이다.

20살 정제 .. 유연아...

쾅-! 끼이이익-!

씬41 동식의 집 - 지하실 (N, 현재)

정제   (머리를 쥐어뜯으며 눈물범벅이 되어서) 내가.... 죽였어.

동식   !!

씬42 문주천 갈대밭 인근 도로 - 정제 차 안 (N, 새벽, 과거)

차에 치인 유연이를 내려다보는 20살의 정제.
정신이 완전히 나가 머리를 쥐어뜯는데. 주머니에서 툭- 빠지는 기타 피크.

20살 정제 어... 어... 어어어!

씬43 동식의 집 - 지하실 (N, 현재)

정제   어.. 어어..! 내가.. 유연이를.. 쓰러진 유연이를.. 차로 치어 죽였어. (무릎을 털
          썩 꿇으며) 날.. 죽여줘, 동식아.

동식   !!!!!!! 그래, 이 개새끼야!!! (해머를 치켜드는데!)

씬44 동식의 집 - 마당 (N, 시간 경과)

대문을 열고 뛰어 들어오는 주원.
유연이 손가락이 놓였던 돌을, 낡은 동물 가족 장식품을 지나쳐 지하실로 달려가는데!

씬45 동식의 집 - 지하실 (N)

동식이 소파에 앉아 있다. 그 옆에 세워진 커다란 해머. 정제는 없다.

주원	(다급히 들어오며) 문자 받고 바로 오는 길입니다. 박정제씨가 자백했다면서요. (주위를 둘러본다) 어딨습니까.
동식	.. 집에 있겠지. 지 엄마랑.
주원	무슨 소립니까. 보냈어요? 가는 걸 잡지 않았습니까!
동식	가라고 했어요.
주원	당신 미쳤습니까? 이유연씨 죽였다고 자백했다면서요! 당장 서로 넘겨서 자백받고 처벌해야, (순간 멈춘다) 당신 또.. 뭐 하는 거야?
동식	내가 뭐얼.
주원	뭘 꾸미는 거야?! 박정제를 이용해 또 미끼를 놓고 어쩌고 그딴 짓 하는 거냐고!
동식	(흘끔 올려다보더니 일어난다) 그럼 안 되나.
주원	당신은 아직도 배운 게 없습니까. 남상배 소장님이 살해당했어요. 누가 또 죽어 나갈지도 모르는데, 그 짓을 다시 시작하는 겁니까!
동식	배운 게 도둑질이라, (지나쳐 가려는데)
주원	(이 새끼가! 앞을 탁- 막아서며) 박정제가 도해원하고 손잡으면 어쩔 겁니까.
동식	(가만히 본다)
주원	그 두 사람은 가족입니다, 가족! 박정제가 당신 생각대로 움직이지 않으면 어떡할 거냐고! 혹시 당신 아직도 박정제 믿어? 진실을 알게 됐는데도, 그딴 믿음은 깨지지 않는 겁니까!!
동식	한주원 경위, 당신은 어때요.
주원	뭐?
동식	당신 가족이 당신이 생각지도 못한 일을 저질렀다면 말이야. 당신은 손.. 잡을 겁니까.
주원	지금.. 무슨 수작입니까..
동식	한주원 경위는 가족 같은 거에 의미 두는 사람이 아니잖아. 그럼 나는 한주원을 믿어도 되나. 진실을 알게 되어도 깨지지 않을 정도로.

그때, 주원의 휴대폰에 미친 듯 문자가 들어오기 시작한다. 지잉- 지잉- 지이이잉-!
동식의 휴대폰에도 지이잉- 문자가 들어온다. 동식, 휴대폰을 꺼내서 확인하면.
'오지화: 긴급 인사. 한기환, 청장 내정.'

동식, 소파 위에 놓인 리모컨을 들어 TV 켜면, 음소거 된 뉴스 화면이 쏟아져 나오는데.
화면을 가득 메운 사람은 제복을 입은 채 단상에 서서 미소 짓고 있는 한기환이다!
아래로 흐르는 자막. '한기환 경찰청 차장, 경찰청장 내정!'

주원   !!
동식   우리 한경위 아버님께서 대한민국 경찰 1인자가 되셨네. (고개를 숙이며) 축
          하드립니다, 한주원 경위님.

동식이 천천히 미소 지으며 고개를 드는데.
이 인간이 왜 이러는지, 도무지 주원은 알 수가 없다.
그리고 그 둘의 사이, TV 화면에 가득 잡힌, 환하게 미소 짓는 한기환.

씬46   문주천 갈대밭 (N, 새벽, 과거 - 11회 63씬)

깊은 밤, 바람도 없는 고요한 갈대밭. 그 위로 자막. '2000.10.15. 03:04'.
쓰윽- 투욱- 쓰으윽- 누군가 제 몸을 질질 끌면서 도로를 걷는 소리가 들린다.

씬47   문주천 갈대밭 인근 도로 (N, 새벽, 과거 - 동 회 23씬 이어)

달려오는 차를 바라보고 선 유연의 어두운 실루엣.
헤드라이트 불빛을 고스란히 받고 선 그녀의 두 눈이 불빛에 번쩍인다.
한 마디씩 잘린 유연의 손끝에서 피가 뚝.. 뚝.. 떨어지고 있다.
부우웅- 속도 내는 자동차, 유연을 쾅- 들이받는다!
후욱- 날아가 툭- 떨어지는 유연.
멈춰 선 자동차.. 잠시 후, 운전석에서 누군가 비틀거리며 내리는데.
차에서 내린 사람은, 눈이 벌겋게 충혈된 38살의 한기환이다.

- 12회 끝 -

13회

묻다

괴물

씬1　문주 외곽 한정식집 - 마당 (N, 과거 - 2000년 10월 14일)

38세의 한기환, 운전석에서 내리는데. 12회 47씬에서 유연을 들이받았던 그 차다.
심기가 불편한 얼굴의 기환, 한정식집으로 걸어 들어간다. 그 위로,
자막. '2000.10.14. 22:10'.

씬2　문주 외곽 한정식집 - 룸 (N, 과거 - 2000년 10월 14일)

나란히 앉은 45세의 해원과 29세의 창진. 술을 꽤 마셨는지 불콰해진 얼굴.
창진, 마주 앉은 기환에게 술을 따라주려는데.

기환　(술잔 막으며) 운전하고 가야 해서.

해원　아유~ 서장님, 늦게 오셔놓구. 그토록 염원하던 문주 재개발이 코앞에 다가
　　　　왔는데요. (잔 내밀며) 축하해요! 시행사 진리건업 떼돈 벌겠어~

창진　(해원에게 술 따르며) 우리 광효재단 도해원 이사장님은 이번 개발을 발판으
　　　　로 정계 진출 꼭 하시고요.

해원　땡큐~

창진　이 모든 건, 알박기 들어간 지주들 정리할 수 있게 눈 딱 감아주신 문주 경

찰서장님 덕분입니다. (술병 다시 내미는데)

기환 (표정 좋지 않다) 얼굴 봤으니 나는 이만. (일어서려는데)

창진 시공사 입찰 뭐 다 눈 가리고 아웅 하는 쇼라지만,

기환 (멈춰 선다)

창진 진리건업이 한서장님 처가댁 오일건설 말구 다른 건설사 찍으면 어떡하죠? (계속 술병 든 채로) 제 팔이 저려서 실수할 것 같습니다?

기환 (이 새끼가..)

해원 (겨우 미소) 왜 그래.. 이대표.

창진 돈은 죽었다 깨나도 싫다시고, 시공사로 처가를 선정해달라, 오케이~ 손잡았으면 한배 탄 건데, 깡패 새끼랑 술 한잔도 못 섞는 건가.

해원 깡패? 무슨 소리야~ 어엿한 사업가한테. (기환을 애타게 본다)

기환 (짜증이 머리끝까지 올라오지만, 다시 자리에 앉으며) 공직에 있다 보니 차를 가지고 오면 음주하지 않는 게 버릇이라.

창진 (술병 든 채) 아 그렇습니까.

해원 (눈치 보다) 서장님, 한잔만 하세요. 어서 따라드려, 이대표.

기환 (낮은 한숨, 술잔을 든다)

창진 (피식, 술 졸졸 따라주며) 제가 입도 무겁고, 쓰임새가 많은 인간입니다. 자주 찾아주십시오.

기환 (그럴 리가. 술 받아서 부딪히지도 않고 훅- 마셔버린다)

해원 어머! 술이 고프셨나 보네.

기환 (창진이 들고 있는 술병 빼앗듯 낚아채며) 이대표도 한잔 받지.

창진 (빙긋~ 술잔 공손히 들어 내민다)

기환 (따라주며) 이대표님께서 조석으로 태권도장에 드나드신다고?

창진 (멈칫 보면)

기환 (술병 내리며) 문주의 안전과 범죄 예방이 내 책임이라.

창진 (피식) 문주의 안전 중요하죠. 저한테 복덩인데. 돈 벌고 사랑도 하고.

해원 사랑? 이 동네 아가씨? (순간 싸늘) 혹시 만양 태권도집 딸 오지화?

창진 우리 지화 아세요? 지화도 광효 나왔나?

해원 우리 아들 동창인데, 개랑 눈 맞은 거야?

창진 맞은 건 아니고, (부끄) 제가 쫓아다닙니다. (기환의 잔에 술 따라주며) 결혼하려고요.

해원	뭐?!
기환	(술 받으며) 괜한 입소문에 오르내리지 말고, 사업만 하시지.
창진	(미소) 왜요. 서장님도 사랑에 눈멀어 처가댁 돕는 거 아닙니까?
기환	(표정이 싸늘하게 굳으며 다시 술을 쭉- 마시는데)
해원	정말 개가 좋아? 왜?
창진	어깨 좀 잡았다고 탁 막고 지르기 훅 날리는데 눈빛이 반짝이는 게.. (미소) 멋있었어요.

씬3   경찰청 - 주차장 (N, 현재)

모자를 눌러쓴 지화가 성큼성큼 걸어 낡은 승용차로 향한다. 그 위로,
자막. '2021. 02. 15 - 현재'.

씬4   경찰청 주차장 - 도수 차 안 (N)

몸 낮춘 지화, 낡은 승용차 조수석에 올라타면. 운전석의 도수가 상체 낮춰 앉아 있고.

지화	(상체 낮춰 앉으며) 3786(차 넘버) 이창진 차 확실해?
도수	저 앞에 VIP 주차 구역 맞은편 보이십니까?

지화, 고개 살짝 들어 도수가 가리킨 쪽 보면.
창진의 차가 기환의 자동차와 인접한 대각선에 주차되어 있다.

도수	차 안에 앉아 있습니다. 한 시간쯤 된 것 같습니다.
지화	경찰서를 젤루 싫어하는 우리 이창진씨께서 본청까지 왕림하셔서 누군갈 기다리고 계시다?
도수	입구 방명록 확인해봤는데요. 본청에 왕림하신 게 첨이 아니더라고요.
지화	(보면)
도수	작년 11월 5일에도 왕림하셨는데, 방문한 곳이 자그마치 차장실.

지화 차장실? 한기환 차장님?

도수 네. 한주원 경위 아버님이요.

지화 (표정 복잡해진다)

도수 여기 경호계에 선배가 있거든요. 11월 5일쯤 차장님 같은 윗선에 무슨 일 없었냐고 물었더니, 그렇지 않아도 차장실 비서가 전활 했대요. 인상이 안 좋은 40대 남성이 찾아왔는데 분위기가 심상치 않다고요.

씬5 경찰청 - 차장실 (D, 과거 - 7회 42씬 동일)

기환 동업자? 누가.

창진 누구긴. 우리. 20년 전부터 쭈욱.

기환 (서늘하게 노려보면)

창진 (지지 않고 보며) 내가 원하는 건 딱 하나라고 말씀드린 것 같은데.. 자꾸 깜빡깜빡하시는 것 같아서 다시 말씀드립니다. 연쇄, 살인... 이딴 건 문주에 달라붙으면 안 돼요. 문주엔! 개발, 아파트, 허가, 착공.. 이런 게 찰떡같이 붙어야 한다니까? 근데 왜! 살았는지 죽었는지 모를 년한테 문자가 오니 안 오니 난리 부르스를 추더니, 짭새노무 시끼들이 다 기어 나와서 문주시 만양읍 바닥을 다 뒤집어엎고 다니는 거지? 한 집 한 집 아주 탈탈 털어대서 다들 꽥꽥대고 난린데! 내가 여기까지 와요, 안 와요?

기환 (흐음... 보다가 툭) 이대표. 연쇄, 살인, 그거 문주에서 떼지 못할 거야.

창진 뭐? 야이- 씨! (벌떡 일어나는데)

기환 야- 이 개새끼야! 처앉아서 마저 들어!!

씬6 경찰청 주차장 - 도수 차 안 (N, 현재)

지화 (심각해서는) 그래서?

도수 10분도 안 돼서 다시 전화가 왔대요. 아무 일 없었다구, 괜히 설레발 친 것 같으니까 기록엔 남기지 말아달라고.

지화 (앞창 너머 창진의 차에 시선 꽂은 채 생각에 잠기는데)

도수	... 차장님이 사건에 연루된 거면요, 그럼 한경위님은.. (말 못 잇는데)
지화	강도수. 그거 아직 입 밖에 낼 타이밍 아니다.
도수	넵. (해놓고) 저는 이제 한경위님도 우리 팀 같아서 걱정이..
지화	우리 팀?
도수	네! 우리 비공식 어벤저스잖아요!
지화	(핏- 웃는)
도수	(신나) 저, 팀장님, 동식 선배, 한주원 경위, 박정제, (했다 멈칫- 눈치)
지화	(그저 창진의 차만 바라보는데)
도수	.. 팀장님은 두 분이랑 어릴 때부터 친구셨죠.
지화	응. 그때도 나는 발이 먼저 나가고 동식인 정제부터 챙겼지.

씬7   만양읍 뒷골목 (D, 과거 - 1991년, 30년 전)

막다른 골목. 11살의 정제, 몇 대 맞은 얼굴이 부어서 쓰러져 있고.
중학생 일진들, 낄낄거리며 정제의 고급 책가방을 뒤지고 있는데.
그 순간 일진 한 명의 뒤통수에 퍽-! 날아드는 발차기!
태권도복에 파란 띠를 맨 지화, 다른 일진의 볼따구에도 돌려차기!
같은 도복에 파란 띠를 맨 동식이 정제 상태를 살피고서, 벌떡 일어선다.
분노한 11살 동식, 일진 한 명에게 날아차기 내지르면!
정제, 뒤로 주춤 물러났다가 큰마음 먹고 에라 모르겠다 일진에게 달려든다!
개싸움으로 바뀌는 아이들의 패싸움!

씬8   경찰청 주차장 - 도수 차 안 (N, 현재)

지화, 시선은 창진의 차에 꽂힌 채지만 그 시절의 순간이 그리워진다.

도수	팀장님 괜찮으세요?
지화	안 괜찮아.
도수	(잉? 솔직하게 말할 줄 몰랐다)

지화	괜찮은 척 엄청 노력 중인데, 솔직히 좀 무섭다.
도수	팀장님도 무서운 게 있습니까.
지화	그러게 말이야. 무섭네.
도수	.. 박경감님이.. 범인일까 봐서요?
지화	동식이랑 정제 둘 중에.. 하나를 선택해야 할 때가 올까 봐.
도수	(흐음.. 한숨을 살짝 내쉬는데)
지화	(바로) 강도수, 11시 방향.

씬9   경찰청 – 주차장 (N)

경찰들과 주차장으로 들어서는 기환.

경찰들	축하드립니다, 차장님./축하드립니다./축하드립니다.
기환	축하?
경찰1	경찰청장에 내정되신다는 소식 들었습니다. 발표가 목전이라면서요.
기환	무슨 소린지 모르겠는데. 들어들 가봐요. (돌아서는)
경찰들	축하드립니다!/조심히 들어가십시오!

기환, 방긋 웃고는 차로 향해 걸어가는데, 창진의 차 운전석 문이 달칵- 열리고.
차에서 내리는 창진. 기환, 눈이 마주치는 그 순간 눈빛 서늘해지며 짧게 고개 내젓는!

씬10   경찰청 주차장 – 도수 차 안 (N, 동 시각)

도수	팀장님, 방금 보셨습니까.
지화	엇-! (창 너머로 두 사람을 뚫어지게 관찰한다)

씬11   경찰청 – 주차장 (N, 동 시각)

창진, 멈칫- 물러서고. 기환, 비서가 문 열어주는 뒷좌석에 올라탄다.
기환의 차 출발해서 주차장을 빠져나가고, 그 모습을 가만히 보고 선 창진.

창진   (러시아어) 빌어먹을 새끼!

씬12   경찰청 주차장 - 도수 차 안 (N, 동 시각)

도수   뭐라는 거야.
지화   러시아어로 빌어먹을 새끼. 제대로 빡쳤네, 이창진.
도수   차장님한테 빡쳐요? 두 사람 뭐 있는 거 맞죠!

창 너머로 창진, 차에 올라타 운전석 문을 쾅- 닫는 것 보인다. 도수, 시동 거는데.

지화   붙지 말고 서로 가.
도수   서요?
지화   저 인간이 왜 본청까지 찾아와서 차장님을 기다렸을까.
도수   (잠시) 연락이 안 돼서?
지화   얼마나 애타게 연락했는지 휴대폰 통화 내역 신청해서 한번 보자.

씬13   동식의 집 - 지하실 (N, 12회 41, 43씬 이어)

어두운 지하실. 머리를 쥐어뜯으며 눈물범벅이 된 정제, 겨우 입을 연다.

정제   ... 내가.... 죽였어.
동식   !!
정제   어.. 어어..! 내가.. 유연이를.. 쓰러진 유연이를.. 차로 치어 죽였어. (무릎을 털
         썩 꿇으며) 날.. 죽여줘, 동식아.
동식   !!!!!!! 그래, 이 개새끼야!!! (해머를 치켜드는데!)
정제   죽여.. 죽여... 줘... 날.. 유연이를.. 내가.. 내가..

해머를 내리치는 동식, 정제 얼굴 바로 옆까지 닿았다가 순간 멈춤!!

동식   ... 뭐라고?
정제   내.. 내가.. 죽였.. 쓰러진 유연이를.. 차로.. 치어.. 내가..
동식   ! (해머를 땅에 탕- 내려놓는데)

/INS. 플래시컷. 만양 정육점 안 (12회 22씬)
선녀   양쪽 정강뼈가 부러진 높이는 무릎 아래 지점으로 같죠.
선녀   아마 이유연씨는, 멈춰 서 있었을 거예요.
선녀   걷거나 뛰고 있었으면 한쪽 다리에만 골절이 생겼거나, 두 다리에 보이는 골
          절의 높이가 달랐을 거예요

/INS. 플래시컷. 동식의 집 - 지하실 (12회 43씬)
정제   어.. 어어..! 내가.. 유연이를.. 쓰러진 유연이를.. 차로 치어 죽였어.

/INS. 과거. 문주천 갈대밭 인근 도로 (12회 40씬 동일)
웅크려 누운 유연이를 정제 차가 쾅- 들이받는다.

/현재. 동식의 집- 지하실
동식   (천천히 정제 얼굴에 얼굴을 가까이 대며) 너 정말.. 쓰러져 있는 유연이를
          차로 치었어?
정제   (오열) 미안.. 미안..
동식   쓰러진 유연이를 차로 치었어?
정제   (고개를 끄덕인다) 응. 내가.. 유연이를.. 죽였어.. 동식아.

/INS. 플래시컷. 만양 정육점 안 (12회 22, 23씬)
선녀   사고 당시 이유연씨는 분명히, 정면으로 달려오는 차를,

/INS. 플래시백. 문주천 갈대밭 인근 도로 (12회 47씬)
선녀(E)   바라보고 서 있었던 거죠.

달려오는 차를 바라보고 선 유연의 어두운 실루엣.
헤드라이트 불빛을 고스란히 받고 선 그녀의 두 눈이 불빛에 번쩍인다.
부우웅- 속도 내는 자동차, 유연을 쾅- 들이받는다!

/현재. 동식의 집 - 지하실

동식　　니가 죽였지.

정제　　(오열) 미.. 미안...

동식　　그런데 너만 죽인 게 아닌 것 같고.

정제　　(오열) 아니.. 내가.. 내가.. 죽였..

동식　　(정제의 멱살을 와락 잡으며) 정신 차려, 이 새끼야! 정신 차리라고!

정제　　(눈물을 흘리다 흡! 굳는)

그때 동식의 휴대폰 울린다. '오지화'.

동식　　(받는, 숨을 가라앉히며 휴대폰에) 어.

지화(F)　　정제는?

동식, 돌아본다. 멘탈 무너진 정제, 어떻게든 정신을 차려보려 애쓰는데.

동식　　(정제를 바라보며, 휴대폰에) 뭐가 더 있는 거 같아. 이창진은 어떻게 됐어?

지화(F)　　이 인간 아무래도 차장님하고 연결되어 있는 거 같아.

동식　　(표정 굳는다, 휴대폰에) 차장님.. 한기환?

씬14　문주 경찰서 - 강력1팀 사무실 (N, 동 시각)

도수 옆에서 심각하게 통화목록 들여다보고 있고.
팩스 기계 앞에 선 지화, 손에 통화목록 들고 있는데.

지화　　(휴대폰에) 본청 주차장에서 기다리고 있던 사람이 차장님이었어. 근데 차장님은 곁에도 못 오게 하고.

/INS. 플래시컷. 경찰청 - 주차장 (동 회 9씬)
창진의 차 운전석 문이 달칵- 열리고, 창진이 내린다.
기환, 창진과 눈이 마주치는. 눈빛이 서늘해지며 짧게 고개 내젓는데.

씬15   동식의 집 - 지하실 (N, 동 시각)

지화(F)   그 인간이 열받을 때 뱉는 러시아 욕이 있거든. 그걸 차장님 뒤통수에 뱉더
         라. 빌어먹을 새끼라고.
동식   (휴대폰 귀에 댄 채, 중얼) ... 빌어먹을 새끼...?

씬16   문주 경찰서 - 강력1팀 사무실 (N, 동 시각)

지화   이창진 통화목록 뽑아봤더니 그저께부터 차장님한테 전화 했는데,

/INS. 플래시컷. 일식당 주차장 앞 - 창진 차 안 (12회 6씬)
한기환에게 전화를 걸며, 시동을 거는 창진. 벨이 울리지만 받지 않고.

/INS. 플래시컷. 한기환의 집 - 거실 (12회 7씬)
기환, 진동으로 울리는 휴대폰 옆 버튼을 눌러 진동을 멈추고 뒤집어 테이블에 놓는데.
액정에 뜬 이름, 'JL 이창진'.

지화(E)   차장님은 한 통도 받지 않았더라고.

/현재. 문주 경찰서 - 강력1팀 사무실
지화   (기환의 번호만 표시된 통화 내역서를 내려다보며, 휴대폰에) 사흘간 자그마
         치 14통이나 걸었는데.

씬17 동식의 집 - 지하실 (N, 동 시각)

동식   (하... 휴대폰에) 다른 사람은.

지화(F)   정제 어머니, 도의원한테도 8통이나 전화했어.

동식   (잠시, 휴대폰에) 알았어. (끊으려는데)

지화(F)   동식아, 정제는 어떻게 됐어.

동식, 돌아서 정제 보면 정제, 숨을 고르며 어떻게든 정신을 차리려고 노력하는데.

동식   .. 괜찮아. 내가 알아서 할게. (끊는)

동식, 정제에게 다가가 한쪽 무릎을 꿇고 마주 본다.

동식   박정제.

정제   (눈물을 어떻게든 삼키며) 응. 응.

동식   죽고 싶냐.

정제   (눈물이 저도 모르게 주륵) 응. 응.

동식   안 돼.

정제   응.. 응?

동식   유연이 죽인 놈 잡고 그때 죽어라, 정제야.

씬18 동식의 집 - 마당 (N, 12회 44씬 동일)

대문을 열고 뛰어 들어오는 주원.
유연이 손가락이 놓였던 돌을, 낡은 동물 가족 장식품을 지나쳐 지하실로 달려가는데!

씬19 동식의 집 - 지하실 (N, 12회 45씬 이어)

동식, 유연이가 묻혔던 벽으로 손을 뻗는다.

그 순간 묻혔던 유연의 백골이 다시 벽면에 떠오른다.

조각난 무릎 아래부터 목까지.. 그대로.

그녀는 엉망진창이 되어 여기 있었다. 그날 너에게 무슨 일이 있었던 것인가.

동식의 눈가에 눈물이 고이는 듯하다가.. 그러나 아직 울 때가 아니다.

지하실 문 열리는 소리가 들린다. 동식, 어느새 메말라버린 얼굴로 소파에 앉는데.

주원 (다급히 들어오며) 문자 받고 바로 오는 길입니다. 박정제씨가 자백했다면서
      요. (주위를 둘러본다) 어딨습니까.

동식 .. 집에 있겠지. 지 엄마랑.

주원 무슨 소립니까. 보냈어요? 가는 걸 잡지 않았습니까!

동식 가라고 했어요.

주원 당신 미쳤습니까? 이유연씨 죽였다고 자백했다면서요! 당장 서로 넘겨서 자
      백받고 처벌해야, (순간 멈춘다) 당신 또.. 뭐 하는 거야?

동식 내가 뭐얼.

주원 뭘 꾸미는 거야?! 박정제를 이용해 또 미끼를 놓고 어쩌고 그딴 짓 하는 거냐
      고!

동식 (흘끔 올려다보더니 일어난다) 그럼 안 되나.

주원 당신은 아직도 배운 게 없습니까. 남상배 소장님이 살해당했어요. 누가 또 죽
      어 나갈지도 모르는데, 그 짓을 다시 시작하는 겁니까!

동식 배운 게 도둑질이라, (지나쳐 가려는데)

주원 (이 새끼가! 앞을 탁- 막아서며) 박정제가 도해원하고 손잡으면 어쩔 겁니까.

동식 (가만히 본다)

주원 그 두 사람은 가족입니다, 가족! 박정제가 당신 생각대로 움직이지 않으면 어
      떡할 거냐고! 혹시 당신 아직도 박정제 믿어? 진실을 알게 됐는데도, 그딴 믿
      음은 깨지지 않는 겁니까!!

동식 한주원 경위, 당신은 어때요.

주원 뭐?

동식 당신 가족이 당신이 생각지도 못한 일을 저질렀다면 말이야. 당신은 손.. 잡
      을 겁니까.

주원 지금.. 무슨 수작입니까..

동식   한주원 경위는 가족 같은 거에 의미 두는 사람이 아니잖아. 그럼 나는 한주원을 믿어도 되나. 진실을 알게 되어도 깨지지 않을 정도로.

그때, 주원의 휴대폰에 미친 듯 문자가 들어오기 시작한다. 지잉- 지잉- 지이이잉-!
동식의 휴대폰에도 지이잉- 문자가 들어온다. 동식, 휴대폰을 꺼내서 확인하면.
'오지화: 긴급 인사. 한기환, 청장 내정.'
동식, 소파 위에 놓인 리모컨을 들어 TV 켜면, 음소거 된 뉴스 화면이 쏟아져 나오는데.
화면을 가득 메운 사람은 제복을 입은 채 단상에 서서 미소 짓고 있는 한기환이다!
아래로 흐르는 자막. '한기환 경찰청 차장, 경찰청장 내정!'

주원   !!
동식   우리 한경위 아버님께서 대한민국 경찰 1인자가 되셨네. (고개를 숙이며) 축하드립니다, 한주원 경위님.

동식이 천천히 미소 지으며 고개를 드는데.
이 인간이 왜 이러는지, 도무지 주원은 알 수가 없다.
그리고 그 둘의 사이, TV 화면에 가득 잡힌, 환하게 미소 짓는 한기환.
주원, 고개 돌려 화면 속 미소 짓는 아버지를 바라보는데.

동식   (툭-) 유연이가 쓰러져 있었답니다.
주원   네?
동식   박정제가 차로 치었을 때 말이에요. 쓰러져 있었다는데?
주원   무슨 소릴 하는 겁니까! 임경장님이 분명히 서 있었다고, 무릎 아래 같은 위치에 골절이 있었잖습니까.
동식   박정제는 쓰러진 유연이를 치었다고 하고, 유연이는 서 있었던 게 분명한데, 기억이 막 떠올라 미친 것처럼 내뱉던 놈이 서 있던 걸 쓰러져 있었다고 거짓말할까.
주원   !! (동공이 흔들린다)
동식   그런데 또 JL 이창진은 지화 전활 안 받으면서도 말야. 계속 우리 (TV를 바라본다) 차장님께 전화하고 찾아가 기다리고 계신답니다. 이창진, 한기환. 두 사람은 과연 무슨 관계일까.

주원   (순간 당황) 여기서 갑자기 이창진 얘기가 왜 나옵니까.

동식   갑자기라뇨. 도해원이 이창진한테 땅을 헐값으로 넘겼고, 그래서 우리 모두 이창진도 뒤쫓고 있었던 거 아닙니까.

주원   그래서, (숨 가다듬고) 한기환 차장님이 도해원, 이창진과 연결되어 있다?

동식   내 생각엔 이거, 우리 한경위님 특기인 합리적 의심에 부합되지 않나?

주원   (잠시, 당황함을 어떻게든 지우려 노력하며) 그러네요. 의심의 여지 있습니다. 이유연씨 사건과 도해원이 관련되어 있고, 이창진과 한기환 차장이 어떤 관계로든 엮여 있다는 건 알겠습니다. 그런데 이유연씨 사건과 한기환 차장은 왜 엮는 겁니까.

동식   내가, 내 동생과 당신 아버지를 엮고 있다?

주원   (짜증스럽다) 아까 나한테 그랬잖습니까.

/INS. 플래시컷. 동식의 집 – 지하실

동식   당신 가족이 당신이 생각지도 못한 일을 저질렀다면 말이야. 당신은 손.. 잡을 겁니까.

/현재. 동식의 집 – 지하실

주원   .. 아버지를 의심하는 이유가 뭡니까.

동식   조길구 경사도 한기환 차장을 찾아갔죠.

/INS. 플래시컷. 경찰청 – 차장실 (11회 27씬)

길구   (김이 올라오는 차를 내려다보며, 떨리는 목소리로) 저는.. 잘못한 게 없습니다. 그냥 시키신 대로, 위에서 시키신 대로 했습니다. 아시잖습니까.

/현재. 동식의 집 – 지하실

주원   그건 분명 모르는 일이라고, (하는데)

동식   (자르며) 그건 한기환 차장 주장이고!

/INS. 플래시컷. 경찰청 – 차장실 (11회 27씬)

기환   글쎄. 나는 도무지 무슨 말인지.

기환   이봐요, 조길구 경사. 당신, 나 만난 적 있어?

기환　　　내가 당신한테 뭘 시켰단 말이지?

/현재. 동식의 집 – 지하실
동식　　　한경위님은 한기환 차장의 말이 단박에 믿어졌어요?

/INS. 플래시컷. 경찰청 – 차장실 (11회 28씬)
주원　　　(황당) 그걸 지금 믿으라고요?
기환　　　못 믿겠대도, 사실이 그러니까.

/현재. 동식의 집 – 지하실
주원　　　!
동식　　　조길구 경사는 분명 위에서 시킨 일이라고 했습니다. 그 위가 대체 누굴까.
주원　　　그건 정철문 서장일 거라고, (하는데)
동식　　　21년 전 그러니까 2000년.. 문주서 강력계 경위였던 정철문을 발탁해 서울청으로 데리고 간 사람이 누구더라? (빙긋) 한기환, 당시 문주 경찰서장.
주원　　　!!
동식　　　21년 전 사건을 이례적으로 급하게 종결시킨 사람은 누굴까.

/INS. 플래시백. 주원의 오피스텔 – 거실 (2회 21씬)
주원　　　여자를 죽여서 (손날로 다른 손끝 자르는 모션) 손끝은 자르고, (두 손으로 동그랗게 감싸는 모션) 발은 잘 감싸서, 땅속에 묻었다. 모방한 거죠. 20년 전 문주 경찰서장이 종결시킨 사건 그대로.
기환　　　(멈칫- 굳어 주원을 노려본다)
주원　　　그런데 그때 왜 사건은 종결시키신 거예요?

/현재. 동식의 집 – 지하실
동식　　　한기환, 당시 문주 경찰서장.
주원　　　!!!
동식　　　게다가 지금 이창진까지 미친 듯이 한기환을 찾고 있지. 내가 원해서 의심하는 거 아니에요, 한경위님. 모든 선이 당신 아버지를 향해서 연결되고 있잖아.

주원	(잠시, 눈빛이 서늘하게 변하며) 그래서, 박정제를 집으로 돌려보냈다? 그 사람한텐 뭐라고 속삭였습니까. 범인은 니가 아니야. 한기환일지도 몰라. 그러니까 집으로 돌아가라?
동식	(잠시 빙그레 웃으며) 맞아요. 그랬어.
주원	(멱살을 확 잡으며) 당신 제정신이야?!
동식	자 이제 우리 한주원 경위는 어떻게 할까요.
주원	뭐?
동식	뭐든, 알아서 한번 해보세요.
주원	(멱살을 올려 잡았다가 훅- 내치며) 당신은 미쳤어. 완전히 미친놈이야. (돌아서는 그때)
동식	한경위, 내가 아직 답을 못 들었는데.
주원	(하..) 무슨 답 말입니까.
동식	나는 한주원을 믿어도 되나. 진실을 알게 되어도 깨지지 않을 정도로.
주원	(하... 눈꼬리가 떨린다, 다시 돌아선다)
동식	(가만히 주원을 바라본다)
주원	나는.. 당신을 믿지 않습니다.
동식	(본다)
주원	나는 한기환을 믿지 않습니다.
동식	(본다)
주원	나는.. 나도 믿지 않습니다.
동식	(본다)
주원	나는 아무도 믿지 않아. 그러니까, (서늘하게 보며) 당신이 믿든가 말든가, 나하고 상관없는 일이야.

씬20   동식의 집 - 마당 (N)

지하실을 뛰쳐나온 주원, 마당을 가로지르다 우뚝- 멈춰 선다.
왜 이러지. 왜 미쳐버릴 것 같지. 이 감정은 뭐지.
그때 지이잉- 휴대폰이 울린다. 꺼내서 보면, '아버지'.
휴대폰을 내려다볼 뿐 받지 않는 주원. 그때 시선에 동물 가족 장식품이 들어온다.

낡아 더러워진, 엉망으로 망가져버린 것 같은 동물 가족 장식품.
망가진 건 동식의 가족인가. 아니, 앞으로 망가질 내 가족인가.
울리는 휴대폰을 꼭 쥔 주원, 이를 악물며 마당을 걸어 나간다!

씬21   주원의 오피스텔 - 거실 (N)

침대에 벗은 겉옷을 확- 던져버리며 들어오는 주원!
구석의 프린터에서 기환, 정서장의 증명사진 그리고 창진, 해원의 홍보용 사진이 인쇄된
다. 화이트보드로 성큼성큼 걸어간 주원, 이금화 사진 등 붙여둔 사진들을 가차 없이
떼어낸다. 마지막으로 모든 선과 연결되어 있던 동식의 증명사진을 떼어버리는 주원.
그 자리에 한기환의 사진을 팡-! 붙인다.
그 옆으로 인쇄한 사진을 붙여 나가는 주원. 인쇄된 정서장, 창진의 사진.. 그리고,
만양 정육점 회식 때 찍은 정제와 해원의 홍보용 사진을 나란히 붙이는데.

씬22   정제의 집 앞 (N)

반쯤 열린 대문 앞에 서 있는 정제, 대문 너머 집을 올려다본다.
거실에 환히 켜진 불. 어머니가 저기 있을 것이다.
이 대문을 넘을 수 있을 것인가. 아니, 넘어야 한다.
진실을 밝히고서도 이 지긋지긋한 지옥에서 벗어나지 못한다 해도.
정제, 마음을 단단히 먹고서 대문턱 너머로 한발 내디딘다.

씬23   정제의 집 - 거실 (N)

현관에서 들어오는 정제. 실내복 차림의 해원이 소파에 앉아 있다가 자리에서 벌떡 일
어난다. 차분히 해원과 눈 맞추는 정제. 그 위로,

씬24 동식의 집 - 지하실 (N, 과거 - 한 시간 전, 동 회 17씬 이어)

동식   박정제.

정제   (눈물을 어떻게든 삼키며) 응. 응.

동식   죽고 싶냐.

정제   (눈물이 저도 모르게 주룩) 응. 응.

동식   안 돼.

정제   응.. 응?

동식   유연이 죽인 놈 잡고 그때 죽어라, 정제야.

정제   !

동식   니네 어머니.. 이창진한테 돈 왜 줬니.

정제   뭐?

동식   유연이 죽은 다음 달, 니네 어머니가 이창진한테 땅을 왜 넘겼냐고.

씬25 정제의 집 - 거실 (N, 현재)

해원, 다급히 다가와 정제의 손을 덥석 잡는다.

해원   아들. 어딜 갔다가 오는 거야. 많이 걱정했잖아.

정제   걱정이 많아서, 나 잡아 가두려고 장비서 보낸 거예요?

해원   가두다니. 그냥 나는 니가 잘못될까 봐, (하는데)

정제   내가 왜 잘못되는데?

해원   .. 그.. 그건,

/INS. 플래시컷. 도해원 의원 선거 사무소 (12회 15씬)

창진   아줌마 새끼 시한폭탄이에요. 내가 완벽하게 처리해줘?

/현재. 정제의 집 - 거실

해원   (애써 미소로 감정 감추며) 니가 자꾸 정신을 놓으니까.

정제   나, 기억나요.

해원	(동공 흔들리며) 응?
정제	전부 다 기억나. 내가 유연일 차로 친 거.

/INS. 플래시컷. 문주천 갈대밭 인근 도로 (동 회 13씬, 12회 40씬 동일)
웅크려 누운 유연이를 정제 차가 쾅- 들이받는다.

/현재. 정제의 집 – 거실

해원	!
정제	그래서 엄마 대포폰에 전화한 거.
해원	!!

씬26 해원, 정제 옛집 – 마당 (N, 새벽, 과거 – 2000년 10월 15일)

술에 취한 해원이 비틀거리며 주택 마당으로 들어선다.

해원	그래, 다들 나 버리고 가라, 가. 쯧.

비틀거리며 보면, 불빛 하나 없는 캄캄한 집이 눈에 들어오고.

해원	정제 이눔의 시키.. 오늘은 들어왔니.

비틀거리며 현관으로 향하는데, 휴대폰 벨 울리는 소리.
하아.. 해원, 가방을 열어보면. 휴대폰 2개 들었다. 그중 대포폰이 울리고 있는데.
집어서 보면, 액정에 찍힌 번호. '011-0780-1234'.

해원	이 새끼.. 집에 또 안 들어왔지? (받으며, 휴대폰에) 야, 박정제. 너 진짜 정신 안 차릴 거야!
정제(F)	어.. 어어.. 어.. 어... 어.. 어어어... 나.. 어떡... 어.. 엄마.. 엄마.
해원	(순간 술이 확 깨며) 아들. 천천히 말해. 무슨 일이야.
정제(F)	엄.. 마.. 내가.. 차... 차로.. 사람.. 유.. 유연이.. 내가.. 차로 치었어..

해원   !! (서늘, 냉정해지며) 정제야. 아들? 지금 거기 어디니.

씬27 정제의 집 - 거실 (N, 현재)

해원   (애써 냉정을 되찾으며) 정제야..
정제   이창진한테 그래서 돈 줬어요?
해원   (흠칫-) 이창진한테 내가 돈을 왜 줘.
정제   돈이 아닌가. 사슴농장, 그리고 문주시내 땅도 넘겼지.
해원   (멈칫-) 그건 그때 내가 급전이 필요해서, (하는데)
정제   아니! 일 시킨 대가로 준 거겠지. (해원을 확- 붙잡으며) 그날 거기, 엄마가
        이창진 불렀잖아.

씬28 문주천 갈대밭 인근 도로 (N, 새벽, 과거 - 11회 64씬 이전)

엉망으로 구겨진 유연을 내려다보는 45살의 해원.
술과 약에 취해서 망가져버린 아들을 돌아보는데.
흔들렸던 동공이 이내 차분해지며, 대포폰을 꺼내서 창진에게 전화를 건다.

해원   (휴대폰에) 이대표.. 나 좀 도와줘. 이거 잘못되면 우리 개발 무산돼. 한배 탔
        잖아. 당장 여기로 와줘야 해.

씬29 정제의 집 - 거실 (N, 현재)

정제   그 인간한테 유연이 맡기고, 엄마는 날 데리고 와서 정신병원에 가뒀잖아.
해원   !!

씬30 문주천 갈대밭 인근 도로 - 해원 차 안 (N, 과거 - 11회 64

<u>씬 이후)</u>

해원의 차 뒷좌석에 구겨지듯 실린 정제. 운전석의 해원이 미친 듯 액셀을 밟아 현장을 빠져나간다. 겨우 몸을 일으키는 정제, 정신이 나간 눈으로 뒷좌석 창밖을 바라보는데.
29살의 창진이 엉망이 된 정제의 승용차 앞에 서서 유연을 내려다보고 있다.

씬31 정제의 집 – 거실 (N, 현재)

해원   (부들 떨다가, 순간 눈빛이 확 바뀌며) 아들. 너 혹시,
정제   (보면)
해원   누구한테 말했니?
정제   누구...
해원   동식이나, 한주원.. 오지화.. 걔들한테 말한 거야?
정제   .. 엄마..
해원   안 했지? 그지?
정제   유연인.. 누가 죽인 거예요?
해원   뭐?
정제   유연이 말야, 누가 죽인 거냐고.

씬32 동식의 집 – 지하실 (N, 과거 – 한 시간 전, 동 회 24씬 이어)

동식   유연이 죽인 놈 잡고 그때 죽어라, 정제야.
정제   !
동식   니네 어머니.. 이창진한테 돈 왜 줬니.
정제   뭐?
동식   유연이 죽은 다음 달, 니네 어머니가 이창진한테 땅을 왜 넘겼냐고. 뭣 때문에!
정제   그.. 그건.. 이창진이 현장에 왔었어.

동식	이창진이 사고 현장엘 왜 와.
정제	엄마가 그 인간을 불러서.. 유연이.. 처리하라고 이창진을 두고 왔는데.. (순간 번쩍) 유연이 죽은 거 아니었어? 살아 있었어?
동식	아니. 유연인 니가 죽였지.
정제	!
동식	이창진 그 새끼가 죽였을 수도 있고.
정제	뭐?
동식	유연이 분명히 서 있었는데..

/INS. 플래시컷. 문주천 갈대밭 인근 도로 (12회 47씬)
달려오는 차를 바라보고 선 유연의 어두운 실루엣.
헤드라이트 불빛을 고스란히 받고 선 그녀의 두 눈이 불빛에 번쩍인다.

동식(E) 다른 어떤 놈이 서 있는 유연이를 차로 치어서,

부우웅- 속도 내는 자동차, 유연을 쾅- 들이받는다!

/과거. 동식의 집 - 지하실

동식	죽였을 수도 있지.
정제	(동공이 미친 듯 흔들리는데) 그게 무슨 소리야. 동식아! 그게 무슨!!
동식	박정제. 니가 지금 왜 살아 있는 줄 알아?
정제	(고개를 내젓는다) 왜.. 살아 있는데?
동식	우리 유연이 죽인 놈 찾아야 하니까. 그게 니가 살아 있는 유일한 이유야. 알겠어?
정제	(천천히 끄덕이며 고개를 숙이는데)
동식	집에 가라.
정제	뭐?
동식	가서, 니네 엄마한테 내 말 좀 전해줄래?

씬33 정제의 집 - 거실 (N, 현재)

정제   엄마. 유연이 누가 죽인 거예요?

해원   너 정신 차린 거 아니야. 완전히 정신이 나갔어!

정제   내가 왜 정신이 나갔는데?

해원   다 기억하는 거 아니야. 그런 거 아니라고.

정제   뭐가 그런 게 아닌데?

해원   그냥 제대로 기억하는 게 아니구,

정제   내가 뭘 제대로 기억 못 하냐고!

해원   이유연은 니가 죽였잖아!!! 니가 차로 치어 죽여놓고!

정제   (차분히 엄마를 본다)

해원   (뱉어놓고 본인이 놀라서) 아니.. 아니야. 아니, (본다) 아들, 그게 아니고, (하
         는데)

정제   (슬픈 눈으로) 맞아, 내가 죽였어. 진작에 이렇게 솔직했으면 좋았잖아.

해원   (손을 꼭 잡으며) 아들, 괜찮아. 그거 실수야. 술 먹고 실수한 거야. 엄마가 다
         처리했잖아.

정제   처리? (웃는) 처리는 이창진이 했겠지. 그런데 유연이는 왜 그 집 벽에서 발견
         된 걸까.. 궁금하지 않아요?

해원   !

/INS. 플래시백. 일식당 - 룸 (10회 51씬)

해원   이유연, 걔 나왔다며? 지네 집 지하실 벽에서.

창진   (술잔에 술을 조르르 따른다) 그러게요.

해원   어떻게 된 걸까?

창진   뭐, 그 싸이코패스가 죽여서 벽에 발랐나 보죠.

/INS. 플래시백. 일식당 - 룸 (12회 14씬)

해원   이유연 시체 말야. 분명히 이대표가 처리한다고, 우리보고 먼저 가 있으라고
         했잖아. 21년 동안 난 그렇게 알고 있었는데 그게 왜 그 기집애 집 벽에서 나
         왔을까?

창진   (천천히 미소)

/현재. 정제의 집 – 거실

정제   유연인 강진묵이 묻었어. 강진묵이, 동식이한테 돌려줬다고 말했다고.

해원   (표정이 일그러진다) 이창진.. 이 새끼..

정제   그 인간은 아무것도 처리하지 않았어. 21년 동안 엄마를 속인 거지, 그런데 엄마는 그 자식이 달라는 대로 돈도 땅도 다 줬다며.

해원   (눈을 내리깐다, 분노가 올라온다)

정제   과연 그게 전부일까?

해원   (보면!)

씬34   동식의 집 – 지하실 (N, 과거 – 한 시간 전, 동 회 32씬 이어)

동식   가서 말해. 이창진이 한기환을 따로 만나고 있다.

정제   한기환..?

동식   (정제의 눈을 바라보며 속삭이는) 이창진, 한기환 두 사람이 도해원에게 비밀이 있다고.

씬35   정제의 집 – 거실 (N, 현재)

정제   두 사람은 엄마한테 비밀이 있어. 따로 만나고 있지.

해원   그럴 리 없어! 그 인간들 서로 경멸해. 나 없이 만날 리가, (하는데)

정제   (자르며) 오늘도 이창진이 한기환을 찾아갔어, 본청으로.

해원   뭐? (동공이 흔들리기 시작하고)

정제   지금까지 엄마가 다 알고 있다고 생각했던 그게.. 정말 진실이라고 생각해?

해원   (흔들린 동공으로 정제를 바라보면)

정제   이창진, 한기환 두 사람이 엄마를 이용하고 있는 게 아니고?

해원   !! (분노로 터질 것 같은데)

씬36   한기환의 집 – 거실 (D, 다음 날 아침)

가사도우미에게 인사하며 현관으로 들어오는 주원.

지잉- 울리는 휴대폰을 쥔 채 소파로 다가오는 기환, 주원을 바라본다.

주원, 기환과 눈 마주치고서도 인사 없이 차분히 바라보는.

기환   뻣뻣한 놈. (액정에 뜬 '김해수 경무관 제주청' 이름이 징징거리는 휴대폰 테이블에 놓으며) 전국 각지에서 축하 인사하느라 난린데, 하나밖에 없는 아들 놈은 이제야 나타나서 인사도 없고.

주원   (다가오며) 축하 인사는 이르지 않나요.

기환   뭐?

주원   (소파에 앉으며) 경찰청장 내정일 뿐이고, 인사청문회가 남았죠.

기환   (미소) 내가 청문회를 통과하지 못할 것 같은가.

주원   아버지 평생의 목표가 경찰청장이었는데 몇십 년 동안 얼마나 조심하셨겠어요.

기환   그거야 공직자로서 당연한 처신이고. (보며) 내가 너한테 바라는 것도 그거 하나뿐인 걸 모르진 않을 텐데. (한숨) 머리 검은 짐승은 맘대로 되지 않아 골치야.

주원   (차분히) 제가 아버지 인생에 유일한 걸림돌인가 봐요.

기환   이 아침부터 그걸! (감정 누르며) 따지려고 찾아왔어?

주원   아뇨. 조길구, 남상배, 감정서 조사한 거 중간보고 해드리려고요.

기환   (아- 바로 냉정하게) 보고해.

주원   남상배 소장님이 찾아와 말했던 감정서, 그건 방주선 사체가 발견된 현장에 떨어져 있던 기타 피크 감정섭니다. 권혁 검사가 이미 그 정도는 아버지께 보고했겠죠.

기환   (흔들리지 않고, 차분히) 그래서.

주원   (아버지를 살피듯 보며) 그건 조길구 경사가 없앤 겁니다. 아니 명확히 말하자면, 바꿔치기한 거죠. 진짜와 가짜를.

기환   !

주원   (아버지를 가만히 들여다보며) 그걸 요구한 사람은 도해원 현 문주 시의원.

/INS. 플래시컷. 문주천 갈대밭 인근 도로 (12회 31씬)

운전석 창문 너머로 32세의 길구, 감정서 봉투를 내밀면.
45세의 해원, 같은 봉투를 건네주는데.

/현재. 한기환의 집 - 거실

기환   ! (눈꼬리가 설핏 떨린다)

주원   도의원은 아버지와 21년 전부터 인연이 있죠.

기환   (일부러 냉정하게) 글쎄. 그 정도를 인연이랄 수 있나. (바로) 증거는?

주원   조길구, 도해원을 처벌할 증거 말씀이세요? 처벌하시게요?

기환   당연한 것 아닌가.

주원   증거 없습니다. 체포한다 해도 조길구는 자백하지 않을 거고요.

기환   (내심 마음을 놨으면서도 차분히) .. 그래? 그럼 어쩌나.

주원   정서장은 처벌할 수 있을 겁니다.

기환   (멈칫-) .. 정서장?

주원   네. 정철문 문주 경찰서장. 21년 전 아버지가 문주에서 발탁해서 서울청, 그리고 본청까지 끌고 올라온 정철문 총경님이요.

기환   정서장이.. 왜.

주원   조길구가 이야기한 윗선 기억나시죠.

/INS. 플래시컷. 경찰청 - 차장실 (11회 27씬)

길구   저는.. 잘못한 게 없습니다. 그냥 시키신 대로, 위에서 시키신 대로 했습니다. 아시잖습니까.

길구   나요, 정말 시키는 대로 가져다주고 가지고 온 것밖에 없습니다! 21년 전에 차장님이 시키신 대로!

길구   (동공이 마구 흔들리더니) 정말 모르시는 겁니까. 차장님이 시킨 일이라고 저는 그렇게 들었는데.

/현재. 한기환의 집 - 거실

주원   그 사람이 정철문 서장입니다.

기환   !

주원   아버지 이름을 팔아서 조길구를 움직이고, 조길구와 도해원 또한 정철문 서장이 연결해준 것 같습니다.

기환	(굳어 나직이) 그렇게 판단한 이유는?
주원	정철문이 도해원을 협박해서 돈을 받고 있었습니다. 무려 20년 동안이나.
기환	!!!
주원	아버지.
기환	(충격에 빠진 얼굴로 보면)
주원	아버지 혼자 조심하신대도 사람은, 머리 검은 짐승은 맘대로 안 되는 법이죠.
기환	(분노가 올라온다)
주원	문주서장으로 내려보낼 때도 말이 많았다면서요. 정철문이 돈 받은 걸 한기환 차장이 좌천으로 무마했다.
기환	그런 게 아니라, (하는데)
주원	(자르듯) 기자와 국회의원들이 좋아할 스토리죠. (빙긋이) 청문회, 괜찮으시겠어요?
기환	!!!

씬37   경찰청 - 차장실 (D, 오후)

싱글벙글한 정서장, 문을 열고 들어온다.

정서장	차장님. 감축드립니다! 이 얼마나 기다리던 순간입니까. 감축 또 감축드립니다. (허리를 꾸벅 90도로 숙이는데)
기환	휴대폰. (손 내민다)
정서장	네? 네.. (휴대폰 꺼내서 내밀면)
기환	(책상 위 유리병 뚜껑을 열더니 물속에 휴대폰을 훅- 빠뜨려버린다)
정서장	차장님!!
기환	(낮게) 꿇어.
정서장	네?
기환	(그르렁거리듯 낮게) 꿇어, 이 새끼야.
정서장	!!! (황급히 무릎을 꿇으며) 차장님, 죄송.. 죄송합니다. (납작 엎드리는)
기환	뭐가, 그렇게 죄송한가.

정서장	그.. 그건.. (눈을 굴린다) 그건...
기환	(차분히 내려다보며) 고개 들어.
정서장	(부들부들 떨며 고개를 들면)
기환	20년 동안 도해원한테 얼마나 받아 처먹었어.
정서장	!!!
기환	얼마나 처먹었냐고!
정서장	(다시 엎드리며) 죄송합니다. 죄송..
기환	감정서 그거 왜 바꿨어.
정서장	저도 그건.. 그걸 잘.
기환	뭐가 나왔는데 바꿨어.
정서장	저도 모릅니다. 모릅니다, 절대.
기환	(서늘하게 내려다보며) 고개 들어.
정서장	(떨면서 다시 고개 들면)
기환	뭐가 나왔냐고.
정서장	그게.. 도해원 의원 아들 지문이..
기환	!
정서장	실수였답니다. 실수로 술 마시고 운전을.. 그 여대생을 실수로 친 거랍니다.
기환	!!
정서장	(다급히) 박정제 경감이요, 도해원 아들! 그 친구 건실합니다. 연쇄 살인범도 아니었고요. 그건 강진묵... 그 새끼가 맞았잖습니까. 문제 될 거 없습니다. 나중에 문제 될까 봐 조길구한테 바꾼 감정서도 제가 없애라고 지시한 겁니다. 그때 감식한 국과수 애는 재작년에 암으로 죽었고요. 정말 문제 될 거 하나도 없습니다.
기환	(하아.. 눈을 차분히 내리간다) 문제 될 게 없어? 하... 하하하하하. 그때 체포했으면 진작에 끝났을 일을, (와락 먹살을 잡으며) 문제 될 게 없어?!!!
정서장	차장님.. 왜 이러십니까.
기환	20년 동안 돈 잘 받아 처먹었지. (훅- 먹살을 놓으며) 너, 폐기 처분이야.
정서장	!!
기환	조용히 옷 벗고 사라져.
정서장	그건.. (갑자기 차분해지며) 안 되겠는데요.
기환	이 새끼가, (분노 끓어오르는데)

정서장	(바로) 강진묵 유치장 CCTV.
기환	(멈칫-)
정서장	차장님께서 명령하셔서 제가 세웠잖습니까.

씬38 동 장소 (N, 과거 - 2020년 11월 9일)

소파에 앉은 정서장, 당황한 얼굴이다.

정서장	네? CCTV를 세우라고요?
기환	용의자.. 그 강진묵인가. 그 사람을 내가 한번 만나고 싶어서 말야.
정서장	왜.. 만나고 싶으신 건지..
기환	(씁쓸한 미소) 내가 미제로 남긴 사건 아닌가. 평생을 마음에 묻은 사건인데, 그놈 얼굴 한번 보고 싶어. 무리한 부탁인가.
정서장	(바로) 아뇨. 그렇지 않습니다. 제가 당연히 들어드려야죠.
기환	새벽 5시 정도 어떨까. 당직 직원들 교대하는 걸로 하면, (하는데)
정서장	차장님. 아무래도 차후에 문제가 될 가능성이 있습니다.
기환	(빠직-) 그래?
정서장	그러니까 말을 하나 세우시죠.
기환	말?
정서장	남상배라고 현재 만양 파출소 소장으로 한주원 경위 직속 상삽니다. 20년 전 사건 당시 담당 형사였고요.
기환	.. 그 사람은 왜.
정서장	남소장이 저한테 같은 부탁을 해와서요.
기환	(응?)
정서장	2000년 사건에 관해서 강진묵한테 묻고 싶은 게 있다고 꼭 만나게 해달라고 요청해왔습니다.
기환	.. 남상배를 말로 쓴다?
정서장	네. 차장님이 먼저 만나보시고 그다음에 남상배가 들어가면 차후 문제가 되 었을 때 남상배가 다 뒤집어쓰는 거죠.

<u>씬39 동 장소 (D, 오후, 현재)</u>

기환   (냉정) 난.. 그런 기억이 없는데.

정서장 (천천히 일어나며) 그렇습니까.

기환   하필 고장이 나서 CCTV가 멈춘 줄 알았는데, 아닌가.

정서장 (피식) 왜 이러십니까.

기환   (이 새끼가) 만약 누군가 일부러 CCTV를 멈춰 세운 거라면, 그건 정철문 문
       주 경찰서장이 독단으로 저지른 일이겠지. 남상배가 강진묵을 만나도록 돕기
       위해서.

정서장 (빙긋) 그날 강진묵 만난 적 없다고 발 빼시는 겁니까. 뭐 만나지 않은 건 사
       실이니.

기환   (멈칫- 보면)

정서장 강진묵을 만나러 온 건 JL건설 이창진이니까.

기환   !!

정서장 제가 CCTV를 정말 멈춰 세웠을까요, 차장님?

활짝 웃는 정서장. 그 얼굴이 마치 조커의 미소 같다.
그때, 책상 위에 놓인 기환의 휴대폰이 울린다. 'JL 이창진'.
기환, 천천히 서늘해지며 다시 정서장을 바라보는데.

<u>씬40 만양 파출소 - 앞 주차장 (D, 아침, 3일 후)</u>

상배의 명패와 유류품이 담긴 박스를 든 동식, 발로 트렁크 아래를 작동한다.
자동으로 열리는 트렁크 문. 동식, 박스를 안에 넣는데. 상배의 명패가 보이고.
'남상배' 명패를 한번 쓸어보려다 박스 안에 흔들리지 않게 넣어두는 동식.
그때 자동차 다가오는 소리 들리는데. 동식이 보면, 주원의 차가 올라온다.
발로 트렁크 아래를 건드린 후, 올라오는 주원의 차 쪽으로 돌아서는 동식.
동식의 뒤로 트렁크 문이 자동으로 닫힌다.

CUT TO.
주차된 차에서 내리는 주원. 동식, 다가선다.

동식   우리 한주원 경위 아버님은 연락 없으신가.

주원   (본다)

동식   한경위가 찾아가 정서장에 대해 얘기한 지 3일이나 지났는데, 정서장은 그제
        도 어제도 문주 경찰서 서장실로 출근하셨고, 아마 오늘도 출근하시겠지?

주원   그래서요. (보며) 박정제 경감은 당신 뜻대로 움직였습니까.

동식   움직였고, 기다리고 있지.

주원   네, 우리 모두 기다리고 있네요. (올라가려는데)

동식   한주원 경위, 당신 말이 맞아. 난 미친놈이야. 완전히 망가져버렸지. 한경위는
        어떡할 겁니까. 망가질 겁니까.

주원   내가 왜 망가집니까.

동식   당신 아버지가 당신을 망가뜨릴지도 모르니까.

주원   그럴 일 없습니다.

동식   왜요. 당신 아버지는 범죄를 저지를 사람이 아니라서?

주원   그건, (답할 수 없다)

동식   아니면, 아버지가 범죄자라도 한경위랑은 상관없으니까?

주원   상관없, (없다고 할 수 있나.. 내가 이걸 왜 망설이지)

동식   만약에 당신 아버지가 내 동생 사망에 관련이 있으면 말야.

주원   (굳어서 보면)

동식   (걱정스러운 빛이 살짝 어리며) 한경위는.. 괜찮겠습니까.

주원   (황당) 내가.. 괜찮냐고 묻는 겁니까. 당신이 아니라? 왜 그런 질문을 하는 겁
        니까. 내가 괜찮든 말든 그게 뭐가 중요한데.

동식   (흐음) 그러게. 내가 당신한테 이따위 질문을 왜 하고 있지.

주원   (동식을 지나쳐 파출소로 들어가려는데)

임기자(E) 한주원 경위님! 저 좀 잠깐 보시죠!

주원, 돌아보면. 아래서 임규석 기자가 다급히 올라온다.

임기자   아버님, 한기환 차장님께서 경찰청장에 내정되신 것 축하드립니다. (휴대폰

꺼내며) 인터뷰 부탁드립니다. 한 말씀만, 네?

주원   (별 같지도 않은 기레기까지) 할 말 없습니다. (하는데)

동식   (한발 앞서 나가며) 거기 스톱. 들어오면 안 되지. 우리 남상배 소장님께서 하신 말씀이 기억 안 나시나 봐.

임기자 네?

동식   저기 초입 바닥에 선부터 쩌기 파출소 건물 뒤까지,

/INS. 플래시컷. 만양 파출소 - 앞 주차장 (5회 13씬)

상배   나라에서 정해준 우리 만양 파출소 땅이에요.

상배   지금 이 시간부로, 우리 JSB 임규석 기자는 저기부터 저쩍까지.. 출입을 금한다.

/현재. 만양 파출소 - 앞 주차장

임기자 (황당) 아니 그건 말도 안 되는 월권이고요. (해놓고) 소장님 돌아가셨잖습니까.

동식   뭐?

임기자 아니 그러니까 제 말은, (하는데)

주원   임규석 기자님. 인터뷰 그딴 거 말고, 제보는 어떻습니까.

동식   (멈칫- 주원을 보면)

임기자 제보하신다고요? 뭘요?

주원   경찰의 금품 수수 의혹에 관한 겁니다.

동식   !!

임기자 경찰이라면 누굽니까.

동식   한주원 경위, (막아서려는데)

주원   (오히려 임기자에게 한 발짝 다가서며) 조건이 있습니다. 경찰청장 인사청문회 직전에 내보내는 게 내 조건입니다.

임기자 반드시 그렇게 하겠습니다.

동식   이봐요, 한주원 경위. 잘 생각해요. 응?

주원   (동식을 바라본다) 맞습니다. 저는 한주원 경위입니다.

동식   (하.. 빙긋) 그저.. 경찰 한주원이다?

주원   업무 시간 전까진 돌아오겠습니다. (목례하고, 임기자에게) 가시죠.

임기자, 주원을 따라 황급히 내려간다. 동식, 내려가는 두 사람을 바라보는데.
그때 동식의 휴대폰 울린다. 보면, '01-3150-2914'.

동식   (눈에 익은 번호다, 중얼) 2914.. (했다가 순간 번쩍, 받는) 네.
비서(F)   만양 파출소 이동식 경위님 되십니까. 경찰청 차장실입니다.
동식   (역시.. 휴대폰에) 무슨 일이시죠.
비서(F)   차장님께서 이경위님을 뵙고 싶어 하십니다.

씬41   경찰청 – 차장실 (N)

차장실로 들어서는 동식. 책상에 앉은 기환이 보이고.
고개 들어 동식을 바라보는 기환. 두 사람, 시선 붙는데.

동식   (천천히 고개 숙인다) 처음 뵙겠습니다. 이동식입니다.
기환   처음인가, 우리가. 한 번도 만난 적이 없었나.
동식   네, 처음 뵙습니다.
기환   (흐음.. 의자에서 일어나며 소파를 가리킨다) 앉아요, 이경위.
동식   (소파에 앉으면)
기환   마실 건 뭘로, (하는데)
동식   용건만 간단히 부탁드립니다.
기환   (피식) 그럽시다. (소파 상석에 앉는다) 간단히 말하자면,
동식   (본다)
기환   내 밑으로 오지.
동식   .. 네?
기환   주원이 파트너라고 해서 내가 눈여겨봤는데 앞으로 내 조직, 대한민국 경찰
         엔 말야, 이경위 같은 인재가 반드시 필요하다고 생각해요. 그래서 이동식 경
         위를 발령 낼 참이야.
동식   어디로 말씀이십니까.
기환   서울청 감찰조사계.

동식   ! (보면)

기환   (빙긋) 비리 저지른 새끼들 싹 다 잡아들이자고. 이경위.

손 내밀어 악수를 청하는 기환. 동식, 그 손을 내려다보는데.

씬42   문주 경찰서 전경 (D, 오전, 일주일 후)

형사들, 바쁘게 경찰서 안으로 들어간다. 그 위로,
자막. '일주일 후 - 2021. 02. 26'.

씬43   문주 경찰서 - 강력1팀 사무실 (D, 오전)

다들 어수선한 분위기로 자리에 앉아 있다.

형사1   (지화에게) 팀장님, TV 켤까요? 오늘 10시에 청장님 인사청문회 하잖아요.

지화   (시계를 보면 오전 9시 50분이다) 뭘 봐. 일이나 해.

형사2   아 그래도 한기환 차장님이 한때 우리 문주서 서장님이셨는데.

도수   거참! 형님들! 팀장님이 불편하시다잖아요.

형사2   불편해요? 왜?

도수   아니, (지화 눈치 살피면) 그게 아니고..

지화   보자. 봐. 틀어.

형사1   네! (리모컨 찾아 드는데)

씬44   만양 정육점 안 (D, 오전)

지훈   (리모컨을 찾으며) 누나, 리모컨 어딨어요. 청문회 봐야 하는데 리모컨이 안 보이네?

재이   (하..) 오지훈, 출근 안 하니?

광영	(맥주 캔 주섬주섬 꺼내며) 저희 팀 비번입니다.
재이	(맥주 다시 봉지에 넣으며) 비번이면 댁에서 시청하시죠.
광영	여기서 보기로 했다던데요.
재이	여기서? 누가?
지훈	우리 누난 오늘 근무래서 빼고, 정제 형이랑 동식이 형, 한경위님 다 오기로 했어요. 아- 리모컨 어디 갔어~!
재이	정제 아저씨랑 다 온다 그랬다고?
지훈	(리모컨 찾으며) 네. 왜요. 못 올 이유라도 있어요?
재이	(하아..) 아무도 안 올 거니까 가라. (광영이 다시 주섬주섬 꺼내놓은 맥주를 다시 넣으며) 가세요.
광영	저기 박경감님 왔는데요?

재이, 돌아보면. 창 너머 멀리 우두커니 서 있는 정제 보이고.

씬45   만양 정육점 앞 (D, 오전)

성큼성큼 걸어 나오는 재이. 정제, 그대로 서 있고.

재이	여기 왜 왔어?
정제	그.. 그게.. 이제는 도망치지 않으려고.
재이	(멈칫, 마음이 복잡해진다)
정제	(고개를 숙이며) 미안하다.. 재이야.
재이	나한테 사과하지 마. 사과받을 사람은 내가 아니잖아요.
정제	.. 그래도, 미안해.
재이	(낮게 한숨 내쉬고는) 지훈이는 몰라요. 언니도 동식 아저씨도 말 안 한 거 같아.
정제	.. 어...
재이	죄값 받을 거지.
정제	(본다) 어? 어.
재이	꼭 받을 거지.

정제	(눈물 글썽이며) 어.
재이	꼭 받아요.
정제	어.
재이	꼭, 받아야 해.
정제	어.

씬46   국회 행정안전위원회 회의실 (D, 오전)

청문회장으로 들어서는 기환. 밝은 미소로 국회의원들과 인사를 나눈다.

의원1	(반갑게) 40여 년 공직 생활이 어쩜 이리 완벽, 청렴하십니까. 존경합니다, 후보자님.
의원2	이번 청문회는 걱정 없습니다.
의원3	후보자님 말고 누가 15만 경찰의 수장이 되겠습니까.
기환	(미소) 잘 부탁드립니다.

공무원증을 걸고 멀찍이 서서 그 모습 보고 있는 주원.
공무원증을 목에 건 혁이 들어와 국회의원 몇 명과 목례하고 주원에게 다가온다.

혁	주원이 왔구나. 아버님께 인사드렸어?
주원	아직.
혁	너 온 거 아시면 기분 좋으시겠다?
주원	덕분이지. 청문회장까지 나 같은 파출소 직원 들여보내줄 인맥도 있고, 검사는 검산가 봐. 고마워, 형.
혁	(빙긋) 아유~ 굳이 여기까지 와서 꼭! 아버님이 경찰청장 되시는 걸 지켜보겠다는데 내가 당연히 도와줘야지.

기환이 국회의원들과 인사하다 주원과 혁을 발견한다. 저 둘이 왜? 의아한 눈빛.
주원, 기환에게 가볍게 목례하고, 혁도 빙그레 웃으며 90도 깊게 인사하는데.

씬47 문주 경찰서 – 강력1팀 사무실 (D, 오전)

TV 앞에 모여 앉은 강력1팀원들. 그 속에 도수 보이고.
지화, 멀찍이 문가에 서서 TV를 바라보면.

형사들 시작한다!/한차장님 난 뵌 적이 없어가지고./난 본청에서 한번 뵌 적 있어.
악수도 했지~/오올~

TV 화면 속, 단상에 들어서는 기환.
자막에 뜨는 이름. '경찰청장 후보자 한기환'.

씬48 국회 행정안전위원회 회의실 (D, 오전)

기환 (손을 들고) 선서. 공직 후보자인 본인은 국회가 실시하는 인사청문회에서
양심에 따라 숨김과 보탬이 없이 사실 그대로 말할 것을 맹세합니다. 2021년
2월 26일 공직 후보자 한기환.

중간쯤 자리 잡고 선 혁.
그리고 카메라 뒤편에 자리 잡은 주원이 아버지의 모습을 지켜보고 있다.

씬49 만양 정육점 안 (D, 오전)

TV 화면을 보고 있는 지훈, 광영. 정제는 멀찍이 불편한 얼굴로 서 있고.
재이는 떨어져 서서 화면을 보고 있는데.

/INS. TV 화면
분절된 화면에 착석한 기환과 국회의원 보인다.
자막에 '서울 정오구 갑 강민당 한경수 의원' 떠 있고.

한경수	대한민국 근간을 지키는 15만 경찰의 수장을 검증하는 자립니다. 솔직한 답변 부탁드립니다.
기환	네. 당연히 그렇게 하겠습니다.

씬50 국회 행정안전위원회 회의실 (D, 오전)

그때 국회 회의실이 웅성거리기 시작한다.
한경수 의원 보좌관이 다급히 인쇄된 기사 하나를 의원에게 건네는.

한경수	잠시만요. (기사를 눈으로 훑는) 허.. 이거 참. 후보자님, 방금 솔직한 답변해 주시겠다고 약속하셨죠.
기환	네, 그렇습니다.
한경수	JSB 단독 기삽니다. (기사를 들어 카메라에 잘 잡히게 보여주며) 한기환 후보자의 측근인 정모 총경이 지난 20년간 금품을 수수했고, 한기환 후보자가 알면서도 묵인했다는 기사가 5분 전에 보도됐습니다!
국회의원들	(웅성거리기 시작한다) 뭐?/금품 수수?/측근?
혁	(고개 확- 돌려 주원을 보면)
주원	(기환을 바라보는데)
기환	(미동도 없이 고요하다)
한경수	(의기양양) 이 기사에 대해서 어떻게 생각하십니까.
기환	(차분히) 그런 일 없습니다.
한경수	솔직하게 답변한다고 하셨습니다. 정말 그런 일 없습니까. 여기 이 기사를 보면, 정모 총경이라는 사람이 시세의 절반도 안 되는 값으로 땅을 매수했습니다. 이거 분명 금품 수수 아닙니까? 땅값을 후려쳐서 돈 받은 거라고요! 여기 등기부 등본도 실려 있습니다!!

씬51 문주 경찰서 - 강력1팀 사무실 (D, 오전)

형사들, 컴퓨터 화면 속 단독 기사를 들여다보고 있다.

형사1   정모 총경이 누군데!

형사2   (기사 읊는) 한기환 차장과 오랜 인연으로, 문주 경찰서 시절 발탁해 함께 서울청으로.. (당혹) 우리 서장님 얘기 아니야?

도수   팀장님, (지화 보면)

지화, TV 화면 속 기환을 바라보는데.

화면 속 기환, 미동 없이 차분하다.

씬52   만양 정육점 안 (D, 오전)

광영   정모 총경, 정철문 서장님 아냐?

지훈   네?

광영   기사 좀 찾아봐, 얼른!

지훈   네네. (휴대폰 꺼내 검색하며) 우씨, 동식이 형이랑 한경위님은 왜 안 오는 거야.

광영   누구한테 돈을 받은 걸까? 기사에 없어?

정제   우리 어머니.

광영/지훈 네?

정제   우리 어머니한테 받았어, 정철문 서장.

광영/지훈 (동공 지진!)

재이   (화면을 가만히 보는) 왜 저렇게 멀쩡하지.

지훈   (동공 지진 감추지 못하고) .. 뭐가요.

재이   저 사람, 한기환. 조금도 놀라지 않잖아.

/INS. TV 화면

차분한 표정의 기환, 입을 연다.

기환   정모 총경이 땅을 매수한 건 맞습니다. 시세의 절반가로 매수한 것도 사실입니다.

씬53 국회 행정안전위원회 회의실 (D, 오전)

국회의원들 (웅성웅성) 뭐?/그럼 돈 받은 거네!

기환 하지만 그건, 채무 관계에 비롯된 것입니다.

주원 !!!

한경수 (황당) 채무 관계요?

주원 (하.. 서늘하게 입꼬리가 올라간다. 결국 이렇게 나온단 말인가)

기환 토지 소유자가 급전이 필요해 정모 총경에게 일정 금액을 대여했고, (주원과 시선 마주친다)

주원 (경멸의 시선 그대로 드러내면)

혁 (주원 표정 놓지 않고 보는)

기환 (흔들림 없이) 그것을 토지로 갚은 것입니다. 그에 대한 증거는, (비서를 보면)

비서 (인쇄된 차용증 여러 장을 한경수에게 건넨다)

한경수 (재빨리 받아서 확인하는데)

기환 채권 채무 관계를 맺은 것 자체는 법적으로 문제 되지 않지만, 공직자로서 얽히지 말아야 할 관계임은 분명합니다. 그에 따라 처분을 내려 이미 정모 총경을 지방 경찰서로 발령 조치한 바 있습니다.

주원 (하... 옅은 실소)

한경수 (낮은 한숨) .. 20년 동안이나 돈 관계를 맺었다?

기환 차후 제가 경찰청장에 임명된다면, 대대적인 청문 감사와 감찰을 통해 경찰 조직의 청렴을 강조하고 도덕성을 재확립하겠습니다. 이 자리에서 분명히 약속드립니다.

한경수 (어쩔 수 없이) 약속.. 하시는 겁니다?

기환, 답하려 카메라를 보는데, 카메라 뒤에 선 주원과 다시 시선 마주친다.

기환 반드시 처리하겠습니다.

주원   (서늘하게 바라본다)

혁   (작게 중얼) 아이고.. 주원아.. 고작 그걸로 여기까지 온 거니.

위원장   한경수 의원님. 질의 시간 끝났습니다. 그럼 다음으로 반도당, (하는데)

갑자기 문이 벌컥 열리며 어수선해진다! 고개 돌리던 혁, 두 눈이 휘둥그레지며!

동식(E)   잠시, 실례하겠습니다.

모두   (돌아본다)

기환   (돌아보면)

동식   (기환에게 목례) 차장님, 죄송합니다.

기환   (순간 당황) 이동식 경위?

주원   !!

위원장   이보세요! 지금 여기가 어디라고! 당장 나가요!

동식   (신분증 보여주며) 서울청 감찰조사계 이동식 경윕니다.

국회의원들(벌떡 일어나) 지금 뭐 하는 겁니까!/청문회 중인 거 안 보이나!/경찰청장 청
          문회 중이잖아!

청원경찰과 보좌관들, 동식을 붙잡는데!

동식   법을 집행하는 데 있어서, 때와 장소가 중요합니까? (기환을 보며) 그렇습니
          까, 한기환 경찰청장 후보자님?

기환   (TV 카메라를 의식하며) 법 집행 중인 저희 직원 놔주시죠.

경찰/보좌관(어쩔 수 없이 물러나면)

기환   무슨 일이지, 이동식 경위.

동식   (가만히 기환을 바라보다) 긴급 체포 건입니다, 차장님.

기환   뭐?!

기환을 바라보던 동식, 갑자기 몸을 돌려 성큼성큼 주원에게 다가간다!

주원   (동식을 바라보면)

혁/기환   (대체 이게 무슨 일이지 싶은 그때!)

동식	한주원 경위 당신을 이금화 살인 사건에 관한 직권 남용 및 방조 등의 혐의로 긴급 체포합니다.
주원	!
기환	(자리에서 벌떡 일어난다) !!!
동식	(수갑을 주원의 손에 채우며) 당신은 묵비권 행사할 수 있고 변호인을 선임할 권리 있고 변명의 기회가 있으며, 체포 구속 적부심을 법원에 청구할 권리가 있습니다.

카메라, 주원과 동식에게 향하며! 미친 듯 터지는 플래시 세례!
찰칵찰칵~! 벌떡 일어난 기환을 찍어대는 카메라들!

씬54　문주 경찰서 – 강력1팀 사무실 (D, 오전)

모두 기함해서 TV 화면을 보는!

지화	이동식..

씬55　만양 정육점 안 (D, 오전)

역시 모두 기함해서 TV 앞에 서 있다.

광영	뭐야, 이거..
지훈	지.. 지금.. 한경위님 체포한 거예요? 동식이 형이?
재이	(하...)
정제	(완전히 굳어 보면)

씬56　국회 행정안전위원회 회의실 (D, 오전)

굳어버린 기환, 주원과 동식에 시선을 뗄 수 없고.

동식   (나직이) 이금화.. 잊지 않았지?

주원   (서늘해져서) 무슨 짓입니까.

동식   무슨 짓은. 죄를 지었으면 벌을 받아야죠, 한주원 경위.

주원   (천천히 비릿하게 미소 지으며 동식을 보는 데서)

- 13회 끝 -

14회

답하다

괴물

씬1 한기환의 집 – 거실 (D, 아침, 과거 – 2000년 10월 15일)

7살의 어린 주원, 실내복 차림으로 방에서 나와 조심스럽게 거실로 다가간다.
멀리 무릎을 꿇은 32세의 여성. 주원의 모친 이수연이다.
그 앞에 선 38세 기환, 밤새 한숨도 못 잔 듯 퀭한 얼굴로 서늘하게 내려다보고 있고.

수연	(오른 손목에 붕대 감은 채 술이 덜 깨서는 정신 차리려 노력한다, 덜덜 떨리는 손으로 바닥을 짚으며) 나.. 얌전히 있을게. 나 좀 봐줘요.
기환	뭘 더 어떻게 봐줘. 당신 집구석 때문에 내가 어제 그 썩을 새끼랑.. 나한테 무슨 일 있었는지 알아??
수연	내가 다 잘못했어요. 제발 가두지 말아줘요. 주원이 7살인데 엄마 필요한 나이잖아. 응?
기환	한 번이라도 엄마인 적 있었나. 주원이 인생에도 당신은 짐이야.
수연	앞으로 잘할게. 술도 안 마시고 (손목 보이며) 이런 짓 절대 안 할게.
기환	하는 게 문젠가. 실패하는 게 문제지.
수연	!! (눈을 내리까는데)

저 멀리서 구급차 오는 소리 들린다.

기환	내 눈앞에서 사라져. (돌아서려는데)
수연	(일어나며) 이혼해.
기환	(하- 비웃는)
수연	나 말라죽기 전에 이혼해달라고! 우리 집 이제 당신한테 빽 못 돼주잖아! 경찰청장 그까짓 게 뭐라고 날 못 놔?
기환	그까짓 거? (수연의 어깨를 콱- 잡으며) 그까짓 거 때문에 딴 남자랑 살림까지 차렸던 너랑 결혼했어! 그까짓 거 때문에 너랑 애 낳고 살았고! 그까짓 거 때문에 내가!! 지금 니네 아버지, 썩을 오일건설 뒤 닦아주고 있다고. 언제까지 너 같은 폭탄을 안고 살아야 돼?! 내 인생은 완벽 그 자체여야 해! 죽을 때까지 정신병동에서 처박혀 조용히 살아!
수연	.. 주원이만 데리고 나갈게.
7살 주원	(나직이 중얼) .. 엄마.. (다가가려는데)
기환	(기막히다는 듯 수연을 보면)
수연	(눈꼬리에 눈물 흐른다) 그럼.. (기환의 팔을 잡으며) 주원이 놓고 가면 보내줄래?
7살 주원	!! (다가서던 발이 굳어버리는데)

애애애앵- 다가온 구급차 소리 멈추고, 띵동- 인터폰 벨 울린다!
기환, 수연에게 잡혔던 팔을 가볍게 뿌리치고는 인터폰으로 향해 가고.
휘청- 너무도 가볍게 떨어져 나가듯 밀리는 수연의 몸뚱이. 그때, 주원의 시선 느끼고.

기환(E) 네, 맞습니다. 문 열어드리겠습니다.

수연, 눈물 흘리면서도 미소 지으며 주원에게 손을 뻗으려는데.
무표정하게 가라앉은 7살의 주원, 그저 보기만 할 뿐이다.
현관문을 열고 우르르 들어오는 사설 구급차 직원들.

수연	여보! 제발! (주원을 향해) 주원아! 엄마 좀 잡아줘! 주원아. (팔을 뻗지만)

기환, 주원이 서 있음을 알아채고 보면. 주원의 표정은 차분하기 그지없다.
그 상황을 그저 냉정하게 바라보고 있을 뿐이다.

기환　　데리고 나가요.

구급차 직원들, 안 돼! 제발! 주원아! 울부짖는 수연을 끌어내다시피 데리고 나가면.

기환　　한주원, 걱정하지 마. (실상은 스스로에게 다짐하는 듯하다) 너와 내 인생은
　　　　　이제 완벽해질 거야.

7살답지 않은 무표정한 얼굴로 기환을 바라보는 주원에서.

씬2　　국회 행정안전위원회 회의실 (D, 오전, 현재 – 13회 53씬 동일)

차가운 그 얼굴로 커버린 28살의 주원, 기환을 바라보고 서 있다.

한경수(E)　(어쩔 수 없이) 약속.. 하시는 겁니다?

기환, 답하려 카메라를 보는데, 카메라 뒤에 선 주원과 다시 시선 마주친다.
부자의 냉정한 시선이 교차하고.

기환　　반드시 처리하겠습니다.
주원　　(이럴 줄 알았다. 경멸이 서리며, 입꼬리 살짝 올라가는데)
위원장　한경수 의원님. 질의 시간 끝났습니다. 그럼 다음으로 반도당, (하는데)

갑자기 문이 벌컥 열리며 어수선해진다! 주원, 바라보면. 동식이 걸어들어온다.

동식　　잠시, 실례하겠습니다.
기환　　(돌아보면)
동식　　(기환에게 목례) 차장님, 죄송합니다.
기환　　(순간 당황) 이동식 경위?

주원   (놀란 듯하면서도 기환의 반응을 관찰하는데)

위원장   이보세요! 지금 여기가 어디라고! 당장 나가요!

동식   (신분증 보여주며) 서울청 감찰조사계 이동식 경윕니다.

국회의원들(벌떡 일어나) 지금 뭐 하는 겁니까!/청문회 중인 거 안 보이나!/경찰청장 청
       문회 중이잖아!

청원경찰과 보좌관들, 동식을 붙잡는데!

동식   법을 집행하는 데 있어서, 때와 장소가 중요합니까? (기환을 보며) 그렇습니
       까, 한기환 경찰청장 후보자님?

주원   (아버지의 표정을 바라보면)

기환   (TV 카메라를 의식하며) 법 집행 중인 저희 직원 놔주시죠.

경찰/보좌관(어쩔 수 없이 물러나면)

기환   무슨 일이지, 이동식 경위.

동식   긴급 체포 건입니다, 차장님.

기환   뭐?!

동식, 주원과 눈 마주치고. 주원, 차분히 동식을 바라보는데.
주원에게 성큼성큼 다가오는 동식.

동식   한주원 경위 당신을 이금화 살인 사건에 관한 직권 남용 및 방조 등의 혐의
       로 긴급 체포합니다.

주원   (눈꼬리 살짝 치켜뜨는)

동식   (수갑을 주원의 손에 채우며) 당신은 묵비권 행사할 수 있고 변호인을 선임
       할 권리 있고 변명의 기회가 있으며, 체포 구속 적부심을 법원에 청구할 권리
       가 있습니다.

기환   (자리에서 벌떡 일어난다) !!!

찰칵찰칵-! 기환을 찍어대는 카메라들!
미친 듯 터지는 플래시 세례! 마주 보고 선 주원과 동식.

씬3   서울청 - 감찰조사실 (D, 시간 경과)

주원, 맞은편의 동식을 바라보면.

동식   (노트북 화면에 감찰 진술 조서 띄운 채 주원을 바라본다) 서울청 감찰조사
계 경위 이동식, 조사 시작하겠습니다.

주원   (대답 없이 그저 본다)

동식   한주원 경위. 이금화씨 살인에 관한 직권 남용 및 방조 혐의에 대해 본인의
죄를 인정합니까?

주원   (그저 가만히 본다)

동식   (피식) 묵비권 행사하시겠다? 오케이. (옆에 놓인 감찰 진술 조서를 펼쳐 내
밀며) 작년 11월 12일, 바로 이 조사실에서 본인이 자백한 조서 내용이 있어
요. (읽는다) 독단으로 함정 수사 강행해서 피해자가 발생했습니다.

주원   (차분히 그저 바라보는 그 얼굴 위로)

동식(E)   지금 뭐라고 했습니까?

씬4   동식의 집 - 마당 (N, 전날 밤)

주원   내일 청문회장에서 날 긴급 체포하라고 말했습니다.

동식   무슨 혐의로.

주원   이금화 살인 사건에 대한 직권 남용 및 방조. 이경위님은 이제 서울청 감찰
조사계 소속이니까 가능하죠.

동식   왜 그런 쇼를 해야 하는데? 임규석 기레기한테 떡밥 던졌잖아요.

주원   우리 아버지, 한기환씨는 완벽을 추구하는 사람입니다. 인생에서 가장 바라
던 순간이 이번 청문흰데 철벽 방어할 가능성이 높습니다.

동식   철벽 방어에 스스로를 내던져 공격하시겠다?

주원   아버지 인생에 희생이란 단어는 없습니다. 아들인 저도 그런 인간이라 생각
하시겠죠. 예상하지 못할 겁니다. 예상하지 못하면 방어할 수 없고. (똑바로
바라보며) 날 체포하세요.

동식   카메라 앞에서 긴급 체포되면 휴직 처분으로 안 끝날 건데, 당신 인생이 망 가질 수 있어요.

주원   왜요. 내 걱정 하는 겁니까?

동식   내가 미쳤어요? 한경위 걱정을 왜 해. (곰곰이 생각하고) 묵비권 행사해요. 인정하지 말라고.

주원   (차분히 보면)

동식   한경위 이뻐서 그러는 거 아니고, 우리가 할 일이 많이 남은 거 같아서. 묵비 권 행사 약속 안 하면 체포 안 합니다. 알겠어요?

주원   (잠시) 네.

씬5   서울청 – 감찰조사실 (D, 현재)

동식   독단으로 함정 수사 강행해서 피해자가 발생했습니다, 라고 본인이 분명히 자백한, (하는데)

주원   맞습니다. 사실입니다.

동식   (놀라) 한주원 경위.

주원   독단으로 함정 수사 강행해서 피해자 발생했고, 피해자 성함은 이금화. 지난 번 조사에 제대로 처벌받지 못했고, 휴직 3개월로 마무리된 사안입니다. 지 금이라도 형법 제123조 조항에 맞게, (하는데)

동식   (자르며) 한주원 경위, 지금 뭐 하는 겁니까.

주원   혐의 인정하는 겁니다.

동식   (속삭인다) 약속이랑.. 다르잖아.

주원   약속이라뇨. 무슨 말씀 하시는지 모르겠습니다.

동식   이봐요, 한주원 (하는데)

주원   전 누구와 달라서, 원래 있던 곳으로 돌아갈 필요가 없을 것 같습니다.

/INS. 플래시백. 동식의 집 – 마당 (9회 30씬)

동식   (몸을 일으키며) 우리 이제 작별이네. 한경위님은 원래 있던 곳으로 돌아가셔 야죠.

/현재. 서울청 – 감찰조사실
주원   누구는 자수를 하지 않았고,

/INS. 플래시백. 동식의 집 – 마당 (9회 30씬)
주원   그 말은, 지금 자수하겠다는 겁니까. 이유연씨 못 찾았는데?
동식   자수? 내가 왜. 뭘 잘못했는데.

/현재. 서울청 – 감찰조사실
주원   약속을 저버렸는데,

/INS. 플래시백. 동식의 집 – 마당 (9회 30씬)
주원   나하고 약속했잖아.
동식   (금시초문이라는 듯 차갑게 본다)
주원   약속, 했잖아, 당신!

/현재. 서울청 – 감찰조사실
주원   나는 왜 지켜야 할까요.
동식   ...!!
주원   나는, 처벌받을 겁니다. 그게 당신과 내 차이야.. 이동식씨.

그때, 벌컥- 문 열고 들어오는 감찰계장 한경감.

한경감   야 이 새끼야! 감찰 넘어온 지 얼마나 됐다고 단독 행동이야? 누구 허가받고
         청문회까지 들이닥친 거야?
주원   (한경감에게) 지난번에 제대로 처벌하셨으면 청문회에서 체포당하는 일도
         없었겠죠.
한경감   한주원 경위 제정신입니까?
주원   제정신입니다. 처벌해주십시오. 따르겠습니다.
한경감   이봐요, 한주원 경위. 안 그래도 된다니까. 내가 직접 처분한 껀이고,
동식   처벌하죠. 소원이라는데. 자백 인정했으니까 유치장에 들어갈 필욘 없을 것
         같고, 징계위원회 열릴 때까지 정직, 오케이?

한경감 누구 맘대로 정직이래? 이동식 너 진짜 또라이 맞구나?

주원 (경찰 공무원증 꺼내서 테이블 위에 놓으며) 처분 받아들이겠습니다.

한경감 (당황) 아니, 한경위가 지금 정직되면 차장님이.. (하는데)

주원 (관심 없는 표정으로 일어나 한경감에게 목례)

동식에게는 시선도 주지 않고 밖으로 나간다.
그 뒷모습 바라보는 동식. 한 방 맞은 것 같다. 애써 피식 웃는 데서.

씬6 한기환의 집 – 차고 (D, 오후)

기환의 개인 승용차 옆에 주차한 주원, 차에서 내리고.
잠시 나직이 한숨을 내쉬는데.

씬7 한기환의 집 – 거실 (D, 오후)

소파에 앉은 기환, 고함을 치고 있고. 굳은 표정의 혁, 앉지도 못하고 그 옆에 서 있다.

기환 무슨 꿍꿍이야?! 누구 마음대로 한주원을 청문회장에 들여!

혁 죄송합니다. 저는 정말 주원이가 체포될 줄은,

기환 니가 뭔데 그런 짓을 해! 한주원 그 새끼랑 무슨 작당을 벌인 거냐고!

혁 그런 거 아닙니다. 꿍꿍이가 있었으면, 아버님께 단독 기사 껀 알려드리지도 않았을 겁니다. 제 덕분에 기사 잘 막았지 않습니까. (하는데)

기환 내가 그딴 거 모르고 있었을 것 같아? 우리 정보과 애들이 이미 알아낸 일이었어.

혁 (굳는데)

기환 한주원 그 새끼랑 손잡고 대단한 정보인 양 들고 와선 내 시선을 돌려놓고 날 물 먹여?

혁 정말 억울합니다. 기사 껀은 주원이한테 들은 정보도 아니었고요. 주원이 걔 도 아버님 청문회 통과하시는 거 보고 싶다고 가서 힘 실어드리고 싶다고..

진심이었을 겁니다.

기환   진심? (훅 일어나서 혁의 옷깃을 잡아당겨 가까이 대며) 니가 그 새낄 알아?
       넌 그 자식 몰라. 백번을 다시 태어나도 그 새끼가 네 머리 꼭대기에서 놀 거
       라고!

혁   (자존심 완전히 구겨진, 싸늘하게) 과일 도매업이나 하는 집에서 태어난 저
       는, 차장님 핏줄에 죽었다 깨어나도 안 된다는 말씀입니까?

기환   (멈칫- 그런 뜻 맞지만, 도를 넘었다)

혁   차장님 말씀이 옳다면,

기환   (잡았던 손 놓으며 차분히) 권검사, (하는데)

혁   (구겨진 옷깃을 바로 펴며) 핏줄하곤 상관없는 일 같은데요. 주원이가 지금
       차장님 머리 꼭대기 위에서도 놀고 있잖습니까.

기환   (눈을 부릅뜨고 보는데)

혁   저, 경찰청 소속 아니고 검찰청 소속 검삽니다. 언제까지 제가 차장님께 충성
       을 맹세해야 믿어주시겠습니까.

주원(E) 꿈이 너무 큰데.

혁과 기환, 일제히 돌아보면. 주원이 차고에서 올라와 거실로 들어선다.

주원   (두 사람에게 다가오며) 우리 아버지는 세상에서 딱 한 사람, 자기 자신만 믿
       는 분이거든.

기환   한주원 너 이 새끼!

주원   고함치지 마세요. 화는 내가 내야지. 아버지가 그토록 좋아하시던, 서울청으
       로 직접 스카웃까지 한 그 또라이 손에 제 발목이 나가게 생겼는데.

기환   (멈칫- 굳는다) 뭐?

주원   (혁에게) 미안해. 형한테 폐 끼칠 생각은 없었어.

혁   너 체포 그건 너도 모르는 일 맞지? 그지? 근데 너 여기 어떻게 와 있어? 아
       까 체포됐잖아.

주원   체포됐고, 인정했고, 정직됐지.

기환   뭘 해? 인정을 해?

주원   전 아버지처럼 살고 싶지 않거든요.

기환   어리석은 놈!

주원	아버지 닮아 어리석죠. 핏줄이라 그런가.
기환	내 집에서 당장 나가.
주원	말씀해주시면 저는 들을 겁니다.
기환	(무슨 소린가 싶은, 순간 보면)
주원	지금 제가 왜 이러는진 모르겠습니다. 그저 드릴 수 있는 말씀은 그래도 아버지 얘기를 듣겠다는, (하는데)
기환	권검사.
혁	(눈알만 굴리다) 예?
기환	치워.
주원	(천천히 굳는다)
기환	계속 얘기했지. 제발 조용히 살라고. 내 눈앞에서 사라져.
혁	(양쪽 눈치 보다가 주원의 앞을 막아서면)
주원	이젠 두 사람이 가족 같네.
혁	(주원의 어깨에 손을 올리며) 주원아, (하는데)
주원	(피하며) 내가 가.
기환	(몸 돌려 방으로 들어가버리려는데)
주원	죄송합니다.. 아버지.
기환	(멈칫 돌아보면)

주원, 어느새 돌아서 걸어 나가고 있다.

씬8   한기환의 집 – 차고 (D, 오후)

주원, 키로 차 문 열고 운전석에 올라탄다.
주차하고 내리던, 나직이 한숨 쉬던 6씬의 모습과 완전히 다르다.
그 누구보다 차분하고 이성적인 얼굴로 시동을 거는데.

씬9   문주천 갈대밭 인근 도로 – 창진 차 안 (N)

어둑하게 해가 가라앉은 갈대밭 도로로 차를 몰고 들어가는 창진.

씬10   동 장소 – 창진 차 안 (N, 새벽, 과거 – 2000년 10월 15일)

어둑한 도로. 운전해서 들어가는 29세의 창진. 저 멀리 정제의 차가 보이고.
창진의 차 헤드라이트 불빛이 점점 가까이 다가서면 바닥에 쓰러진 유연의 모습.
그 옆으로 머리를 쥐어뜯으며 서 있는 정제 보이고.

씬11   문주천 갈대밭 인근 도로 – 창진 차 안 (N, 현재)

그때와 유사한 그림으로 서 있는 차 한 대. 그 옆에 서 있는 현재의 정제.
차를 멈춰 세우고, 창 너머로 정제를 바라보는 창진. 서로 시선 교차하는데.

씬12   문주천 갈대밭 인근 도로 (N)

지팡이를 짚으며 정제에게 다가가는 창진.

창진   세상에 이런 일도 있네. 의원님 아드님께서 직접 나를 보자고 하시고.
정제   날 애타게 찾으신다는 소문을 들어서요. 다시 정신병원에 처넣고 싶어 하신
        다고, 2000년 그때처럼.
창진   (러시아어로) 이 새끼가 제대로 돌았나. (다가서며 빙긋) 뭘 좀 떠올리셨나
        봐? 굳이 여기서 만나자고 한 걸 보면. 이제는 괜찮아? 그땐 뭐 난리도 아니
        었잖아.

/INS. 과거. 문주천 갈대밭 인근 도로 (동 회 10씬 이후, 11회 64씬 이전)
죽은 유연의 앞에서 머리를 쥐어뜯으며 끄윽끄윽 신음도 내지 못하고 승용차 옆에 털
퍼덕 주저앉는 20살의 정제. 약과 술에 취해 완전히 미쳐버린 것 같다.

/현재. 문주천 갈대밭 인근 도로

정제   (표정이 설핏 굳으며) 안 괜찮다면 어쩌시려고.

창진   어쩌긴. 남의 아들 일인데 그 집 어머님이 잘 알아서 하시겠지. (갑자기 지팡이로 정제의 차 뒷좌석 창을 툭- 치며) 안 그렇습니까, 도해원 의원님?

달칵- 뒷좌석 문 열리고 해원이 내린다.

창진   (러시아어) 모자가 쌍으로 미쳤나. (빙긋, 한국어) 의원님, 이 깜짝쇼는 뭡니까.

해원   많이 놀랐어?

창진   그냥 쫌.. (표정 일그러지며) 내가 놀라고 그러는 걸 좋아하지 않아서, 불쾌하네? (해원에게 한발 다가서려는데)

정제   (해원 앞을 막는다)

창진   아이구~ 둘이 만나기로 한 자리에 어머님 모시고 나왔길래 젖비린내 나네 했더니, 지금 막았어요?

해원   그러게, 내 전화 왜 안 받아.

창진   (본다) 나만 안 받았나? 당신도 당신 꼴리는 대로 받았다 안 받았다 지랄 발광을 하면서 왜, (하는데)

정제   한기환 차장 따라다니느라 바빠서 안 받았던 건 아니고?

창진   (멈칫- 정제를 보면)

해원   나만 쏙 빼놓고 한기환하고 무슨 작당을 벌이고 있는 건데? 우리 사이에 너무 섭섭하잖아, 이대표.

창진   내가 뭔 작당을 벌여요.

정제   .. 강진묵 일입니까.

창진   (정제를 보면)

해원   한기환이랑 둘이 강진묵 죽인 거야? 그래?

창진   (빙긋이 웃더니) 만약 그렇다면 어쩔 건데.

정제   !!

창진   고발이라도 하려고? 그러면 의원님도 철컹철컹, 우리 아드님도 철컹철컹. 우리 도해원 의원님이 공들인 문주시 재개발도 다 날아가고요~?

해원   (멈칫) 이대표.

창진 네, 의원님. 2000년 10월 15일 새벽에 말이에요.

해원 갑자기 그날 일은 왜! (하는데)

창진 갑자기 생각이 나네. 그날 내가 누구들을 좀 도와준 거 같거든. 결초보은이라고 모르시나? 사람으로 태어났으면 은혜를 갚아야지.

정제 은혜? 그날 당신, 일 안 했잖아.

창진 (멈칫- 정제를 보면)

씬13   동 장소 - 해원 차 안 (N, 새벽, 과거 - 13회 30씬 이어)

해원의 차 뒷좌석에 구겨지듯 실린 정제. 운전석의 해원이 미친 듯 액셀을 밟아 현장을 빠져나간다. 겨우 몸을 일으키는 정제, 정신이 나간 눈으로 뒷좌석 창밖을 바라보는데.

29살의 창진이 엉망이 된 정제의 승용차 앞에 서서 유연을 내려다보다가, 정제 차를 돌아본다. 흐음.. 운전석으로 올라타는 창진. 정제의 차가 천천히 후진하기 시작하는데.

씬14   문주천 갈대밭 인근 도로 (N, 현재)

정제 당신이 다른 곳으로 내 차를 옮기러 간 사이에, 유연이가 사라져버렸지?

창진 (눈 끝이 날카로워지며)

씬15   문주천 갈대밭 인근 도로 (N, 새벽, 과거 - 2000년 10월 15일)

저 멀리서 멀쩡하게 저벅저벅 걸어오는 창진. 어깨에 삽을 둘렀다.

잠시 우뚝 멈춰 서는 창진. 손전등을 켜서는 사고 현장을 비춘다.

굳어가는 검붉은 핏자국. 유연이 사라지고 없다.

씬16　문주천 갈대밭 인근 도로 (N, 현재)

정제　강진묵이 유연이를 데리고 가서 동식이 집 지하실 벽에 묻었어. 당신이 처리하지 못했다는 게 알려지면, 좋을 게 없었겠지. 그래서 당신은 강진묵이 자살할 수 있도록 도왔어.

씬17　문주 경찰서 - 유치장 (D, 새벽, 과거, 9회 38씬, 11회 59씬 동일)

유치장 구석에 누워 있는 진묵이 보인다.
진묵을 비추던 CCTV의 빨간 불이 탁- 나가고.
잠시 후 진묵, 인기척을 느낀 듯 돌아보는데.
어느새 유치장 바닥에 놓여 있는 낚싯줄. 그리고 접힌 종이가 보이고.
진묵, 다가가 종이를 펼쳐보면. 그것은 윤미혜의 시체 검안서다.
'성명: 윤미혜. 사망 일시: 2019년 8월 29일 22시 29분. 사고 종류: 운수(교통).'
넋이 나간 진묵, 마치 삶의 목적을 잃은 듯한 표정.
구석에 선 온통 검은 복장의 창진, 다가가 진묵 앞에 서는데.

씬18　문주천 갈대밭 인근 도로 (N, 현재)

창진　(묵묵한 시선으로 정제를 지긋이 본다)
정제　그런데 경찰서 유치장 CCTV는 어떻게 멈춰 세운 걸까.

/INS. 플래시컷. 문주 경찰서 - 유치장 (9회 38씬, 동 회 17씬)
진묵을 비추던 CCTV의 빨간 불이 탁- 나간다!

/현재. 문주천 갈대밭 인근 도로
정제　그게 난 도무지 이해가 안 되어서 말이죠. 분명 경찰 내부에 협조자가 있었던 건데.

창진   잠깐. 아까부터 나도 이해가 안 되는 게 하나 있어서 말야. (해원을 바라본다) 의원님도 이게 그렇게 궁금해요? 아드님 미끼로 날 여기까지 불러낼 정도로?

해원   나는, 그러니까, 내가 모르는 사실이 있다면 당연히 알아야지. (하는데)

갑자기 창진, 정제를 훅 잡아 순식간에 팔을 꺾어버린다!
정제, 대처하지 못하고 팔이 꺾이며 순간 낭패한 얼굴!

해원   이 새끼야! 뭐 하는 짓이야! 내 아들 당장 안 놔!

창진   잠깐만요. (정제의 상의 주머니에서 휴대폰을 꺼낸다) 이럴 줄 알았지.

창진, 정제를 확- 밀어서 놔주고는 액정에 뜬 걸 해원에게 보여주는데.
액정에 뜬 이름은, '이동식'. 그리고 통화 중이다.

해원   !!! (정제를 훅- 잡으며) 박정제, 너!

정제   (잠시) 죄송해요, 어머니.

창진   (휴대폰에) 여보세요. 이동식씨?

그때 저 멀리, 갑자기 자동차 헤드라이트 두 개가 땅-! 켜지며.

씬19   문주천 갈대밭 인근 도로 - 동식 차 안 (N)

동식   (휴대폰에) 어이- 이창진씨.

창진(F) 그날 일.. 제일 궁금할 사람이 당신 말고 또 있나.

동식   (하. 피식. 휴대폰에) 그날 일만 궁금할까. 남상배. 우리 소장님 일도 무척 궁금하지.

창진(F) (호오~ 휴대폰에) 남상배가 누구더라. 기억이 안 나네?

동식   (굳어 나직이) 머리도 좋으신 분이 기억을 못 하신다니. 그 좋은 머린 나쁜 일에만 쓰시나 봐.

씬20　문주천 갈대밭 인근 도로 (N, 동 시각)

창진　(휴대폰에) 좋은 일.. 나쁜 일.. 그건 누가 판단하지? 법이 판단하나? 그럼 (정제를 바라보며) 우리 의원님 아드님은 범죄자시니 자격 없고,

정제　(차갑게 보는)

창진　(해원 향해) 우리 의원님이 판단하시게?

해원　(시선 피하며, 뒤로 빠지며) 정제야, 그만 가자.

창진　가긴 어딜 가! 씨X! 그럼 이동식 니가 판단할래! (휴대폰에) 차에서 내려, 이 새끼야! 여기까지 와놓고 휴대폰으로 깔짝깔짝 뭐 하는 짓이야!

씬21　문주천 갈대밭 인근 도로 – 동식 차 안 (N, 동 시각)

동식　(그 모습 창 너머로 보며, 휴대폰에) 나도 그러고 싶은데, 소속을 옮겨서요. 오늘은 오지화가 판단할 거야.

씬22　문주천 갈대밭 인근 도로 (N, 동 시각)

창진　(중얼) 오지화?

그때 동식의 차가 서 있는 반대편 도로에서 사이렌 소리가 들려오기 시작한다.
위이잉- 위이잉! 도수의 차가 사이렌을 달고 창진에게 달려오고 있다.

창진　하......! (정제에게) 니들 오늘 동창회 하니?

정제　(휴대폰 낚아챈다) 남은 얘긴 서에 가서 마저 하시죠.

창진　나보고 경찰서에 가라고? 정말요, 의원님?

해원　(뒤에서 고개를 저으며) 정제야. 우리 오늘은 다 가자.

정제　(해원을 탁- 잡으며) 계세요.

해원　정제야. 너 이러면 안 돼. 이대표, 나는 진짜 몰랐어. 얼른 가.

정제	(창진 앞을 막아선다)
창진	하!
해원	박정제! 이건 아니잖아. 우리끼리 조용히 얘기하려고 한 건데 이러면 어떡해!
창진	(사이렌 소리 가까워온다) 이왕 베린 몸, 오늘은 어쩔 수 없다 치고. 의원님. 앞으로 조심합시다? 내가 들은 게 좀 있거든. 누군가, 죽을 때까지, 묻고 간.. 우리 의원님의 소중한 비밀.
해원	뭐? (알아들었다! 완전히 굳어버린다) !!
정제	(해원을 바라보는) 비밀이 뭔데? (창진에게) 그게 뭡니까!
창진	(미소) 개나 소나 다 알면 그게 비밀이야? (입술에 쉿) 그 사람의 정성을 생각해서 꼭 지켜드려야지. 안 그래요, 의원님?
해원	...!!
정제	(완전히 얼어붙은 해원을 심상치 않은 눈으로 보는데)

도수의 차가 세 사람의 앞에서 멈춰 서고, 도수와 지화가 내린다.

창진	(빙긋~ 돌아선다) 우리 지화 왔구나?
지화	전화 좀 받지 그러셨어.
창진	나도 보고 싶었어, 지화야.
도수	이씨- 이 인간이, (하는데)
창진	(도수에게 제 차 키를 건네며) 내 차 좀 경찰서 앞으로 가지고 와줘요. 가자. 지화야. (지팡이 짚고 절뚝이며 가서는 도수의 차 조수석에 올라탄다)
도수	(얼떨결에 창진의 차 키 손에 쥐었다) 방금.. 뭐지?
지화	하.. 차 가지고 와. (정제에게) 박정제, 너 괜찮아?
정제	어? 어.
지화	(어떻게 말해야 할지.. 싶다가) .. 고생했다. (해원에게) 의원님, 협조 감사드립니다. (목례하고 돌아서는데)
해원	(그때 정신이 퍼뜩 들어) 협조? 혀업조! 야-! 이거 다 불법이야! 내가 공식적으로 항의할 거야! 오지화! 지화 밑에 너! 니네 둘 다 콩밥 먹을 줄 알아!
도수	(꾸벅 인사하고 창진의 차로 후다닥 달려가고)
정제	(미친 듯 소리 지르는 해원을 가만히 바라보는데)

씬23 문주천 갈대밭 인근 도로 - 정제 차 안 (N)

창 너머로 지화와 창진이 탄 도수의 차가 떠나고.
운전석의 정제, 백미러로 뒷좌석의 해원을 바라본다.
감정을 누르면서도 이상하리만치 불안, 초조해 보이는 해원.
휴대폰을 꺼내서 'JL건설 이창진 대표' 찾았다가 아니지, 다시 '경찰청 한기환 차장'을
액정에 띄우고는 갈등하는데.

정제	엄마. 무슨 일이에요.
해원	뭐가.
정제	비밀.. 그거 뭐냐고.
해원	(동공이 설핏 흔들리지만 다잡고) 비밀 같은 건 없어, 아들.
정제	어머니, (하는데)
해원	(자르며) 그러니까 앞으로! (매섭게) 이딴 짓 절대로 하지 마.

씬24 문주천 갈대밭 인근 도로 - 동식 차 안 (N)

정제의 차 출발하는데, 그 모습 보고 있는 동식.
그때 휴대폰에 문자 수신음 울리고. '한주원: 어딥니까. 잠깐 보죠.'
도수가 운전하는 창진의 차도 출발하는 것 확인하는 동식, 답문자 찍는다.
'문주서 후문 주차장에서 봅시다.'

씬25 만양 정육점 안 (N)

재이가 없는 정육점 안에 서 있는 주원. 동식이 보낸 문자를 확인한다.

주원	(중얼) 문주서 후문 주차장?
재이	(달걀이 가득 든 판을 들고 들어오며) 여기서 뭐 하는 거예요?

주원	(손 내민다) 무거울 텐데 저 주십시오. (하는데)
재이	(피한다) 싫어요. (달걀판을 카운터 위에 올려놓으며) 유치장에 있을 줄 알았는데, 아버지 청문회는 망쳤어도 아들이라고 손써주셨나 보네.
주원	(황당하다는 듯 피식) 우리 아버지가요?
재이	(흘끔 보고는 툭-) 아버지하고 따뜻한 부자 관계도 아니고, 어머니는 찾지 않았고.

/INS. 플래시백. 만양 정육점 안 (6회 37씬)

재이	한주원씨. 우리 엄만 내가 알아서 해요. 남의 일이라고 쉽게 뱉는 같잖은 충고, 사양합니다.
주원	(일어나며) 내 일이었다면 무시했죠. 난 안 찾았거든.

/현재. 만양 정육점 안

주원	.. 기억하고 있었습니까.
재이	도련님이라도 아픈 개인사 정돈 있겠죠. (카운터 안으로 향하며) 나한테 말하진 말고. 남의 아픔까지 마음에 담고 살 생각은 없으니까.
주원	얘기 들었다고 마음에 담습니까? 왜요?
재이	(이 사람도 참..) 사람들은 원래 그래요. 보고 같이 밥 먹고 얘기하고, 익숙해지면 자기도 모르게 생각하게 되고 기억하게 되고 마음에 담게 되는 게,
주원	(그저 보면)
재이	됐고요. 무슨 일로 온 거예요?
주원	(잠시 눈을 내리깔았다가 보며) 부탁이 있습니다.
재이	(당황) 나한테요?
주원	그게 뭐든, 유재이씨 마음에 담지 않았으면 합니다. 내 부탁 때문에 발생하는 일은 내가 전부 책임지고 안고 갑니다.
재이	.. 부탁이 뭔데요.
주원	운전, 잘합니까?

씬26 문주 경찰서 후문 주차장 - 창진 차 안 (N)

폴리 글러브를 낀 동식, 주차된 창진의 차 운전석을 꼼꼼하게 살피는데 아무것도 없다. 블랙박스의 전원선도 빠져 있고, SD 카드도 텅 비어 있는. 이럴 줄 알았다. 백미러로 뒤를 흘끔 보면, 트렁크 문이 위로 올라가 있고.

씬27 문주 경찰서 - 후문 주차장 (N)

폴리 글러브를 낀 선녀, 창진의 차 트렁크 안에 루미놀 용액을 칙칙- 뿌리고 있다.

도수   (뒤에서 안절부절) 자기야~ 내가 한다니까. 이거 불법이잖아.

선녀   강도수씨. 나 지금 당신 와이프 아니고 경찰이구요. (칙칙-) 나는 우리 희망이, (칙칙칙-) 여자도 남자만큼 평등하게 제 몫 하는 세상에서 키우고 싶구요. (칙칙칙-) 불법이니까 증거로 제출하는 건 동의 안 할 겁니다.

동식   (운전석에서 내려 다가오며) 동의해야 할 일 없을 거야.

도수   네?

동식   아무것도 없으니까. (선녀 향해) 임경사?

선녀   네, 여기도 완벽하게 깨끗합니다.

도수   어쩐지 차 키를 덥석 내주더라니.

동식   (글러브를 벗으며) 고생했어요. 정말 고맙, (하는데)

선녀   (글러브 벗으며) 노 땡큐. (장비 챙겨 들고 슥- 가버린다)

도수   자기야..! (난처한 얼굴로 동식에게) 쟤가 참, 저게 싸가지 없는 게 아니구요. (하는데)

동식   잘 모시고 살아.

도수   네?

주원   (다가오며) 이창진씨 차 아닙니까.

도수   (멈칫-) 어.. 한경위님.. (동공이 잠깐 흔들리는)

동식   (트렁크 문 닫고) 조사 시작해야지. 올라가봐.

도수   네.. (주원에게 목례하고 후다닥 올라가는데)

주원   이창진씨 조사 시작하는 겁니까? (차 바라보며) 벌써 영장 나왔을 린 없고, 또 불법으로 수사하는 겁니까.

동식   불법, 불법, 불법. 하~ 법 참 좋아하시네.

주원	제가요? (피식하고는) .. 후회하지 않습니까.
동식	뭘요.
주원	강진묵을 고발하지 않고 강민정씨 손가락 유기한 행위 말입니다.
동식	.. 후회는, 너무 사치스럽지 않나. 지금 질문이 잘못된 것 같은데? 그때로 돌아가면 다시 그렇게 하겠냐고 묻고 싶은 거 아닌가?
주원	(맞다) 다시, 그렇게 할 겁니까?
동식	(차분하지만 단호하게) .. 네. 그럴 겁니다.
주원	(그렇다면) 이경위님. 늑대가 토끼몰이를 어떻게 하는지 아십니까.
동식	(갑작스러워) 토끼몰이?
주원	늑대가 토끼 사냥을 할 때는 각각의 역할이 있습니다. 몰이꾼, 추격조, 그리고 구경꾼.
동식	(이 이야기를 왜 하는 거지, 보면)
주원	몰이꾼이 토끼를 몰면 추격조는 끝까지 따라붙습니다. 그 모습을 언덕에서 구경꾼은 지켜봅니다. 예상치 못한 순간이 닥치면 구경꾼이 나서야 하니까요. 토끼를 몰아붙이기 위해서는 절대로 눈을 떼면 안 되는 거죠.
동식	토끼.. 그 토끼가 누군데?
주원	(본다)
동식	누굴 몰아붙이시려고?
주원	(피식) 올라가보시죠. 저도 볼일이 있어서. (돌아서 후문으로 향하는)

복잡한 표정의 동식, 어딘가 불길하다. 후문으로 뚜벅뚜벅 걸어가는 주원을 바라보는데.

씬28 문주 경찰서 - 강력계 진술 녹화실 (N)

창진과 마주 보고 앉은 지화. 문 열고 도수가 들어온다.
지화, 도수 눈 맞으면. 도수, 아무것도 없다.. 고개 슬쩍 내젓고 꾸벅 목례.

도수	죄송합니다. 차가 막혀서 늦었습니다. (창진 앞에 키 내려놓는)
창진	같은 길 따라왔을 텐데 신기하네. 안 그러니, 지화야?
지화	참여인으로 참관하게 된 경위 오지화입니다. 참관만 할 뿐 일체의 질문과 답

하지 않습니다.

창진   호오.. 그토록 애타게 전화를 해대더니, (도수를 바라보며) 재랑 얘기하라고?

도수   (컴퓨터 앞에 앉고는 바로) 오늘 조사를 맡은 경사 강도수입니다. 이창진씨,
        (하는데)

창진   아- 내가 먼저 털어놓을 게 있는데.

지화/도수 (보면)

창진   아까 갈대밭에서.. 도해원 의원님과 아드님하고 나눈 대화 말입니다. (슬며시
        창을 바라보며) 한기환 차장님.. 강진묵.. 그런 거 말이에요.

씬29   문주 경찰서 - 강력계 진술 녹화 관찰실 (N, 동 시각)

창 너머로 바라보고 서 있는 동식.
창진, 빙그레 웃는데, 마치 동식에게 웃어주는 듯하다.

창진(E) 이동식 경위가 전화 통화로 엿들은 거 같은데, (흐음~ 일부러 말을 늘이며)
         그게~ 전부~ 말이에요~

동식   (서늘하게 보던 그때 입꼬리가 슬쩍 올라간다)

도수(E) 사실이 아닌 거죠.

창진(E) .. 뭐?

씬30   문주 경찰서 - 강력계 진술 녹화실 (N, 동 시각)

도수   녹취가 되어 있어서 오는 길에 들어봤는데, 박정제 경감님만 줄줄 얘기하고
        이창진씨는 만약에 그렇다면 어쩔래? 그랬나 뭐 암튼, 가정법 쓰시더라고. 그
        럼 뭐 자백도 아니고 사실이 아니란 거죠. 알겠어요. 그쪽은 관심 없고요.

창진   (동공이 설핏 흔들린다, 관심이 없다고? 지화를 보면)

지화   (응, 관심 없음)

씬31 문주 경찰서 - 강력계 진술 녹화 관찰실 (N, 동 시각)

관찰실에서 바라보던 동식이 빙긋 웃는다.
창 너머로, 창진이 난감한 표정 애써 지우려 노력하는 것 보이고.

동식 (중얼) 머리 좋은 이창진씨, 이건 기억해보시지.

씬32 문주 경찰서 - 강력계 진술 녹화실 (N, 동 시각)

도수 오일건설, 알죠?

창진 (당황, 그게 왜 여기서 나오지) 오일건설이면.. (안다고 해야 하나) 알죠. 압니다.

도수 (자판 치며) 어떻게 알죠?

창진 대한민국에서 건설업을 하는 사람이 모르기엔 너무 큰 기업 아닌가?

도수 그렇겠죠. 그럼 한기환 차장님 아십니까.

창진 (본다)

도수 아세요?

창진 알죠. 이번 경찰청장 후보자니까. 오늘 청문회에 아드님이 개판 쳐서 청장 될진 모르겠지만.

도수 개인적으로 아십니까.

창진 (보면)

도수 차 넘버 3786 맞죠? 경찰청 출입기록을 확인해봤더니 작년 11월 5일에 차장실을 방문하셨더라고요. 뭐 또, 차는 본인 차인데 내가 방문한 건 아니다 그딴 소리, (하는데)

지화 크음...!

도수 (일부러) 아! 내가 알려준 꼴이네. (지화에게) 죄송합니다, 팀장님.

창진 (훗-) 지화야, 나 그렇게 치사한 사람 아닌 거 알잖아. (도수에게 바로) 내가 방문한 거 맞고, 쪼끔 아는 사이 맞아요. 그날 차장실을 방문한 이유는, (하는데)

도수 아 그건 됐습니다.

창진	뭐?
도수	이유는 됐다고요. 제가 묻지 않았으니까 대답 안 하셔도 됩니다. 잠시만요. 조서 작성 좀 하겠습니다.
창진	(지화에게) 지화야, 애 괜찮은 거니?
지화	(어깨를 으쓱)
도수	죄송해요~ 제가 아직도 분당 200타가 못 넘어가지고.

씬33 문주 경찰서 – 강력계 진술 녹화 관찰실 (N, 동 시각)

동식, 피식 웃는데. 곽계장이 문 벌컥- 열고 들어온다.

곽계장	야! 이동식, 너 여기서 뭐 하나? 너 서울청으로 갔다매!
동식	(꾸벅 목례) 오랜만에 뵙습니다.
곽계장	(창 너머 보며) 야- 씨. 저거 누구야? 지화 전 남편? 저 사람 불러다가 쟤들 뭐 하는 거야. 강력계장한테 보고도 안 하고 뭐 하는 거냐고! (바로 진술 녹화실 문 열려는데)
동식	(막으며) 2000년 10월 15일.
곽계장	(멈칫-)
동식	이유연, 방주선 사건 담당이셨죠. 그 사건 수사 중입니다.
곽계장	(하아.. 복잡한 표정이었다가) 동식아, 넌 나 믿냐.
동식	(보면)
곽계장	니 말대로 그 사건 담당이었는데 나는 믿냐고.
동식	믿을까요?
곽계장	(허.. 한숨) 믿던가 말던가. (턱으로 창 너머 창진 가리키며) 저 새끼, 상배 형 사건도 관련 있냐.
동식	아마도, 그런 것 같습니다.
곽계장	그런데 저것들이 날 안 불러?! 아주 위아래가 읎어. (의자로 가서 앉으며) 동식아, 너 오늘 운 좋다? 잘 봐. 우리 상배 형님한테 전수받은 감으로 저 새끼가 거짓말하나 안 하나 싹~ 판단해줄 테니까.
동식	(빙긋) 많이 배우겠습니다.

도수(E)	자 그럼 다시 질문하겠습니다. 오일건설 알죠?
곽계장	(응?) 오일건설?

씬34 문주 경찰서 – 강력계 진술 녹화실 (N, 동 시각)

창진	안다고 아까 말씀드렸는데.
도수	어떻게 압니까.
창진	(하아..) 아까 건설하는 사람들은 그냥 다 안다고, (말을 멈춘다)
지화	(보면)
창진	하하- 이거 참. 갑자기 한기환 차장 이름이 왜 나오나 했더니. (도수에게 빙 그레) 한기환 경찰청 차장님 처가가 오일건설이고, 그러니까 내가 한기환 차 장을 쪼끔 알게 된 것도 오일건설과 관계된 일이냐.. 이걸 묻고 싶으신 건가?
도수	넵.
창진	(이걸 어떻게 대답해야 하지 복잡해지는데)
도수	기억력이 별로 좋지 않으신가 보네. 그럼 자..
지화	(예전 기사 인쇄본을 책상에 올려 밀어준다)
창진	(응? 받아서 내려다보면, 2000년 10월 1일자 신문 기사) !
도수	2000년 문주시 개발 계획 추진할 당시 시행사는 이창진씨가 대표였던 진리 건업이었고 함께 추진하던 사람이 광효재단 도해원 이사장. 그때 마침 시공 사 입찰을 추진 중이었죠. 여기 기사 내용을 보면 입찰에 참여하겠다고 공시 한 건설사 중에 오일건설이 보이네요?
창진	(차분히 기사를 내려다보는 척하지만 동공이 옅게 흔들리며!)

/INS. 플래시컷. 문주 외곽 한정식집 – 룸 (13회 2씬)

해원	(잔 내밀며) 축하해요! 시행사 진리건업 떼돈 벌겠어~
창진	(해원에게 술 따르며) 우리 광효재단 도해원 이사장님은 이번 개발을 발판으 로 정계 진출 꼭 하시고요.
창진	이 모든 건, 알박기 들어간 지주들 정리할 수 있게 눈 딱 감아주신 문주 경 찰서장님 덕분입니다.
창진	시공사 입찰 뭐 다 눈 가리고 아웅 하는 쇼라지만,

창진	진리건업이 한서장님 처가댁 오일건설 말구 다른 건설사 찍으면 어떡하죠?
창진	돈은 죽었다 깨나도 싫다시고, 시공사로 처가를 선정해달라, 오케이~ 손잡 았으면 한배 탄 건데, 깡패 새끼랑 술 한잔도 못 섞는 건가.
기환	(짜증이 머리끝까지 올라오지만, 다시 자리에 앉는다)

씬35 문주 경찰서 – 강력계 진술 녹화 관찰실 (N, 동 시각)

당황한 심경을 감추려 노력하며 기사를 그저 내려다보는 창진의 모습이 보이고.
그 모습을 동식이 바라보는데.

곽계장	오일건설.. 도해원 의원.. 한기환 차장님.. 이게 다 무슨 소리야?
동식	세 사람이 21년 전부터 알고 지냈단 소리죠.

그때 창 너머 진술 녹화실의 창진이 천천히 입을 연다.

창진(E)	그래서.. 그게 왜 문제가 되는데?
곽계장	(바로) 그렇지. 알고 지낸 게 왜 문제가 되는데?
동식	알고 지낸 건 문제가 아닌데, 무엇을 주고받았나가 문제인 거죠.

씬36 문주 경찰서 – 강력계 진술 녹화실 (N, 동 시각)

도수	당시 이창진씨한테 문주시 개발이 무엇보다 중요했겠죠. 그 후 혼인 관계로 맺어졌던 오지화씨의 진술에 따르면, (지화 보면)
지화	이 자리에서 다시 진술하겠습니다.
창진	!!
지화	술 취할 때마다, 문주 개발이 안 돼서 다 망해버렸다.. 개발 좀 하겠다고 거기 한다 하는 인간들한테 불려 다니고 이용당했다.. 온갖 더러운 짓은 내가 다 하고 그 인간들은 입 싹 닦았다, 라고 자주 이야기했었죠. 제가 확실히 기억 합니다.

도수   한다 하는 인간들한테 이용당해서 어떤 더러운 짓을 했는지 이야기 좀 해보
        시죠.

씬37   문주천 갈대밭 인근 도로 – 창진의 차 (N, 새벽, 과거 – 21년 전)

어두운 도로로 직진하는 창진. 창 너머를 바라보면 차가 한 대 서 있다.
그 차 앞에 구겨져 있는 건.. 바로 유연이다. 차를 세우는 창진.
유연의 옆에 선 차는 정제의 것이 아니다. 운전석 문이 벌컥 열린다.
차에서 내리는 것은 38세의 한기환이다.
부탁할 수밖에 없는 이 상황에 대한 불쾌감과 당황함이 섞인 복잡한 표정.
흐음.. 이걸 어쩌나~ 옅게 한숨 내쉬는 창진.

씬38   문주 경찰서 – 강력계 진술 녹화실 (N, 현재)

창진   하... 하하하하. 우리 지화 기억력 좋네? 그런 소리 했던 거 같긴 하다?
지화   (보면)
창진   근데 미안하다 지화야. 그거 기집애한테 잘 보이려고 주접 떤 거야. 내가 너
        한테 홀딱 반해서 뻥 쳤다.
지화   (피식)
도수   뻥이요?
창진   우리 지화가 진술한 대로 그때 개발이 엎어져서 시공사 입찰까지 가지도 않
        았는데 뭘 이용당하나. (다시 창 쪽을 보며) 다방 레지 하나가 손가락이 잘
        린 채 죽고 어떤 기집애 하나가 밤늦게까지 싸돌아다니다가 사라져서 개발
        엎어진 거 다들 알잖아.

씬39   문주 경찰서 – 강력계 진술 녹화 관찰실 (N, 동 시각)

동식	(서늘하게 굳어서 바라보는데)
곽계장	에이- 텄다 텄어. 저 새끼 저거 끝까지 말 안 할걸? (시계 보며) 정서장 곧 내려올 텐데.
동식	(멈칫-) 정서장이 여길 왜 옵니까.
곽계장	한경위가 말한다던데?
동식	한주원이요?
곽계장	응. 여기서 이러고 있는 거 나도 한경위한테 듣고 온 건데?

동식이 문을 돌아보는 그 순간, 쾅-! 문 열리며 정서장이 들어온다.

정서장	이 새끼들이! 뭐 하는 짓이야!! 저 사람 당장 안 내보내?!

정서장, 동식을 훅 밀치고 녹화실 문을 벌컥 연다.

씬40   문주 경찰서 - 강력계 진술 녹화실 (N)

정서장	오지화, 강도수! 이것들이 미쳤어!!
지화	(하.. 자리에서 일어나며) 다 제가 지시한 일입니다.
창진	(일어나며) 우리 지화 멋있네. 아랫사람도 감쌀 줄 알고.
정서장	아우~ 이대표님. 이거 죄송해서 어쩌나.
창진	괜찮습니다. (하고는) 조금만 늦게 오셨으면 안 괜찮을 뻔했지만.
정서장	(따라 나가며) 내 얼굴 봐서 좋게좋게. 응?
창진	(동식을 스쳐 지나가며 미소) 좋게좋게? 응? (관찰실 문가에 서 있는 주원을 보며) 아버님 성함 나올까 봐 쪼르르 달려오셨어요? 청문회 잘못될까 그건 또 걱정되시나 보네. (나간다)
정서장	(따라 나가며) 피는 항상 물보다 진하죠.
곽계장	(얼굴 구겨져서 따라가며) 서장님. 일단 조사는 마저 하는 게, (하는데)
정서장(E)	(버럭버럭) 무슨 소릴 하는 겁니까! 근거가 없잖아, 근거가!

동식, 관찰실 문가에 그대로 선 주원을 바라본다.

지화 (관찰실에서 나와) 한주원 경위가 얘기한 겁니까?

동식 (바라본다)

주원 네. 불법은 불법이니까.

도수 (섭섭 울분 막 밀려와) 한경위님! 우리 같은 팀이잖아요.

주원 같은 팀? (빙긋) 서울청 감찰조사계 이동식 경위님. 우리가 언제 같은 팀이었습니까.

동식 (천천히 미소) 아닌가 보네.

주원 (바로) 네. 아닙니다.

씬41 문주 경찰서 후문 주차장 (N)

창진의 차 앞까지 함께 내려온 정서장.

창진 여기까지 배웅하실 필욘 없는데. 오늘 감사합니다.

정서장 나도 이유가 있으니까 이렇게 하겠죠?

창진 네?

정서장 조만간 전화할 테니까 꼭 받으시고. (창진의 어깨 토닥이고는 다시 후문으로 간다)

창진, 이 새낀 뭐지 싶은데. 그때 창진의 휴대폰 울린다.
보면, 발신자 표시 제한으로 온 문자다. '2000. 10. 15. 1시간 후'.

창진 2000년 10월 15일 1시간 후? (알겠다) 햐- 범인은 현장에 다시 나타난다더니 이 인간들은 지들이 일 친 데 다시 가고 싶은가. (차 키 꺼내서 문 열림 버튼 누르려다 멈칫. 키를 내려다보는)

/INS. 플래시컷. 문주 경찰서 - 강력계 진술 녹화실 (동 회 28씬)

도수 죄송합니다. 차가 막혀서 늦었습니다. (창진 앞에 키 내려놓는)

씬42 문주 경찰서 후문 주차장 앞 도로 (N)

빌라 주차장. 12회 8씬의 머리 짧게 깎은 20대 중반의 남자, 얼떨떨한 얼굴로 창진의
차 키 쥐고 서 있다.

창진 (남자의 차에 올라타며) 내 차 가져다가 우리 집에 갖다 놔.
20대 네. 알겠습니다.

20대, 후문 주차장으로 걸어가는데 주차장 앞 도로에 서 있는 도수의 차를 지나치고.
똘마니의 차, 골목을 빠져나가면 도수의 차에도 시동이 걸린다.

씬43 도로 – 똘마니 차 안 (N)

창진 1시간 후.. 1시간이라.. (했다가 백미러를 보면)

도수의 차가 쫓아오고 있다.

창진 아- 거머리 같은 새끼들. (휴대폰을 보며) 전화를 할 수도 없고.

그때 '발신자 표시 제한'으로 전화가 걸려온다!

창진 아이고~ 호랑이도 제 말 하면 온다더니. (통화 버튼 누르고, 휴대폰에) 아드
님께 감사하다고 말씀 좀 전해주시죠. 한기환 차장님.

씬44 한기환의 집 – 차고 (N, 동 시각)

어두운 옷차림의 기환, 대포폰으로 창진과 통화 중.

기환	주원이가.. 빼내줬다고?
창진(F)	어떡하셨길래 아드님이 정신 차리셨을까.
기환	(휴대폰에) 과연.. 정신을 차렸을지.
창진(F)	(피식) 아닌 건가? 그럼 우리 차장님 뒤는 아드님이 따려나?
기환	(설핏 굳어, 휴대폰에) 따라붙은 건가?
창진(F)	지화가 붙은 것 같은데, 그건 걱정 마시고.
기환	(차고 벽에 걸어둔 차 키를 챙기며) 늦어질 것 같으면 얘기하지.

씬45   문주 인근 도로 – 똘마니 차 안 (N, 동 시각)

| 창진 | (휴대폰에) 1시간, 아니 정확히는 48분 후에 뵙겠습니다. |
| 기환(F) | (차갑게, 휴대폰에) 거기서 보지. |

씬46   한기환의 집 앞 골목 (N)

기환의 차, 골목을 빠져나간다.
저 멀리 서 있던 차 한 대가 따라 출발하는데.

씬47   한기환의 집 앞 골목 – 기환 차 안 (N)

속도를 줄이며 백미러로 출발하는 차를 지켜보는 기환. 역시 주원의 차가 아니다.
속도 내기 시작하는 기환.

씬48   한기환의 집 앞 골목 (N)

똑같이 속도를 내서 기환의 차를 쫓는 그 차는 동식의 차다.

씬49   문주 인근 도로 (N)

창진이 운전하는 똘마니의 차, 칼치기 하듯 우웅- 달려가면. 뒤따라오는 도수의 차.

씬50   문주 인근 도로 - 똘마니 차 안 (N)

창진   우리 지화 운전이 늘었네?

확- 속도 내서 다시 차선을 바꾸는데!

씬51   문주 인근 도로 - 도수 차 안 (N)

지화는 조수석에 앉아 있고. 운전석에 앉은 것은 동식이다.

지화   하.. 이창진.. 불법은 아주 대통령감이야.
동식   꽉 잡아.
지화   (차 문 위의 손잡이 잡으면)
동식   (핸들 확- 꺾는다!)

씬52   서울 도로 일각 - 기환 차 안 (N)

기환, 속도를 지키며 주행 중이고. 그때 기환의 휴대폰 울린다. '수행비서 오완구 경위'.

기환   (핸즈프리) 네.
수행비서(F) 차장님, 조회 부탁하신 23 무 9113 차량 말입니다.
기환   (백미러로 따라오는 차량 보면. 기환의 집 앞에서부터 쫓아온 9113 넘버의
         동식 차다, 휴대폰에) 응.

수행비서(F) 우리 직원 찬데요?

기환   직원 누구?

수행비서(F) 서울청 감찰조사계 소속 이동식 경윕니다.

기환   아.. 고마워요. (잠시, 휴대폰에) 오경위. 내가 부탁이 하나 있는데.

수행비서(F) 네, 말씀하십시오, 차장님.

씬53 서울 도로 일각 – 동식 차 안 (N)

그러나 핸들을 잡은 건 여자의 손이다.
창 너머 기환의 차, 갑자기 훅- 핸들 돌려 갑자기 오른쪽 도로로 빠지면.

재이   어디 가시게요. 한주원 경위 아버님. (핸들 훅- 돌려 쫓는다!)

씬54 서울 도로 일각 (N)

기환의 차, 속도를 내서 달리기 시작하고! 그 뒤를 쫓는 동식의 차!

씬55 문주 도로 일각 (N)

다른 차량은 한 대도 보이지 않는 도로가 디졸브 되며.
창진이 운전하는 똘마니의 차가 속도를 내고 도수의 차가 쫓는다!
점점 거리가 좁혀지는데!

씬56 문주 도로 일각 – 도수 차 안 (N)

동식, 액셀을 미친 듯이 밟아 나가는 그때! 갑자기 브레이크를 밟는 똘마니의 차!
끼이익!

지화   아이- 저 미친놈!
동식   (브레이크를 꾸욱- 밟지만! 역부족이다) 지화야, 꼭 잡아!

동식, 핸들을 훅! 돌려 차선을 바꾸며, 사이드 브레이크를 올려버린다!

씬57   문주 도로 일각 (N)

도수의 차, 아슬아슬하게 정차한 똘마니의 차를 스치며 끼이익- 미끄러진다!
도로 위로 검게 그을리는 스키드마크!
도수의 차, 빙글- 돌아서 저 멀리 끼이익- 멈춰 선다!

씬58   문주 도로 일각 - 똘마니 차 안 (N)

창진   (피식) 지화야, 안녕~

다시 시동 걸더니 반대편으로 차를 돌리고.

씬59   문주 도로 일각 (N)

도수의 차에서 내리는 동식과 지화. 멀어지는 똘마니의 차를 바라본다.

지화   (휴대폰 꺼내며) 재이한테 전화해볼게.
동식   뭐. 잘할 거야.

씬60   서울 외곽 도로 일각 - 동식 차 안 (N)

차선을 바꾸는 기환의 차를 재이가 능숙하게 따라잡고 있다.
기환의 차, 차선을 다시 바꾸더니 골목으로 들어선다.
재이, 휘릭- 핸들을 돌려 골목으로 따라 들어가는데.

재이   허...!

골목 앞, 음주 단속이 진행 중이다!
그 앞에 멈춰 선 기환의 차, 운전석 창문이 내려지고.
후- 입김 불어 넣는 기환의 모습 보인다.

재이   (그 옆얼굴 보며) 좀 쎄한데.

기환의 차, 출발하고. 재이에게 서행해서 오라는 수신호 하는 경찰.

재이   (서행해 정차하고, 창문을 열며 떠나는 기환의 차를 바라보는데)
경찰   안녕하십니까. 음주 단속 중입니다. (기계를 갖다 댄다)
재이   (기계에 입김을 후- 부는데)
경찰   네. 감사합니다.
재이   (바로 시동 걸려는데)
경찰   잠시만요. 이 차량 본인 소유 맞습니까.
재이   네?
경찰   차량 등록증하고 운전 면허증 보여주시죠.
재이   (이럴 줄 알았다, 피식) 이거 너무 잔재주 아닌가. (경찰관 올려다보며) 부끄
        럽지 않아요?

씬61   문주 도로 일각 (N)

갓길에 차를 끌어다 놓고 그 앞에 선 동식과 지화.

동식   (휴대폰에) 네, 제 차 유재이씨에게 빌려준 거 맞습니다.

지화	(황당한 표정) 경찰청 차장이 쪼잔하게 뭐 하는 짓이냐.
동식	(전화 끊고) 쪼잔한 수단과 방법을 동원해서라도 꼭 만나서 할 말이 있는 거지.
지화	이제 우린 어떡하지?
동식	기다려야지.
지화	뭘?
동식	한주원.
지화	뭐?

씬62 문주천 갈대밭 인근 도로 (N)

저 멀리 똘마니 차가 서 있고. 다가오던 기환의 차, 바로 옆에 멈춰 선다.
멀리 갈대밭 옆으로 갈대에 가려진 차 한 대. 바로 주원의 차다.
눈치채지 못한 채 조수석 문 지잉- 내리는 기환. 창진, 운전석 문 내리며.

기환	휴대폰 두고, 이쪽으로 타지.
창진	(하.. 했다가) 그렇게 합시다.

씬63 문주천 갈대밭 인근 도로 – 기환 차 안 (N)

조수석에 앉은 창진, 블랙박스 전원선 빼버리고, 차량을 둘러보며.

창진	여길 굳이 또 오고 싶은 건가. 다들 왜 여기서 만나자는지.
기환	오늘 여기서 잡혀갔다며. 그럼 여기만큼 안전한 곳은 없지.
창진	여기로 다시 올 거라는 생각은 안 할 거다? 오케이. (손 내민다) 휴대폰 주시죠.
기환	내가 녹음이라도 할 것 같은가.
창진	어차피 한배 탄 몸이라 해도 상관없긴 한데, 그래도 뒤통수 맞으니까 기분

정말 더럽더라고. 내가 뭘 좀 받았는데요, (하는데)

기환 유치장 CCTV.

창진 (비릿하게 웃는다) 하.. 하하하하. 아 진짜 씨X! 날 거기로 보낸 거, 강진묵 죽이라고 한 건 너잖아, 이 새끼야!

씬64 문주천 갈대밭 인근 도로 일각 - 주원 차 안 (N)

귀에 이어폰을 꽂은 주원, 얼굴이 허옇게 질려 있다.
주원, 멀리 창 너머로 기환의 차를 바라보는데.

씬65 한기환의 집 - 거실 (D, 오후, 과거 - 동 회 7씬 동일)

주원 말씀해주시면 저는 들을 겁니다.

기환 (무슨 소린가 싶은, 순간 보면)

주원 지금 제가 왜 이러는진 모르겠습니다. 그저 드릴 수 있는 말씀은 그래도 아버지 얘기를 듣겠다는, (하는데)

기환 권검사.

혁 (눈알만 굴리다) 예?

기환 치워.

주원 (천천히 굳는다)

기환 계속 얘기했지. 제발 조용히 살라고. 내 눈앞에서 사라져.

혁 (양쪽 눈치 보다가 주원의 앞을 막아서면)

주원 이젠 두 사람이 가족 같네.

혁 (주원의 어깨에 손을 올리며) 주원아, (하는데)

주원 (피하며) 내가 가.

기환 (몸 돌려 방으로 들어가버리려는데)

주원 죄송합니다.. 아버지.

씬66   한기환의 집 – 차고 (D, 오후, 동 회 8씬 이전 상황)

차고 벽에 걸린 기환의 개인 차량 키를 꺼내더니 차 문 잠금을 해제하는 주원.
주머니에서 위치 추적기와 도청기를 꺼내더니 운전석 바닥에 붙이고!
문을 잠근 후, 차고 벽에 다시 키를 걸어둔다.
주원, 자신의 키로 차 문 열고 운전석에 올라타는데.
주차하고 내리던, 나직이 한숨 쉬던 6씬의 모습과 완전히 다르다.
그 누구보다 차분하고 이성적인 얼굴로 시동을 거는데.

씬67   문주천 갈대밭 인근 도로 – 기환 차 안 (N, 현재)

운전석 바닥에 붙은 추적기와 도청기.

창진   그래놓고 니가 내 뒤통수를 까?
기환   그건 정서장이 단독으로 저지른 일이고.
창진   그 새낀 당신 지시 아니면 아무것도 안 하는 놈이잖아.
기환   내가 청문회에서 정서장을 왜 감쌌다고 생각하지.
창진   (멈칫- 보면)

씬68   문주천 갈대밭 인근 도로 일각 – 주원 차 안 (N, 동 시각)

주원   (설마) .. 협박.. 당했으니까?
기환(E) 그 새끼한테 CCTV로 협박당했으니까.
주원   (눈가가 붉게 올라온다)
창진(E) 다 이유가 있다더니, 정서장 그 새끼가 그래서 오늘 날 악착같이 빼준 거구
         만?
기환(E) 그 새끼.. 어떻게든 처리해야겠지.
주원   !!!

씬69 문주천 갈대밭 인근 도로 - 기환 차 안 (N, 동 시각)

창진 그러니까 어떻게.

기환 (본다) 알아서 잘, 하던 대로.

창진 정서장은 쥐새끼과라서 남상배 그 인간이랑은 달라요. 문자 한 통 보낸다고
폐차장으로 쪼르르 나타나겠습니까. 남상배처럼 죽을 걸 알고도 나타나진
않을 거라고.

씬70 문주천 갈대밭 인근 도로 일각 - 주원 차 안 (N, 동 시각)

주원, 붉게 충혈되었던 눈가에 눈물이 설핏 맺히며.

/INS. 플래시백. 문주 외곽 폐차장 안 (10회 66씬)
녹음기를 플레이하는 주원. 상배의 목소리가 흘러나온다.

상배(E) (흥얼) 울지 말아요~ 오늘 밤만은 울지 말아요~ 아무리 슬픈 일이 있어도~

/INS. 플래시백. 문주 외곽 폐차장 안 (10회 67씬)

상배 (총의 안전장치를 풀고 점검하며) 그대가 없이 가는 길은 쓸쓸해 너무 쓸쓸
해~ (총을 다시 주머니에 넣으며) 울지 말아요~ 오늘 밤만은 울지 말아요~

/현재. 문주천 갈대밭 인근 도로 일각 - 주원 차 안

창진(E) 뒤에서 덮치지 않았으면,

주원 (부들 떨리는 손을 꼭 쥐는데)

/INS. 플래시백. 문주 외곽 폐차장 안 (10회 67씬)
상배 뒤에 서 있는 폐승합차 속에서 누군가 상배를 보고 있다.
헤드 마스크를 쓴, 눈동자만 보이는 남자다.
남자, 갑자기 승합차의 문을 단번에 열어젖힌다!

상배, 순간 빠르게 뒤를 도는데!

승합차에서 점프한 남자! 금속 방망이로 상배의 머리를 가차 없이 가격한다! 껑-!

쿠웅-! 일말의 반격도 못 하고 그대로 쓰러지는 상배.

씬71   문주천 갈대밭 인근 도로 - 기환 차 안 (N)

창진   내가 그 인간 총에 맞아 뒈졌을 거라고.

기환   그것까진 내가 알 바 아니고.

창진   (피식) 디테일은 모른 채로 살고 싶으시다? 경찰이라서?

기환   (차분히 보면)

창진   (비웃듯) 참, 보통 경찰이 아니시지? 차기 경찰청장님이시니까.

기환   (짜증 참으며) 알아서 잘 처리합시다.

창진   하던 대로요? (피식) 아, 문주서 강력 애들이 아까 오일건설에 대해 묻던데.

기환   오일.. 건설? (미간 찌푸려지는데)

창진   청문회 대비 잘하세요. 이번 개발, 난 무슨 일이 있어도 해야 하거든? 우리 경찰청장님 뒷배 믿고 열심히 추진하겠습니다?

기환   (시동을 부웅- 켠다) 내리지.

창진   대답?

기환   알겠으니까, 내리라고.

창진   (차 문을 탁- 잡으려다가) 아- 그리고 앞으로 말이에요, 내 전화 씹지 않기? 도해원 의원 전화는 받지 마시고.

기환   도해원이 왜 나한테 전활 하지?

창진   아줌마랑 그 아들놈의 새끼가 강진묵 죽은 걸 의심하더라고. 우리 청장님이랑 나랑 자기 몰래 두 손 꼭 잡은 거 아니냐던데? 말해줘도 괜찮으면 해주고요.

씬72   문주천 갈대밭 인근 도로 일각 - 주원 차 안 (N, 동 시각)

주원, 어느새 차갑게 식은 얼굴로 두 사람의 대화를 듣고 있다.

기환(E)   뭘 이야기해준다는 건지, 나는 도무지 모르겠는데.

창진(E)   우리가 강진묵을 죽게 만든 이유. 아니 정확히 말하자면, 강진묵의 입을 다물게 한 이유.

주원   (다시 눈가가 예민하게 올라오며 이 갈듯 중얼) 말해.

씬73   문주천 갈대밭 인근 도로 - 기환 차 안 (N, 동 시각)

기환   (서늘하게 본다) 난 기억이 안 나는데.

씬74   문주천 갈대밭 인근 도로 일각 - 주원 차 안 (N, 동 시각)

주원   아니야. 말해.

씬75   문주천 갈대밭 인근 도로 - 기환 차 안 (N, 동 시각)

창진   정말 기억이 안 난다고? 사실 그날 내가 강진묵 그 인간한테 정말 재미있는 이야기를 들었는데.

기환   (보면)

창진   2000년 10월 15일. 그날 새벽에 여기에 있었다나.

기환   !!!

씬76   문주천 갈대밭 인근 도로 일각 - 주원 차 안 (N, 동 시각)

주원   !!

창진(E)   그날 다 보고 있었다고.

씬77 　문주 경찰서 – 유치장 (D, 새벽, 과거 – 9회 38씬)

진묵　　(검은 옷의 창진을 올려다보며) 당신..

창진　　날 알아?

진묵　　진리건업.. 사슴농장 주인. 그날 거기 있었지. 유연이 죽던 날 밤.

창진　　(천천히 미소) 보고 있었어?

진묵　　(천천히 고개를 끄덕이며) 응.

씬78 　문주천 갈대밭 인근 도로 – 기환 차 안 (N, 동 시각)

기환　　!! (본다) 날.... 봤나.

씬79 　문주천 갈대밭 인근 도로 일각 – 주원 차 안 (N, 동 시각)

주원　　(이해가 되지 않아 혼란스러운데!)

기환(E)　그날 그 인간이 날 봤던 거야?

주원　　(훅– 숨을 멈추며) !!

씬80 　문주천 갈대밭 인근 도로 – 기환 차 안 (N, 동 시각)

기환　　강진묵 그 인간이.. 내가 사고 내는 걸,

씬81 　문주천 갈대밭 인근 도로 (N, 새벽, 12회 47씬 동일)

달려오는 차를 바라보고 선 유연의 어두운 실루엣.
헤드라이트 불빛을 고스란히 받고 선 그녀의 두 눈이 불빛에 번쩍인다.

한 마디씩 잘린 유연의 손끝에서 피가 뚝.. 뚝.. 떨어지고 있다.
부우웅- 속도 내는 자동차, 유연을 쾅- 들이받는다!

씬82 문주천 갈대밭 인근 도로 일각 – 주원 차 안 (N, 동 시각)

주원, 완전히 굳어버렸다.

기환(E)   내가 이유연을 치는 걸 봤다고?
주원   !!!!!!

외마디 소리도 못 내고 숨도 못 쉰 채 얼어붙은 주원.
아버지가.. 아버지가.. 범인이었다. 아버지가.. 이유연을 차로 치었다.
아버지가.. 이동식의 동생을 죽였다!!!!

씬83 문주 인근 도로 (N, 동 시각)

견인 차량이 도수의 차를 견인하기 위해 연결하고 있고.
동식, 휴대폰을 꺼내 액정을 확인한다. 주원의 연락을 기다리는 것이다.
아무런 알림 없는 휴대폰을 주머니에 넣고, 하아.. 나직이 숨을 내쉬면.
아직은 차가운 겨울 공기와 부딪혀 하얗게 김이 생겼다가 사라진다.
바닥에 토독.. 토독.. 빗방울이 떨어진다. 하늘을 올려다보는 동식.

씬84 문주천 갈대밭 인근 도로 일각 – 주원 차 안 (N)

차창으로 빗방울이 투둑 툭 툭 떨어지다 거세진다. 주르르륵 흘러내리는 빗방울.
주원, 창 너머로 빗물에 일그러진 기환의 차를 바라본다.

씬85 문주천 갈대밭 인근 도로 - 기환 차 안 (N)

차창으로 빗물이 흐른다.
창진의 답을 기다리는 기환의 표정의 무감각하다.

씬86 문주천 갈대밭 인근 도로 일각 (N)

트렁크 문을 여는 주원, 뭐든 잡을 것을 찾다가 골프 가방을 발견하고.

씬87 문주천 갈대밭 인근 도로 - 기환 차 안 (N)

기환   대답.. 하지?
창진   (답 없이 피식 웃는데)

씬88 문주천 갈대밭 인근 도로 (N, 동 시각)

골프채를 쥔 주원이 기환과 창진의 차가 서 있는 방향으로 뚜벅뚜벅 걷기 시작한다.
투둑투둑 떨어지는 눈물 같으나 눈물이 아닌 그 빗물을 다 맞고 아버지를 향해 걷는다.
괴물 같은 표정으로.
언젠가 누구도, 아니 스스로도 한 번도 본 적 없었을,
괴물이 되어버린 주원의 그 얼굴에서.

- 14회 끝 -

15회

놓다

괴물

씬1 문주 경찰서 - 강력계 진술 녹화실 (N, 과거 - 14회 40씬)

동식, 관찰실 문가에 그대로 선 주원을 바라본다.

지화 (관찰실에서 나와) 한주원 경위가 얘기한 겁니까?

동식 (바라본다)

주원 네. 불법은 불법이니까.

도수 (섭섭 울분 막 밀려와) 한경위님! 우리 같은 팀이잖아요.

주원 같은 팀? (빙긋) 서울청 감찰조사계 이동식 경위님. 우리가 언제 같은 팀이었
습니까.

동식 (천천히 미소) 아닌가 보네.

주원 (바로) 네. 아닙니다.

씬2 문주 경찰서 - 강력계 복도 (N)

저벅저벅 걸어가는 주원의 팔을 확- 낚아채는 동식.
도수, 놀라서 막으려는데. 뒤, 지화가 말린다.

주원	이동식 경위님. 이게 뭐 하는 짓, (하는데)
동식	(끌고 가며) 시끄럽고. 따라와요, 한주원 경위.

비어 있는 옆 진술 녹화 관찰실 문 쾅- 열고 들어가는 동식.

씬3   문주 경찰서 – 강력계 진술 녹화 관찰실 (N)

짜증스러운 얼굴로 팔을 확- 뿌리치는 주원.

주원	뭐 하는 짓입니까.
동식	이 정도는 잡아채줘야 사람들이 믿지.
주원	(뭐?)
동식	인정하지 않겠다더니 다 인정해서 정직을 자청하고. 갑자기 오일건설 정보를 톡- 던져줘 놓고 스스로 판 깨버리고. 그 장단에 맞춰 (손짓) 춤춰드렸잖아. 그러니까 말씀해보세요, 한경위님. 이제 뭘 해드릴까.
주원	(잠시) 이경위님,
동식	혼자 한다는 개소리만 하지 말고. 우린 무조건 2인 1조로 움직입니다.
주원	제가 유재이씨를 끌어들였습니다.
동식	(멈칫-) 뭐?
주원	유재이씨가 저 대신 아버지 뒤를 쫓을 겁니다.
동식	(하...) 이놈이 그래서 내 차를.
주원	이경위님은 오경위님과 함께 이창진을 쫓으십시오. 아니, 쫓는 척만 하시면 됩니다. 아주 리얼하게.
동식	우리가 아주 리얼하게 뒤쫓으면?
주원	저는 기다리고 있을 겁니다.. 아버지를.
동식	어디서?
주원	그건 그때 가봐야 압니다.
동식	혼자서, 기다리시겠다?
주원	네. 하지만 꼭 연락드리겠습니다.
동식	(불안한 표정으로 보다가) 아버지니까, 별일 없겠지. 그래서 보내는 겁니다.

하지만 꼭, (하는데)

주원   (바로) 약속합니다. 꼭 연락하겠습니다.

씬4   문주 도로 일각 (N, 14회 61씬 동일)

갓길에 차를 끌어다 놓고 그 앞에 선 동식과 지화.

지화   이제 우린 어떡하지?
동식   기다려야지.
지화   뭘?
동식   한주원.

씬5   문주천 갈대밭 인근 도로 일각 - 주원 차 안 (N, 14회 72씬 이어)

주원, 귀에 꽂은 이어폰을 통해 기환과 창진의 대화를 듣고 있다.
충격에 휩싸인 얼굴로 멀리 창 너머로 기환의 차를 바라보며 나직이 뱉는다.

주원   (이 갈듯 중얼) 말해.
기환(E)   난 기억이 안 나는데.
주원   아니야. 말해.

씬6   문주천 갈대밭 인근 도로 - 기환 차 안 (N, 동 시각)

창진   정말 기억이 안 난다고? 사실 그날 내가 강진묵 그 인간한테 정말 재미있는
           이야기를 들었는데.
기환   (보면)

씬7   문주천 갈대밭 인근 도로 일각 - 주원 차 안 (N, 동 시각)

주원   (창진의 말에 집중하는데)

창진(E)   2000년 10월 15일. 그날 새벽에 여기에 있었다나.

주원   !!

창진(E)   그날 다 보고 있었다고.

주원   (이해가 되지 않는 눈빛에 날이 서는 그 순간)

기환(E)   !! (본다) 날.... 봤나.

주원   (혼란이 가중되며!)

기환(E)   그날 그 인간이 날 봤던 거야?

주원   !!!

기환(E)   강진묵 그 인간이.. 내가 사고 내는 걸.. 내가 이유연을 치는 걸 봤다고?

주원   !!!!!!

외마디 소리도 못 내고 숨도 못 쉰 채 얼어붙은 주원.

아버지가.. 아버지가.. 범인이었다. 아버지가.. 이유연을 차로 치었다.

아버지가.. 이동식의 동생을 죽였다!!!!

그리고 나는..

/INS. 플래시백. 문주천 갈대밭 (1회 52씬)

주원   이유연씨 말이에요, 경사님 동생. 경사님이 진짜, 안 죽였어요?

/INS. 플래시백. 문주 경찰서 - 강력계 진술 녹화실 (3회 20씬)

주원   20년 만에 범인이 다시 나타나서 같은 수법의 범죄를 저질렀습니다. 그런데
         참 신기하죠. (동식에게 시선) 20년 전 용의자가 최근에 이 마을에 다시 나
         타나서 살고 있거든요.

/INS. 플래시백. 만양 슈퍼 인근 골목 - 순찰차 안 (3회 49씬)

주원   (그 모습 보다가 툭-) 당신이죠? 당신이 한 거 맞죠?

/INS. 플래시백. 만양 파출소 - 앞 주차장 (3회 62씬)

주원   눈앞의 방해물이 사라지는 것 같아서 즐거워 죽겠어? 이제 다 내 세상 같
       아? 맘대로 할 수 있겠다 싶어?

주원   나는..! (협박하듯 나직이) 사라지는 사람 아니야. 당신 눈앞에서 사라지지
       않는다고! 넌 내가 잡는다. 내가 반드시,

/현재. 문주천 갈대밭 인근 도로 일각 - 주원 차 안

이동식을 범인으로 의심하고 의심하고.. 또 의심하고..

주원, 숨을 겨우 하.. 하아.. 내쉬는데. 차창 밖으로 주르륵 떨어지는 빗물.

씬8   문주천 갈대밭 인근 도로 - 기환 차 안 (N)

차창으로 빗물이 흐른다.

창진의 답을 기다리는 기환의 표정이 무감각하다.

기환   대답.. 하지?

창진   (답 없이 피식 웃는데)

씬9   문주천 갈대밭 인근 도로 (N)

골프채를 쥔 주원이 기환과 창진의 차가 서 있는 방향으로 뚜벅뚜벅 걷기 시작한다.

투둑투둑 떨어지는 눈물 같으나 눈물이 아닌 그 빗물을 다 맞고 아버지를 향해 걷는다.

괴물 같은 표정으로. 언젠가 누구도, 아니 스스로도 한 번도 본 적 없었을 그 얼굴로.

그때, 창진의 목소리가 들려온다.

창진(E) 아드님 말이에요. 한주원 경위.

주원   (멈춰 선다)

창진(E) 한경위가 이 모든 걸 알게 된다면, 아드님도 죽일 건가?

골프채를 꼭 쥔 주원의 손에 빗물이 떨어진다.

씬10 문주천 갈대밭 인근 도로 - 기환 차 안 (N, 동 시각)

기환 .. 여기서, 그 녀석 얘기가 왜 나오지?

창진 내가 지금, 당신 각오를 좀 들어야겠으니까.

기환 각오? 이 새끼가 누구한테, (하는데)

창진 (버럭) 왜 이렇게 엿 같은 상황이 됐는데! 아드님이랑 파트너 이동식이 설치
고 다니는데! 우리 아버님께서 이동식 그 새낄 승진까지 시켜주시고 그래서
청문회도 후룩 말아 드시고 말이죠.

기환 (할 말 없다, 분노 겨우 누르는데)

창진 사실 이 모든 게 당신 때문이잖아. 21년 전에 너님이 그 기집앨 죽이지만 않
았어도 이렇게 더러운 상황은 안 됐잖아!

기환 죽이다니! 실수였어. 실수! 아주 작은 실수.

씬11 문주천 갈대밭 인근 도로 (N, 동 시각)

주원 (빗방울이 맺힌 속눈썹이 떨리며, 허탈한 목소리) .. 아주 작은 실수..

기환(E) 그날 니들하고 술만 마시지 않았어도 발생하지 않았을 실수.

주원 (눈꼬리가 살짝 올라가며 분노가 더 치미는데)

기환(E) 한주원이 알면, 어쩔 거냐고?

주원 (숨죽인다. 아버지의 답을 기다리는데)

씬12 문주천 갈대밭 인근 도로 - 기환 차 안 (N, 동 시각)

기환 (잠시) 이솝 우화 중에 토끼와 거북이가 경주 벌인 이야기 알고 있나?

창진 (황당) 웬 이솝 우화?

기환 토끼가 낮잠을 자는 사이에 거북이는 터벅터벅 쉬지 않고 걸어서 승리하는

이야기 말야. 이대표는 그 이야기의 교훈이 뭐라고 생각하지?

창진   (피식) 자만하다 자멸한 이야기?

기환   아니. 강한 자가 실수하지 않으면 약한 자는 절대 이길 수 없다는 이야기지.

창진   (보면)

기환   한주원.. 내 아들이지. 그런데 나보다 제 엄마를 많이 닮았어.

씬13 문주천 갈대밭 인근 도로 (N, 동 시각)

일그러진 얼굴로 아버지의 목소리를 듣고 있던 주원, 눈꼬리가 떨린다.

기환(E)   누군가 손 뻗어주기를 기다리지만, 제 손은 먼저 내밀지 못하는 나약한 인간.

/INS. 플래시백. 한기환의 집 - 거실 (14회 1씬)
수연, 눈물 흘리면서도 미소 지으며 주원에게 손을 뻗으려는데.
무표정하게 가라앉은 7살의 주원, 그저 보기만 할 뿐이다.

/현재. 문주천 갈대밭 인근 도로
기환(E)   누군가 손을 뻗으면,

/INS. 플래시백. 한기환의 집 - 거실 (14회 1씬)
수연   여보! 제발! (주원을 향해) 주원아! 엄마 좀 잡아줘! 주원아. (팔을 뻗지만)

7살 주원의 표정은 차분하기 그지없다.
그 상황을 그저 냉정하게 바라보고 있을 뿐이다.

/현재. 문주천 갈대밭 인근 도로
기환(E)   정작 그 손도 잡지 못하고 아닌 척 멀쩡한 척 단단한 척 서늘한 척 평생 옭아매다가 결국,

동공이 흔들리기 시작하는 주원. 마치 심장이 꿰뚫린 것 같은 눈빛.

기환(E)   스스로를 파괴해버릴,

골프채를 쥔 제 손을 내려다보는 주원.

기환(E)   미련한 인간.

씬14   문주천 갈대밭 인근 도로 - 기환 차 안 (N, 동 시각)

기환   이대표. (창진을 똑바로 보며) 나는 절대로, 다시는 실수하지 않아.
창진   아드님 자체가 실수라면.. 그땐 아드님도, (본다)
기환   (차분히) 궁금하면, 지켜보면 될 일이 아닌가.

씬15   문주천 갈대밭 인근 도로 (N, 동 시각)

괴물같이 일그러졌던 얼굴로 눈을 감는 주원.
눈꼬리를 타고 눈물 같은 빗물이 흘러내린다.
지켜보면 될 일이 아닌가. 지켜보면. 될. 일.
일그러지는 입꼬리. 누구를 비웃는 것인가.
아버지 한기환? 아니.. 한주원 나 자신인가.

창진(E)   그럼 아드님 파트너, 이동식 그 자식은 어쩔 겁니까.

씬16   문주천 갈대밭 인근 도로 - 기환 차 안 (N, 동 시각)

기환   (그 새끼가 뭐)
창진   미친놈처럼 들쑤시고 다니는 또라이한테 발목 잡히실까 걱정이 돼서 하는 말이죠.

기환　대한민국 경찰 중에 누가 나를 잡아.

창진　(빙긋) 그렇죠? 반드시 청장 되실 거니까.

씬17　문주천 갈대밭 인근 도로 (N, 동 시각)

주원, 감았던 눈을 뜬다. 이글거리던 눈빛이 서서히 식어가는데.

창진(E)　강진묵한텐 관심 끊으시고. 이미 죽어버린 새끼가 뭘 봤든 뭐가 중요한가. 진
　　　　짜 문제는, 도해원.

주원　(숨을 멈추고 듣는 눈빛이 매서워지는데)

창진(E)　도해원이 강진묵한테 무엇을, 얼마나 들었냐는 거지.

주원　!

씬18　문주천 갈대밭 인근 도로 - 기환 차 안 (N, 동 시각)

기환　(당혹스러워) 도해원이 듣다니?

창진　강진묵이 죽기 전에 그러더라고요. (보며) 이사장님한테,

씬19　문주 경찰서 - 유치장 (D, 새벽, 과거 - 14회 77씬 이후)

진묵　이사장님한테 못 들었어요?

창진　이사장? 도해원?

진묵　(순진한 표정으로) 못 들었어요?

창진　.. 뭘 들어야 했을까..?

진묵　(빙긋이 미소 짓는데 악마 같다) 당신들도, 서로 비밀이 많네?

씬20   문주천 갈대밭 인근 도로 - 기환 차 안 (N, 현재)

창진   그 아줌마가 지금까지 입 싹 닦고 있었단 건데.. 지 아들 지문 나온 감정서
         없앤 거 말고 도해원이 감추고 있는 비밀이 또 뭐가 있다면?
기환   또 뭐.
창진   그건.. (차 문을 달칵 연다)

씬21   문주천 갈대밭 인근 도로 (N, 동 시각)

창진(E)   우리 차장님 아니 청장님께서 잘 파보시는 걸로.

멀리 창진이 기환의 차에서 내리는 것이 보인다. 창진, 타고 온 똘마니 차로 향하고.
주원의 귓가에 들리는 아버지의 나직한 한숨.

기환(E)   .. 하나같이.. 없애버려야 할 새끼들.

시동이 걸리는 기환의 차. 창진이 탄 똘마니 차와 반대 방향으로 출발하는데.
그 모습을 지켜보는 주원, 어느새 차갑게 식은 얼굴로 툭- 던지듯 골프채를 놓는다.
돌아서는 주원. 온기라곤 하나도 없는, 식어버린 그 얼굴이 오히려 더 괴물 같다.
남겨진 골프채에 빗물이 떨어진다.

씬22   정제의 집 - 거실 (D, 아침, 7일 후)

3월 초, 봄 아침 햇빛이 거실 바닥에 나른하게 드리운다.

아나운서(E)   한기환 경찰청장 후보자에 대한 인사청문회가 내일 오전 10시에 재개됩니
             다.

계단을 내려오는 정제, 해원의 방 쪽을 바라보면.

살짝 덜 닫힌 방문 사이로 TV 뉴스가 흘러나오는 중이다.

아나운서(E) 7일 전인 지난 26일 한기환 후보자에 대한 인사청문회가 열렸지만,

씬23　정제의 집 – 해원의 방 (D, 아침)

한편에 놓인 TV 화면. 주원이 체포되는 순간의 자료화면 위로 아나운스 계속된다.

아나운서(E) 후보자의 아들인 문주 만양 파출소 소속 한모 경위가 청문회장에서 긴급 체
　　　　포되면서 중단된 바 있는데요.

라이너로 눈썹을 다듬는 해원의 손. 붉은 립스틱을 공들여 입술에 바른다.

아나운서(E) 다음 날 한 후보자는 한모 경위를 바로 정직 처분했다고 발표하며, 성역 없
　　　　는 공정하고 청렴한 수사를 다시 한번 약속했습니다.

공들여 화장한 얼굴이 거울에 비친다. 제 얼굴을 바라보는 해원의 눈빛이 차분히 가
라앉았다. 거울 뒤로 단정하게 걸려 있는 수트에 시선 주는 해원.

씬24　정제의 집 – 거실 (D, 아침)

수트를 차려입고 나온 해원.
식탁 위에 아침 식사를 차려놓고 물잔을 내려놓던 정제, 해원의 그 모습 본다.

정제　　어디.. 가세요?
해원　　일하러.
정제　　일이요? 무슨 일이요.
해원　　나 문주시 시의원이잖아. 시장 예비 후보고. 그만 쉬고 일해야지.
정제　　그만두시는 거 아니었어요?

해원   내가? 왜?

정제   (기가 막힌, 물잔을 쥔 채로 어머니에게 훅- 다가가는데 물잔의 물이 왈칵 넘친다)

해원   오지 마. 물 튀잖아.

정제   그런 짓을 벌이고 그걸 20년 넘게 감추고도 뭘 해요? 문주시 시의원? 지금 당장 자수해도 모자랄 판에 시장 선거에 나간다고요??!

해원   (버럭) 내가!

정제   (본다)

해원   누구 때문에 그런 짓을 했는데. (차분히 한발 다가가며) 누구 때문에 그걸 감추려고, 20년 넘게 아등바등 살았는데.. 그런데 넌, 나보다 네 친구가 항상 더 소중하지.

정제   엄마, 그게 아니라, (하는데)

해원   박정제. (미소) 아직도 사슴 우는 소리 들리니?

정제   네?

해원   내가.. 너 어렸을 때 니네 아버지 농장에 가두고 그랬잖아. 귀찮아서 그랬어. 눈도 못 마주치고 소심한 니가 짜증 나서.

정제   엄마..

해원   니가 사슴이 보인다고 사슴이 운다고 할 때마다.. 내가 널 미치게 만든 거 같아서 그때부터 마음 다잡고 네 엄마로 정말 열심히 살았어. 20년 넘게 정말 노력했어. 근데 박정제. (별거 아닌 듯 툭) 이제 그만할래.

정제   어머니..

해원   어머니 그거 충분히 한 거 같아. 어울리지도 않는 모성애 뒤집어쓰고 오래도 살았지. 나도 내 이름 찾아야지. 내 자신으로, 도해원으로 살아봐야지 않겠니?

정제   (동공이 마구 떨린다)

해원   그러니까 박정제. (손 뻗어 정제의 뺨을 어루만진다) 이제 너, 사슴 우는 소리 그냥 들어.

정제의 뺨을 만지는 해원의 눈에서 해탈한 무언가가 스쳐 지나간다.
정제, 엄마의 손을 잡으려는데 손 빼고 바로 물러서는 해원. 그때, 인터폰 울린다.
정제, 손에 힘이 풀리고 물잔이 빠져나가 바닥에 챙- 떨어져 깨진다.

울리는 인터폰 화면에 잡히는 장비서와 경호원들.

씬25 만양 정육점 안 (D, 아침)

음소거 된 한기환 인사청문회 뉴스가 흘러나오는 TV 화면.
재이, 밥그릇을 들고 오다 화면 내려다보는데. 드륵- 문 열고 들어오는 지화.

지화 아침부터 미안하다, 재이야.

재이 밥그릇 몇 개 더 놓는 건데, 혼자 아니어서 좋죠.

지화 (미소, 자리에 앉으며) 동식이는?

지훈 (반찬 놓으며) 오늘 요양원에 어머님 뵈러 간대요. 정제 형은요?

지화 (수저 챙겨서 놓으며) 어머니 자수하시게 설득한다고 하는데 쉽지가 않나
      봐. 전화도 안 받네.

재이 (지화 앞에 밥그릇 놓으며 잠시 망설였다가) 한주원씨는, 연락 없어요?

지화 그때 한기환, 자기 아버지 쫓아가고선 감감무소식이네.

지훈 집에도 계속 없고요?

지화 도수가 어제도 가봤는데 인기척이 전혀 없대.

재이 (표정 조금 어두워지는데)

지훈 동식이 형이 괜찮을 거라고 했잖아요. 경위님 별일 없을 거예요. 걱정 마요.

재이 내가 그 사람 걱정을 왜.

지화 난, 좀 걱정이 되네. 이상하게. (TV 화면 속 한기환 바라본다)

지훈 부모 자식도 인간일 뿐인데, 참 복잡하다.. 누나.

재이 쉬우면 부모가 아니고 자식이 아닌 거지. 그 인연으로 만날 수도 없는 거고.

지훈 어머니 돌아오시면 다 던져주고 부산에 가버릴 거라고, 부산에 가면~ 노래
      부르던 유재이씨 어디 갔죠?

재이 부산 가셨어요. (수저 들며) 형제, 자매님들. 많이 드세요.

씬26 요양원 - 1인실 (D, 아침)

동식모가 게슴츠레 초점 없이 눈을 뜬 채 누워 있다.
동식, 서투른 솜씨로 엄마의 얼굴을 수건으로 닦아주고 있다.

동식   엄마, 나 많이 변했지. 너무 많이 망가져버려서 정신이 들어도 나 못 알아보
        겠지?
동식모   (초점 없다)
동식   (어머니 얼굴을 차분히 바라보며) 엄마, 기억나? 항상 엄마가 그랬잖아. 사람
        들이 나랑 유연이 비교하고 그럴 때, 성공하고 막 대단한 사람 되는 거 별로
        중요하지 않다구.. 똥 잘 싸고 밥 잘 먹고 잠 잘 자고.. 다른 사람 다치게 하지
        않는 인생이 젤루 훌륭한 거라구 그랬었잖어.
동식모   (여전히 초점 없이 천장을 보고 있다)
동식   더 다치면 안 되잖아. 그지? 나처럼 망가지면 안 되잖아... 그러니까.. 진짜 미
        안한데, 조금만 더 기다려줘요. (어머니의 손을 꼭 잡으며) 내가.. 꼭 잡을 거
        니까.. 조금만 더 기다려줘요. 응?

동식모, 여전히 죽은 것 같은 모습으로 누워 있을 뿐이다.
나직이 한숨을 내쉰 동식, 닦던 수건을 접어 테이블 위에 올려두고 자리에서 일어난다.
돌아서 병실을 나가려는데.

동식모(E) 동식아.
동식   (순간, 돌아본다)
동식모   (눈빛이 잠시 동식을 보는 것 같다)
동식   .. 엄마?
동식모   밥.. 먹어.
동식   (눈물이 핑 돈다)
동식모   밥.. 꼭.. (스르르 다시 초점이 나간다)
동식   (아이처럼 고개를 끄덕이며) 응.. 응.

씬27   요양원 앞 (D, 아침)

동식, 주차된 차 앞에 서서 휴대폰을 꺼낸다.
한주원을 찾아서 문자 메시지를 보낸다. '밥 먹읍시다.'
문자 발송하고 차에 올라타는 동식.

씬28   옥천 시골집 – 마당 (D)

말끔하게 정돈된 마당을 둘러보는 동식.
깔끔한 모습으로 나오는 주원.

동식   일주일 내내 쓸고 닦은 건가. 결벽증 다 나은 줄 알았더니.
주원   저 원래 결벽증 아닙니다. (손에 들고 있는 제 휴대폰 내려다보며) 뜬금없이
        밥은 왜. 결심한 겁니까?
동식   (보면)
주원   녹음 파일.. 공개하기로 한 겁니까.
동식   .. 정말 밥 먹자는 건데. (힐끔 보고) 계속 굶은 얼굴이네. 갑시다. (먼저 훅-
        가버리는)

씬29   옥천 생선국수집 (D)

생선국수 두 그릇이 동식과 주원 앞에 놓인다. 주원의 표정이 영 좋지 않다.

동식   왜요. 아, 지난번에 복국도 안 먹었지? 물에 빠진 생선도 별로 좋아하지 않으
        시나?
주원   네.
동식   (피식) 얘는 물에 빠진 다른 애들이랑 달라. 우리 남소장님이 이 동네 와서
        이 생선국수 안 먹으면 범죄라고 그러셨다니까. 먹어봐요. (후르륵 면발 올린
        다) 어우- 술도 안 마셨는데 왜 속이 풀리지?
주원   (후.. 젓가락 들어서 먹어본다, 어? 괜찮네)
동식   괜찮죠?

주원	뭐, 네.
동식	네?
주원	괜찮.. (흐음..) 맛있습니다.
동식	(빙긋, 그래, 얼른 드셔- 손짓)
주원	(후룩 맛있게 국수를 먹는데)
동식	(그 모습 보다가) 비 주룩주룩 다 맞고 서서 찔찔 울더니 국수는 잘 먹네.
주원	(하.. 본다) 저, 운 적 없습니다.
동식	그런가? 안 울었던 것도 같고.

씬30 동식의 집 - 거실 (N, 과거, 7일 전)

젖은 옷을 채 갈아입지도 않고, 서성이는 동식.
휴대폰을 다시 확인하는데, 주원에게서 온 문자가 없다.
발신 통화목록 보면, 이미 주원과 연결되지 않은 통화가 여러 통이다.

/INS. 플래시컷. 문주 경찰서 - 강력계 진술 녹화실 (동 회 4씬)
주원	약속합니다. 꼭 연락하겠습니다.

/INS. 플래시컷. 외곽 국도변 일각 (7회 4씬)
상엽	동식이 혀.. 엉. (순간 마음 약해져 눈물 줄줄) 나.. 사.. 사실은.. 주.. 죽기 싫어. (숨을 내쉬고) 얼른.. 체포해.. 형. (눈을 뜬 채 숨이 끊어진다)

/과거. 동식의 집 - 거실
견뎌왔던 불안감이 터져버릴 것 같다.
다시 한번 통화를 시도하는 동식. 그런데 잠시 후, 멀리 밖에서 벨소리가 들린다.

씬31 동식의 집 - 마당 (N, 과거, 7일 전)

휴대폰을 쥔 동식이 현관문을 열고 나오면.

마당 한가운데, 빗속에 선 주원이 자신의 휴대폰을 내려다보며 서 있다. '이동식'.

동식   (저도 모르게 너무 반가워) 한주원 경위. 기다렸는데 왜 이제야. (멈칫)

온통 비를 맞고 선 주원이 고개를 드는데 서늘해 보이는 그 눈이 사람 같지 않다.
동식, 심상치 않은 기운을 느끼고 주원에게 다가간다.

동식   왜 그래요.
주원   (가만히 동식을 바라본다)
동식   일단 들어와서 비 좀 닦고, (팔을 잡는데)
주원   (탁- 뿌리친다)
동식   (보면)

주원, 휴대폰의 음성 녹음 파일 끝부분을 플레이한다.

기환(E) 날.... 봤나.
동식   (응? 한기환?)
기환(E) 그날 그 인간이 날 봤던 거야?
동식   (이게 무슨 소리..)
기환(E) 강진묵 그 인간이.. 내가 사고 내는 걸.. 내가 이유연을 치는 걸 봤다고?
동식   !!!!!!!!!

/INS. 플래시백. 문주천 갈대밭 인근 도로 (12회 47씬)
부우웅- 속도 내는 자동차, 유연을 쾅- 들이받는다!
후욱- 날아가 툭- 떨어지는 유연.

/과거. 동식의 집 - 마당
동식, 믿을 수 없다. 세상이 윙윙 도는 것 같다. 곧 걷잡을 수 없는 분노가 불타오른다!
주원의 휴대폰을 빼앗아 다시 플레이하는 동식.

기환(E) 그날 그 인간이 날 봤던 거야?

기환(E)   강진묵 그 인간이.. 내가 사고 내는 걸.. 내가 이유연을 치는 걸 봤다고?

/INS. 플래시백. 문주천 갈대밭 인근 도로 (12회 47씬)
멈춰 선 자동차.. 잠시 후, 운전석에서 누군가 비틀거리며 내리는데.
차에서 내린 사람은, 눈이 벌겋게 충혈된 38살의 한기환.

/과거. 동식의 집 - 마당
동식   이 개새끼가! (뛰쳐나가려는데)
주원   (탁 막는다)
동식   비켜.
주원   내가, 합니다.
동식   비켜!
주원   내가, 잡을 겁니다.
동식   헛소리 집어치워, 이 새끼야.
주원   정신 차려! 이동식!
동식   (우뚝- 이 새끼가)
주원   지금 달려가서 뭘 할 겁니까. 이거 들이밀고 사과하라면 할 것 같습니까? 불법 녹취한 겁니다. 증거 능력 전혀 없고, 우리가 풀어서 세상에 알려진대도 이창진한테 다 뒤집어씌울 겁니다!!
동식   (분노가 끓어오르는) 죽여버리면 돼. (밀치고 나가려는데)
주원   (다시 막는) 내가 합니다.
동식   (기막혀) .. 너도 니 아비라고 지금, (하는데)
주원   덫을 놓을 겁니다. 내가 미끼가 될 겁니다. 내가 괴물이 돼서! 아버지를 끌어안고 가장 높은 곳에서 함께 지옥으로 떨어질 겁니다.
동식   뭐?
주원   그렇게 사죄하겠습니다. 그게 그 인간한테 할 수 있는 최고의 복수니까.
동식   한주원....
주원   내가 하지 않으면, 아니 못 할 것 같으면 그때 녹음 파일 다 뿌려요. (동식에게 휴대폰 쥐여준다)
동식   (하..)
주원   내가 괴물이 될 겁니다. 내가 지옥으로 떨어질 겁니다.

동식	(미쳐버리겠다) 야- 한주원!
주원	당신은! 더는 안 돼요. 하지 마십시오. 내가.. (동식의 팔을 잡는다) 내가, 지옥으로 갑니다.

주원의 눈빛은 단호하고 서늘하지만, 동식의 팔을 꼭 잡은 그 손이 애절하다.
내가 갑니다. 당신은 더는 망가지면 안 됩니다. 제발. 부탁입니다. 제발.
천천히 물러서는 동식. 나는 이미 망가져버렸는데.. 여기 망가져가는 한주원이 있다.
제 손에 쥐여준 주원의 휴대폰을 내려다보는 동식.
그리고 망가져버린 자신과 그리고 주원을 바라본다.
처절하게 내리는 빗속에 서로를 바라보고 선, 오직 두 사람.

씬32 옥천 생선국수집 (D, 현재)

테이블 위, 주원의 휴대폰이 놓여 있다.

동식	(주원의 휴대폰을 쓱 보고) 녹음 파일 그거 내가 여기저기 잔뜩 저장해놨거든?
주원	(본다)
동식	한경위가 내 눈에서 아주 조금만 벗어나도 바로 뿌려버리려고.
주원	(잠시) 그럴 일 절대로 없습니다.
동식	(낮은 한숨, 다시 젓가락 드는데)
주원	(젓가락 놓으며) 청문회가 내일입니다. 오늘 밤 서울로 돌아갈 겁니다.
동식	(국수 뜨며) 아버지 만나러?
주원	네. (국수 그릇 밀어두는데)
동식	다 먹어요.
주원	아니요, 괜찮습, (하는데)
동식	(자르며) 가족이 죽어도 배는 꾸륵꾸륵 고프게 되어 있고 결국은 밥 다 넘어가는데 얼마나 안 좋은 일이 있다고 밥을 굶나. (주원이 밀어둔 국수 그릇 다시 툭- 놔주며) 지옥도 배는 채우고 가야지.
주원	(잠시) 그러네요. (젓가락을 다시 들고 후루룩 국수를 먹는)

동식, 그런 주원을 잠시 보고 국수를 먹기 시작한다.
말없이 국수를 먹는 두 사람.

씬33 한기환의 집 - 거실 (N)

청문회 관련 자료가 펼쳐진 거실 테이블.
소파에 앉은 기환, 여유로운 표정으로 들어오는 주원이 황당하다.

주원 (흘끔 내려다보고) 청문회 가시게요?

기환 가지 못할 이유가 있나.

주원 (소파에 앉으며) 글쎄.. (빙긋)

기환 일주일 동안 사라져서 나타나지도 않더니, 글쎄?

주원 눈앞에서 사라지라면서요.

기환 한주원. (훅- 얼굴 가까이 대며) 무슨 생각을 하고 있는진 모르겠지만 그냥
      아무것도 하지 말고 가만히, (하는데)

주원 나도, 아무것도 하지 말고 가만히 있고 싶은데, (본다) 아버지가 다 망쳐버릴
      까 봐 그러질 못 하겠습니다.

기환 뭐?

주원, 휴대폰을 꺼내더니 음성 녹음 파일 하나를 열어 플레이를 누르고 테이블 위의
청문회 관련 자료 위에 탁 놓는다.

창진(E) 하.. 하하하하. 아 진짜 씨X! 날 거기로 보낸 거, 강진묵 죽이라고 한 건 너잖
        아, 이 새끼야! 그래놓고 니가 내 뒤통수를 까?

기환 !!!!!!

기환(E) 그 새끼.. 어떻게든 처리해야겠지.

기환(E) 알아서 잘, 하던 대로.

기환(E) 날.... 봤나.

기환, 완전히 굳어 주원을 본다. 주원은 그저 차분한 얼굴로 아버지를 보고 있는데.

기환(E)   그날 그 인간이 날 봤던 거야?
기환(E)   강진묵 그 인간이.. 내가 사고 내는 걸, 내가 이유연을 치는 걸 봤다고?
기환(E)   .. 하나같이.. 없애버려야 할 새끼들.

기환의 강철 가면 같던 얼굴이 부들부들 떨려온다.
순간 일그러지며 추한 속내가 드러난다. 주원의 휴대폰을 주먹으로 쾅- 내려치는데.
액정이 빠직- 깨지는. 미친 듯 휴대폰을 내려치는 기환.
손날이 깨진 액정에 베여 피가 번지고.

주원   (차분히 테이블 끝에 놓인 티슈 곽에서 티슈 한 장 빼내며) 그거 깨부순다고
         뭐가 달라져요.
기환   (부들 떨며 노려보면)
주원   설마 내가 그 휴대폰 하나에만 파일을 저장해놨을까. (티슈 내민다)
기환   너.. 너 이.. 이 새끼... (주원의 멱살을 확- 잡아챈다!)
주원   (하.. 두 번 툭툭- 아버지의 손을 치며) 이 손 놓으세요, 아버지. 제 셔츠에 피
         묻잖아요.
기환   (후... 멱살 탁- 놓는) 원하는 게 뭐야.
주원   제가 원하는 건, (들고 있던 티슈로 셔츠 끝을 쓱쓱 닦고는) 아버지가 청장
         되시는 거죠.
기환   뭐???
주원   왜요. 제가 아버질 끌어다 주저앉히기라도 할 줄 아셨어요? 아버지, 저 한주
         원이에요. 아버지 아들.
기환   (생각지도 못했던 이야기다, 저도 모르게 중얼) .. 아들..
주원   네, 아버지.
기환   (흠칫 보면)
주원   경찰청장 그 자리, 다음에 내가 앉아야 할 거 아니에요. 그러니까 아버지가
         지금 꼭 청장 되셔야죠. 제가 도와드릴게요.
기환   (동공이 흔들렸다가, 이내 정신 차리며) 어떻게?
주원   정철문, 그 인간부터 어떻게든 처리해야겠죠. 하나같이 없애버려야 할 새끼

들한테 뒤통수 그만 맞으시고, (손 내민다) 제 손.. 잡으세요.

기환   (주원의 손 내려다본다)

주원   아버지.

기환   (본다)

주원   청장 꼭 되셔야 해요. 저한테 티끌 하나 묻히지 마시라고요.

기환   (결국 그 손을 잡는다) 고맙다. 아들.

주원   (천천히 미소, 손 탁 놓으며) 뭘요. 당연한 걸요. (자리에서 일어나 돌아서며
       휴지 툭 뽑아 손을 탁탁 닦는다)

기환   녹음 파일은, 없앨 거지?

주원   아, 그건.. (다시 돌아본다) 아버지가 제 부탁 들어주시면요.

기환   뭐?

주원   바로 복직하겠습니다. 서울청 감찰조사계로.

기환   뭐?!

주원   정철문 잡아야죠. 언제까지 뒤에서 치고 물에 던지고, (한숨) 그딴 방식으로
       일 처리를 하니까 자꾸 작은 실수를 하는 거지.

기환   (흠칫- 굳어서 보면)

주원   (한발 다가선다) 우리같이 합법적으로 총 들고 수갑 찬 인간들은 그 방식대
       로 작두를 타야죠.

우뚝 선 채로 기환을 내려다보는 주원. 이건 부탁이 아니라 명령이다.

주원   복직 부탁드립니다, 아버지.

씬34   국회 행정안전위원회 회의실 (D, 아침, 다음 날)

청문회장에 앉은 기환의 얼굴. 온화하고 부드러운 표정이다.
찰칵찰칵 찍히는 사진. 카메라 화면, 기환의 얼굴을 잡는데.

기환   (손을 들고) 선서. 공직 후보자인 본인은 국회가 실시하는 인사청문회에서
       양심에 따라 숨김과 보탬이 없이 사실 그대로 말할 것을,

TV 화면 속 기환이 선서를 하고 있다. 그 위로,

아나운서(E) 한기환 경찰청장 후보자의 인사청문회가 오늘 아침 10시, 국회에서 재개됐습니다.

소파에 앉은 창진과 해원. 어딘가 모르게 서늘해진 해원의 얼굴을 흘끔 보는 창진.

아나운서(E) 지난달 26일 청문회장에서 긴급 체포된 아들 한모 경위가 서울중앙경찰청 감찰조사계로 복직 발령된 사실이 청문회 직전 알려져, 반도당 의원들의 질문 공세에 시달렸는데요.

/INS. TV 화면
덤덤한 표정의 기환. 삿대질하듯 따져 묻는 반도당 이보람 국회의원.

이보람의원 성역 없고 공정 청렴한 수사를 약속한 게 얼마나 됐다고 호떡집 호떡 뒤집듯 말을 바꾸는 겁니까!
기환 당시 이 청문회장에서 제 아들을 체포했던 이동식 경위가 직접 수사하고 처분한 사건입니다.

/현재. 문주시 드림타운 개발 대책위원회 사무실
창진 (리모컨 들어 소리 죽이며) 지켜보면 될 일 아닌가, 하더니 뭐 하는 짓이야.
해원 (서늘) 둘이 또 그새 나 모르게 꿍짝거렸나 봐.
창진 (미소 지으며) 그럴 리가. (찻잔 들며 러시아어) 응, 아줌마 왕따야. (한국어로) 그쪽 아드님은 잘 처리하셨고? (차 마신다)
해원 아들? 나한테 아들이 있었나.
창진 (헐) 갑자기 왜 그래요? 사람 변하면 죽는다던데.
해원 (미소) 왜. 이대표가 나 죽이려고? 쉽진 않을 텐데. 나는 문주 시장 꼭 할 거라서.

창진   (하-) 그럼요, 우리 의원님이 꼭 시장 되실 건데 내가 왜 시장님을 죽여요. 지
      금 꼴찌를 달리는 후보 지지율만 조금 더 올려주시면, (하는데)

해원   개발이 진행돼야 지지율이 올라가지. (TV 가리킨다) 저거, 오일건설 말야.

창진   (TV 화면 보면. 소리 죽인 청문회 뉴스 화면 아래에 '오일건설 관련 질문도
      쏟아져' 자막이 떠 있고)

해원   21년 전 일까지 굴비 엮듯 줄줄 쏟아져 나오면,

창진   (자르며) 21년 전 일? 뭐.

해원   (천천히 미소) 누군가... 죽을 때까지..

/INS. 문주천 갈대밭 인근 도로 (14회 22씬)

창진   누군가, 죽을 때까지, 묻고 간..

/현재. 문주시 드림타운 개발 대책위원회 사무실

해원   묻고 간 아주 소중한 비밀?

창진   하.. 하하하하. (그걸로 날 협박해?)

해원   너, 강진묵 그 새끼한테 들은 거 없지?

창진   (웃던 표정이 굳으며) !!

해원   있었으면, 그때 니가 그걸 몰랐을 리 없지.

/INS. 플래시백. 일식당 – 룸 (12회 14씬)

해원   우리 아들.. 정제 지문이 나왔어. 첨엔 지문만 지웠는데, 아무래도 걸려서 피
      크랑 감정서를 전부 다 내가 없앴거든?

창진   하.. 하하하하하하. (쥐고 있던 젓가락을 방어회에 콱- 꽂는다)

해원   !! (애써 차분히) 완벽하게 없앴어, 정말이야.

창진   우리 사이에 21년이나 묵은 비밀이 있었네? 제발 좀. 의원님!

/현재. 문주시 드림타운 개발 대책위원회 사무실

해원   몰랐다는 게, 뭔지는 아니? 내가 지금 뭘 얘기하는지도 모르겠지?

창진   (굳어 미소) 글쎄.. (표정 싸해지며) 알까.. 모를까?

해원   (피식) 이대표. 우리 20년 넘게 봤어. 내가 자길 몰라? 쇼하지 마. (자리에서

일어나며) 이번 개발도 무산되면 나 정말 가만히 안 있을 거예요. (손가락으로 TV 가리킨다) 저거 잘 해결해서 내 지지율 좀 올리자. 부탁해.

해원, 또각또각 구두 소리를 내며 나가고.
그대로 자리에 앉은 창진, TV 화면으로 시선 주는데.
소리 죽인 청문회 뉴스 화면 아래에 '오일건설 관련 문주시 여대생 사건 은폐 의혹' 자막이 떠 있다.
그때, 삐록 울리는 문자. '안녕하세요, JCM입니다. 우리 내일 좀 만나죠.'

창진   JCM? (표정 일그러지며) 정철문? 이 새끼가.

씬36 서해 삼미항 부둣가 방파제 (D, 해 질 녘, 다음 날)

방파제 구석에 낚싯대를 드리우고 앉은 낚시꾼. 바로 정서장이다.

정서장   (팔목에 찬 시계로 시간을 확인하며) 쯧쯧. 이창진이 이 인간.. 늦어? 정신 못 차렸네, 이거.

정서장, 바닷물 속에 반쯤 잠긴 찌에 다시 집중하는데.

씬37 서해 삼미항 부둣가 (D, 해 질 녘)

멀리 서는 차. 운전석 달칵- 열리고, 지팡이가 쑥- 나온다. 창진이다.
차에서 내려 주위를 쓱- 훑는데 지나는 개미 새끼 한 마리 없이 바람만 휘이- 분다.
지팡이를 쥔 손에 가죽 장갑을 낀 창진. 손에 든 휴대폰 하나를 들었다.

/INS. 플래시컷. 상배의 집 앞 골목 (10회 43씬)
상배, 골목으로 올라가며 휴대폰 문자 보내는 중.
메시지를 작성하고 있는데 휴대폰에 전화 들어온다. '우리 동식이'.

/INS. 플래시컷. 문주 외곽 폐차장 안 (10회 60씬)
남자의 발밑에 상배가 머리에 피를 흘리며 쓰러져 있는데.
'우리 동식이'. 다시 울리는 상배의 휴대폰.
검정 헤드 마스크를 쓴 남자가 휴대폰 전원을 꺼버린다.

/현재. 서해 삼미항 부둣가
창진이 손에 쥔 휴대폰은 바로 그 상배의 휴대폰이다.
먹통인 CCTV 흘끔 확인하면서 천천히 걸어가는데.
휴대폰과 지팡이를 쥐고 방파제를 향해 걸어가는 창진.
전혀 절뚝이지 않고 멀쩡하게 걷는데, 지팡이는 왜 든 걸까.

씬38   서해 삼미항 부둣가 방파제 (D, 해 질 녘)

조금씩 움직이는 찌에 집중하는 정서장. 조금씩 움직이던 찌가 갑자기 쑥- 들어간다!

정서장   아이쿠! (벌떡 일어나 낚싯대를 확- 잡아채는데)

휘청이는 낚싯대를 잡고 미친 듯 휠을 감는 정서장.
다가오는 창진의 발. 속도가 붙는다.

정서장   (상체가 마구 휘청이며) 그놈 힘 좋은 거 봐. 돔인가? 운이 터졌네, 오늘!!

빠르게 다가오는 창진, 지팡이를 정서장의 다리에 한 번 겨누더니 하늘로 치켜드는데!
짝짝짝짝짝-! 뒤에서 들리는 박수 소리!

동식(E)   나이스 샷!
창진   !!
정서장   (획- 돌아보면)

어느새 지팡이를 내린 창진과 눈이 마주쳤던 정서장의 시선이 창진 너머에 꽂힌다. 반대편 방파제 아래서 동식이 박수 치며 올라오고 있다!

동식	월척이네, 월척!
정서장	아니, (창진 눈치 보며) 이동식 경위가 여기 어떻게..
창진	(하아.. 재빨리 주머니에 상배의 휴대폰을 넣고는 천천히 동식을 돌아다본다)
동식	방파제에 뭐 하러 왔겠습니까. 저도 (창진을 보며) 낚시하러 왔죠.
정서장	(의심 가득) 굳이 여기로? 왜.
동식	우리 남상배 소장님 돌아가신 곳이니까, 막걸리도 한 잔 따라드리고 도란도란 이야기도 하고 고기도 낚으려고요.
정서장	(아닌 거 알지만 반박할 수 없고, 크음.. 창진 눈치 보며) 박수는 왜 쳐. 고기 달아났잖어.
동식	죄송합니다~ 아깝네, 그거! 나이스 샷이였는데. 그죠, 이창진 대표님?
창진	(하.. 피식)
정서장	나이스 샷은 무슨. 골프도 아니고!
동식	아- 낚시엔 나이스 샷이란 말 안 씁니까? 잘 어울리는데. (빙긋이 웃으며 창진에게) 우리 이대표님은 여기 어쩐 일로.
창진	저쪽에 제 소유의 창고가 있어서.
동식	창고는 저쪽, 여긴 왜?
창진	(여유롭게 미소) 나도 낚시를 참 좋아해서. 오늘 조황이 어떤지 궁금해서 구경 왔는데,
동식	(바로) 마침 우리 정철문 서장님이, 고기를 낚고 계셨다?
창진	하- 이런 우연이 있나. 그럼 저는 이만 가보겠습니다. 서장님, 낚시 잘 하십시오.
정서장	예? 아.. 뭐, 네. (하는데)
동식	(창진 앞을 막으며) 아니 아니지. 어렵게 만났는데 나랑 서울청에 가서 얘기 좀 하시죠.
정서장	그게 무슨 소리야!
동식	서울청 감찰조사계 일입니다, 서장님.
정서장	(으이씨, 나설 수 없고)

창진   죄송한데, 내가 일이 좀 있어서. 소환장 보내주시면 반드시 출석하겠습니다.

창진, 다시 지팡이를 짚고 절뚝이며 돌아서 걸어간다. 동식, 피식- 바라보는데.

정서장   이경위, 여길 대체 어떻게 왔는지 모르겠는데, (하는데)
동식   어떻게 오긴. 서장님 휴대폰 추적해서 왔지, 불법으로.
정서장   뭐?!!! 너 이놈의 새끼, 미쳤지?
동식   이보세요, 정철문 서장님. 방금 내가요, 당신 목숨 살렸어. 이창진 저 새끼가
             지팡이로 후려쳐서 골로 보내려 한 걸 내가 막았다고!
정서장   !!!!
동식   그러니까, 제발 몸조심하세요. 아직 당신 순서 아니거든.
정서장   야.. 이동식. 너 지금 나 협박, (하는데)
동식   엉, 협박 맞어. (혹- 돌아 창진을 느긋하게 따라가며) 저기요, 이창진씨. 그러
             지 말고 나랑 얘기 좀 하자니까?

표정이 일그러지는 정서장. 멀리 가는 이창진을 노려보다가 휴대폰 꺼낸다.
'한기환 차장님' 검색한 이름을 잠시 내려다보더니 발신 버튼을 꾹 누르는데.

씬39   서해 삼미항 방파제 초입 (D, 해 질 녘)

동식(E)   잠깐이면 돼요. 서울 가기 싫으면 여기서 하던지.

절뚝이느라 빨리 걸을 수 없어 짜증스러운 창진. 걸음을 열심히 옮긴다.
저 멀리 차가 보인다. 열심히 발을 놀리는데, 방파제 위로 누군가 올라온다.
뚜벅뚜벅 걸어오는 남자, 바로 주원이다.

창진   (하.. 어쩔 수 없이 멈춰 서는. 기막혀 피식. 러시아어) 귀엽네, 요것들.

동식은 뒤에서, 주원은 앞에서 창진과의 거리를 좁히며 다가온다.
창진 앞에 멈춰 선 주원, 뒤에서 다가오는 동식에게 흘끔 시선 주고 다시 창진 보더니.

주원   서울청 제가 함께 가겠습니다.

창진   (본다) 왜.

주원   당신이 허튼소리 하면 안 되니까.

창진   뭐?

주원   (속삭, 협박하듯) 우리 아버지, 꼭 청장 되셔야 하거든요. 그러니까 그 입, 조
        심하는 게 좋을 겁니다. 이창진씨.

창진   (이 무슨 시추에이션?)

씬40   서울청 - 감찰조사실 (N)

나란히 앉은 동식과 주원. 창진, 맞은편에 앉아 두 사람이 하는 걸 구경하듯 보고 있다.

동식   (노트북 전원 켜며) 굳이 여기까지 쫓아올 필요가 있었나, 한주원 경위.

주원   2인 1조로 조사하는 편이 차후에 문제가 없지 않을까요, 이동식 경위님?

동식   차후.. 차후라. (피식) 아버님 생각해서서 감시하러 온 건 아니구?

주원   맞습니다. 이동식 경위를 감시하러 왔죠.

동식   나요?

주원   워낙 불법을 자행하시니까. 감찰조사계에선 불법적인 방식으로 수사하는 경
        찰도 체포하거든요.

동식   (하... 빙긋이) 그래요?

창진   오케이. 거기까지. 쇼 잘 봤고.

주원   (본다)

창진   정리하자면.. 두 사람이 현재는 사이가 매우 안 좋다는 걸 나한테 보여주고
        싶단, 뭐 그런 건가?

동식   (피식) 제대로 잘못 보셨네. 우리 사이 되게 좋아요. (주원의 어깨에 팔을
        탁- 걸치는데)

주원   (진심으로 짜증, 탁 털어내며) 조사 시작하시죠.

창진   (호오- 피식 웃는데)

동식   그 다리 말이에요.

창진	다리? 내 꺼?
동식	절뚝거리다가 멀쩡하다가 또 절뚝이고 그러시던데. 아팠다 안 아팠다 그러는 모양입니다?
창진	(피식) 듣기로, 이경위님도 그 다리 통증 때문에 약을 먹었다가 안 먹었다가 그러는 모양이던데. 진통제 엄청 드신다면서요. 마약 이런 건 안 하시고?
동식	어이고~ 나한테 관심이 많으시네. 어쩌죠. 나 약 끊었어요. 유연이, 내 동생 찾고 난 담부터 하나도 안 아프더라고.
주원	(동식을 흘끔 보면)
동식	그런데 이창진씨를 보니까 다시 욱씬거리려고 하네. 그래서 묻는데, 올해 2월 5일 밤 10시부터 자정까지 어디서 뭐 했습니까.
창진	2월 5일?
주원	(바로) 남상배 소장님이 사망한 날입니다.
창진	아~ 시간이 시간이니만큼, 집에 있었던 것 같은데.
동식	하. 그럼 작년 11월 10일 새벽 4시부터 5시 30분까지 어디서 뭐 했습니까.
창진	그건 또 무슨 날입니까.
주원	강진묵이 사망한 날입니다.
창진	그 새끼 죽은 날을 나한테 왜 묻지? 잠깐만요~ 기억을 더듬어볼까나. 아! 그 날도 집에 있었던 것 같은데? (빙긋)
동식	(하.. 자판 친다) 집에, 있었다.
창진	(툭-) 그때 한기환 차장님은 어디 있었을라나~?
주원	(눈 탁- 들어 보면)
동식	한기환.. 차장님? 그 냥반은 갑자기 왜.
창진	궁금해서요. 지금 궁금한 거 물어보는 시간 아닌가?
주원	(나직이 협박하듯) 질문은, 저희가 합니다. 이창진씨는 묻는 말에 대답만, (하는데)
창진	싫은데?
주원	이창진씨.
동식	한주원 경위. 냅두지? (창진에게) 뭐든 물어봐요.
창진	아니 나는, 묻는 말에만 대답하는 그게 싫단 건데. 내가 할 말이 참 많거든. (주원을 향해 빙긋 웃는다)
주원	(그 웃음이 뭔가 이상하다)

창진	2000년 10월 15일.
주원	(눈꼬리가 설핏 올라가며)
창진	정확히는 10월 14일. 그날 밤 이야기를 좀 하고 싶거든, 나는.
동식	(하아..) 쭉- 해보세요.
창진	나, 도해원 당시 광효재단 이사장, 그리고 우리 한경위님 아버님이신 한기환 당시 문주 경찰서장님이 그날 함께 술을 좀 나눴어요. 그 어제 한차장님 청문회에서도 말 나왔던 오일건설 때문에 만났지. 그거 한주원 경위 어머님네 회사였죠?
주원	(등을 의자에 천천히 기대고 계속하라는 눈빛)
창진	(미소) 얼마 전에 내가 우리 지화랑 그 따까리한테 진술한 부분인데, 그때 우리가 추진하던 문주시 개발에 시공사로 오일건설이 가장 먼저 입찰 공시했거든. 우리 한기환 당시 서장님이 웬일로 날 만나러 술자리엘 오신다길래, 처가댁 입찰 청탁이라도 하시려나 그랬죠. 아 그때, (주원 보며) 어머님네 상태가 아주 휘청~ 휘청~ 바람 앞의 등불이었어요.
주원	(관찰하듯 그저 보는데)
동식	그래서요.
창진	아니나 다를까 청탁하시더라고. (빙긋) 떨어뜨려달라고.
동식	뭐?
주원	(슬쩍 입꼬리, 피식)
창진	한경위님. (휴대폰 꺼내며) 어제 아버님 청문회 봤죠? 아주 대단한 양반이야. 21년 전이나 지금이나 청렴하기 짝이 없는 경찰! (동영상 찾아서 내밀며) 난 이 부분에서 완전 감동받았잖아~ (플레이 누른다)
기환(E)	의원님 방금 뭐라고 하셨습니까?

씬41 국회 행정안전위원회 회의실 (D, 과거 - 전날 오전)

날 선 표정의 기환이 분노를 누르며 의원에게 답하고 있다.
카메라 플래시 번쩍번쩍!

기환	최근 제 아들이 검거한 문주시 연쇄 살인 사건의 용의자가 왜 살인을 벌이

게 되었는지, 그 여성들의 직업이 무엇인지가 궁금하시다고요? 그게 왜 궁금합니까. 왜 궁금해야 하는 겁니까. 지금 저한테 전 국민이 보는 앞에서 살인자에게 살인의 서사를 부여하라는 겁니까? 이보세요, 의원님. 사람의 소중한 생명을 빼앗는 건 가장 참혹한 범죄입니다. 그런 행위에 어떤 이유에서라도 서사를 부여하면 안 됩니다. (흥분해서 마이크 더 가까이) 그런 자에게는 절대로 마이크를 쥐여줘서는 안 된다는 말입니다!

씬42 서울청 - 감찰조사실 (N, 현재)

창진 (동영상 스톱하며) 아이고.. 마이크가 너무 가깝네. 소리가 울려.

주원 (뭔가 이상하다. 차분히) 이동식 경위님. 오늘은 여기까지 하죠.

동식 (잠시 고민하다) 아니, 난 싫은데?

창진 나도 싫은데. 10월 15일 새벽에 일어난 일을 아직 말 안 했거든.

주원 (뭐?)

동식 계속 말씀해보세요.

창진 음. 그러니까 그날 한차장님이 오일건설은 입찰에서 빼달라고 단호하게 말씀하시고, 술을 좀 많이 드셨어요, 15일 새벽까지. 그리고 직접 운전을 하신다기에, 내가 댁에..

씬43 문주 외곽 한정식집 앞 (N, 새벽, 과거 – 2000년 10월 15일)

창진 하 거참. 내가 모셔다드린다니까.

운전석에 앉은 38세의 기환, 문을 탕- 닫는다.
29세의 창진 옆에 선 45세의 해원도 술이 좀 취한 상태다.

해원 냅둬. 지가 한다는데.

부웅- 출발하는 기환의 차. 그 위로,

창진(E)   모셔다드렸죠.

씬44   서울청 - 감찰조사실 (N, 현재)

동식   (나직이) 댁에.. 모셔다드렸다?

창진   응. 난 술 많이 안 마셨거든. 그런데 그날 누가 음주운전을 하긴 했지. (빙긋이) 우리 도해원 의원님.

동식   (하..)

주원   (피식 웃는다, 이 인간)

창진   아, 맞다. 그날 새벽에 아마 우리 이동식 경위님 동생분이 사라지지 않았나? 그 뭐 어디서 듣기로, 뼈 뭐 그런 상태가 교통사고였던 거 같다면서요.

동식   (천천히 미소) 도해원 의원이 그날 사고라도 낸 것처럼 말씀하시네?

창진   아니아니, 난 모르지. 그런데, 그 사슴농장. 도의원이 우리 회사에 넘겼고 강진묵이 죽인 시체 막 나온 거기 때문에 내가 우리 지화한테 불려가고 그랬잖아?

주원   (이거 다 쇼다. 입꼬리가 씨익- 올라간 채로 그저 본다)

창진   그거 명의만 우리 진리건업이었지, 관리는 계속 도의원님이 했거든. 나는 키도 못 받았는데, 강진묵은 어떻게 거길 들락날락하면서 시체를 묻었을까.

주원   이창진씨.

창진   (주원 보면)

주원   도해원 의원이 지금 잘못되면, 이창진씨가 추진하는 문주 개발도 엎어지는 거 아닙니까?

창진   왜 그게 엎어지지? 도해원이 뭐 문주 시장도 아니고, 여기 문주에 땅 좀 많은 사람 아닌가?

동식   그러니까, 도해원 의원은 개발에 더는 필요 없는 카드다?

창진   카드라니 무슨. (나직이 한숨) 의원님도 좀 쉬셔야지. 아들이 미쳐서 정신병원에 있는데.

동식   뭐?

창진   박정제 그 친구, 다 큰 성인이 지 엄마 손에 잡혀가서 정신병원에 감금되어

동식	있답니다. 아- 이경위님이랑 친구 아닌가? 몰랐어요?
창진	!!!
창진	친구가 아주 섭섭하겠네. 얼른 가서 꺼내줘요.
주원	오늘은 이쯤하고 가보시죠.
창진	정말? (동식에게) 이경위님도 만족?
동식	다시 연락드리죠.
창진	언제든 하세요. 우리 지화 친군데 내가 많이 도와야지. (자리에서 일어나며)
	수고했어요, 한주원 경위님. (빙긋 웃고 훅- 일부러 더 절뚝이며 조사실을 나
	간다)

창진, 나가고 문이 닫힌다. 동식, 순간.. 하.. 하하하하하하.

동식	하하하하하하하!
주원	훌륭한 쇼네요.
동식	쇼의 주인공은 우리가 아니었고.
주원	이창진, 그리고 한기환이죠.
동식	(보면)
주원	두 사람, 도해원을 버리기로 결정한 겁니다.

동식, 나직이 한숨. 휴대폰 꺼내서 정제 찾아 발신 버튼 누른다.
주원, 기다리지 않고 바로 휴대폰 꺼내더니 권혁 찾는다.
'지금 거신 번호는 없는 번호이오니..' 흘러나오는. 동식, 표정 굳는데.

주원	(발신 버튼 누르는. 잠시, 휴대폰에) 어. 사람 하나만 찾아줘.
동식	(보면)
주원	요양병원에 입원해 있을 거야. 인적사항은 문자로 보낼게. 가능한 빨리 알아
	봐줘. 아버지? 말씀드려. 아셔도 상관없어. (끊는다)
동식	누굽니까.
주원	(문자로 권혁 찾아 우선 박정제 이름 찍으며) 문주지청 검삽니다. 아버지를
	아주 많이 닮은, 아들 같은 검사죠. 박정제씨 주민등록번호 주시죠.
동식	잠시만요. (휴대폰에서 다시 지화 번호를 찾는데)

주원	(나직이 중얼) 왜.. 도해원을 버리기로 했을까..
동식	(번호 찾아 발신 버튼 누르며) 정제의 상황을 일부러 흘리면서까지.
주원	마치 우리의 주위를 다른 곳으로 돌리려는, (했다가 번쩍) 이경위님, 지금 정철문 서장, (하는데)
동식	(휴대폰에 바로) 정철문 잘 쫓고 있지? 그 인간 지금 어딨어.

씬45   문주 경찰서 – 서장실 복도 (N)

주원과 동식, 뛰어 올라와서 지화와 도수에게 합류하고.

지화	쭉- 서장실이야.
도수	화장실도 간 적 없고요.
동식	서장실로 들어간 사람은?
도수	없습니다.

서장실 앞에 선 네 사람. 지화, 문에 노크.

지화	(똑똑-) 서장님. 오지합니다. 지금 들어갑니다. (문고리를 돌리는데 잠겨 있다) 서장님.. (똑똑-) 서장님?
주원	물러나십시오.
도수	부수게요? 서장실 문을?
동식	(물러난다)
주원	(다리를 들어 문을 확- 부숴버리려는데)

달칵- 문고리가 돌아가며, 안에서 문이 열린다.

정서장	아니, 한주원 경위. 이경위랑 다들 여기서 뭐 해.
동식	(정서장 뒤를 보면 상자 속에 짐을 챙기는 중이었다)
주원	(흘끔 보고) 어디 가십니까, 서장님.
정서장	아버님한테 얘기 못 들었어? 본청으로 돌아갈 수 없을 거라고 생각했는데,

(본다) 차장님께서 본청 정보과로 발령을 내주셨어.

모두   !!!

정서장   역시 사람 일은 한 치 앞도 모르는 거네. 안 그래요, 이경위?

씬46 문주 경찰서 – 앞 주차장 (N)

정서장의 차 트렁크에 박스를 실어주는 도수와 지화.

정서장   오팀장, 그동안 수고 많았어. 직원들한텐 정식으로 발령 나면 인사할 테니까
        그때까진 함구합시다?

지화   알겠습니다.

도수   (얼떨결에 목례하는데)

정서장   (차 키 주며) 운전 좀. 금야 전원주택단지 알지?

도수   (지화 보면)

지화   (재빨리) 차량 반납하셔야 하니까 모셔다드리고 가져와.

도수   모시겠습니다, 서장님. (키 받아서 운전석으로 가고)

정서장   (주원에게) 한경위. 피는 물보다 진한 거 알지? (동식을 본다) 잊지 말라고,
        응?

주원   (천천히 고개를 숙인다)

지화/동식 (목례)

정서장, 뒷좌석에 올라타고. 출발하는 정서장의 차.

지화   내가 따라붙을게.

동식   같이 가. (하는데)

주원   잠시만요.

주원, 휴대폰 꺼내면. 진동으로 발신 전화 울리고 있다. '권혁'.

주원   (받는, 휴대폰에) 위치 파악됐어? 어디? 문주 외곽?

지화	너무 멀지 않아서 다행이네. 정서장한텐 나랑 도수가 딱 붙어 있을 테니까, 얼른 정제한테 가.
동식	(보면)
지화	너 정제 걱정되잖아. 그리고 도수 내 파트너야. 내 파트너 옆엔 내가 있어야지.
동식	(맞는 말이다) 알았어. 정제 데려다놓고 바로 합류할게.
지화	곧 보자. (후문 주차장 쪽으로 뛰어가고)
주원	(휴대폰 너머 소리에 집중하다가, 휴대폰에) 지금 어디야?

씬47   한기환의 집 – 거실 (N, 동 시각)

혁, 구석 복도에 서서 주원과 통화 중이다.

혁	(휴대폰에) 나? (돌아보면)

거실 소파 상석에 앉은 기환. 그리고 몇몇 지긋한 경찰 무리가 모여 있고.

혁	(휴대폰에) 뭐, 집이지. (기환에게 고개를 끄덕이면)

소파에 앉은 기환, 혁을 보고는 휴대폰을 들어 문자를 보낸다.

씬48   문주 경찰서 – 앞 주차장 (N)

통화 중인 주원의 휴대폰에 문자 수신되는 진동. 지이잉.
주원, 확인하면. '아버지: 당장 서울 내 집으로.'
주원, 잠시 동식을 돌아본다. 동식, 왜요? 입 모양으로 묻고.

주원	(휴대폰에 배터리 없음 알림이 들린다, 휴대폰에) 잠깐만. (휴대폰 액정 보면 곧 나갈 것 같다) 내 휴대폰에 배터리가 없어. 바로 전화할게. (끊는)

씬49 한기환의 집 – 거실 (N)

혁 (휴대폰에) 한주원. 야! 여보세요. (허어.. 휴대폰 내려다보는데)

씬50 문주 경찰서 – 앞 주차장 (N)

주원 이경위님. 휴대폰 좀 잠시 쓰겠습니다. (보여주며) 배터리가 다 돼서, 문자로 주소를 받을 수가 없습니다.

동식 (주머니에서 휴대폰 꺼내서 건네며) 무슨 일 있는 거 아니죠?

주원 전혀요. 고맙습니다. (휴대폰 액정에 혁 번호 찍는)

씬51 한기환의 집 – 거실 (N)

전화 다시 울린다. 혁 보면, 액정에 찍힌 번호. '010-0373-4876'.

혁 (받는, 휴대폰에) 네.

주원(F) 주소 빨리 불러줘.

혁 (싸가지 없어, 역시. 휴대폰에) 경기도 문주시 우장면 점옥리 133 소원요양 병원. 이 번호로 문자 보내면 되냐?

주원(F) 어. (바로) 지금 집 아니지? 아버지랑 같이 있지?

혁 (휴대폰에) 얘가 무슨 말도 안 되는, (하는데)

그때, 기환의 흥분된 목소리가 들려온다.

기환 (휴대폰 받는) 네, 감사합니다. 조국을 위해 열심히 봉사하겠습니다. (전화 끊는 그 순간)

경찰들 (환호성)

혁   (오- 하면서도 주원이한테 들켰네 싶고)

씬52   문주 경찰서 – 앞 주차장 (N)

동식과 조금 떨어져서 등 돌리고 선 주원. 전화 속 소리에 설마.

혁(F)   (자그맣게) 한주원, 너 빨리 와. 아버지 경찰청장 되셨어.
주원   !!!

씬53   한기환의 집 – 거실 (N)

경찰 일동 일어나, 기환에게 목례.

경찰들   축하드립니다, 청장님./정말 감축드립니다!/축하드립니다.

씬54   문주 경찰서 – 앞 주차장 (N)

전화를 탁- 끊는 주원. 그때 동식의 휴대폰에 지이잉- 울리는 문자음.
주원, 바로 시선 주는데. 혁의 문자가 아니다. '이동식 경위, 정철문입니다.'
문자를 읽는 주원. '할 이야기가 있으니 지금 혼자 조용히 우리 집으로 오지.'

주원   (표정 어두워지며, 중얼) .. 혼자 조용히?

/INS. 플래시백. 문주천 갈대밭 인근 도로 – 기환 차 안 (14회 69씬)
창진   정서장은 쥐새끼과라서 남상배 그 인간이랑은 달라요. 문자 한 통 보낸다고
        폐차장으로 쪼르르 나타나겠습니까. 남상배처럼 죽을 걸 알고도 나타나진
        않을 거고.

/현재. 문주 경찰서 – 앞 주차장

주원   (설마) .. 죽을 걸 알고도 나타날 사람.. (동식을 돌아본다)

동식   (눈 마주치고, 잠시) 왜 그래요. (다가오며) 무슨 일입니까.

주원   (애써 흔들리는 동공 가라앉히며) 박정제씨는 경기도 문주시 우장면 점옥리
        133 소원요양병원에 있습니다.

동식   갑시다. (다급히 운전석으로 향하는데)

주원   이경위님. (고개 잠시 숙였다가 결심한 듯) 나는 못 갑니다.

동식   네?

주원   방금 아버지가 경찰청장에 임명됐답니다.

동식   !!! (잠시) 그게 뭐가. 가장 높은 곳에서 떨어뜨리기로 하지 않았나.

주원   그렇죠. 그런데 지금 집으로 오라시니까, 일단 가겠습니다. 이경위님은 빨리
        가서 박정제씨 데리고 나오세요. 연락드리겠습니다. (돌아서더니 자기 차로
        뛰어간다)

동식   (하.. 운전석에 올라타는데)

씬55   문주 경찰서 앞 주차장 – 동식 차 안 (N)

운전석의 동식. 내비에 주원이 불러준 요양병원 주소를 입력하는데.
'문주시 우장면 점옥리..'
주원의 차가 부웅– 지나가는 것이 차창 너머로 보인다.
내비에 주소를 다시 찍는데, 뭔가 이상하다.

/INS. 플래시컷. 문주 경찰서 – 앞 주차장 (동 회 54씬)

주원   이경위님. (고개 잠시 숙였다가 결심한 듯) 나는 못 갑니다.

주원   (애써 흔들리는 동공 가라앉히며) 박정제씨는 경기도 문주시 우장면 점옥리
        133 소원요양병원에 있습니다.

/현재. 문주 경찰서 앞 주차장 – 동식 차 안
주소 찍던 손가락을 멈추는 동식.

/INS. 플래시백. 문주 경찰서 - 앞 주차장 (동 회 50씬)

주원   이경위님. 휴대폰 좀 잠시 쓰겠습니다. (보여주며) 배터리가 다 돼서, 문자로
       주소를 받을 수가 없습니다.

동식   (주머니에서 휴대폰 꺼내서 건네며) 무슨 일 있는 거 아니죠?

주원   전혀요. 고맙습니다. (휴대폰 액정에 혁 번호 찍는데)

/현재. 문주 경찰서 앞 주차장 - 동식 차 안

동식   휴대폰..

바로 제 주머니를 더듬지만, 당연히 휴대폰이 없다. 주원에게 받지 않았으니까.

/INS. 플래시백. 문주 경찰서 - 앞 주차장 (동 회 54씬)

주원   지금, 집으로 오라시니까 일단 가겠습니다. 이경위님은 빨리 가서 박정제씨
       데리고 나오세요. 연락드리겠습니다.

휴대폰을 건네주지 않고 돌아서더니 자기 차로 뛰어 가버리는 주원의 모습에서.

/현재. 문주 경찰서 앞 주차장 - 동식 차 안

동식, 바로 시동을 걸어 차를 급발진하는데!

씬56 문주 경찰서 인근 도로 - 동식 차 안 (N)

저 멀리 사거리 너머로 주원의 차가 직진해 달려가는 것이 보인다.
액셀 밟는 동식. 주원의 차를 쫓으려는데, 사거리 다 닿아 신호에 딱 걸리는!

동식   한주원.. 이게 무슨 짓이야.. (하다가 표지판을 보면)

직진 표시 위로 '금야동'이라고 쓰여 있는 것이 눈에 들어오고.

/INS. 플래시컷. 문주 경찰서 - 앞 주차장 (동 회 46씬)

정서장　(차 키 주며) 운전 좀. 금야 전원주택단지.

씬57　금야 전원주택단지 안 도로 (N)

뜨문뜨문 떨어져 조성된 전원주택단지. 가로등이 얼마 없어 길이 어둡다.
동식의 차가 단지 안 도로로 진입하는데.

씬58　금야 전원주택단지 앞 도로 – 동식 차 안 (N)

동식, 천천히 주위를 살피는데, 저 멀리서 차량 라이트가 한 번 번쩍.
보면, 도수의 차다.

씬59　금야 전원주택단지 앞 도로 (N)

저 앞에 주차된 주원의 차가 보인다.
동식, 도수의 차창을 두드리면. 운전석의 지화, 창문 내리고.

동식　　한주원 여기 왔지?
지화　　네가 정제한테 혼자 가도 된다고 보냈다며. 아니야?
동식　　(햐.. 이 새끼) 지금 어딨는데.
도수　　그게..

/INS. 과거. 금야 전원주택단지 앞 도로 – 5분 전
동식과 같은 자리에 서서 지화, 도수와 대화 중인 주원. 어딘가 초조해 보이는데.

도수　　서장님 짐 다 안에 가져다드리고 나왔는데요.
주원　　(불 꺼진 정서장 집을 가리키며) 불은 언제 꺼진 겁니까.
지화　　얼마 안 됐어요, 왜?

주원   제가 잠시 둘러보겠습니다. 괜찮죠?

지화   같이 가죠.

주원   아뇨. 한번 둘러만 보고 바로 오겠습니다.

몸 훅- 돌려 정서장의 집으로 뛰어가는 주원.

/현재. 금야 전원주택단지 앞 도로

동식   (다급히) 나 들어간다.

지화   너도?

동식   한주원.. 혼자 보내면 안 될 것 같아. (정서장 집으로 황급히 달린다!)

씬60   정서장의 집 앞 (N)

동식, 문을 확- 미는데 잠겨 있다.

지화   (달려와서) 한경위는 바로 열고 들어갔는데!

도수   (달려와, 당혹) 경위님이 문 잠근 겁니까?

동식, 표정이 더 심각해져서는 문을 잡고 훅- 넘어버린다.

도수   엇! 이거 무단 침입,

지화   (망설임 없이, 훅- 넘는다)

도수   (에이씨- 훅- 넘고)

씬61   정서장의 집 – 마당 (N)

동식, 빠른 걸음으로 마당 가운데를 지난다. 불길하다. 왜 이렇게 불길하지. 그때, 정서장의 집 현관문이 스으으으- 열린다.
도수와 지화, 멈칫- 경계하고. 동식도 멈춰 선다.

문을 열고 나오는 사람은 주원이다.
몸과 손에 온통 피 칠갑한... 주원.

도수/지화 !!!!!
동식   한주원. 무슨 일이야.
주원   정철문 서장, 사망했습니다.

제 몸과 손을 내려다보는 주원.

주원   내가..
동식   (바라본다)
주원   죽인 거 같네?

- 15회 끝 -

356 괴물

16회

잡다

괴물

씬1   한기환의 집 – 차고 (N, 과거 – 15회 35씬 같은 날)

텅 빈 차고 안, 당황한 한기환 앞에 선 사람은 검은 모자를 푹 눌러쓴 이창진이다.

기환   여길 오다니, 제정신이야?

창진   아무도 모르게 왔으니까 걱정 마시고. (다가가며) 낮에 청문회를 봤는데, 아드님을 서울청 감찰조사계로 보내신다고?

기환   (크음. 멀쩡하게 걷는 창진의 다리를 본다)

창진   (피식) 뭘 또 빤히 보셔. 눈치 다 깠으면서. 큰형님 대신 칼 맞은 김에 독립하려고 엄살 좀 부렸던 거예요. 지금 내 다리보다 더 이상한 건, (휘- 보며) 차기 경찰청장님 댁 차고에 차가 한 대도 없네?

기환   (말투가 마음에 들진 않다) 이대표가 신경 쓸 일 아니고.

창진   (자르듯, 러시아어) 정말? (피식 웃던 얼굴 서늘하게 확 바뀌며) 차에 도청기 설치되어 있었나? 아드님이 설치하셨고?

기환   !!

창진   나약한 아드님께 발목 잡히셨나. 그래서 이동식과 아드님을 감찰조사계에 찰싹 붙여놨고?

기환   (잠시, 피식 웃는다)

창진   (웃어?)

기환	제대로 잡혔지. 갈대밭, 우리 대화 전부 녹취했더군.
창진	뭐?!!
기환	아무리 하찮은 적이라도 얕보면 엿 된다.. 적이 아니라 내 오만이 부메랑 돼서 가슴에 박힌다.. (자조적) 오만한 새끼.. 핏줄이 어디 가나.
창진	(하아... 이봐요, 정신 차려) 저기, 오만한 아버님. 아직 자괴감 타임 아니고요. 문제를 해결해야지. 아드님, 내가 처리해드려?
기환	(멈칫-) 처리하면, 녹취 파일이 없어지나?
창진	(흐음..)
기환	차라리 잘됐어. 어디까지 알고 있는지 확실해졌잖아. 그날 우리 도해원 이야기했었지? 도해원은 만났나?
창진	독이 빠짝 올라서,

/INS. 플래시컷. 문주시 드림타운 개발 대책위원회 사무실 (15회 35씬)

해원	너, 강진묵 그 새끼한테 들은 거 없지?
해원	이번 개발도 무산되면 나 정말 가만히 안 있을 거예요.

/과거. 한기환의 집 – 차고

창진	협박, 하시더라고.
기환	그럼 이제, 몸집을 좀 줄여보지.
창진	미끼도 쓰고요.
기환	누구.
창진	(미소) JCM.

씬2   정서장의 집 – 거실 (N, 과거 – 15회 49씬 전)

거실 초입에 선 정서장. 도수, 현관에 서서 박스를 내려놓는다.

정서장	와이프가 문주서 과수계라고?
도수	네, 서장님.
정서장	애기도 곧 나온다면서. 괜히 줄 잘못 섰다가 애랑 와이프랑 고생시키지 말고,

(하는데)

도수　(바로, 불퉁) 줄 잘 서고 있습니다, 서장님.

정서장　(피식) 그래? 가봐요.

도수　(꾸벅- 인사하고 현관문 획- 열고 나가는데)

저 멀리 구석에서 검은 모자에 우비 입은 창진이 그 모습 흘끔 보고 사라진다.

씬3   정서장의 집 - 욕실 (N)

샤워 가운을 입은 정서장, 욕조로 다가서며 휴대폰을 꺼낸다.
그때 살짝 열린 문틈으로 거실 불이 탁- 꺼지는 것이 보이고.
알아채지 못한 정서장은, 이창진의 대포폰(저장명 J)에 보낸 휴대폰 문자를 확인한다.
'조사 잘 받으시고 우리 이야기는 이따 밤에 만나서 합시다.' 답 문자 없다.

정서장　을이 을다워야지. (욕조에 뜨거운 물을 틀며) 지 분수를 모르네.

그 순간! 창진, 뒤에서 훅- 다가와 폴리 글러브 낀 손으로 정서장의 얼굴을 탁 잡아 입을 막고, 들고 있던 칼로 왼쪽 경동맥을 훅- 긋는다.

정서장　쿠.. 쿡. 쿠쿨럭.

창진　(나직이) 분수는 니가 알아야지.

욕조로 정서장을 훅- 떠밀면, 욕조로 거꾸러지는 정서장!
우비 주머니에서 상배 휴대폰과 대포폰 하나를 꺼내 세면대 위에 가지런히 두고는.
목을 잡고 쿨럭이는 정서장 손을 획- 빼서 칼을 한번 쥐어 지문을 남기고 욕실 바닥
에 떨어뜨린다. 욕조 물속에 얼굴을 박듯 꼬꾸라져 쿨럭이는 정서장을 바라보는 창진.

창진　(한 발 뒤로 물러서 보더니, 러시아어) 완벽해.

씬4   금야 전원주택단지 앞 도로 일각 (N, 15회 59씬)

도수의 차 운전석 창문이 지잉- 내려간다.
운전석 옆에 서 있는 건 동식이 아니라 주원이다. 어딘가 초조한 표정이고.

지화   (놀라) 한주원 경위. 정제한테 간 거 아니었어요?
주원   이경위님이 혼자 가겠다고 해서, 지원 온 겁니다. 서장님은 댁까지 모셔다드
         린 겁니까.
도수   (보조석에서 고개 빼서 보며) 서장님 짐 다 안에 가져다드리고 나왔는데요.
주원   (불 꺼진 정서장 집을 가리키며) 불은 언제 꺼진 겁니까.
지화   얼마 안 됐어요, 왜?
주원   제가 잠시 둘러보겠습니다. 괜찮죠?
지화   같이 가죠.
주원   아뇨. 한번 둘러만 보고 바로 오겠습니다.

몸 훅- 돌려 정서장의 집으로 뛰어가는 주원.
한 손에 쥐고 있던 삼단봉을 지화와 도수는 볼 수 없도록 감춰서, 착- 펼치는데.

씬5   정서장의 집 – 거실 (N)

삼단봉을 든 주원이 어두운 현관으로 들어온다.
고요한 집 안. 열린 욕실 문틈으로 빛이 새어 나온다. 그리고 물이 흐르는 소리.
주원, 경계하며 집 안으로 들어선다. 삼단봉으로 욕실 문을 밀어서 열어본다.
욕조 속에 꺼꾸러진 정서장이 보인다! 주원, 다급히 뛰어 들어간다!!

씬6   정서장의 집 – 욕실 (N)

핏물이 고인 욕조 속에서 처박힌 정서장. 갑자기 쿨럭- 하며 피를 토해낸다.

주원   (정서장을 물속에서 끌어내며) 안 돼. 죽으면 안 돼! 제발.

경동맥에서 피가 쏟아지고 있다! 주원, 정신없이 막는다.
쿨럭이는 정서장. 눈을 가늘게 뜨고, 주원을 바라본다.
뭐라고 말을 하려는 거 같은데, 이미 제정신이 아닌 상태다.

주원   제발. 안 돼. 안 돼.....

숨을 거두는 정서장. 주원, 잠시.. 후우...... 숨을 내쉬고 일어선다.
세면대 위에 놓인 휴대폰 두 개. 그리고 바닥의 칼.
이건 무대다. 누군가 세팅해놓고 간 피의 무대.

씬7   정서장의 집 – 마당 (N, 15회 61씬)

동식, 빠른 걸음으로 마당 가운데를 지난다. 불길하다. 왜 이렇게 불길하지. 그때,
정서장의 집 현관문이 스으으- 열린다. 도수와 지화, 경계하고 동식도 멈춰 선다.
문을 열고 나오는 사람은 주원이다. 몸과 손에 온통 피 칠갑한... 주원.

도수/지화 !!!!!
동식   한주원. 무슨 일이야.
주원   정철문 서장, 사망했습니다.

제 몸과 손을 내려다보는 주원.

주원   내가..
동식   (바라본다)
주원   죽인 거 같네?

씬8   문주 경찰서 – 강력계 진술 녹화실 (N, 새벽, 시간 경과)

피에 젖은 셔츠와 바지를 모두 과수계에 넘기고, 옷을 갈아입은 주원.
피를 지워낸 제 손을 바라보는데. 손톱 사이에 정서장의 피가 남아 있는 것 같다.
쾅- 문을 열고 들어오는 동식. 주원이 가져갔던 동식의 휴대폰이 폴리백에 담긴 채
들려 있고.

동식   이동식 경위, 정철문입니다. (휴대폰에서 문자 찾아 주원 앞에 내려놓으며)
할 이야기가 있으니 지금 혼자 조용히 우리 집으로 오지?

주원   (가만히 바라보면)

동식   한주원 경위가 이동식인가? (훅- 얼굴을 들이밀며) 내가 어린앱니까? 내가
몇 살인데 니가 나 대신, (하는데)

주원   (바로) 미안하다고 하고 싶은데, 사실 별로 미안하진 않아서.

동식   뭐?

주원   이경위님이 들어갔으면 전부 뒤집어쓰셨을 겁니다.

동식   그래서 나 대신 몸소 희생하셨다? 거참 찐우정이네?

주원   (그제야) 불쾌하다면 미안, (하는데)

동식   (주원의 의자를 잡고 확 돌려 똑바로 보게 하며) 그래! 엄청 불쾌해! 솔직히
나 한주원 경위 꼴도 보기 싫거든? 당신 얼굴 위에, 당신 아버지가 보이니까!

주원   (차분히 눈을 내리깔면)

동식   내가 엄청 노력 중이거든? 당신은 아무 잘못 없고, 죄 없는 사람이 죄인 되
는 게 어떤 건지 뼈에 사무치게 잘 아니까, 제발 좀! 혼자 그 죄책감 뒤집어
쓰고 오버하지 마요. 꼴불견이야. 더 못 봐주겠다고!

주원   미안, 합니다.

동식   그놈의 미안, 미안! 한 번만 더 미안할 짓 해봐. 녹취 다 풀어버릴 테니까. (테
이블 위, 휴대폰 확- 들고 나가버린다!)

주원   (나지막이 한숨 내쉬는데)

씬9   문주 경찰서 - 강력계 진술 녹화 관찰실 (N, 새벽)

문을 박차고 나온 동식. 지화가 보고 있다.

지화	뭐니.
동식	암것도 아니야. (나가려는데)
지화	(문을 탁– 막아선다) 이동식. 지금 뭐 하니. 내가 그렇게 우스워?!
동식	널 무시해서가 아니고, 지화야, 넌 넘어오지 마. 거기 있어.
지화	(허) 거기 있어? 야, 나.. 애저녁에 선 넘었어. (마음먹고) 민정이 손가락, 네가 가져다 놨지?
동식	!!!!
지화	강진묵이 군이 제집 앞 평상에 가져다 놓을 이유가 없는데, 내가 왜 그걸 문제 삼지 않은 거 같아?
동식	.. 미안하다, 지화야.
지화	미안? (동식을 탁 잡으며) 너야말로 미안하다는 개 같은 소리로 버무리려고 하지 마! 나, 단 한 번도 너 막은 적 없어. 정제가 유연이 사고 낸 거 알았을 때도 가족은 너니까, 피해 당사자는 너니까, 네가 하는 대로 따랐잖아. 근데 이제 와서 선 넘지 마? 너 계속 이럴 거야?!
동식	(나지막이 한숨 내쉰다)
지화	한경위 아니고 니가 들어갔음 전부 뒤집어썼을 거란 말 뭐야. 뭘 숨기는 거야, 대체!
동식	... 21년 전에 한기환 그 새끼가 우리 유연일 차로 쳤어.
지화	!!!!!
동식	(유리창 너머 차분히 앉은 주원을 가리키며) 한주원이, 지 아버지가 제 입으로 말하는 걸 녹취해 왔어.
지화	하... (창 너머 주원을 바라본다) .. 녹취한 거 나한테 줘.
동식	넘겨주면? 불법 녹취는 내사 착수하는 거 말곤 할 수 있는 게 없잖아.
지화	그렇대도! 우리 경찰이잖아.
동식	경찰? 그렇지. 경찰인 내가, 범행 현장에서 손가락을 발견하고도 신고하지 않고, 현장 훼손해서 다른 곳에 유기했지. 한주원도 그걸 알고 있었고. 그런데 우리 유연이 찾을 때까지 아니, 지금까지도 입 다물고 있어. 너도 그렇고. 왜 그랬는데?
지화	.. 그건, (차마 말 잇지 못하는)
동식	너도 이해하니까! 법으로 해결하지 못하는 게 있단 걸 너도 잘 알고 있으니

까.

지화　그치만, 노력은 해봐야 할 거 아냐!

동식　할 거야. (다시 주원을 가리키며) 한주원이랑 같이.

지화　왜? 한기환 아들이잖아.

동식　없어도 그만일 걸, 나한테 녹취 파일 주면서 풀고 싶으면 세상에 풀어버리랜 다. 근데 그 전에 지가, 지 아버지 끌어안고 지옥으로 떨어지겠대. 나보고 더 는 망가지지 말라고.. 지가 다 하겠대. 그걸로 죗값을 자기가 받겠다나?

지화　(다시 창 너머 주원을 본다)

동식　나한테 온 문자를 보고, 정서장 집으로 뛰어 들어갔어. 지화야. 나는,

지화　(보면)

동식　저 바보 같은 놈을 혼자 보낼 수가 없어.

씬10　주원의 오피스텔 - 화장실 (D, 새벽, 다음 날)

세면대 앞에 선 주원, 수전에서 쏟아지는 물에 손을 담근다.
스펀지로 손가락의 핏물을 닦기 시작하는데 잘 닦이지 않는다.
미친 듯 손끝을 닦아대던 주원, 이내 멈추고 고개를 들면 거울 속 비친 제 얼굴.
그때, 세면대 위에 놓인 휴대폰에 지이잉- 전화가 걸려온다. '아버지'.
손 닦는 걸 포기하고 수전을 잠그는 주원, 휴대폰을 보다가 그냥 거실로 나가버린다.
끄트머리에 위태하게 걸쳐진 휴대폰, 진동에 흔들리다가 세면대의 물속에 빠져버린다.
물속에서 희미하게 흐려져가는 '아버지'.

씬11　주원의 오피스텔 - 거실 (D, 새벽)

주원, 화장실에서 나와 보면. 동식, 거실 소파에 앉아 있고.

주원　가죠? 집에 다른 사람 있는 거 별로 좋아하지 않아서.

동식　아~ 그런 분이 우리 집엔 그렇게 뻔질나게 드나드셨어요?

주원　(크음) 단독 행동하지 않을 테니까 가세요.

동식   (일어나 앞에 서더니) 이제, 토끼몰이 할 준비 됐습니까, 한주원 경위?

씬12   한기환의 집 – 거실 (D, 아침)

'고객이 전화를 받지 않아..' 분노가 치솟은 기환, 휴대폰을 탁- 내려놓는다.
소파에 앉은 혁, 흘끔 눈치 보고 그저 기다린다.

기환   (감정 누르며 차분히) 그래서, 현장에서 나온 건?
혁   지난 2월 5일 살해된 남상배 소장의 휴대폰과 그 휴대폰에 문자 보낸 내역
이 있는 대포폰입니다.
기환   그것뿐?
혁   살해 도구인 칼도 발견됐지만, 지문은 정철문 서장의 것만 남아 있었습니다.
헌데,
기환   (보면)
혁   남상배 소장에게 문자 보낸 그 대포폰으로 사망 직전 이동식 경위에게 발송
한 문자 메시지가 확인됐습니다. 정서장이 집으로 조용히 혼자 오라고 했는
데, (고개를 저으며) 이경위가 아니라 주원이가 왜 거기 있었는지는.
기환   왜 있었다고 하는데?
혁   답하지 않겠다고 했습니다.
기환   말.. 하지 않는다..? (흠, 그래?) 정서장은 왜 죽은 걸까.
혁   이 경우, 경우의 수는 두 가지죠. 살해당했거나, 자살이거나.
기환   살해? 누구. 한주원?
혁   아유~ 주원이는, (하는데)
기환   (바로) 그럼 자살이네. 남소장을 살해하고 죄책감에 못 이겨 자살했다!
혁   네?
기환   칼에서 정서장 지문도 나왔고. 종결하면 되겠군.
혁   그렇지만, 좀 더 수사를 진행해보고,
기환   혁아. 넌 내가 잘 만들어서 던져주면 물어서 씹어 삼키기만 하면 되잖아. (한
심) 그게 그렇게 어렵나?
혁   청장님. 제가 처리할 수 있습니다. 이제 좀 믿어주셔도 좋을, (하는데)

기환   그 머리로! 생각 같은 거 하지 말고 그냥 움직이기만 해. 권검사.

혁   (어쩔 수 없이) 알겠습니다. (하지만 모멸감에 얼굴이 달아오르는데)

씬13   문주시 개발 대책위원회 사무실 앞 – 창진 차 안 (D, 아침)

뒷좌석 문을 열어주는 돌석. 창진, 내리려는데. 휴대폰 울린다. '발신자 표시 제한'.
돌석에게 문 닫으라고 신호한 후 전화 받는 창진.

창진   (받는, 휴대폰에) 이 아침부터 누구실까.

기환(F)   지문은 왜.

창진   (피식, 휴대폰에) 자꾸 일이 틀어지니까 경우의 수를 계산해본 거죠. 지문 그
까이꺼 이동식이가 자살로 위장했다고 비비면 될 것 같아서 깔아뒀는데 (피
식) 아드님이 홀랑 가져다 잡았네?

기환(F)   조용히 마무리할 테니까 이대표는 잠시 사라지는 게 좋겠어.

창진   (개발 대책위원회 사무실 간판을 올려다보며, 휴대폰에) 이번엔 꼭 개발해야
되는데? 이번 판에 올인 했거든요, 나.

기환(F)   새 판에 판돈 다시 올인 하면 될 일 아닌가. 잠시 쉬고 있으면 이번 판은 내
가 정리하지.

그때! 강력계 승합차가 창진의 차 바로 앞에 서고! 형사들 우르르 내린다!!
그 속에 지화와 도수도 있다.

돌석   (등 돌리고 서 있다가 다급히 문을 연다) 형님!

창진   (러시아어) 아, 씨X. (한국어, 휴대폰에) 정철문도 보스라고 열받았나..

씬14   한기환의 집 – 서재 (D, 아침, 동 시각)

창진(F)   문주서 애들이 지금 떼로 왔는데?

기환   !! (하아.. 난처, 대포폰에) 직접 증거 없고, 입만 다물면 나올 수 있어.

씬15   문주시 개발 대책위원회 사무실 앞 – 창진 차 안 (D, 아침, 동시각)

당황한 돌석이 뒷좌석 문을 막고 섰는데. 다가와 차 안을 들여다보는 지화.

지화   이창진씨. 가자!

창진   (하... 다시 한번 개발 위원회 사무실을 올려다본다. '개발'에 시선이 꽂혔다가, 돌석과 눈이 마주치는 형님.. 걱정스러운 얼굴 보고는, 휴대폰에) 정리하시고 연락 주세요. (끊고. 차 문 연다, 지화에게 방긋) 안녕?

씬16   문주 경찰서 – 강력계 진술 녹화실 (D, 아침)

지화와 도수의 맞은편, 지팡이를 톡톡 건드리며 노래를 부르고 있는 창진.

창진   (흥얼흥얼) 언제나 찾아오는 부두의 이별이 아쉬워 두 손을 꼭 잡았나. 눈앞에 바다를 평계로 헤어지나. 남자는 배 여자는 항구.

지화   아까 체포될 때 누구랑 통화한 겁니까.

창진   지화야, 너 내가 이 노래 불러주면 무지 좋아했었잖아. 기억나?

도수   (우웩-)

지화   질문에 대답 좀 하지?

창진   보내주는 사람은 말이 없는데 떠나가는 남자가 무슨 말을 해~! 크! 말 못 하지, 못 해.

지화   다시 한번 묻습니다. 정철문 서장님이 사망한 3월 7일 밤 8시 30분부터 10시까지 어디서 뭐 했습니까.

창진   그걸 왜 자꾸 나한테 묻지? 현장에 그 한주원인가 경찰이 있었다며.

지화   대답하세요, 이창진씨.

창진   지화야. 나 정말 섭섭하다. 왜 자꾸 날 나쁜 놈으로 보니.

지화   (잠시) .. 20년 전에 내가 왜 당신이랑 결혼했는지 알아?

도수	(갑자기?? 지화 보면)
창진	사랑의 도피는 아니고, 그냥 도피. 너 이 동네 도망치고 싶어 했잖아.
지화	그러니까, 왜 당신한테 도피했는지 아냐고.
창진	(미소) 귀여워서?
지화	순수해서.
창진	(웅?)
지화	건물 짓고 아파트 단지 짓겠다는 욕망이 너무 날것이어서 순수해 보였어. 당신이랑 왜 이혼했는진 알아? 당신이 결혼했던 거 숨겨서? 아들이 있어서? 아니, 무서웠어.
창진	(차분해지며 본다)
지화	날것인 욕망이 날 잡아먹을까 봐. 미안한데 난, 도망을 치고 싶었지 당신이랑 당신 욕망에 먹히고 싶진 않았거든.
창진	(미소) 그랬구나.
지화	그래서 이창진. 당신이 정철문 서장을 죽인 거야?
창진	(피식) 나 그때 집에 있었어.
지화	(바로) 강도수, 고지해.
도수	(자리에서 일어나며 수갑 꺼낸다) 이창진, 당신을 정철문 살인 미수 용의자로 긴급 체포합니다.
창진	(러시아어) 얘넨 뻑하면 긴급 체포래. (한국어로) 위에서 알고 있니?
지화	위 어디? 우리 서장님 살해된 사건이라서 우리 서 애들 전부 눈 시뻘겋게 뜨고 있는 거 안 보여?
창진	마음은 알겠는데.. 그렇다고 무고한 사람을 체포하면 돼? 증거도 없이.
지화	살해 시각 전후로 자택에 출입한 기록이 없어서 알리바이를 증명할 수 없고! 사망 전날 정서장님께 문자 받은 사실이 있고!
도수	(제 휴대폰으로 찍은 액정 속 문자 보여주며, 읊는) 안녕하세요, JCM입니다. 우리 내일 좀 만나죠.
창진	그건 그날 오후 방파제에서 만날 약속을 한 거고,
지화	맞아, 거기서 찍혔지.
창진	(보면)
지화	(창진에 노트북 훅 돌려) 살해하려다 미수에 그치는 장면이. (플레이!)

/INS. 노트북 화면.
서해 삼미항 부둣가 방파제에서 정서장에게 살금 다가와 스윙!

씬17　서해 삼미항 부둣가 방파제 (D, 해 질 녘, 과거 – 15회 38씬)

반대편 부둣가 아래서 상체를 세운 동식, 휴대폰으로 창진의 모습을 찍고 있다!

씬18　도해원 의원 선거 사무소 (D, 동 시각)

동식의 휴대폰에 찍힌 같은 영상을 보고 있는 사람은 바로 해원이다.
정서장의 다리를 내려치기 직전에 스톱! 끝나는 영상.

해원　그래서, 이대표가 정서장을 죽였다? 다음은 내 차례가 될 수 있다?
동식　아드님일 수도 있고.
해원　아들이라니 누구?
동식　아들이 없으시다? 그렇다면 뭐. (휴대폰 챙겨 들고 일어나며) 그래도 대외적으로 박정제는 도해원 아들 아닌가? 문주 시장 후보 아드님이 변사체로 발견되다.. 괜찮을지 모르겠네.
해원　(차분히) 이동식. 남의 일에 신경 끄고, 네 인생 좀 살지 그래?
동식　인생이요? (피식) 아줌마, 난요. 정제가 부럽기도 했어. 그 새끼가 유연일 차로 친 거 수습까지 다 하고도 우리 집 쫓아와서 악을 질러댔잖아.

/INS. 플래시백. 동식의 집 – 거실 (5회 20씬)
해원　내가 왜? 내 아들 증언 땜에 니 아들 살아 나왔어. 니 쓰레기 같은 아들 빼낸다고 내 새끼가 형사들한테 붙잡혀 있었다고! 근데 내가 이 정도도 못 해? 정제한테 가서 증언 철회하라고 할까?!!

/현재. 도해원 의원 선거 사무소
동식　그때 우리 아버진, 가서 말하라 그랬지.

/INS. 플래시백. 동식의 집 - 거실 (5회 20씬)

동식부 해. 하라고 해. 그게 진실이면 가서 말하라고.

해원 (피식-) 아비가 돼서 아들 목숨 두고 같잖은 객기는. 야, 난 너랑 달라. 내 아들 위해선 뭐든 해.

/현재. 도해원 의원 선거 사무소

동식 아들 위해선 뭐든 해.. 그 말을 못 했다고, 아버진 그담부턴 내 눈을 못 봤어요. 정제는 엄마 참 무서워했고, 나는 아버지랑 죽고 못 살았는데, 정제랑 내 인생이 완전히 뒤바뀐 거지. 박정제 그 개새끼가 우리 유연일 죽여서, 다 바뀌어버렸다고.

해원 안됐네.

동식 (빙긋) 아줌마도 아줌마 아들도 안됐지. 본인들 잘못 아닐 수도 있는데 21년을 전전긍긍.. 뜯길 대로 뜯기면서 살았잖아?

해원 (그게 무슨?)

동식 박정제가 사고 내기 전에 우리 유연이 친 사람이 있는데, 몰랐어요?

해원 !!

동식 정제는 유연일 쓰러져 있을 때 치었다고 했는데, 유연이는 서 있는 상태에서 사고 당했거든. 누굴까? 우리 유연이 처음 친 그 사람.

해원 아니야! 분명히 강진묵이!

동식 (나직이) 네, 강진묵이요..

해원 (말을 꿀걱 삼킨다) 내가 너한테 속을 거 같아?

동식 (하..) 문주서 강력계에 유연이 부검 감정서 보여달라고 하세요. (문으로 가며) 박정제 지금 어디 있나. 사고 낸 그 인간이 다 뒤집어씌우고 죽여버리면, 정제가 범인 되는 건데. (문 쿵- 닫고 나간다)

해원 (그 순간 동공이 미친 듯 흔들리는! 재빨리 휴대폰 꺼내서 장비서 전화, 휴대폰에) 정제 당장 다른 병원으로 옮겨!

씬19   소원 요양병원 - 복도 (D)

데스크로 뚜벅뚜벅 걸어오는 남자의 발걸음. 컴퓨터 화면 들여다보던 간호사, 보면.

주원   연락드린 박정제 환자 보호자의 비섭니다. 환자 데리러 왔습니다.

씬20   소원 요양병원 - 폐쇄병동 병실 (D)

온 벽에 사슴 그림이 그려진 병실 안.
마치 엄마 뱃속에 누운 아기처럼 침대 아래 바닥에 쪼그리고 누운 정제.
어디선가 스르- 빛이 비추는 것 같다. 눈 뜨면 빛 속에서 보이는 주원의 얼굴.

주원   박정제씨.. 박정제씨? 박정제 경감님!
정제   박.. 정제.. 경.. 경감...?
주원   네, 박경감님. 내가 누군지 알겠어요?
정제   한.. 주원.. 나.. 구원하러... 왔어.. 요?
주원   (잠시) 네. 갑시다.

씬21   소원 요양병원 주차장 - 구급차 안(D)

이불을 쓰고 구급차 침대에 누운 정제. 주원, 구급차에 올라타서 문을 탕- 닫는다.
출발하는 구급차. 창문 너머로 장비서가 차에서 다급히 내리는 것이 보이고.
운전석 사이의 미닫이 창문이 훅- 열리며.

재이(E)   아슬아슬했어요.
주원   서두른 겁니다.
정제   (이불을 슬쩍 내리고) 재이?
재이   (운전석에서 뒤를 흘끔 보고 다시 운전하며) 아저씨, 괜찮아요?
정제   (눈물이 고인다) 어... 완전 괜찮아...
재이   좋네. 침대 꽉 잡아요. 속도 좀 낼라니까.

부웅- 속도 내는 구급차. 주원, 휘청! 잡을 것을 찾는데.

씬22   문주 외곽 도로 (D)

한적한 도로변에 세워진 구급차. 뒷문이 열려 있고.
그 옆에 쪼그리고 앉아 토하는 정제. 재이, 등을 팍팍- 쳐주고 있다.

주원	(멀찍이 서서 보며) 정말 면허가 있긴 한 겁니까, 유재이씨?
재이	스무 살 되자마자 땄거든요?
주원	9년 동안 연수는 얼마나 했습니까.
재이	구급차 연수하는 사람이 어딨어요.
주원	(하아..) 앞으로 운전 금집니다.
재이	하.. (정제에게 티슈 쥐여주고, 일어난다) 자꾸 찾아와서 운전해달란 사람이 난가?
주원	(나다) 앞으론 안 하겠습니다.
재이	그럼 난 운전 금지고, 저건 누가 몰고 가지? 한주원씨?
주원	1종 보통 면허이긴 한데, (구급차 바라본다) 운전해본 적 없습니다.
재이	아하~?
정제	(부스스 일어나며) 이제 어디로 가는데.
재이	(정제 보는 표정이 복잡해지는데)
주원	유재이씨, 운전 부탁합니다.
재이	나도.. 아저씨 부탁할게요.
정제	니가.. 왜 날 부탁해, 재이야.
재이	(정제를 보고는 한번 미소. 운전석으로 터덜터덜 가면)
주원	박정제씨. (수갑을 꺼낸다)
정제	(아... 이제 때가 온 건가)
주원	이유연 사체 은닉 교사 등의 혐의로 체포.. 하기 전에,
정제	(보면)
주원	자수해주십시오.
정제	.. 21년이나 늦었는데.. 자수 말고, (두 손을 내밀며 슬픈 미소) 체포로 해줘

요. 한주원 경위님.

씬23 문주지청 - 권혁 검사실 (D, 다음 날 아침)

당황한 듯 눈을 껌뻑이며 체포 영장 신청서를 넘겨보고 있는 혁.

혁	도해원, 박정제 체포 영장? 아버님 모르게 진행하는 거지? 얌마- 도해원이랑 아버님 21년 전에 오일건설이랑 개발이랑 엮여서 아주 돈독한 관계, (멈칫-)
주원	(차분히 내려다보며) 형도 알고 있었어?
혁	아니, 그게. 일단 아버님과 통화를 좀 할게. (휴대폰 꺼내는데)
주원	형, 검사잖아. 경찰청 소속 아니잖아. 왜 자꾸 경찰의 개가 되려고 해?
혁	개? 뭔 개소리야! 이건 가족의 문제잖아. 너랑 나, 아버님, 우리!
주원	아버지가 형을 정말 가족이라고 생각하는 거 같아?
혁	(멈칫, 하지만) 야.. 주원아. (했다가) 너는?
주원	내가 형 위해서 얘기하는데, 그만 놔. 형이 잡은 동아줄, 썩은 동아줄이야.
혁	.. 뭐?
주원	완전히 썩어서 끊어지기 직전이야. 마지막 가닥은 내가 잘라버릴 거고.
혁	주원아.. 너 무슨 짓을 하려는 거니.
주원	(상체를 살짝 숙이며 속삭인다) 형 눈치 빠르잖아. 계속 잡고 있다가 같이 바닥에 처박힐 건지 기회가 있을 때 놓을 건지, 잘 선택해.

씬24 문주 경찰서 - 유치장 (D, 오후)

지키는 직원은 없고. 유치장 한가운데, 한쪽 다리 쭉 뻗고 앉아 톡톡톡 두들기는 창진.

동식(E)	왜. 다 나은 다리가 쿡쿡 쑤시나?
창진	(끙차 일어나며) 몰카범 오셨네. 경찰이 그래도 되나? (보면)
동식	(금속 방망이를 바닥에 끼이이이- 끌고 오며) 경찰은 어째야 하는데?
창진	법을 수호해야지.

동식 내가 머리가 나빠서 법을 잘 몰라요.

창진 쯧쯧. 경찰이 법 정도는 달달 외우고 그래야지. 일 참 띄엄띄엄 하시네.

동식 그래서, 일 참 따박따박 잘하는 이창진씨한테 한 수 배우려고. (방망이로 녹화 중인 CCTV 가리키며) 저거 미리 꺼달라고 하고 살금살금 들어와서, 강진묵한테 윤미혜 시체 검안서,

/INS. 플래시컷. 문주 경찰서 - 유치장 (9회 38씬)
어느새 유치장 바닥에 놓여 있는 낚싯줄. 그리고 접힌 종이가 보이고.
'성명: 윤미혜. 사망 일시: 2019년 8월 29일 22시 29분. 사고 종류: 운수(교통).'

/현재. 문주 경찰서 - 유치장
동식 낚싯줄 넣어줘서 자살하게 만들었지. 대단하세요.

창진 내가요? 증거는?

동식 없지. 남상배 소장님.. (제 뒤통수를 톡톡 치며) 내려쳐서,

/INS. 플래시컷. 문주 외곽 폐차장 안 (10회 67씬)
승합차에서 점프한 창진! 금속 방망이로 상배의 머리를 가차 없이 가격한다! 껑-!

/현재. 문주 경찰서 - 유치장
동식 살해했을 때처럼.

창진 나 아니야. 오해야, 그거. (동식이 손에 든 금속 방망이를 보며) 설마 한 대 치기라도 하시려고? (철창 탁 잡으며) 나 이 안에 있는데?

동식 (말 끝나기도 전에 철창 안의 창진에게 금속 방망이를 사정없이 내려치는! 깡-!!!)

창진 (뒤로 훅- 물러나며, 러시아어) 아이쿠- 무서워라. (빙긋, 한국어) 문 열고 들어와서 때려 죽이기라도 할 기세네?

동식 당연하지. 내 동생 죽이고, 20년을 벽에 가둬두고, 남상배.. 소장님 죽인 새끼는 내가 내 손으로 죽여버려야지. 그게, 진짜 복수 아닌가?

창진 (철창을 다시 확- 잡으며) 죽여봐.

동식 (다시 방망이를 치켜드는데!)

주원(E) (유치장으로 들어오며) 이경위님. 뭐 하는 겁니까. 담당 직원은 어디 간 겁니

까.

창진 (빙긋- 주원에게) 형사님. 이 사람이 나 죽이려고 해요.

동식 무슨 말도 안 되는 소릴. 이대표님 자택 수색해보니까 (방망이 보여주며) 이렇게 생긴 흉기가 우르르 나와서, 본인 건지 확인 좀 하느라고.

창진 (풋- 이 새끼)

주원 사고 치지 마십시오. (영장 내밀며) 도해원씨 체포 영장 발부됐습니다.

창진 (옹? 입꼬리에 미소)

동식 영장 집행하러 가보겠습니다. (영장 받고 주원을 지나쳐 나가는데 방망이를 끼이이이- 끼이이이- 바닥에 끈다)

창진 (러시아어) 그런다고 겁먹겠니.

주원 (끼이- 소리에 인상을 찌푸리는, 따라 나가지 않고 창진에게) 직원에게 열어 달라고 지시하겠습니다.

창진 역시 핏줄은 무시 못 하는 건가? 결국 범인은 도해원으로, (하는데)

주원 도해원씨는, 뇌물 공여, 증거 인멸 및 교사, 공무집행방해, 부정 청탁 금지법 및 공직자윤리법 위반 혐의로 체포된 겁니다.

창진 고작? 내가 분명히 저 또라이 동생 교통사고랑 강진묵하고도 관련 있다고 증언했는데.

주원 (미소) 그 얘긴, 지금부터 더 듣겠습니다.

창진 (표정 묘해지며, 이게 어떻게 돌아가는 거지?)

씬25　서울청 – 감찰조사실 (N)

해원, 얼굴이 굳어 조사실에 변호사와 앉아 있고. 맞은편의 동식, 노트북을 켠다.

해원 도무지 이해할 수가 없네. 내가 뭘 했다고, 그것도 21년 전 일인데.

동식 우리가 공소 제기한 적 한 번도 없으니까, 21년 전 일이라도 지금부터 조사해서 위법성 있으면 처벌할 수 있습니다. (변호사 보며) 변호사가 얘기 안 해줬나. 일 못하시네?

변호사 (얼굴 굳어) 아무 말씀 하지 않으시는 게 좋습니다.

동식 묵비권 행사하시겠다? 참을 수 있을까요.. 우리 의원님이. (노트북 화면에 박정제의 피의자 신문 조서를 띄운다) 아드님 박정제가 진술한 내용부터 차근히 확인해보겠습니다. 우리가 아드님 구한 거 알고 계시죠?

해원   (버럭) 그 미친 새낄 세상에 끄집어 내놓고 구해?

동식   박정제가 미쳤다? 그럼 그 미친 새끼가 사람도 죽였겠네.

해원   그건! (절대, 아니다... 다시 입을 다무는데)

동식   아줌마, 모성애 던져버린 어미 쇼 그만합시다. 아들내미 구하려고 모질게 내쳐서 병원에 꽁꽁 숨겨뒀던 거 알고 있으니까.

해원   !! (눈가가 떨리는데)

동식   그래서, 우리 유연이 부검 감정서는 확인하셨나?

해원   (했다..)

동식   (피식) 조길구, 정철문, 그리고 이창진한테 21년 동안 뜯긴 소감이 어때요.

씬26　문주 경찰서 – 강력계 진술 녹화실 (N, 동 시각)

창진, 앉아 있고. 지화와 주원이 맞은편에 앉은.

주원   협조 감사드립니다.

지화   우리 사건에 도움이 된다면야.

창진   우리 지화가 잘생긴 사람을 좋아하지. (주원 보며) 나보단 못한데.

지화   (개무시) 정철문 서장님 비위 관련 참고인 조사니까 신문은 한주원 경위가 할 겁니다.

창진   참나, 언제는 죽였다고 체포하더니.. 증거가 없으니까 비위 관련 참고인 조사다?

주원   변호사 입회를 포기했습니다. 맞습니까.

창진   (미소) 난 완전무결하니까. 뭐든 물어봐요. 답을 할지 말지는 모르겠는데, (시계 본다) 긴급 체포 48시간 얼마 안 남았잖아.

주원   괜찮습니다. 구속 영장 받으면 시작하겠습니다.

창진   (허) 구속 영장? 영장 나올 껀덕지가 없는데?

주원   그건 두고 보면 알 일이죠.

씬27   서울청 – 감찰조사실 (N, 동 시각)

동식   (정제의 신문 조서를 읽는) 2000년 10월 15일 새벽, 당시 소지했던 대포폰 끝자리 1234로, 어머니인 도해원의 대포폰 끝자리 3324에 전화를 걸어 도움을 요청했다.. (이유연 1차 수사 보고서를 펼쳐 가리키며) 여기 당시 1234가 3324와 잠깐 연결된 기록, 그리고 (정제의 입원동의서의 보호자란 가리키며) 도해원씨 이름 옆에 정확히 적혀 있는 3324 일치하죠. 이 3324를 최근에 살려서 사용하셨고.

/INS. 플래시컷. 일식당 – 2번 룸 (12회 4씬)

동식   박정제 너, 이 번호 알아봤지?

동식   알아봤지? 조길구 경사 휴대폰 내역서에서.

해원   아니! 정제는 몰라!

정제   20년.. 훨씬 전부터 어머니가 쓰시던 대포폰 번호잖아요!

/현재. 서울청 – 감찰조사실

동식   어젯밤 조길구씨가 출석해서 전부 인정했고,

/INS. 과거. 서울청 – 감찰조사실 (전날 밤)

수척해진 길구, 휴대폰 내역서를 보고 고개를 끄덕인다.

/현재. 서울청 – 감찰조사실

동식   도해원씨한테 지속적으로 금품을 요구하고 땅을 받았다고 증언했습니다. (바라보며) 정말 직접 듣고 싶은데, 땅 넘겨준 이유가 뭡니까.

해원   (입을 꼭 다문다)

동식   말하기 싫다? 근데 그 이유도 어제 조길구씨가 진술했거든?

해원   !!

동식   정철문 서장의 지시로 방주선 사체 유기 현장에 놓여 있던 기타 피크에 대한 감정서를 도해원씨한테 넘겨주고, 피크에서 아무것도 나오지 않았다는 허위 감정서를 받아서 당시 담당 형사 남상배에게 건넸다. 강진묵이 체포된 후에

남소장님은 내 기타 피크가 왜 거기 떨어져 있었는지 알고 싶어서 유치장의
강진묵에게 찾아갔지만,

/INS. 플래시백. 경찰서 – 유치장 (11회 53씬)
상배, 철창 쪽으로 걸어가다 순간 멈춤!
유치장 철창에 딱 붙은 듯 매달린 진묵. 고개가 꺾여 있고.
물어뜯은 손끝에선 아직도 피가 뚝-뚝- 흐르는데.
뒷벽에 피로 겨우 문질러 쓴 글씨가 어렴풋이 보인다.
'동 식 아
유 연 이 는 아 니 야'

/INS. 플래시백. 문주 경찰서 후문 주차장 앞 도로 (9회 44씬)
모자를 눌러쓴 상배, 다급히 후문을 열고 나온다.

동식(E)   강진묵은 왜 죽어야 했나. 21년 전 그때, 어디서부터 잘못된 건가.

/현재. 서울청 – 감찰조사실
동식   소장님은 사건 기록을 다시 뒤집어 보기 시작했고... 발견했지.

/INS. 플래시컷. 문주 경찰서 – 유치장 (11회 46씬)
상배   언젠가부터 기타 피크 그거 감정한 결과서가 없어.
상배   (천천히 미소) 조길구. 감정서 니가 없앴냐.
상배   왜 없앴어? 왜. 감정서가 가짜라서?
상배   니가 진짜랑 가짜를 바꿔치기했지?

/현재. 서울청 – 감찰조사실
동식   그래서, 죽인 겁니까. 남상배 소장님을?
해원   (표정이 밀랍처럼 굳어서 보는 그 얼굴 위로)

/INS. 플래시컷. 일식당 – 룸 (12회 14씬)
'남상배 소장님: 소장실 금고에 넣어둔 게 사라졌다.. 그때 네가 없앤 거랑 같은 거.'

'남상배 소장님: 니가 다 뒤집어쓸 겨. 그건 안 될 일이잖여. 길구야. 얘기 좀 하자.'

해원, 조길구가 캡처해서 보낸 '남상배 소장님' 문자 내려다보다 삭제 버튼을 쿡- 누른다.

/현재. 서울청 – 감찰조사실

해원   (답 없이 다시 동식을 바라볼 뿐인데)

동식   고작 감정서 하나 바꿔치기한 것 때문에 21년 동안이나 조길구, 정철문한테 시달린 이유.. 뭘까. 기타 피크에서 뭐가 나왔길래?

해원   (무표정하게 볼 뿐)

동식   조길구가 그러던데, 우리 도의원님께서 말씀하셨다고. 당신이나 나나 자식이 웬수다..

/INS. 플래시컷. 문주 경찰서 후문 앞 주차장 – 강력계 승합차 안 (12회 33씬)

길구   나는 그래서.. 그 기타 피크에서 정제가 범인인 증거가 나왔을 거라고..

/현재. 서울청 – 감찰조사실

해원   (애써 동요를 가라앉히는데)

동식   그런데 왜, 기타 피크가 박정제가 차로 친 유연이 사고 현장이 아니라, 방주선 사체 유기 현장에 떨어져 있었을까요?

해원   !!

동식   그 질문을, 어젯밤 박정제한테 해봤습니다.

씬28   문주 경찰서 – 강력계 진술 녹화실 (N, 과거 – 전날 밤)

지화와 도수 앞에 앉은 정제.

정제   (미친 듯 당황하며) 그거.. 동식이도 물어봤었는데,

/INS. 동식의 집 – 지하실 (12회 34씬)

동식   뭐가 나온 거야. 내 기타 피크! 방주선 현장에서 발견된 내 기타 피크! 너랑

관련된 뭐가 나온 거야!!

/과거. 문주 경찰서 – 강력계 진술 녹화실

정제   난 뭐가 나왔는지.. 그게 왜 거기 있었는지 진짜 몰라. 나도 엄마한테 캐물었
        는데 그냥 다 아니라고. 그런 적 없다고. 절대 없었던 일이라고.

씬29   서울청 – 감찰조사실 (N, 현재)

동식   그런 적 없다. 절대 없었던 일이라니.
해원   (처음으로 눈을 내리깐다)
동식   (들여다보며) 마치 누군가 죽을 때까지 묻고 간 소중한 비밀인가?
해원   !
동식   아줌마, 기타 피크 거기 왜 있었는지 강진묵한테 들었지?
해원   !!!!!!!!!

씬30   문주천 갈대밭 일각 (N, 새벽, 과거 – 2000년 10월 15일)

주선의 사체를 갈대밭으로 옮기는 데 사용한 김장 비닐을 감아쥔 채 탑차로 다가오는
25세 진묵. 탑차 문이 열려 있고, 핏자국이 바닥에 떨어져 있다!!!!

25세 진묵 !!!

탑차 문을 활짝 여는 진묵. 그곳에.. 유연이 없다.

씬31   문주천 갈대밭 인근 도로 일각 (N, 새벽, 과거 – 2000년 10월 15일)

유연이 손가락에서 흘린 핏방울을 쫓는 진묵, 그때! 쾅-! 끼이이익-!

씬32 문주천 갈대밭 인근 도로 (N, 과거 - 12회 42씬 추가)

차에 치인 유연이를 내려다보는 20살의 정제.
정신이 완전히 나가 머리를 쥐어뜯는데. 주머니에서 툭- 빠지는 기타 피크.

20살 정제 어... 어... 어어어!

갈대 속에 숨어 있는 25세의 진묵. 그의 시선에 바닥에 떨어진 기타 피크가 꽂힌다.

씬33 해원, 정제 옛집 - 거실 (D, 과거 - 2000년 12월)

고개를 푹 숙이고 앉은 25세의 진묵. 46세 해원, 황당한 표정으로 진묵을 바라본다.

46세 해원 지금 뭘 달라고?

25세 진묵 사.. 슴농장 열쇠요. 그.. 그거... 지.. 진리건업에.. 넘겼지만 계.. 계속 이사장님이.. 과.. 관리하고 있잖아요.

46세 해원 (황당) 내가 그걸 진묵이 너한테 왜 줘야 할까?

25세 진묵 (속삭) 기타 피크.

46세 해원 (멈칫) 뭐?

25세 진묵 저... 정제가.. 유.. 유연이를 차로 쾅-! 들이받은, (해원을 본다) 그 현장에 떨어져 있던 (빙긋- 말더듬 흉내 내며) 기.. 기타 피크.

46세 해원 !!

25세 진묵 그거 내가 갈대밭 방주선 옆에 갖다 놨는데.

46세 해원 !!!

25세 진묵 (헤죽) 정제가 주선이도 죽인 걸로 하려고 그랬는데, 동식이가 끌려갔네? (상체를 쏙- 가까이하며 빠르게 속삭) 이사장님이 해결한 거죠?

46세 해원 (자리에서 천천히 일어나며) 지.. 진묵아.

25세 진묵 왜 갑자기 말을 더듬고 그래. 아줌마, 앉아요. 안 그럼 내가 경찰서 가서 정제가 차로 친 거 봤다고 다 말한다?

46세 해원 그.. 그걸 사람들이 믿을 거 같아?

25세 진묵 응, 사람들은 말만 좀 더.. 더듬.. 더더듬.. 하면 다 믿어. 착하고 순진하고 바본
줄 알거든. (빙그레) 이번에 정제 일로 확인해볼래요?

46세 해원 (부들부들 떨면서 어쩔 수 없이 자리에 앉으면)

25세 진묵 열쇠 주세요.

46세 해원 그.. 그거 가지고 뭘 하려고.

25세 진묵 (빙긋) 아드님 위해서라도, 모르는 게 좋지 않겠어요? (킥킥 웃는다)

씬34 만양 슈퍼 안채 – 안방 (N, 과거 – 5회 11씬 동일)

민정 실종 관련 TV 뉴스 브리핑 소리 울리고.
동그랗게 몸을 말아 감는 진묵. 얼굴을 가슴에 박듯 웅크리고 누워 웃고 있는데.
진묵의 낡은 휴대폰이 지잉- 지이잉- 울린다.
액정에 뜬 이름. '도해원 의원실 장비서님'.

씬35 도해원 의원 선거 사무소 (N, 과거 – 5회 11씬 당일 밤)

사무소 장식장에 놓인 선거 자원 봉사단 사진. 진묵과 악수하는 해원의 모습.
소파에 앉은 진묵. 해원, 멀찍이 서서 경멸의 시선으로 진묵을 바라본다.

해원 너... 지금까지 계속 사람 죽인 거야? 그때.. 20년 전에만 그런 거 아닌 거야?
사슴농장 열쇠 가지고 뭐 한 거야? 너 정말 딸을.. 죽인 거야?

진묵 걔가 날 속이고 내 말 안 듣고, 이상한 소리를 하잖아요.

해원 뭐?

진묵 지 엄마를 자꾸 나쁜 사람 만들고.. 지까짓 게 날 버려??

/INS. 플래시컷. 만양 슈퍼 안채 – 거실 (8회 22씬)

민정 나라도, 당신이랑 살기 싫었을걸.

/과거. 도해원 의원 선거 사무소

진묵   내 딸이 아니라고,

/INS. 플래시컷. 만양 슈퍼 안채 – 거실 (8회 41씬)

민정   난 아무리 생각해도 아닌 거 같거든. 아니면 내가 왜 너랑 살아야 해?

민정   친자 검사, 하면 알겠네. (화장실로 확– 들어가 진묵의 칫솔을 잡는데)

/과거. 도해원 의원 선거 사무소

진묵   (고개를 들며 미소) 내가 지금까지 남의 새끼를 키웠다고? 아니요. 아니지.
       내가 그거 물어보려고 미혜를 얼마나 찾았는데! (본다) 근데 미혜가 작년에
       죽었대요. 그럼 아무도 모르는 거잖아. 민정이가 내 딸인지 아닌지 아무도
       모르는 건데 왜 지가 나서! 왜!

해원   그만! 더 알고 싶지 않아.

진묵   내일 개발 행사 하죠? 나 거기 갈래요.

해원   너 때문에 다 망치게 생겼는데 어디라고 와!

진묵   그러니까 미안해서. 내가 개발 찬성해주려고.

해원   야!!

진묵   피해자 아버지 노릇 제대로 할 테니까, (자리에서 일어서며) 아줌마도 연기
       잘해요. 지금까지 한 것처럼.

씬36   문주 시내 교차로 광장 일각 (D, 과거 – 5회 17씬)

진묵   (눈을 내리깔고 더듬거리며) 제.. 제 딸이... 우리 미.. 민정이가.. 지금 어.. 어디
       있는지 알 수는 어.. 없지만.. 그래도 우.. 우리 민정이도.. 자기 때.. 때문에.. 문
       주에 개.. 개발이 멈추거나..

주최 측 좌석에 앉은 해원, 인상을 찌푸리며 고개를 숙여버리는데.

씬37 서울청 - 감찰조사실 (N, 현재)

해원   (겨우) 소설이.. 너무 지나치네. 막장이야.
변호사 (표정이 굳어서 해원을 흘끔 보는)
동식   그래요? 아드님은 그렇게 생각 안 하던데.

씬38 문주 경찰서 - 강력계 진술 녹화실 (N, 과거 - 전날 밤)

정제, 완전히 넋이 나갔다.

정제   어.. 아니... 그러니까.. 어머니가... 엄마가.. (눈물을 참으며) 20년을.. 사람이 죽
        는 걸.. 그걸 그냥..
지화   (차분히) 아마도.
정제   그.. 래서.. 엄마가..

/INS. 플래시백. 문주 경찰서 - 유치장 (7회 34씬)
해원   (억울해 미침) 우리 아들은요, 절대로 그런 짓 할 애가 아니에요. 사람을 해
        치다니. 마음이 너~무 약해서 벌레 한 마리 못 죽이는 앤데!!

/INS. 플래시백. 일식당 - 2번 룸 (11회 60씬)
해원   (기분 좋은 얼굴로 회를 한 점 집어 맞은편에 앉은 정제의 접시에 놔주며)
        아들, 단백질을 많이 먹어야 해. 응?
해원   아이구~ 내 새끼. 말도 잘 듣네~ (접시 위에 또 회를 놔주는데)
해원   식구라곤 우리 둘뿐인데 내가 너무 바빴다, 그지? 앞으론 이런 시간 많이 갖
        자?

/과거. 문주 경찰서 - 강력계 진술 녹화실
정제   나... 때문에..

/INS. 플래시컷. 일식당 - 2번 룸 (12회 4씬)

해원   (털썩 주저앉는) 안 돼.. (기어가듯 다가가서) 정제야. (손을 뻗으면)
해원   괜찮아. 몰라도 돼.

/과거. 문주 경찰서 - 강력계 진술 녹화실
정제   다.. 나 때문에..

/INS. 플래시백. 해원, 정제 옛집 - 마당 (13회 26씬)
정제(F)   어.. 어어.. 어.. 어... 어.. 어어어... 나.. 어떡... 어.. 엄마.. 엄마.
해원   (순간 술이 확 깨며) 아들. 천천히 말해. 무슨 일이야.
정제(F)   엄.. 마.. 내가.. 차... 차로.. 사람.. 유.. 유연이.. 내가.. 차로 치었어..

/INS. 플래시백. 문주천 갈대밭 인근 도로 - 정제 차 안 (14회 23씬)
정제   엄마. 무슨 일이에요.
해원   뭐가.
정제   비밀.. 그거 뭐냐고.
해원   (동공이 설핏 흔들리지만 다잡고) 비밀 같은 건 없어, 아들.

/과거. 문주 경찰서 - 강력계 진술 녹화실
정제   나.. 때문에..

/INS. 플래시백. 정제의 집 - 거실 (15회 24씬)
정제   그런 짓을 벌이고 그걸 20년 넘게 감추고도 뭘 해요? 문주시 시의원? 지금
         당장 자수해도 모자랄 판에 시장 선거에 나간다고요??!
해원   (버럭) 내가! 누구 때문에 그런 짓을 했는데. (차분히 한발 다가가며) 누구
         때문에 그걸 감추려고, 20년 넘게 아등바등 살았는데..

/과거. 문주 경찰서 - 강력계 진술 녹화실
정제   (테이블에 머리를 쾅쾅- 박으며) 죽어! 죽어! 뒈져버려! 박정제!!
지화   정제야!!!

도수와 지화, 일어나 막는다!

씬39 문주 경찰서 - 강력계 진술 녹화 관찰실 (N, 과거 - 전날 밤)

창 너머로 그 모습 보고 있는 동식, 그리고 동식을 보는 주원.

주원　들어가보지 않을 겁니까.
동식　정제도 이제.. 혼자 감당해야지.

씬40 서울청 - 감찰조사실 (N, 현재)

동식　감당할 수 있으려나. 박정제가.
해원　(눌러왔던 감정이 밀려온다, 눈물이 고여 떨어질 것 같다)
동식　정제가 나한테 대신 물어봐달라던데.

씬41 문주 경찰서 - 강력계 진술 녹화 관찰실 (N, 과거 - 전날 밤)

정제　(수갑 찬 채) 정말 미안해.. 동식아, 부탁이야. 이번엔 진짜로 말해달라고, 소장님하구 강진묵.. 나 때문에 죽었냐고.. 엄마한테 물어봐줄래?

씬42 서울청 - 감찰조사실 (N, 현재)

동식　정말 나 때문에 죽인 건가? 그게 사실이면 스스로 목을 긋겠다고.
해원　(울컥- 터져 나오는) 아냐! 아니라고! 아니야!
변호사　(해원의 팔을 잡으려는데)
해원　(휙- 뿌리치며) 아냐. 나 아니라고! 그래, 남상배는 내가 문자는 보여줬어, 이창진한테!

/INS. 플래시컷. 일식당 - 룸 (12회 14씬)
창진, 휴대폰에 뜬 남상배 소장 문자 캡처본을 확인한다.

/현재. 서울청 - 감찰조사실

해원   그치만 강진묵은 나 아냐. 정말 아냐.

동식   그럼 누구.

해원   너도 들었잖아. 그날 갈대밭에서!

/INS. 플래시백. 문주천 갈대밭 인근 도로 (14회 12씬)

해원   한기환이랑 둘이 강진묵 죽인 거야? 그래?

창진   (빙긋이 웃더니) 만약 그렇다면 어쩔 건데.

/현재. 서울청 - 감찰조사실

해원   그 두 사람이 한 짓이야.

동식   그러니까 두 사람이 누구야! 이름을 말해!!!

해원   이창진! ... 한기환.

씬43   문주 경찰서 - 강력계 진술 녹화실 (N)

콧노래를 흥얼거리고 있는 창진. 그저 보고 있는 주원과 지화.
그때 주원의 휴대폰이 지이잉- 울린다.

주원   (받는, 휴대폰에) 네, 이동식 경위님. 도해원씨 조사는 잘 끝났습니까.

창진   (애써 차분한 척하면서 귀를 쫑긋 세우는데)

주원   (휴대폰에) 이름이, 나왔어요? (지화에게 끄덕)

지화   (창 쪽으로 신호)

도수   (문 벌컥- 열고 고개 디민다)

지화   바로 영장 쳐.

도수   넵! (황급히 나가고)

주원   (전화 끊고, 다시 창진을 내려다본다) 구속 영장 신청하겠습니다.

지화	이창진씨 얼굴을 열흘 더 보게 생겼네?
창진	(피식) 영장을.. 받아낼 수 있다고 믿는 건가? 정말 나올 것 같아?
주원	피의자가 죄를 범하였다고 의심할 만한 이유가 있고, 증거 인멸의 염려가 있고, 도망의 우려가 있으니, 구속돼야 마땅한 것 아닐까요.

씬44 경찰청 – 청장실 (N)

커다란 청장실. '경찰청장 한기환' 명패가 놓인 청장실 책상 앞에 홀로 앉은 기환.
휴대폰 문자 메시지 알림음. 재빨리 확인해보면.
'정보과 배호연 경감: 문주지검 형사2부에서 신청한 영장 나갈 것 같습니다.'

기환	!!!!

다급히 휴대폰에 혁 이름 검색하면, 오전 11시 48분, 권혁에게 발신한 메시지가 먼저 뜬다. '내 방에서 잠깐 보지.' 답신 메시지가 없는 창.
기환, 짜증이 솟구치는데. 그때 휴대폰 울린다. '권혁'.

기환	(받는, 휴대폰에) 어. 혁아.
혁(F)	제가 오늘 처리할 사건이 좀 많아서 연락이 늦었습니다. 청장님.
기환	(중얼) 청장님.. (휴대폰에) 그럼 지금 잠깐 오지.
혁(F)	그건...

씬45 문주지청 – 권혁 검사실 (N, 동 시각)

혁	(휴대폰에) 안 될 것 같습니다. 도해원씨 구속 영장을 제가 쳤는데, 도해원씨가 청장님과 돈독한 관계가 있으신 분이잖습니까.

씬46 경찰청 – 청장실 (N, 동 시각)

혁(F)	찾아뵈면 차후 문제가 될 수 있을 것 같습니다.
기환	(옅은 분노로 얼굴 근육이 꿈틀, 휴대폰에) 그래?
혁(F)	아, 영장 하나 더 청구했습니다. 피의자 이름이.. 이.. 창진이네요.
기환	!!!!!!

씬47 문주지청 – 권혁 검사실 (N, 동 시각)

혁   (휴대폰에) 구속을 안 할 수가 있어야죠. 청장님이 들으시면 분노하실 건데, 감히 경찰서 유치장을 맘대로 들어가서 연쇄 살인 사건 용의자 강진묵의 자살을 방조했답니다, 이 미친놈이.

씬48 경찰청 – 청장실 (N, 동 시각)

기환	(분노로 떨리는, 입술을 지그시 깨문다)
혁(F)	남상배 소장도 이 사람이 살해한 것 같습니다.
기환	! (겨우, 휴대폰에) 증거가 있나?
혁(F)	(휴대폰에) 있으니까 영장 청구했겠죠.
기환	!!!
혁(F)	자백한 걸 들은 사람이 있다나?
기환	!!!!!

씬49 문주지청 – 권혁 검사실 (N, 동 시각)

혁	(휴대폰에) 미리 말씀드리면 안 되는 건데, 이제 여기까지 하겠습니다.
기환(F)	이제.. 여기까지? 괜찮겠나.
혁	안 괜찮을 게 뭐 있습니까. 죄지은 사람 처벌하라고 국민들께서 세금으로 검찰청 월급 주시는데,

씬50   경찰청 - 청장실 (N, 동 시각)

혁(F)   소속에 맞게 행동해야죠.
기환   (휴대폰에) 여기까지로 하지. (탁- 끊고) .. 똥개새끼가.. 날 물어?

씬51   문주지청 - 권혁 검사실 (N)

혁   (휴대폰 액정에 저장된 '한기환 경찰청장님' 내려다본다) 검사를 너무 부려
잡수셨어요. 나도 썽질이 있는데. (흐음) .. 이제.. 끈 떨어진 건가.

번호 삭제 들어가는데 '삭제하시겠습니까.' 뜬다. 그래서 혹시 모르니까,
저장명 편집 들어가더니 '님'만 지운다. '한기환 경찰청장'으로 저장 완료.

씬52   경찰청 - 청장실 (N)

경찰청장 명패 너머의 기환, 목록에서 주원을 찾아 전화를 걸어보려다 멈칫.
하아.. 숨을 한번 내쉬고, 차분히 다른 이름을 찾는다.
'서울청 감찰조사계 한상욱 경감'.

씬53   문주 경찰서 - 강력계 진술 녹화실 (N)

창진, 약간은 초조한 얼굴로 주원과 단둘이 마주 보고 있다.
주원의 휴대폰이 다시 울린다. '서울청 감찰조사계 경감 한상욱'.

주원   (쓱 보고, 거절 누르고 다시 휴대폰 넣는)
창진   왜. 받으시지.

주원	괜찮습니다.
창진	받는 게 좋을 텐데.
주원	조사 중에 통화하는 거 별로 좋아하지 않아서요.
창진	아깐 전화도 막 걸고 그러시더니? 이동식 전화만 받는 건가? 둘이 뭐, 사귀어?
주원	(차분히 그저 본다)
창진	저기.. (창 쪽을 흘끔 보고) 지금 조사 중 아니니까 녹취하는 건 아니겠지?
주원	녹취 중이라고 해도 불법이니까 사용할 수 없죠.
창진	그렇지. (본다) 한경위가 가지고 있는 녹취 파일도 그렇고?
주원	무슨 파일 말입니까.
창진	다 들었어. 그 차에 도청기 달아서 녹음했다고.
주원	제가요?
창진	도대체 한경위는 누구 편이야? 아들이 아버지를 제낄 수 있겠어?
주원	제가 왜, 아버지를 제껴야 합니까.
창진	그래? (피식)
주원	이창진씨. 충고 하나 할까요? 누가 누구 편인지 파악하는 건 제가 아니라, 지금 이창진씨 상황에서 더 중요한 일입니다. (경동맥 쪽을 살짝 베는 시늉을 하며) 조심해야 하니까.
창진	하.. 하하하하하! (러시아어) 아, 이 애새끼. (한국어) 나 협박당하는 거 별로 좋아하지 않는데.
주원	제가, 협박을 해요? 다른 사람한테 당한 건 아니고?
창진	아- 유치장에서 그 드르륵드르륵 깡- 그거?
주원	이창진씨, 아버지가 이동식 경위를 서울청 감찰조사계로 불러들인 이유 알고 있습니까? 솔직히 전 아직도 모르겠습니다.
창진	그건.. 가까이에서 적을 지켜보겠다는, 아닌가?
주원	(피식) 아버지가 이동식을 적으로 생각한다? 그래서 불러 올렸고, 지금까지 곁에 두고 있다? 하하하!
창진	!
주원	재밌네요. (차분히) 20년 넘게 알았다면서 아직도 아버질 그렇게 모르나. 아들도 제낄 수 있는 사람인데. (보며) 기억 안 나요? (창진 가리키며) 아드님 자체가 실수라면, 그땐 아드님도..

창진   !!

주원   우리 아버진 이렇게 답했죠. 궁금하면, 지켜보면 될 일 아닌가.

창진   .. 지켜봤는데, 내 눈앞에 아드님 아직 계시잖아.

주원   음.. 나는 핏줄이라서, 혹은 녹취 파일 덕분에 살아 있는 거고, 이유는 모르
        겠는데, 이동식은 계속 가까이 두고 계시고. 그런데, 반드시 누군가 다 안고
        가야 하지 않겠습니까? (본다, 툭-) 운전했다면서요.

창진   운전?

주원   2000년 10월 15일 새벽에, 아버지 대신 운전했다면서요.

/INS. 플래시백. 서울청 - 감찰조사실 (15회 42씬, 43씬)

창진   음. 그러니까 그날 한차장님이 오일건설은 입찰에서 빼달라고 단호하게 말씀
        하시고, 술을 좀 많이 드셨어요, 15일 새벽까지. 그리고 직접 운전을 하신다
        기에, 내가 댁에.. 모셔다드렸죠.

/현재. 문주 경찰서 - 강력계 진술 녹화실

창진   (멈칫- 굳어 보면!)

주원   20년 전 그때 이후로 꽤 긴 시간을 아버지가 만나주지도 않았다면서요. 운
        전을 맡겼더니 사람.. 여자를 쾅! 치어서 아버지가 열받으셨나?

창진   !!

주원   이창진은 상종 못 할 천박한 위인.. 그렇게 말씀하시는 걸 나도 들은 기억이
        나는데.

창진   (동요를 누르며 일부러 피식) 이간질.. 시작하시겠다?

주원   이간질이라니. 아버지 목소리로 직접 들으세요. (휴대폰에서 녹취 파일 연다)
        이건, 불법이니까 그냥 듣고 마는 겁니다. (플레이한다)

기환(E)   또 뭐.

창진(E)   그건.. (차 문을 달칵 여는 소리) 우리 차장님 아니 청장님께서 잘 파보시는
        걸로. (내리고 문 탕- 닫히는)

기환(E)   (나직한 한숨) .. 하나같이.. 없애버려야 할 새끼들.

창진   !!!!!!

주원   한 번 더 들어볼까요? (다시 플레이한다)

기환(E)   (나직한 한숨) .. 하나같이.. 없애버려야 할 새끼들.

창진	!!!!!!!!!!
지화	(문 벌컥- 열고 다급히 들어오며) 영장 나왔어요. 도수가 지금 법원 가서 들고 오는 길이고.
창진	뭐?
지화	강진묵이 사망한 유치장에서 열흘 동안 계셔야겠네?
창진	(그럴 리가 없는데, 애써 미소) 너랑 가까이에 있어서 좋지 뭐.
지화	그만 입 닫고, 영장 올 때까지 유치장에 가 계시죠? (일으켜 세우는데)
주원	(휴대폰 보여주며) 서울청 감찰조사계 한상욱 경감님이 전화 왔는데 받지 않았습니다. 아버지랑 관계가 있는 분이라.
지화	아, 나한테도 전화 왔어요.
창진	(귀 쫑긋)
지화	봐주지 말고 반드시 법대로 처리하라고. 아버님이 꼬리 자르기 제대로 하시네?
창진	!!
주원	(빙긋) 저한테도 하신 전적이 있잖습니까.

씬54 문주 경찰서 - 유치장 (N)

유치장 안에 앉은 창진. 아니야. 그럴 리가 없어. 한기환이.. 그럴 리가.
그때, 유치장 전등이 한 번 깜빡! 창진, 다시 전등을 올려다보면.
갑자기 등이 확- 나간다!

직원	아, 또 이 지랄이네. (라이트 켜고 둘러보더니 휴대폰으로 전화하는데 받지 않는, 창진에게 불 쏘며) 직원이 전홧 안 받아서, 확인만 하고 올게요. 얌전히 계셔. (훅- 나간다)
창진	뭐? 아니, 잠깐만. (직원이 든 휴대폰 라이트 불빛이 밖으로 사라지고 문 텅- 닫히는) 이거 뭐 하는 짓이지?

CCTV 녹화 중인 붉은 불빛을 올려다보는데. 순간 빛이 탁- 나간다.

씬55 문주 경찰서 - 유치장 (N, 새벽, 과거 - 14회 17씬, 77씬 이어)

진묵을 비추던 CCTV의 빨간 불이 탁- 나가고.
구석에 서 있던 온통 검은 복장의 창진, 다가가 유치장 속 진묵을 내려다본다.

진묵 (검은 옷의 창진을 올려다보며) 당신..
창진 날 알아?
진묵 진리건업.. 사슴농장 주인. 그날 거기 있었지. 유연이 죽던 날 밤.
창진 (천천히 미소) 보고 있었어?
진묵 (천천히 고개를 끄덕이며) 응.
창진 인기척을 하지 그랬어.
진묵 몰래 지켜보는 게 더 재미난 법이니까. 근데 이제 사는 게 재미가 없네. (시체 검안서를 다시 찢어 입에 넣고는 오물오물 씹는다)
창진 그럼 죽어.
진묵 (낚싯줄을 내려다본다) 응. 고마워.
창진 (러시아어로) 천만에.
진묵 근데, 이창진씨. 당신도 오래는 못 살 것 같아.
창진 (피식) 뭐?
진묵 (낚싯줄을 주르륵- 풀으며) 다 알게 되면 동식이가, 당신 죽일 거야.

씬56 문주 경찰서 - 유치장 (N, 현재)

어둠 속의 창진, 설마.. 어떻게든 진정하려는 얼굴 위로.

지화(E) 강진묵이 사망한 유치장에서 열흘 동안 계셔야겠네?
주원(E) 누가 누구 편인지 파악하는 건 제가 아니라, 지금 이창진씨 상황에서 더 중요한 일입니다.
주원(E) 이창진씨, 아버지가 이동식 경위를 서울청 감찰조사계로 불러들인 이유 알고 있습니까? 솔직히 전 아직도 모르겠습니다.

갑자기 잠겼던 철창문이 철컹- 열린다! 창진, 하아... 열고 나가려는데.
저 멀리서 끼이이이- 바닥에 금속 방망이 긁히는 소리 들린다!

주원(E) 20년 전 그때 이후로 꽤 긴 시간을 아버지가 만나주지도 않았다면서요.
주원(E) 2000년 10월 15일 새벽에, 아버지 대신 운전했다면서요.
기환(E) .. 하나같이.. 없애버려야 할 새끼들.

저 멀리서 끼이이- 소리와 함께 동식이가 나지막이 중얼거리는 소리가 들린다.

동식(E) 내 동생 죽이고,

끼이이이-

동식(E) 20년을 벽에 가둬두고,

끼이이이이-

동식(E) 남상배.. 소장님 죽인 그런 새끼는,

끼이이이이이이이-

동식(E) 내가 내 손으로 죽여버려야지.

끼익- 소리가 바로 앞에서 멈춘다. 동식의 숨소리가 코앞에서 들리는 것 같다.
그렇다. 금속 방망이를 든 동식이 철창을 사이에 두고 창진 앞에 서 있다.
그 눈빛이 어둠 속에서도 형형하게 빛난다.

동식 (나직이) 그게, 진짜 복수 아닌가? (철창을 탁- 잡고 당기는 그 순간!)
창진 (철창을 반대쪽에서 탁- 잡으며) 한기환!

동식   (본다)

창진   나 아니고 한기환이야!

씬57   한기환의 집 – 거실 (N)

홀로 소파에 앉은 기환. 감찰조사계 한경감과 통화 중이다.

한경감(F) 영장 발부는 제가 늦춰놨는데, 문주서 강력 애들한테 지금 진술하고 있다고
       합니다.

기환   !! (휴대폰에) 진술 내용은.

한경감(F) 그건 아직, (했다가, 누군가 들어와서 뭐라고 했는지) 잠시만요, 청장님. (누군
       가에게) 뭐? 뉴스? 지금? (다시) 청장님, 전화 끊겠습니다.

뚝- 끊긴다. 기환, 하- 이 새끼가. 리모컨으로 TV 켜면, 자막이 정신없이 흘러간다.
'속보!! 한기환 경찰청장, 21년 전 음주 뺑소니 사망 사고!'
'문주 연쇄 살인 사건에 묻어 은폐 시도!' '한기환 경찰청장 음성 녹취 입수!'
기환, 죽여놨던 볼륨을 높이면, 자신의 목소리가 흘러나온다.

기환(E) 그날 그 인간이 날 봤던 거야?

기환(E) 강진묵 그 인간이 내가 사고 내는 걸, 내가 이유연을 치는 걸 봤다고?

기환(E) 대답.. 하지?

기환(E) 죽이다니! 실수였어. 실수! 아주 작은 실수.

씬58   한기환의 집 – 서재 (N)

덤덤한 표정의 기환, 금고문을 열면 리볼버 권총 한 자루와 총알 한 박스가 들어 있다.
박스 속 총알을 책상 위에 와르르 쏟는 기환. 하나를 집어 탄창에 달칵- 넣는데.
끼이이- 서재 문이 열린다. 기환, 재빨리 탄창을 총에 밀어 넣고 들어 겨누는데!
들어와 선 사람은, 주원이다.

주원   (덤덤한 표정) 아버지.

기환   (하..) 한주원. (총을 내린다)

주원   불법 무기는 왜 들고 계세요. 총알은 딱 하나밖에 못 넣은 것 같은데. 그걸로
       뭐 하시게요. 자살이라도 하시게요?

기환   (총을 든다.. 이걸 내가 왜..)

주원   병원에서 어머니가 자살했다는 연락 받았을 때, 그러셨죠. 나약한 인간이 저
       지르는 가장 최악의 도피다. 그걸 아버지가 하시게요?

기환   아둔한 놈! 파일은 왜 풀었어. 네 인생도 망가지는 바보 같은 짓을 왜!

주원   그게 내가 바라는 거니까! 아버지랑 같이 지옥으로 떨어지는 거!! 이제, (다
       가가며) 행복하세요? 그토록 바라던 경찰청장 되셨잖아요.

기환   서. 오지 마.

주원   (한발 더 다가간다) 서지 않으면, 쏘기라도 하시게요? 쏘세요.

기환   ... 내가 못 쏠 것 같은가. (다시 겨눈다)

그때 끼이익- 서재 문이 마저 열리면, 그 뒤로 총을 겨눈 동식이 서 있다.

동식   총 쏴본 지 오래됐을 건데, 조심해요.

기환   (순간 동식을 겨누는데)

주원   (동식 앞을 막아선다)

기환/동식 (동시에) 비켜! 한주원!

주원   (동식에게 손 내민다) 줘요.

동식   뭐?

주원   총.. 달라고. 어서.

동식   (한숨 한번 내쉬고, 주원에게 총 건넨다)

기환   (저도 모르게 빙그레 미소 지으며) 그래, 넌 내 아들이야.

주원   (옆으로 훅- 빠지며 아버지를 겨눈다!!)

기환   !!

동식   .. 한주원 경위!

주원   (천장을 향해 첫발 탕- 쏜다) 공포탄 제거하고, 실탄입니다. (다시 아버지를
       겨눈다)

기환	(눈꼬리가 부들 떨린다)
주원	아버지.. 저 특등사수 표창 받은 거 아시죠? 사람을 죽이려면 심장이나 머리를 잘 겨눠야 하는데, 난 오늘 아버질 죽일 생각이 없어요. 살아서 처벌받게 할 거라서.. (약간 미친 것 같다) 다리 아니 총 든 팔, 거길 쏠까 봐요.
동식	한주원, 나 줘.
주원	아뇨. 내가 겨눕니다. 이경위님은, 동생을 죽인 용의자 체포하세요.
동식	!!
기환	한주원, 총 내려놔.
주원	저 진짜 쏴요, 아버지. (사정권에서 동식을 피해 천천히 움직이며 아버지를 겨눈다)
동식	(결심하고, 수갑을 꺼내 들고 기환에게 다가간다)
기환	(총을 겨눈다) 다가오지 마!
동식	(성큼성큼 걸어가며) 쏴. 한 발밖에 없잖아. 쏘라고.

기환, 다시 주원을 바라본다. 주원, 서늘한 눈으로 아버지를 겨누고 있다.
하아.. 숨을 내쉬는 기환. 총을 내려놓는다. 하... 하하.. 하하하하.

동식	한기환 당신을.. 이유연 살해, 유기 도주, 사체 은닉 및 교사한 혐의 등으로 체포합니다.
기환	(두 손을 내민다)
동식	(수갑을 철컥- 철컥- 채우며) 또한, 강진묵과 남상배 살인 교사,
기환	아- 그건 아니야. 강진묵은 자살 방조고, 남상배는 내가 교사한 게 아니고, 그건 아마도 도해원이.
동식	아, 그래요?
주원	(슬프게) 쏘겠습니다.
기환	한주원!
동식	(돌아본다)
주원	지금.. 쐈습니다, 아버지. (총 든 손을 내리고 밖으로 나가버린다)

씬59 한기환의 집 - 마당 (N)

지화와 도수에게 기환을 인계하는 동식. 대문 밖, 언론사 조명으로 대낮같이 환한데.

기환   얼굴은 좀 가려주지.

지화   하.... (도수 보면)

도수   (제 잠바 벗어서 획- 덮어버린다)

씬60   한기환의 집 - 주원의 방 (N)

책상 위, 경찰대 졸업식에서 기환과 나란히 제복을 입은 사진 액자를 엎어두는 주원.

동식   한주원 경위.

주원   (숨 고르고, 돌아본다) 경찰 그만두고 처벌받겠습니다. 동생분의 사망에 대
       해서는 제가 진심으로 사죄드립니다. (고개를 깊게 숙이는데)

동식   안 돼.

주원   (본다)

동식   죄 없는 한경위가 왜. 벌받고 싶어? 이금화씨 직권 남용 처분받고, 죽을 때까
       지 형사 노릇 하면서 살아.

주원   (고개를 저으며) 아뇨, 그렇게는 못 합니다!

동식   사죄! 하고 싶으면 그렇게 하라고. 죗값은 죄지은 놈이 받는 거야, 그러니까,
       (두 손을 내민다) 강민정의 사체를 유기하고 현장을 훼손하고 수사를 방해
       한 혐의로 체포 부탁드립니다.

주원   (저도 모르게 고개를 저으며) 저.. 전.. 제가.. 안 됩니다. 저는 자격이,

동식   한경위 아니면 나, 자수 안 할 건데.

주원   제.. 발.. (눈물이 고인다)

동식   체포, 부탁드립니다.

주원   (허리띠에 채워두었던 수갑을 겨우 꺼낸다) 이동식.. 당신을,

동식   (미소)

주원   (눈물을 누르며) 강민정 사체 유기 그리고 공무집행방해 혐의로.. 체포합니
       다. (그런데 수갑을 채우지 못하고 고개를 숙이는데)

동식	주원아. (수갑을 든 주원의 두 손을 잡는다!!)
주원	(눈을 들어 보면)
동식	(손을 꼭 잡고 주원을 바라본다. 미소.. 괜찮아...)
주원	(수갑을 채운다. 눈물이 마구 쏟아진다) 당신은.. 흐윽.. 묵비권.. 행사할 수 있고.. 변호사 선임할 권리.. 흐윽.. 흐으으.. 변명할 기회가 있고 흐읍.. 체포 구속 적부심을 법원에 청구할 권리가 있습니다......

씬61   한기환의 집 전경 (N)

대낮같이 환한 기환의 집 전경 위로.

한아나운서1(E)어젯밤 10시경 한기환 경찰청장이 체포됐습니다.
한아나운서2(E)21년 전 발생한 문주 여대생 실종 사건은 한청장의 음주 뺑소니 사고,
한아나운서3(E)초기 진술과 달리 연쇄 살인 용의자 자살 방조한 혐의는 극구 부인,
한아나운서4(E)모두 유죄로 인정된다면 최소 20년, 최대 무기징역에,

씬62   문주시 드림타운 개발 대책위원회 사무실 전경 (N)

어두운 위원회 사무실 전경 위로.

한아나운서1(E)사망한 문주 경찰서 정모 서장이 감춰둔 CCTV 영상이 공개됐습니다.
한아나운서2(E)건설사 대표 이모씨가 전 경찰청장 한모씨의 사주로 연쇄 살인 용의자 강모 씨의 자살을 도운 영상이 공개되면서,
한아나운서3(E)이씨의 1심 선고 공판이 오늘 문주지법에서 열렸습니다. 살인 등의 혐의로 무기징역이 선고됐으나 이씨는 즉각 항소,

씬63   도해원 의원 선거 사무소 전경 (D)

허름해져버린 선거 사무소의 전경.

한아나운서1(E) 문주시 의원이자 문주 시장 후보였던 도해원씨가, 오늘 1심 선고 공판에서 징역 9년이 선고됐으나 즉각 항소,

한아나운서2(E) 증거를 없애고 도해원씨에게 금품을 요구한 만양 파출소 소속 조모 경사는 수사에 도움을 준 것을 감안하여 징역 8개월에 집행유예 2년,

한아나운서3(E) 도해원씨의 아들인 문주 경찰서 박모 경감은 1심에서 징역 3년을 선고받았으나 항소를 포기했습니다.

씬64 동식의 집 전경 (D)

동식의 집 전경 위로.

한아나운서1(E) 문주 여대생의 사체 일부를 유기한 사람이 경찰인 것으로 확인됐습니다. 사건 당시 사라진 녹색 타월과 피해자의 휴대폰을 거주지 지하실에 숨겨두었다고 자백했으며,

한아나운서2(E) 문주천 갈대밭에서 백골 사체로 발견된 재중 교포 이모씨와 관련하여, 전 경찰청장의 아들 한모 경위의 직권 남용 혐의는, 피해자의 사망을 예측할 수 없었고, 연쇄 살인 용의자를 검거하는 등 수사에 도움을 주었으므로 무혐의 처분하였다고 밝혔습니다.

씬65 만양 슈퍼 앞 (D, 시간 경과 – 2개월 후)

폐허가 되어버린 슈퍼. 손가락이 놓였던 평상이 있던 자리. '자막: 2개월 후'.

아나운서(E) 문주 여대생의 손가락을 유기한 경찰이 오늘 징역 1년에 집행유예 2년을 선고받았습니다. 사건의 실체적 진실을 밝히기 위해 저지른 행동이고, 연쇄 살인 용의자를 검거하는 데 도움을 주었다는 판단하에, 1심 재판부는 이 같은 형을 선고한다고 밝혔습니다.

씬66 추모공원 일각 (D, 시간 경과 – 2022년 2월 5일)

'자막: 9개월 후 – 다시 2월 5일'.
수목장 나무 앞으로 다가오는 한 남자. 나무에 걸린 이름. '이수연'.
나무 옆에 꽃다발을 내려놓는 사람은 바로 주원이다.
어머니 이름을 잠시 보다가 마른 나뭇잎을 떼어내는데. 지이잉- 문자 들어온다.
'오지화: 옥산군 중대면 오시리 12-4. 오늘 소장님 기일인 거 알죠?'

주원   (잠시 내려다보다가 휴대폰 품에 넣으며) 엄마. 또 올게요.

씬67 장령산 휴양림 (D)

멀리, 이른 봄이 찾아온 아름다운 휴양림의 풍광. 가벼운 등산복 차림으로 천천히 내
려오는 남자. 동식이다. 내려오던 발걸음이 잠시 선다. 동식의 발아래, 때 이른 꽃 무리
에서 따로 떨어져 사람의 발에 밟힐 듯 홀로 흔들리고 있는 들꽃.

CUT TO.
꽃 무리 옆으로 옮겨 심어진 들꽃 하나. 내려가는 동식의 뒷모습을 바라보는 것 같다.

씬68 옥천 시골집 앞 (D)

'옥산군 중대면 오시리 12-4'. 주소 적힌 문 앞에 선 주원.
차마 들어가지 못하고 그대로 서 있는데.

재이(E)   만양 파출소?
주원   (순간 돌아본다) 네.
재이   (장 봐온 달걀 한 판을 들고 피식) 맞네. 한주원. (다가오며) 만양 파출소 지

금은 아니잖아. 강원도 어디 경찰서 여성청소년계에 있다면서요.

주원   (잠시) 오랜만입니다. 유재이씨. (달걀에 시선) 아직도 달걀 던지고 다닙니까.

재이   부족해서 사 온 건데, 많네. (미소) 던져드려요?

주원   (슬쩍 피하며) 괜찮습니다.

재이   (빙긋) 들어가요. (지나쳐 문 연다)

주원   (잠시 망설이는데)

재이   뭐 해요. (주원 너머 발견하고) 아저씨. 왜 이렇게 늦었어. 다들 왔는데.

동식(E)   따로 떨어져 있는 놈이 있어가지구, (하는데)

주원   (눈가가 잠시 떨린다, 돌아본다)

동식   (눈이 마주쳤다, 천천히 따뜻하게 미소) 어.. 한주원 경위. 우리.. (그날 밤 이후로) 처음 보네.

주원   (천천히 목례)

지화   (안에서 문 벌컥- 나오며) 뭐 하니, 안 들어오고. (주원 발견) 한주원! (주원의 등짝- 팡 치며) 뭐야, 문자에 계속 답도 안 주고.

주원   (눈을 내리깔고) 아버지가.. 아직 항소 중이어서..

동식   (들어가며) 한주원 경위랑 그게 무슨 상관인가.

씬69   옥천 시골집 – 마당 (D)

마당에 놓인 드럼통 주위로 앉은 광영, 지훈, 도수, 선녀, 오섭이 와글거리며 주원을 반긴다. '아이고- 얼마 만이야. 왜 한 번도 연락을 안 해요. 얼굴 괜찮네. 왜 계속 잘생겨져? 기분 나쁘게!' 얼떨떨한 표정의 주원. 아, 네. 네, 뭐.. 네.. 죄송.. 합니다. 등등을 연발하고. 동식, 피식 웃으며 마당의 수돗가에서 물을 촤- 트는데.

CUT TO.
드럼통 위, 휴대용 가스버너 위 냄비에 포장해 온 부대찌개를 넣는 광영.
광영, 뚜껑을 열면 바글바글 끓는 토마토 부대찌개.

선녀   자기야. 어머니 사다 드리자. 오늘도 애 봐주시느라 고생하시는데.

주원   소장님이 사 오셨다는 블루치즈보단 맛있겠네요.

동식	블루치즈 그걸 한경위가 어떻게 알아?
지화	너 없을 때 얘기한 적 있어. 소장님 발인한 날.
상배(E)	부대찌개에도 아주 맛나대. 막걸리랑 마리아주도 기가 멕히다는데!
상배(E)	인제 다 한 동네 사람인데 다 같이 잘 먹고 잘살아야지.
모두	(상배의 목소리가 들리는 것 같다. 찡해지는데)
오섭	(일부러) 야- 그 냥반 이런 분위기 싫어해.
광영	자자, 후딱 먹죠. (일어나 국자로 한 그릇 뜨며) 서울서 날아왔더니 완전 배고 픔.
오섭	(자기 줄 줄 알고 손 내밀었는데)
광영	(제 앞에 놓고 홀랑 맛봄) 오, 맛있네!
오섭	거참, 우리 황경위는 서울청 입성해도 달라진 게 없어~
광영	(눈 똑바로 뜨며) 노노. 경위 아니고 경감. (주원 향해) 경찰대 동기들 다 한 승진 못 하고 계속 경위죠? 괜히 미안하네.
주원	뭐 별로, 괜찮습니다.
광영	(칫-) 경감 하니까, 그 박정제 경감은 출소하면 여기 부를 겁니까?
모두	(순간 모두 굳는. 동식 보는데)
동식	지훈아, 한경위도 한 그릇 떠줘.
지훈	네! (주원에게 손 내민다) 그릇 주세요.
지화	한경위는 공용 물품 안 쓰잖아. 동식아, 새 그릇 어딨니.
재이	아, 그거 내가 아까 사 왔는데. (자리에서 일어나려는데)
주원	(그릇 내민다) 오경사님, 부탁드립니다.
지훈	네? 네. (받는다)
모두	(오오오)
동식	(입꼬리 슬며시 빙긋)
주원	(그릇을 받아 내려놓고, 수저를 드는)
모두	(본다)
주원	(잠시, 고개 들어) 드시죠.
모두	어어, 그래야지./그럽시다./맛있게 드세요!
주원	(수저로 떠서 한 입 먹는다, 괜찮네?)
동식	(나직이) 부대찌개는 별로 싫어하지 않나 보네.
주원	(저도 모르게 빙긋 미소) 좋아합니다.

씬70 장령산 휴양림 (D, 시간 경과)

다들 웃으며 걷고 있는데. 주원만 뒤떨어져서 그들을 보고 있다.

동식   (뒤에서 툭-) 요즘 산으로 들로 논으로 밭으로 아주 바쁘다며.
주원   (보면)
동식   가출한 치매 노인, 장애인 찾아 온몸이 너덜너덜, 괴롭겠어.
주원   전혀 괴롭지 않습니다.
동식   (보면)
주원   누군가는 찾아야죠. 제가 할 일이 있어서 다행입니다.
동식   (잠시) 그래. 다행이네.

그때 주원의 휴대폰 울린다. '서원 여청1팀 경장 이철민'.

주원   (받는, 휴대폰에) 네, 태학산이요? 바로 출발하겠습니다. (끊고) 저,
동식   가봐요.
주원   인사 대신 부탁드립니다. (목례, 빠른 걸음으로 돌아서는데)
동식   주원아.
주원   (돌아보면)
동식   밥 잘 먹고 잠 잘 자고 똥, (크음, 얼버무리는) 잘 싸고..
주원   (더럽고, 울컥하다. 괜히) 반말, 하지 마십시오. 이동식씨.
동식   (피식) 수고해요. 한주원 경위.

다시 목례하고 빠른 걸음으로 가는 주원. 울컥했던 감정이 내려앉으며 저도 모르게 천천히 미소. 그리고 주원을 바라보는 동식도, 잠시 아마도 인생 처음으로 활짝 웃는다. 그 두 사람의 모습 위로.. 페이드 아웃.

씬71   블랙 화면

실제 실종자의 전단지가 하나씩 화면에 뜬다.

〈실종자 제보 전화〉

경찰청 112

경찰 민원 콜센터 182

그 위로,

주원(N)   대한민국에서 소재를 알 수 없는 성인 실종자는 단순 가출로 처리됩니다.

동식(N)   그들이, 애타게 기다리는 가족의 곁으로 돌아올 수 있도록,

주원(N)   작은 단서라도 발견하시면 반드시,

동식(N)   가까운 지구대 파출소에 신고 부탁드립니다.

- 괴물 끝 -

A4를 채운 활자로만 존재했던 해 질 녘의 만양(晚陽)을
살아 숨 쉬는 세계로 만들어주신 여러분의 노고에 진심으로 감사드립니다.
여러분의 소중한 이름 곁에, 제 이름을 더할 수 있어서 영광이었습니다.
한 발 또 한 발 내딛는 길에 항상 따수운 빛이 가득하시길. 건강하세요.
- 김수진 올림 -